Marion Johanning
Die Melodie des Aufbruchs

AF202091

TINTE
&
FEDER

Das Buch

Herbst 1946: Emma und Kurt verbringen unbeschwerte Wochen in der Villa seiner Eltern. Kurt übernimmt in Abwesenheit seines Bruders, der immer noch vermisst wird, die Geschäfte der Hüffenberger Werke. Sein Vater darf wegen eines Verbots der Briten die Firma nicht mehr leiten und zieht die Fäden im Hintergrund. Emma und Kurt mussten ihm versprechen, ihre Beziehung geheim zu halten, solange Emma noch nicht geschieden ist.

Emma stürzt sich in ihre neue Aufgabe als Kurts rechte Hand in der Firma. Doch die familiäre Situation belastet sie zunehmend. Ihr Akkordeonspiel liegt brach, weil zu viele schlimme Erinnerungen daran haften, und der Konflikt mit Kurts Vater spitzt sich zu. Sie ahnt nicht, wie weit er gehen wird, um ihre Verbindung mit seinem Sohn zu verhindern.

Die Autorin

Marion Johanning entdeckte schon früh ihre Liebe zum Schreiben und interessiert sich für Geschichte, seit sie denken kann. Ihre Recherchen führen sie oft an die Originalschauplätze ihrer Romane. Wenn sie alten Römerstraßen folgt oder durch historische Orte spaziert, entstehen genau jene Bilder, die ihre Romanfiguren lebendig werden lassen.

Mit ihren Büchern erreichte sie viele begeisterte Leserinnen und Leser. »Die honigsüßen Hände« und die »Rhein-Trilogie« wurden zu Bestsellern, ebenso die zweiteilige Reihe »Luise und Marian«, in der die Autorin die Geschichte ihrer aus Schlesien stammenden Familie in einer fiktiven Handlung aufgreift.

»Die Melodie des Aufbruchs« ist das große Finale ihrer neuen historischen Serie, die ein Familienschicksal im Köln der Nachkriegsjahre schildert.

Marion Johanning lebt heute als freie Autorin mit ihrer Familie in der Nähe von Köln.

Marion Johanning

Die Melodie des Aufbruchs

Roman

Deutsche Erstveröffentlichung bei
Tinte & Feder, Amazon Media EU S.à r.l.
38, avenue John F. Kennedy, L-1855 Luxembourg
Dezember 2024
Copyright © der deutschsprachigen Ausgabe 2024
By Marion Johanning

Umschlaggestaltung: zero-media.net, München
Umschlagmotiv: © Nicole Matthews / ArcAngel; © RYSAN / Shutterstock;
© Paladin12 / Shutterstock; © mexrix / Shutterstock
1. Lektorat: Ute Köhler
2. Lektorat: Rainer Schöttle
Korrektorat: Manuela Tiller / DRSVS
Gedruckt durch:
Amazon Distribution GmbH, Amazonstraße 1, 04347 Leipzig /
CPI Druckdienstleistungen GmbH, Ferdinand-Jühlke-Straße 7, 99095
Erfurt /
CPI books GmbH, Birkstraße 10, 25917 Leck /
Libri Plureos GmbH, Friedensallee 273, 22763 Hamburg

ISBN 978-2-49671-698-6
e-ISBN 978-2-49671-697-9

www.tinte-feder.de

Dieses Buch ist den unschuldigen Opfern des Zweiten Weltkriegs gewidmet. All jenen, die keine Chance hatten. Möge es für sie eine bessere Welt geben, in der ihre Namen nicht vergessen werden.

Kapitel 1

»Sie sind also die Frau, die mein Sohn heiraten möchte.«

Friedrich Hüffenberg betrachtete Emma über den Esstisch hinweg. Wieder fühlte Emma sich in den Bann gezogen von seiner Ähnlichkeit mit Kurt – sein Gesicht und seine Gestalt ähnelten denen seines Sohnes auf so irritierende Weise, als hätte ein Schneider am Älteren Maß genommen und eine jüngere Ausgabe von ihm hergestellt. Nur die Augen des alten Hüffenberg waren ganz und gar anders, von einem hellen kalten Blau, und sein Blick ruhte abschätzig auf ihr, als wollte er eine angebotene Ware prüfen. Es lag keine Ablehnung darin, nur Nüchternheit, und obwohl Emma sich sonst nicht schnell einschüchtern ließ, fühlte sie sich unbehaglich. Sie zögerte.

»So ist es, Vater, wir wollen heiraten«, sagte Kurt.

Emma warf ihm einen dankbaren Blick zu. Lässig saß er neben ihr am Tisch, zurückgelehnt in die Polster des antiken Stuhls, die Ellenbogen auf die Armlehnen gestützt und die Hände vor dem Bauch verschränkt. Als hätte er nie etwas anderes getan, als sich auf wertvollen alten Stühlen zu lümmeln.

Er tummelte sich in den beeindruckenden Räumen dieser Villa mit ihren hohen Decken, den Parkettböden in unterschiedlichen Mustern, den hölzernen Wandvertäfelungen und den großen Fenstern, die weite Ausblicke ins umliegende Bergische Land boten, wie ein Fisch im Wasser. Aber natürlich, er war hier aufgewachsen, es war seine Heimat. Er bewegte sich mit einer schlafwandlerischen Sicherheit durch diese Pracht, was ihn Emma manchmal ein wenig fremd erscheinen ließ. Kurt, der Untermieter in ihrer elterlichen Wohnung, der in ihrem alten Kinderzimmer geschlafen hatte. Der erfolgreich auf dem Kölner Schwarzmarkt gewesen war. Mit dem sie im Hinterhof ihres Mietshauses gesessen und Bier aus britischen Armeebeständen getrunken hatte. Sie stammte aus einem Mietshaus, und deshalb war für sie eine solche Umgebung ungewöhnlich, obwohl sie während ihrer Ehe auf dem Gutshof ihres Mannes gelebt hatte. Sie kannte hohe Decken, viel Landbesitz und den Umgang mit Hauspersonal. Aber dieses hier, das war etwas anderes. Das waren Kronleuchter, wertvolle Gemälde und Möbel. Das war ein Eingang durch einen säulenflankierten Vorbau, der jeden sofort erkennen ließ, wessen Haus er betrat. Es war das alte Geheimnis von Beeindrucken durch Pracht, dessen sich alle Herrscher seit jeher bedienten. Es bedeutete alten, über Generationen hinweg vererbten Reichtum.

»So bald wie möglich«, setzte Kurt mit fester Stimme hinzu. Er fasste nach Emmas Hand, drückte ihre kalten Finger, die ein wenig zusammengekrümmt auf der weißen Tischdecke lagen, und lächelte ihr aufmunternd zu.

Sie fing seinen Blick auf. Im hereinfallenden Sonnenlicht schimmerten seine Augen auf einmal viel mehr grün als blau, und sie begriff, dass er ein anderes Wesen hatte als sein Vater. Sie wusste, dass sie Kurt von ganzem Herzen liebte, und sie hatte ihn nie mehr geliebt als in diesem Augenblick. Sie erwiderte sein Lächeln.

»Ich weiß«, entgegnete Kurts Vater. »Aber Sie sind noch verheiratet, Frau van Kall.« Seine Stimme verhallte in den Höhen des Raums. Sie aßen im Empfangsraum zu Mittag, weil das Esszimmer gerade renoviert wurde. Man hatte nur den Tisch und ein paar Stühle hereingetragen, sonst stand der Raum leer. Viele Schrammen in der dunklen Holzvertäfelung, an den Wänden und auf dem Parkett deuteten darauf hin, dass die Besatzer nicht gerade sorgsam mit dem Raum umgegangen waren, als sie in den ersten Wochen nach dem Krieg ihre Kommandantur in der Villa eingerichtet hatten.

»Emmas Mann hat in die Scheidung eingewilligt. Doktor Lange hat die Scheidungsklage wegen schwerer Eheverfehlung eingereicht. Er meint, es sieht gut aus. Wir werden heiraten, sobald Emma geschieden ist«, bekräftigte Kurt. »Es wird nicht mehr lange dauern.«

Emma nickte, sie tauschten rasch Blicke.

Friedrich Hüffenberg hustete. Die monatelange Gefangenschaft im britischen Lager hatte ihm einen zähen Husten eingebracht, der ihn oft in langen Anfällen quälte. In den beiden Wochen seit seiner Rückkehr hatte er krank im Bett gelegen, Emma hatte ihn deswegen noch nicht richtig gesehen oder gar mit ihm gesprochen, und seine Frau Margarete hatte ihn mit kräftigen Brühen, Tees und Brot wieder aufpäppeln lassen. Heute konnte er das erste Mal mit ihnen essen. Vielleicht ging es ihm auch deswegen besser, weil vor einigen Tagen endlich das ersehnte »Permit« der englischen Besatzer gekommen war – die Erlaubnis, dass die Hüffenberger Werke wieder produzieren durften. Gleichzeitig war ein kleiner Auftrag der Briten über die Fertigung von Hartpappen eingegangen. Obwohl Kurts Vater noch nicht wieder als Geschäftsführer seiner Firma arbeiten durfte, weil das Spruchkammerverfahren gegen ihn noch lief, schienen das »Permit« und der Auftrag seine Lebensgeister wieder geweckt zu haben. Gestern hatte er einige Stunden in seinem alten Arbeitszimmer verbracht, die Post gelesen, telefoniert und sich mit seinem Geschäftsführer Palm und Kurt besprochen.

Margarete Hüffenberg, die neben ihrem Mann saß, klopfte ihm sanft auf den Rücken. »Trink etwas.« Sie reichte ihm sein Glas Wasser. Seit seiner Rückkehr war sie ihm nicht mehr von der Seite gewichen. Nur nachts schliefen sie in getrennten Schlafzimmern.

Kurts Vater trank in großen Schlucken und lehnte sich erschöpft zurück, während das Dienstmädchen ihre Dessertschalen abräumte und ihnen nachschenkte. Er musterte Emma.

Sie fühlte sich jetzt weniger unbehaglich, weil sie Kurts Hand immer noch auf ihrer spürte.

»Sie haben Abitur, Frau van Kall?«, fragte er.

»Ja.« Sie nannte ihm den Namen ihrer Schule in Köln und ihren Abschlussjahrgang.

»Haben Sie eine Lehre absolviert?«

»Nein, ich habe gleich nach dem Abitur geheiratet und lebte danach auf dem Gutshof meiner Schwiegereltern. Mein Mann war im Krieg.« Emma versuchte, ihre Stimme fest klingen zu lassen. So fest wie die von Kurt. Aber es gelang ihr nicht.

»Sie sind Musikerin, habe ich gehört.«

»Ich spiele Akkordeon.«

»Und was können Sie noch?«

Emma, die nicht wusste, worauf er hinauswollte, zögerte. »Ich kann einen Haushalt führen«, sagte sie dann. »Meine Schwiegermutter hat mich in die Haushaltsbücher eingewiesen und erklärt, wie man das Dienstpersonal anweist und Gäste empfängt. Ich bin mit den Gepflogenheiten eines großen Haushalts vertraut.«

»Gut. Aber das meiste davon erledigt bei uns die Haushälterin.« Herr Hüffenberg räusperte sich.

»Worauf willst du hinaus, Vater?«, fragte Kurt.

»Ich möchte deiner Freundin eine Stelle als Sekretärin in unserer Firma anbieten. Trauen Sie sich das zu, Frau van Kall?« Er taxierte Emma, ohne seinen Sohn zu beachten.

Emma, völlig überrascht von dem Angebot, erwiderte nichts.

»Sie können gern noch einen Schreibmaschinenkurs belegen, wenn Sie wollen. Aber ich glaube, das wird kaum nötig sein, denn ich stelle mir vor, dass Sie meinen Sohn bei seinen vielfältigen Aufgaben unterstützen werden. Als seine rechte Hand, wenn man so will. Oder auch die linke.«

Er verzog den Mund zu der Andeutung eines Lächelns, was Emma noch mehr überraschte, denn bisher hatte er noch nicht gelächelt. Sie tauschte wieder einen Blick mit Kurt, um zu sehen, was er von dem Angebot hielt.

Kurt lächelte nicht. Er ließ ihre Hand los und beugte sich nach vorn. »Warum sollte Emma meine Sekretärin werden?«

Seine Stimme klang nun eine Spur dunkler, wie immer, wenn er wütend war.

Sein Vater warf ihm einen kurzen Blick zu. »Nun, ich finde, dass wir bis zu eurer Hochzeit unnötiges Gerede vermeiden sollten«, erwiderte er. »Solange Frau van Kall noch verheiratet ist, sollte niemand von eurer Verbindung wissen. Deshalb ist es am besten, wenn sie bis dahin offiziell als Freundin der Familie gilt. Als deine Sekretärin kann sie sich um die Belange unserer Firma kümmern und dir zur Hand gehen. Sie kann sogar eigenes Geld verdienen. Ihr haltet euch bitte bis zur Scheidung zurück mit Tändeleien.«

»Aber unser Hauspersonal ahnt doch sicher schon, was los ist. Sie können sich denken, warum wir hier im letzten Monat mit Emmas Familie angestoßen haben«, wandte Kurt ein.

»Ihr habt auf eure Rettung angestoßen«, meinte sein Vater. »Und auf Herrn van Kalls Verhaftung. Ahnen können sie viel, aber bisher wissen sie nur, dass Frau van Kall unser Gast ist.«

»Bitte, nennen Sie mich Emma«, warf Emma ein.

Herr Hüffenberg räusperte sich wieder, trank einen Schluck und fuhr dann fort: »Frau van Kall ... Emma ... Sie haben doch sicher Verständnis dafür, dass Sie, solange Sie noch nicht geschieden sind, auf Dauer hier nicht wohnen können. Als Sekretärin könnten Sie sich in einer unserer Betriebswohnungen einrichten. Seien Sie dort unser Gast, bis Sie geschieden sind.«

Emma erschauerte unter seinem Blick. Er lud sie also aus. Natürlich, sie war nicht standesgemäß für seinen Sohn. Schon gar nicht als verheiratete Frau. Es würde wohl wirklich bald Gerede geben, wenn sie weiter in der Villa wohnen bliebe. In ihre Überraschung mischte sich Bedauern. Sie hatte gerade erst begonnen, sich hier einzuleben, und nun sollte sie wieder weg. Enttäuscht starrte sie auf die Tischdecke, um seinem Blick auszuweichen. Der braune Soßenfleck darauf verschwamm vor ihren Augen.

»Vater, du beleidigst Emma, wenn du sie auslädst«, wandte Kurt ein.

»Mein lieber Kurt, es geschieht nur zu eurem Besten. Ein guter Ruf ist schnell zerstört. Mir ist daran gelegen, dass du dir als späterer Firmeninhaber dein Ansehen bewahrst und kluge Entscheidungen triffst.«

»Wie meinst du das?« Kurt funkelte seinen Vater über den Tisch hinweg an. »Meine Entscheidung für Emma steht außer Frage.« Er drückte ihre Hand.

Dankbar atmete sie auf. Aber sie wagte es immer noch nicht, den Kopf zu heben. Der alte strenge Mann sollte ihre Tränen nicht sehen. Bei dem Gedanken, auszuziehen und Kurt zu verlassen, sträubte sich alles in ihr. Aber sie wollte auch nicht gegen den Willen ihrer Gastgeber hierbleiben.

»Sie könnten Kurt jeden Tag im Büro sehen«, meinte sein Vater, als hätte er ihre Gedanken erraten.

Sie hob den Kopf und begegnete seinem Blick. Vielleicht hatte er ja recht. Wenn sie auszöge, könnte sie Kurt weiter in der Firma sehen, und sie hätte eine gute Stelle. Sie würde eigenes Geld verdienen und hätte die Gelegenheit, Kurt zu helfen und seinem Vater zu zeigen, was in ihr steckte. Sie hatte noch nie eine feste Anstellung gehabt. »Ich … könnte schon Sekretärin sein«, sagte sie. »Vielen Dank für das Angebot.« Es gelang ihr sogar, in Hüffenbergs kalte Miene zu lächeln. Aber nur Margarete Hüffenberg lächelte zurück.

Kurt warf Emma einen raschen Seitenblick zu und zog seine Hand fort. »Wenn Emma ausziehen muss, gehe ich auch«, brachte er mit dunkler Stimme hervor.

Seine Mutter starrte ihn an. »Du kannst nicht schon wieder gehen«, murmelte sie. Sie wandte sich an ihren Mann. »Friedrich, bitte sag etwas!«

Ihr Mann presste seine Lippen zu einem Strich zusammen. »Liegt dir denn gar nichts an deinem Ruf, Kurt? Es wird Gerede geben, wenn herauskommt, dass du eine geschiedene Frau heiraten willst, deren Mann im Gefängnis sitzt.«

»Das ist mir egal«, versetzte Kurt.

Emma starrte wieder auf den Soßenfleck hinunter. Das Gefühl, unerwünscht zu sein, ein ungebetener Gast, bohrte in ihrem Magen. Sie hob den Kopf und öffnete den Mund, um Kurts Vater ins Gesicht zu sagen, dass sie bereitwillig darauf verzichtete, hier wohnen zu bleiben und mit seiner Ablehnung zu leben, doch etwas hielt sie zurück. Etwas in ihrem Inneren, das stärker war als ihre Bedenken und ihre Wut. Ihr Überlebensinstinkt. Nur hier hatte sie ein warmes Zimmer und stets einen gedeckten Tisch, wenn auch die Mahlzeiten selbst in diesem Haus nicht reichlich waren. Und sie musste sich um nichts kümmern. Sie schloss den Mund und schwieg.

Kurt räusperte sich. »Also, Vater? Überlegst du es dir noch einmal und erlaubst Emma, hierzubleiben, oder soll Herr Palm die Firma allein weiterführen?«

Die Spannung im Raum schien sie wie winzige elektrische Teilchen zu umschwirren. Der alte Hüffenberg starrte seinen Sohn finster an. Einen Augenblick fürchtete sie, er würde sie beide auffordern, ihre Sachen zu packen und zu gehen.

Er nahm die Serviette, tupfte sich den Mund ab, warf sie zurück auf den Tisch und erhob sich. »Ich möchte dich unter vier Augen sprechen, Kurt.«

Kurt erhob sich, und sie stapften mit energischen Schritten hinaus und warfen die Tür hinter sich ins Schloss. Wenig später, als Emma das Schweigen von Margarete nicht mehr aushalten konnte und sich in ihr Zimmer zurückzog, hörte sie die Stimmen der Männer aus dem Arbeitszimmer des Vaters. Aber sie verstand nicht, was sie sagten, und sie wollte auch nicht lauschen. Sie würde es noch von Kurt erfahren.

* * *

Emma verbrachte Stunden in ihrem Zimmer, ohne etwas von Kurt zu hören. Der Nachmittag zog sich still dahin, auch das Dienstpersonal, das von dem Streit sicher etwas mitbekommen hatte, verursachte keine Geräusche. Als Kurt sich auch am späten Nachmittag nicht blicken ließ, suchte Emma nach ihm. In der Villa fand sie ihn nicht, aber sie wusste inzwischen, dass er einen Lieblingsplatz hatte, an den er sich immer zurückzog, wenn er allein sein wollte. Emma zog sich ihren Mantel an und lief durch den Garten in den Wald, der hinter dem Feld begann und den Hüffenbergs gehörte. Kurt lehnte am Stamm eines alten, weit verzweigten Baumes und blickte auf das angrenzende Feld. Als er Emmas Schritte hörte, wandte er sich um. Emma blieb neben ihm stehen, aber er sagte nichts, wandte den Blick wieder ab und sah weiter in die Ferne. Seine Miene hatte wieder den verletzlichen Ausdruck angenommen, den Emma bisher nur einmal an ihm gesehen hatte, kurz nachdem sie sich in Köln kennengelernt hatten. Damals hatte er sich an eine Ruinenmauer gelehnt, die Augen geschlossen und sie nicht bemerkt. Sie sah ihn wieder vor sich – sein ebenmäßiges Profil, das sich gegen das Sonnenlicht abzeichnete. War es dieser Augenblick gewesen, als sie sich in ihn verliebt hatte? Oder war das erst später gekommen, an jenem Morgen nach dem Liederabend mit ihren Nachbarn, an dem er sich in der Küche rasiert und sie geweckt hatte?

Emma wusste es nicht mehr, aber es war jetzt auch nebensächlich. Sie nahm seine Hand. »Woran denkst du?«

Er schwieg lange, ehe er antwortete. »Mein Vater hätte dich nicht weggeschickt, wenn du aus einer reichen Familie stammen würdest. Seine Familie hat immer darauf geachtet, sich vorteilhaft zu verheiraten.« Seine Stimme klang immer noch dunkel, aber wenigstens zog er seine Hand nicht fort. »Meine Mutter stammt aus einer reichen Familie aus dem Ruhrgebiet. Die Weinholds haben ihr Vermögen mit dem Bau von Mietskasernen gemacht.«

Emma schwieg beeindruckt. Es war das erste Mal, dass er die Familie seiner Mutter erwähnte. Von den Hüffenbergs wusste sie schon viel. Auf ihren Wanderungen in den letzten Wochen hatte Kurt ihr alles über die Geschichte seiner Familie erzählt, die die Firma über Generationen hinweg von einer kleinen Papiermühle im Flusstal zu den Hüffenberger Werken vergrößert hatte. Sie hatten immer, wenn Kurt im Büro abkömmlich war, Wanderungen unternommen und über ihre gemeinsame Zukunft gesprochen. Dabei hatten sie die milden Herbsttage auch genutzt, um sich in der Jagdhütte seines Vaters ungestört dem Liebesspiel hinzugeben, was sie in der Villa nicht wagten.

»Hat dein Vater ... eingewilligt, dass ich bleiben kann?«, fragte sie bang.

Kurt nickte. »Er hat eingelenkt. Du kannst eine Weile bleiben, hat er gesagt, aber ich musste ihm dafür versprechen, dass wir unsere Beziehung bis zu deiner Scheidung geheim halten. Es ist ihm ernst mit dem Gerede, er will es auf keinen Fall«, sagte Kurt.

Emma schluckte. »Es gefällt ihm nicht, dass ich noch verheiratet bin und mein Mann im Gefängnis sitzt. Ich bin alles andere als standesgemäß.«

Er wich ihrem Blick aus. Kalt lag seine Hand in ihrer. Der Streit schien ihn angestrengt zu haben. Aber er hatte es für sie getan, für sie beide. Ihr zuliebe hatte er sich mit seinem Vater angelegt. Emma nahm seine kalte Hand in beide Hände. »Ich möchte nicht, dass du meinetwegen Schwierigkeiten bekommst. Vielleicht sollte ich doch ausziehen.«

»Auf keinen Fall.« Kurt starrte sie ernst und trotzig an. »Mein Vater darf uns nicht trennen. Wenn du ausziehst, gehe ich mit dir.«

Emma atmete erleichtert auf. Sie würde also nicht ausziehen, sie würden beide bleiben oder gehen. Ihr wunderbarer Kurt! Sie hob ihre Hand und zeichnete mit dem Finger die Linien seines Gesichts nach – seine Stirn, die gerade Nase, die rauen Stellen an Wange und Kinn, wo sein Bart nachwuchs. Er trug seine Haare jetzt etwas kürzer, seitdem er den neuen Friseur hatte, aber es wellte sich immer noch am Oberkopf wie eh und je, während die Seiten kurz geschnitten waren. Kurt verharrte reglos. Normalerweise würde er sie jetzt küssen, doch er duldete ihre Zärtlichkeiten nur mit undurchdringlicher Miene.

»Was ist?«, fragte sie.

»Du hättest erst mit mir darüber sprechen müssen, ehe du zustimmst, als meine Sekretärin in der Firma zu arbeiten.«

Das war es also, was ihn ärgerte. Emma ließ ihre Hände sinken und vergrub sie in ihren Manteltaschen. »Ich wollte deinem Vater entgegenkommen«, verteidigte sie sich.

»Wir sind ein Paar, Emma. Wir sollten unsere Entscheidungen gemeinsam treffen.«

Sie seufzte. »Willst du mich denn nicht als Sekretärin haben?«

»Sicher, aber …« Er stieß sich vom Baum ab und ergriff ihre Hand. »Vielleicht sollten wir doch nach Köln gehen. Wir müssen das hier nicht machen. In Köln können wir leben, wie wir wollen, bis du geschieden bist. Du machst deine Musik, und ich baue mir wieder das Schwarzmarktgeschäft auf.« Er blickte sie erwartungsvoll an.

Sie wich seinem Blick aus. »Ich möchte nicht, dass du meinetwegen alles aufgibst. Du weißt nicht, was mit deinem Bruder ist. Sollte er nicht wiederkommen, wirst du der Nachfolger deines Vaters. Das ist eine große Verantwortung.«

Kurt ließ sie wieder los. »Meinst du, ich wüsste das nicht?«,

»Warum willst du dann weggehen? Du kümmerst dich gern um die Firma, das sehe ich jeden Tag.« Jeden Morgen beim Frühstück war er immer schon in Gedanken in seinem behelfsmäßigen Büro, das er sich in der Bibliothek eingerichtet hatte, bis sein neues Büro in der Firma fertig renoviert sein würde.

»Mein Vater wird alles wieder ändern«, prophezeite er. »Er wird das Heft wieder in die Hand nehmen, er zieht schon jetzt die Fäden im Hintergrund. Sollte er im Spruchkammerverfahren entlastet werden, wird es sein, als wäre nichts gewesen. Und wenn Hans wieder zurückkommt, wird es sein wie immer.« Er starrte an ihr vorbei auf das Feld. Sein Gesicht hatte wieder den undurchdringlichen Ausdruck angenommen.

Emma fiel wieder ein, was Kurt ihr einmal über seinen Vater und seinen Bruder verraten hatte. Die beiden seien ein

Gespann, hatte er gesagt. Sein Vater habe seinen Bruder immer vorgezogen. Wie sehr musste ihn das verletzt haben. So sehr, dass er es nach seiner Gefangenschaft im Rheinwiesenlager vorgezogen hatte, nicht wieder zu seiner Familie zurückzugehen und unerkannt in Köln zu leben.

Emma zog ihre Hand aus der Manteltasche und ergriff seine Hand. »Ich verstehe«, sagte sie leise. »Aber du weißt nicht, ob dein Bruder wieder zurückkommt. Wenn nicht, musst du deinem Vater helfen. Er hat keinen anderen Sohn.«

Kurt lachte bitter auf. Ein kurzes sarkastisches Lachen, das nicht zu ihm passte.

»Denk an deine Zukunft«, mahnte sie. »An unsere Zukunft.«

Ein kurzes Lächeln streifte seine Mundwinkel, was ihr den Mut für weitere Worte gab. »Eigentlich magst du das hier, ich weiß das. Wir bleiben hier und stellen uns der Herausforderung. Ich finde die Idee gut, deine Sekretärin zu werden. Dann kann ich wenigstens etwas Nützliches tun, anstatt tatenlos herumzusitzen.« Wenn sie ehrlich war, reizte sie der Gedanke an ihre neue Aufgabe. Zu viele eintönige Tage hatte sie schon auf Gut Meinersleben verbracht, sie wusste, wie erstickend Langeweile auf Dauer sein konnte. Inzwischen war sie ausgeruht genug für eine neue Aufgabe, und es reizte sie, Kurts rechte Hand in der Firma zu sein. »Ich will dir gern helfen«, setzte sie hinzu.

Als Kurt nichts erwiderte, fasste sie seine Hand fester. »Es dauert nicht mehr lange bis zur Scheidung, das hast du selbst gesagt.«

Endlich sah er sie wieder an. »Du kennst meinen Vater nicht.«

»Was meinst du damit?«

Er schüttelte nur den Kopf und antwortete nicht.

18

Emma nahm seine Hände. »Wir werden es gemeinsam schon schaffen.«

Endlich nickte er. Er nahm ihr Gesicht in beide Hände und küsste sie sanft. Als Emma ihre Lippen für seinen Kuss öffnete, dachte sie, dass sie seinem Vater zeigen würde, was in ihr steckte. Sie würde ihn noch von sich überzeugen.

Kapitel 2

Einige Tage danach begann Emma ihre Arbeit in den Hüffenberger Werken. Josef, der alte Fahrer der Hüffenbergs, brachte sie morgens früh zur Firma. Kurt blieb in der Villa und arbeitete von dort aus, da sein Büro in der Firma noch nicht fertiggestellt war. Er hatte jemanden aus dem Personalbüro beauftragt, sie in alles einzuweisen.

Die Hüffenberger Werke lagen eine gute Strecke Fußweg vom Dorf entfernt außerhalb der Kleinstadt am Fluss. Als Emma vom Parkplatz zur Firma kam, hatte sich vor dem Werkstor schon eine Menschenschlange gebildet. Der Pförtner wusste Bescheid und ließ sie herein. Eine frierende Sekretärin, die sich als »Paula Wagner aus der Personalabteilung« vorstellte, empfing sie und führte sie in das alte Verwaltungsgebäude, das in der Dunkelheit vor ihnen aufragte. »Es ist jeden Morgen das Gleiche, der Ansturm ist im Moment kaum zu bewältigen«, erklärte sie, während sie einen spärlich beleuchteten Flur durchquerten. »Leider können wir nicht alle nehmen. Ich zeige Ihnen erst mal Ihren Spind und führe Sie zu Herrn Brenner, unserem Personalchef.«

Emma nickte, hängte ihren Mantel in den Spind und warf einen kurzen Blick in den Türspiegel. Obwohl sie sich in den letzten Wochen einigermaßen hatte satt essen können, war sie immer noch blass und etwas spitznasig. Aber ihre Augen blickten ihr freundlich und neugierig entgegen. Sie hatte sich ihr langes Haar am Morgen zu einer Rolle im Nacken aufgesteckt und trug ihr braunes Lieblingswinterkleid mit der orangefarbenen Fadenlitze am Kragen. Das hatte sie auch im letzten Jahr getragen, als sie Kurt im Gefängnis besucht hatte. Paula Wagner führte sie die Treppe hinauf ins Büro des Personalchefs.

Herr Brenner war ein kleiner, älterer Mann mit Halbglatze. Seine Augen verschwanden fast völlig hinter den dicken Gläsern einer Hornbrille. »Frau van Kall, ich habe Sie schon erwartet«, begrüßte er sie lächelnd und reichte ihr seine weiße Hand.

Emma nahm sie und drückte sie fest. »Guten Tag, Herr Brenner, sehr erfreut«, sagte sie förmlich. Sie wollte gleich damit beginnen, einen guten Eindruck zu machen.

»Danke, ganz meinerseits«, erwiderte er und bot ihr einen Platz auf einem Stuhl an. Nachdem er sich hinter seinem Schreibtisch niedergelassen hatte, sagte er: »Vielleicht hat Herr Hüffenberg es Ihnen schon gesagt, Sie werden zunächst bei uns in der Personalabteilung aushelfen. Wir haben gerade Einstellungswoche und alle Hände voll zu tun. Sie haben die Schlange vor dem Tor ja gesehen. Frau Wagner wird sich über Ihre Hilfe freuen.«

Seine kleinen Augen überflogen kurz ihre Gestalt. Mit seiner Art, so schnell zu reden, erinnerte er Emma an Herrn Michels aus dem Kölner Rheinpalast. »Ich werde mein Bestes tun«, sagte sie.

»Im Moment müssen hier alle sehr flexibel sein«, fuhr er fort. »Viele machen etwas anderes, als sie früher gelernt haben. Ehemalige kaufmännische Angestellte gehen in die Fertigung, Bürogehilfinnen werden Sortiererinnen, Handlungsbevollmächtigte organisieren Material für die Instandsetzung. Wir helfen dort, wo wir gerade gebraucht werden. Ich selbst war Verkaufsleiter, aber im Moment werden keine Verkaufsleiter gebraucht, also bin ich Personalchef geworden.«

Er deutete auf die maschinenbeschriebenen Papiere, die vor ihm auf dem Tisch lagen. »Obwohl Sie keine Lehre gemacht haben, werden Sie den Lohn einer ausgelernten Sekretärin bekommen. Das ist sehr großzügig von Herrn Hüffenberg.« Er betrachtete sie aufmerksam durch seine dicken Brillengläser.

Emma fühlte sich auf einmal unbehaglich. Sie fragte sich, was er wohl über sie wusste. Kurt hatte ihr gesagt, sie gelte als Freundin der Familie, die ihm das Leben gerettet und deshalb die Stelle als Sekretärin bekommen hätte.

»So einen guten Einstiegslohn bekommt niemand auf Anhieb. Gewiss haben Sie den Hüffenbergs einen großen Gefallen getan.«

Emma rutschte ein wenig auf ihrem unbequemen Stuhl nach vorn. Sie fragte sich, worauf er anspielte. Ob er sie aushorchen wollte? »Sie meinen, weil ich Herrn Hüffenberg das Leben gerettet habe? Darüber möchte ich nicht sprechen.«

»Sicher, das verstehe ich«, sagte Brenner hastig. »Ich wollte Ihnen nicht zu nahe treten.« Er erklärte ihr noch Einzelheiten zu ihrem Aufgabengebiet und gab ihr ein paar Ratschläge. »Seien Sie nicht zu vertraulich mit den Mitarbeitern«, sagte er. »Als Chefsekretärin haben Sie eine besondere Stellung, die Verschwiegenheit und Loyalität erfordert. Herr Hüffenberg hat Sie sicher genau aus diesem Grund als seine Sekretärin eingestellt. Er weiß, dass er Ihnen vertrauen kann.«

Er lächelte wieder, aber es steckte Emma nicht an, im Gegenteil. Es erschien ihr auf einmal aufgesetzt.

Nachdem sie ihren Vertrag unterschrieben hatte, erschien Paula Wagner und führte sie hinunter in ein Büro im Erdgeschoss. Es lag gleich hinter dem großen Warteraum, in dem die Menschen warteten, die Arbeit suchten. Paula machte

Emma kurz mit den beiden Betriebsschreiberinnen bekannt, die dort die Personalien der Leute aufnahmen, dann wechselten sie in Paulas Büro. »Wir schauen uns die Bewerber genau an«, erklärte Paula, als sie Emma in ihre Arbeit einwies. »Von den Geeigneten nehmen wir die Papiere an, sofern sie welche dabeihaben, und bestellen die Leute zum Gespräch ein.«

»Zu einem Vorstellungsgespräch?«, fragte Emma.

»Genau. Zweimal in der Woche schauen sich unser Oberingenieur und der Meister die Bewerber für die Fabrik an«, erklärte Paula.

Sie wies Emma einen Platz auf einem einfachen Stuhl zu und ließ sich hinter ihrem Schreibtisch nieder. Ihr blondes Haar lag in ordentlichen Wellen, die im Halbkreis auf ihren Pullover fielen.

»Es geht darum, die guten Leute herauszufiltern. Wir wählen nur Leute aus, die wir brauchen, nicht die, die bedürftig sind. Das ist oft nicht einfach, aber daran müssen wir uns halten, Frau van Kall.«

»Natürlich«, sagte Emma. »Aber nennen Sie mich doch bitte Emma.«

Ein überraschter Ausdruck überflog Paula Wagners Miene. »Wenn Sie es so wünschen … Ich bin Paula.« Sie reichten sich die Hände.

»Welche Leute brauchen wir denn?«, fragte Emma.

»Natürlich Papiermacher. Wir nehmen jeden altgedienten Papiermacher wieder, der sich hier vorstellt, selbst wenn er schon im Rentenalter ist. Dann Elektriker, Schlosser, Maurer und Hilfsarbeiter. Bei den Hilfsarbeitern müssen wir darauf achten, dass sie kräftig genug sind. Kaufmännische Angestellte brauchen wir nicht, aber wir weisen sie nicht ab, denn sie könnten für andere Arbeiten geeignet sein. Wir brauchen zum Beispiel noch Sortiererinnen.« Sie gab Emma eine Liste mit den Arbeiten, für die Mitarbeiter gesucht wurden.

»Ich verstehe.« Emma fröstelte in ihrem Kleid. Obwohl Paula ihr sympathisch war, erinnerte sie etwas an ihrer Art an ihre frühere Mädelschaftsführerin. Sie wusste aber nicht, was es war.

Eine Betriebsschreiberin erschien und führte den ersten Bewerber herein, einen großen Mann in einem viel zu weiten Mantel.

Paula überflog ihn mit einem kurzen Blick und starrte auf den Personalbogen, den die Schreiberin ihr hingelegt hatte, bis das Geräusch der klappernden Absätze verklungen war und sich die Tür zum Nachbarbüro wieder geschlossen hatte. Dann hob sie langsam den Kopf. »Freddy …?«, fragte sie zaghaft.

Sie sahen sich lange an. Das Kinn des Mannes zitterte, seine mageren Hände umschlangen die Krempe seines Huts, bis seine Knöchel weiß wurden. Selbst mit den eingefallenen Wangen und der unglaublichen Blässe seiner Haut sah er noch gut aus.

Paula sprang auf, umrundete den Schreibtisch und warf sich in seine Arme, presste ihr Gesicht an seinen Mantel. Zögernd, als hätte er Angst vor der Berührung, legte Freddy seine Hände auf ihren Rücken. Lange blieben sie so, bis er sie losließ. Sie wischte sich mit der Hand die Augen trocken. »Wo warst du denn so lange?«

»Unten bei den Franzosen in Bretzenheim.«

»Warum hast du nicht geschrieben?«

»Konnte nicht.« Seine Stimme war nur ein Hauch.

Paula schüttelte den Kopf, presste sich erneut an ihn, schlang die Arme um seinen Hals. »Du bist wieder da, Gott sei Dank bist du wieder da!«

Er nickte, hob die Hand und legte sie auf ihre Haare. Dann schien Paula sich an die Anwesenheit von Emma zu erinnern und machte sich los. »Wann bist du zurückgekommen?«

»Vor ein paar Tagen. Ich konnte noch nicht eher kommen. Nehmt ihr mich denn wieder?« In sein schmales Gesicht trat ein flehender Ausdruck.

Paula fasste seinen Arm. »Natürlich nehmen wir dich wieder! Herr Fiedler wird sich doch freuen, wenn er dich wiederkriegt.« Sie wandte sich zu Emma um. »Darf ich Ihnen Friedhelm Zehnpfennig vorstellen? Er ist unser bester Papiermacher und mein Verlobter«, sagte sie stolz. Dann stellte sie Emma ihrem Verlobten vor. »Frau van Kall, die neue Chefsekretärin.«

Freddy nickte Emma zu, und sie lächelte zurück.

»Soll ich Fiedler gleich anrufen?«, fragte Paula.

»Nein, lass nur, er hat sicher genug zu tun. Ich komme morgen mit den anderen«, sagte er.

Emma zweifelte, ob er überhaupt einen Vormittag durchhalten würde. Er sah aus, als könnte er nicht mal einen Hammer halten.

»Wie du willst«, meinte Paula. »Hast du noch deinen Anzug? Wenn nicht, kannst du den von Werner haben, ihr habt ja eine Größe. Komm heute Abend vorbei.«

»Was ist mit Werner?«, fragte Freddy.

»Vermisst«, sagte Paula leise.

Freddy presste seine blassen Lippen zusammen. »Tut mir leid.«

Paula setzte sich wieder an den Schreibtisch. »Wir sehen uns heute Abend.«

Er nickte, setzte den Hut wieder auf und verschwand. Paula starrte lange zur Tür, hinter der er verschwunden war, dann verlor sie die Fassung und vergrub ihr Gesicht in den Händen. »Wenigstens einer ist wieder zurück«, sagte sie schluchzend. »Wenigstens einer.«

Emma stand auf und drückte ihr sanft den Arm. »Wie schön, dass Ihr Verlobter wieder da ist.«

Paula straffte sich, zog ein Taschentuch aus ihrer Rocktasche und tupfte sich die Tränen ab. »Entschuldigen Sie meinen Ausbruch, Emma. Ich wollte nicht …«

»Schon gut«, meinte Emma. »Ich verstehe das. Mein Mann war auch lange in Gefangenschaft. So lange mit der Ungewissheit zu leben, ist schrecklich.«

Paulas unscheinbares Gesicht verzerrte sich. »Ich hätte ihn beinahe nicht wiedererkannt!«, schluchzte sie auf.

Emma strich über das weiche Grün von Paulas Wollpullover. »Die Männer verändern sich in der Gefangenschaft. Aber er wird sich schon erholen.«

»Wir wollten heiraten«, murmelte Paula. »Aber jetzt … Ich weiß nicht, was nun wird.«

»Mein Mann und ich haben noch kurz vor seiner Einberufung geheiratet. Jetzt lassen wir uns scheiden«, entfuhr es Emma.

»Oh«, meinte Paula. »Das wusste ich nicht.«

Emma biss sich auf die Lippen. Sie hatte es auch nicht erzählen wollen, schon gar nicht am ersten Tag. Aber nun war es ihr herausgerutscht. Doch Paula wirkte nicht wie eine Klatschbase, beruhigte sie sich. Sie würde es nur wenigen Vertrauten erzählen. Dann würden sie in der Firma eben wissen, dass sie in Scheidung lebte. Sie durften nur nichts von Kurt und ihr wissen. »Ist Werner Ihr Bruder?«, fragte sie, um abzulenken.

Paula nickte und knüllte ihr Taschentuch. »Er wird an der Ostfront vermisst.« Ihre Stimme war nur ein heller Faden. »Er hatte gerade die Lehre beendet, als er eingezogen wurde.«

Emma drückte ihr mechanisch den Arm. »Das tut mir leid.«

Paula nickte und straffte sich. »Nun«, sagte sie und ihre Stimme nahm wieder einen geschäftsmäßigen Ton an. »Machen wir weiter. Der Nächste kann rein!«, rief sie zur Tür der Schreiberinnen hinüber.

Es dauerte nur ein paar Atemzüge, und die Schreiberin führte die nächste Bewerberin herein, eine ältere Frau, die ehemalige Köchin der Werkskantine. Paula lud sie mit dem Vermerk *Sortiererin?* auf den Unterlagen zum Gespräch ein.

So ging es den ganzen Tag weiter. Es war bemerkenswert, wie gut Paula sich wieder in der Gewalt hatte nach dem, was am Morgen geschehen war. Rasch traf sie ihre Entscheidungen und bewies dabei einen guten Instinkt. Emma lernte, dass junge Männer die besten Chancen hatten, angenommen zu werden, auch wenn nur sehr wenige dabei waren. Es meldeten sich Jungs, beinahe noch Kinder, oder alte Männer. Die wenigen Soldaten, die aus Krieg und Gefangenschaft zurückkehrten, trugen die Spuren der langen Entbehrungen in ihren Gesichtern. Immerhin meldeten sich auch ein paar Frauen, die aussahen, als könnten sie gut zupacken. Paula lud sie zum Gespräch mit dem Meister Herrn Fiedler ein. Als sie alle Bewerber abgefertigt hatten, war es beinahe schon Abend geworden. Paula raffte ihren Mantel aus dem Spind und eilte nach Hause.

* * *

So ging es nun jeden Tag, die Schlange vor dem Werkstor wurde nicht kürzer. Nach drei Tagen ließ Paula Emma vorn an ihrem Schreibtisch Platz nehmen und ihre Arbeit verrichten, während sie selbst sie beaufsichtigte, Unterlagen sichtete und sortierte. Emma musste nun entscheiden, wer infrage käme, die Leute einladen oder zurückweisen. Das fiel ihr nicht leicht. Es sah so einfach aus, wenn Paula es tat, aber es war eine andere Sache, es selbst tun zu müssen. Die Ablehnungen fielen ihr schwer. Die Leute taten Emma leid, vor allem die älteren, die schwer woanders eine Arbeit finden würden. Sie hätte sie am liebsten alle genommen. Wenn es eben ging, lehnte sie niemanden ab, bis Paula eingriff und sie ermahnte, die Firma sei keine

Wohltätigkeitsorganisation und sie könne unmöglich alle zu den Gesprächen einladen.

Emma sprach mit Kurt am Wochenende darüber. »Muss ich denn nächste Woche auch noch im Personalbüro arbeiten?«, fragte sie ihn.

»Ich sehe schon, Leute abzuweisen liegt dir nicht«, meinte Kurt. »Aber keine Sorge, die Einstellungswoche ist vorbei, wir haben erst mal genug Leute. Ich überlege mir etwas anderes für dich.«

Sie schenkte ihm ein dankbares Lächeln.

Aber die arbeitslosen Menschen gingen ihr nicht aus dem Kopf. Sie erinnerten sie an ihren Vater, der nach dem Kriegsende keine Anstellung mehr in seinem Beruf als Bankkaufmann gefunden hatte und immer noch arbeitslos war. Wie gut, dass Mama die Nähmaschine besaß! In ihrem letzten Brief hatte sie geschrieben, dass sie genug Aufträge habe und auch der Garten in Lindenthal viel abgeworfen habe. Aber würde das für den Winter reichen? Emma las den Brief noch einmal, als sie abends in ihrem Zimmer am Schreibtisch saß. Nein, alles war wie früher, Papa hatte nichts außer der Gartenarbeit. Mama hatte sicher vieles beschönigt, weil sie sie nicht um Hilfe bitten wollte. Vielleicht hatte sie noch ein schlechtes Gewissen, weil sie Emma damals gedrängt hatte, zu ihrem Mann Christian nach Gut Meinersleben zurückzukehren. Ein verhängnisvoller Fehler, wie sich später herausgestellt hatte.

Emma nahm den Brief und strich über das eng beschriebene Papier. Mama hatte keinen Platz verschwendet, um mit einem Bogen auszukommen. Papier war knapp. Emma würde mit Kurt reden und ihren Eltern ein paar Blöcke schicken, die ihr Bruder Armin auf dem Schwarzmarkt gegen Lebensmittel eintauschen konnte. Es sollte nicht an ihm hängen bleiben, ihre Eltern zu unterstützen. Auch sie wollte helfen, sie würde ihnen etwas von ihrem Lohn abgeben. Immerhin verdiente sie nun endlich ihr erstes eigenes Geld.

Ein feiner Geruch nach Johanniskraut stieg Emma in die Nase. Ihr Blick fiel auf den kleinen Beutel aus geblümtem Stoff, der neben der Blumenvase auf ihrem Tisch lag. Irmas Tee. Sie hatte ihn immer noch nicht getrunken. Genauso wenig, wie sie ihren Brief beantwortet hatte. Emma nahm das dünne Papier aus dem Umschlag und las den Brief erneut. Irma wünschte Kurt und ihr Glück, richtete Grüße von allen aus der Combo aus. Sie könne jederzeit wieder mit ihnen auftreten, schrieb sie. Emma überflog die Zeilen, und wieder blieb sie an den letzten Sätzen hängen, wie so oft.

> *… Ich vermisse Dich, Emma. Oft muss ich daran denken, wie wir als Lydia und Rose zusammen aufgetreten sind, und ich wünsche mir, es könnte wieder so sein. Ich weiß, ich habe einen schweren Fehler gemacht. Trotzdem hoffe ich, dass Du mir eines Tages verzeihst und alles wieder so wird wie früher.*
> *Deine Irma*

Die Zeilen verschwammen vor Emmas Augen. Sie ließ den Brief sinken. Ja, auch sie wünschte sich die alten Zeiten zurück. Wäre doch alles wieder wie früher, als sie noch unbefangen mit Irma auftreten konnte! Aber die Ereignisse in der Nacht nach ihrem Auftritt im Heckenrather Hof hatten alles verändert. Irma hatte sie an Christian verraten, weil der damit gedroht hatte, ihren Freund Nikolai an die Behörden auszuliefern. Deshalb hatte Christian Emma entführen und all das tun können, weswegen er jetzt im Gefängnis saß. Aber Irma hatte ihr auch geholfen, Kurt zu retten.

Emma legte den Brief auf den Tisch zurück. Sicher wartete Irma auf eine Antwort von ihr. Vielleicht fragte sie sich, ob sie ihr jemals verzeihen würde. Emma dachte, dass sie ihr antworten sollte, wenigstens ein Dankeschön schreiben und ein paar Zeilen, wie es ihr ginge. Aber die Wahrheit konnte sie Irma nicht schreiben. Sie konnte ihr nicht schreiben, dass ihre Wut auf sie noch zu groß war, um ihr zu verzeihen, dass sie sich nicht vorstellen konnte, wieder mit der Combo aufzutreten, weil sie es nicht fertigbrachte, die Lieder jenes Abends wieder zu spielen, als wäre nichts gewesen. Dass ihr in den letzten Wochen nur noch ein paar seltsame Melodien eingefallen waren, die sie rasch aufgeschrieben und in der Schublade hatte verschwinden lassen. Dass sie in der letzten Zeit überhaupt kaum noch gespielt hatte.

Das alles wollte sie Irma nicht schreiben, sie konnte es kaum in Worte fassen. Aber sie wollte auch nicht lügen. Sie nahm den Brief und legte ihn in die Schublade. Dann nahm sie den Federhalter und einen Bogen Papier heraus und begann einen Brief an ihre Mutter.

Kapitel 3

Am Montagmorgen saß sie kaum eine Stunde bei Paula im Büro, als eine der Schreiberinnen erschien und sie abholte. Sie führte sie in den ersten Stock, wo die Büros der Geschäftsführung lagen. Die Tür zu Kurts neuem Büro stand offen, es roch nach frischer Farbe, und viele Kartons standen unausgepackt herum. Kurt wartete hinter einem wuchtigen Schreibtisch und beobachtete, wie ein Elektriker sein Telefon anschloss.

»Ah, Frau van Kall!« Er umrundete seinen Tisch, um Emma zu begrüßen.

»Guten Tag, Herr Hüffenberg«, sagte sie höflich. Sie erwiderte seinen Händedruck und musste daran denken, dass sie seine Hand am Abend zuvor in der Jagdhütte auf ihrem Körper gespürt hatte. Sie sah auf Kurts Lippen und musste schlucken. Nur mit Mühe konnte sie sich von ihm abwenden. »Soll ich Ihnen beim Auspacken helfen?« Sie deutete auf die Kartons.

»Nein, nicht nötig, das mache ich selbst, dann finde ich wenigstens alles wieder.« Er lachte leise, legte seine Hand an ihren Arm und führte sie in eine Ecke des großen Büros. »Ich möchte, dass Sie etwas anderes für mich tun.«

Alles, was er wollte. Die sanfte Berührung und sein Blick ließen sie erschauern. Nur zu gern hätte sie ihn auf der Stelle geküsst, aber das ging ja nicht.

»Unser Meister Herr Fiedler wird Sie gleich herumführen«, erklärte Kurt, dann senkte er seine Stimme. »Ich möchte, dass Sie sich alles ansehen und sich ein Bild machen. Sollte Ihnen irgendetwas auffallen, sagen Sie es mir bitte.«

Seine Stimme klang freundlich, aber nüchtern. Wie gut er sich doch in der Gewalt hatte! Wie leicht ihm das »Sie« über die Lippen kam! Auf einmal wünschte sie sich seine gewohnte Stimme zurück, sie sollte wieder so klingen wie am Abend zuvor, als sie allein gewesen waren. Mühsam riss sie sich zusammen und besann sich auf ihre Antwort. »Sie wissen, ich bin noch neu und kenne mich hier nicht aus. Ich kann Ihnen nicht sagen, wenn etwas nicht so sein sollte, wie es ist.«

»Das erwarte ich auch nicht. Es ist nur so: Ein neuer, frischer Blick sieht oft mehr als ein alter. Was meinen Sie, Herr Palm?« Er wandte sich um.

In der Tür stand ein dünner Mann mit schneeweißem Haar. »Tut mir leid, ich habe nicht gehört, was Sie gesagt haben, Herr Hüffenberg, deshalb kann ich auch nichts dazu sagen«, sagte er.

Kurt machte sie miteinander bekannt. »Emma van Kall, meine neue Sekretärin«, stellte er sie vor. »Herr Palm, unser Geschäftsführer.«

»Sehr erfreut.« Herr Palm reichte Emma seine magere Hand.

Seine schütteren weißen Haare lagen ordentlich aus dem Gesicht gekämmt, aber sein Anzug war ihm zu groß geworden und roch nach Mottenkugeln. Emma fiel auf, wie er sie verstohlen musterte. Aber ja, er war ein alter Freund von Kurts Vater. Sie musste sich vor ihm in Acht nehmen, er würde dem alten Hüffenberg sicher alles zutragen.

»Frau van Kall hat gleich ihre erste Betriebsbesichtigung, und ich sagte, ein neuer Blick auf alles sei genau das, was wir brauchen«, erklärte Kurt und blickte den Geschäftsführer herausfordernd an.

»Nun, ein neuer Besen kehrt gut, aber der alte kennt die Ecken«, erwiderte Palm. »Beabsichtigen Sie noch weitere Neuerungen einzuführen, Herr Hüffenberg?«

»Nicht, dass ich wüsste.« Kurt grinste. »Unser Hauptaugenmerk liegt weiter auf der Reparatur der großen Papiermaschine. Ziehen Sie sich warm an, Frau van Kall. Sie werden lange unterwegs sein.«

Damit sollte er recht behalten. Als sie wenig später an der Seite des Meisters durch die Fabrikhallen stapfte, stellte sie fest, dass sie die Größe der Fabrik und die Ausmaße des Geländes unterschätzt hatte. Herr Fiedler, ein großer Mann, dem das Reden eher nicht lag, führte sie durch die Werkshallen. Der Holländersaal trug seinen Namen nach jenen alten Maschinen, die von den Holländern erfunden worden waren. Mit ihnen habe man früher die Lumpen zerkleinert, die man für die Papierherstellung benötigte, erklärte ihr Herr Fiedler. Das Gebäude sei von einer Bombe getroffen und inzwischen notdürftig wiederhergestellt worden, fuhr er fort. »War eine Menge Arbeit«, sagte er nicht ohne Stolz.

In großen Hallen lärmten mehrere Papiermaschinen, nur die größte von ihnen stand still und wurde von den Handwerkern repariert.

Herr Fiedler nutzte die Gelegenheit, um sich nach dem Fortgang der Reparaturarbeiten zu erkundigen. »Wird das dieses Jahr noch was, Herr Schröter?«, rief er dem Vorarbeiter zu.

Schröter, ein Hüne von Mann, wischte sich die Hände an einem Lappen ab, während er zu ihnen kam. »Wir warten immer noch auf die Ersatzteile. Aber es muss noch einen anderen Fehler irgendwo geben. Der Oberingenieur hat sich den alten Maschinenplan mit nach Hause genommen und brütet jede Nacht darüber.«

»Hm«, brummte Fiedler und schob sich seine Schirmmütze aus dem Gesicht. »Wenn das mal noch was wird bis Weihnachten.«

»Das wollen wir doch hoffen, Herr Fiedler.«

Der Meister nickte dem Vorarbeiter zu und ging weiter. Langsam schritten sie an der riesigen Papiermaschine entlang, die sich über die gesamte Länge der Halle erstreckte, wobei Herr Fiedler die Arbeiter kritisch beäugte. Emma konnte sich kaum vorstellen, wie sie sich in der beeindruckenden Zahl an Walzen und Rädern zurechtfinden konnten. Fiedler erklärte Emma, wie die Maschine funktionierte, doch seine Worte prallten an ihrem Hirn ab. Sie konnte sich unmöglich alles behalten. Sie war froh, als sie die Halle verließen und auf dem Hof frische Luft schnappen konnten. Doch Fiedler hielt sich nicht lange auf. Unermüdlich stapfte er weiter und zeigte ihr die zentrale Werkstatt, die Holzschleiferei, die Kartonkleberei und schließlich das große Kraftwerk, dessen gewaltige Turbinen den Strom für die ganze Fabrik lieferten. Es sei erst in den Dreißigerjahren erneuert worden, erklärte er ihr, zum Glück seien die Kriegsschäden an dem Werk nicht so groß gewesen, wie zuerst befürchtet worden sei.

Sie besichtigten eine weitere Halle, in der Pappe hergestellt wurde. Fiedler sagte, dass man die Hartpappen nun überall brauche, um Fensteröffnungen zu schließen und Zwischenwände in Behelfswohnungen einzuziehen. »Vor dem Krieg haben wir richtig schönes Papier gemacht, das über den Großhandel in die ganze Welt geliefert wurde«, erklärte er, als sie das Kraftwerk verließen. »Wir hatten Agenturen in Leipzig und Berlin, in Spanien und Amerika. Unser Wasserzeichen HW galt als Siegel für Qualität. Aber heute – nur noch Pappe und holzhaltigen Mist.« Er winkte ab und zündete sich eine

Zigarette an. »Vor dem Krieg hatten wir mal über tausend Mitarbeiter, wir standen so gut da. Aber dann ging es nur noch bergab, nur noch Kriegswirtschaft. Wir mussten alles machen, was die Reichsstelle Papier wollte, Karton für Kleiderkarten, Landkartenpapier und so weiter. Es gab Kurzarbeit, keine Kohle mehr, zum Schluss wurden noch zweihundert Mann für den Westwall eingezogen. Als wäre das alles nicht genug, haben sie uns noch die Panzerreparaturwerkstatt aufs Auge gedrückt. Das hat uns zu Kriegsende die Bombardierungen eingebracht. Dann kamen die Amis.« Er rauchte schweigend und blickte in den milchigen Oktoberhimmel.

Emma dachte, dass er mit seinen ehrlichen Schilderungen nicht hinterm Berg hielt. Es kümmerte ihn offensichtlich nicht, was sie als Sekretärin und Vertraute der Hüffenbergs an den jungen Sohn des Firmeninhabers weitertragen könnte. Das imponierte ihr. »Sie haben viel mitgemacht«, bemerkte sie.

»Ich war auch am Westwall«, sagte er knapp und machte noch einen Zug. »Sehen Sie das große Lagerhaus?« Er deutete auf ein mehrstöckiges, hohes Gebäude. »Im hinteren Flügel wohnen jetzt die Vertriebenen. Die waren erst im Sortiersaal untergebracht, aber der wird jetzt wieder gebraucht, deshalb mussten die umziehen. Der war sowieso zu groß und schlecht zu beheizen. Schröter ist übrigens einer von ihnen, ein guter Mann.«

»Der Name sagt mir was. Sein Vater ist Gärtner bei den Hüffenbergs, nicht?«

Fiedler nickte. »Viele spotten über die Vertriebenen, aber wir können die Leute gut gebrauchen«, sagte er.

»Herr Schröter muss einen grünen Daumen haben, die Hüffenbergs hatten eine gute Ernte.«

»Hier kommt noch ein guter Mann.« Fiedlers ernste Miene hellte sich auf, als Friedhelm Zehnpfennig, Paula Wagners Verlobter, aus einer der Hallen trat und mit langen Schritten

35

auf sie zukam. Die Hose seines Arbeitsdrillichs schlackerte um seine langen Beine und reichte ihm nur bis zu den Knöcheln.

»Freddy«, sagte Fiedler und klopfte ihm auf die Schulter. »Das hier ist Frau van Kall, die neue Sekretärin des jungen Chefs.«

»Wir kennen uns schon«, sagte Emma und reichte Freddy die Hand, während sie sich fragte, ob Paula und er wohl heiraten würden.

»Führe bitte Frau van Kall noch ein bisschen herum, ja? Sortiersaal und Packsaal.« Er wandte sich an Emma. »Ich muss jetzt leider zurück, aber mein junger Kollege wird sich gut um Sie kümmern.« Er lupfte kurz seine Schirmmütze und ließ sie dann allein mit Freddy.

Ihr sollte es recht sein, vielleicht wusste Freddy noch mehr zu berichten als Fiedler. Aber Freddy schien keine große Lust dazu zu haben. Schnell führte er sie durch den Sortiersaal, in dem zahlreiche Frauen an Tischen standen und Pappen kontrollierten, und anschließend durch den Packsaal, als wollte er sich einer lästigen Pflicht entledigen. Anschließend führte er sie in einen kahlen Saal mit vielen langen Tischreihen. An einem Tisch saßen ein paar Arbeiter und redeten lauthals durcheinander, während sie aus ihren mitgebrachten Henkelmännern aßen. Ein Junge lehnte hinter einer langen Theke und stützte das Gesicht in seine Hände. Der herrliche Geruch nach Suppe und Stampfgemüse waberte durch den Raum und ließ Emma das Wasser im Mund zusammenlaufen.

Freddy ging zu den Arbeitern. »Na, ihr faulen Säcke? Was macht ihr denn schon hier? Ist doch noch nicht mal zwölf.« Er knuffte einem von ihnen, der am nächsten saß, scherzhaft an die Schulter.

»Der Vorarbeiter hat's uns erlaubt«, gab dieser zurück.

»Lass das bloß nicht Fiedler sehen«, sagte Freddy grinsend.

»Du verpfeifst uns doch nicht, oder?« Der andere, ein blonder junger Mann mit rötlichem Gesicht, blinzelte zu Emma hinüber. »Wen hast du denn da mitgebracht?«

Einige seiner Kumpels pfiffen leise.

»Benehmt euch, Leute! Sie ist die neue Chefsekretärin, Emma van Kall. Darf ich vorstellen? Die Jungs von Papiermaschine fünf.« Freddy machte eine ausholende Armbewegung.

Emma nickte freundlich in die Runde.

»Damit Sie Bescheid wissen, Frau van Kall, dieser freche Kerl hier ist Rolf Kress, Papiermacher und seit Kurzem unser Betriebsratsvorsitzender.« Er deutete auf den blonden jungen Mann.

Emma gab Rolf Kress die Hand. Die anderen klopften auf den Tisch.

»Wie kommst du denn zu der Ehre?«, fragte Kress.

»Ich führe sie ein wenig herum, Auftrag vom Chef.«

»Hast du ein Glück. Fiedlers Liebling müsste man sein.« Kress lehnte sich zurück und verschränkte die Arme vor der Brust.

»Könnt ihr euch nicht einmal benehmen, Jungs? Kommen Sie, wir setzen uns besser an einen anderen Tisch«, meinte Freddy, nahm Emma am Arm und führte sie an einen der anderen Tische. Nachdem sie sich gesetzt hatten, zog er ein Paket aus seiner Hosentasche und wickelte zwei kümmerliche Butterbrote aus dem Zeitungspapier, die ihren Namen nicht verdienten. Sie rochen nach Rübensirup. Emmas Magen zog sich hungrig zusammen. Sehnsüchtig dachte sie an ihre mitgebrachten Brote, die in ihrem Spind im Verwaltungsgebäude lagen. »Hätte ich das gewusst, hätte ich meine Brote mitgebracht«, sagte sie.

»Die Angestellten essen doch immer in ihren Büros«, meinte Freddy.

Er winkte dem Jungen hinter der Theke. »Bring der Dame mal ein Glas Wasser«, sagte er und biss hungrig in sein Brot.

Der Junge gehorchte, verschwand in einem angrenzenden Raum und kam wenig später mit einem Becher Wasser zurück. Emma trank durstig, während sie sich fragte, ob Freddy nur deshalb nicht bei den anderen sitzen wollte, um die vielen Henkelmänner nicht sehen zu müssen, die vor ihnen standen. Sie fragte sich, ob er abends überhaupt noch eine Mahlzeit bekäme. Ein beklemmendes Gefühl stieg in ihr auf. Die Zeiten, in denen sie auch hatte hungern müssen, lagen noch nicht lange zurück. Sie wusste, wie es war, mit leerem Magen Akkordeon zu spielen und sich nach der nächsten warmen Mahlzeit zu sehnen oder frühmorgens hungrig vor dem Laden anzustehen. Nie mehr würde sie das vergessen, so etwas schrieb sich in jede Zelle des Leibes. Die Erinnerung daran hatte sie in den Monaten auf Gut Meinersleben und in der Villa Hüffenberg nur verdrängt. Sie hatte Glück gehabt.

Sie beobachtete, wie Freddy mit einer Mischung aus Neid und Gier zu den anderen hinüberstarrte. »Die haben es gut, nicht?«, meinte sie.

Er nickte. »Die kriegen ihr Essen von zu Hause mit. Viele haben Gärten oder eine kleine Landwirtschaft hintendran. Aber nicht alle.«

Er strich das Zeitungspapier, in das die Brote eingewickelt waren, sorgfältig glatt und steckte es zurück in seine Hosentasche.

Emma betrachtete den Saal, der den Eindruck einer alten kleinen Werkshalle vermittelte. Ein paar schlichte Lampen baumelten von der hohen Decke herab, die von Stahlträgern gehalten wurde. Die Fenster lagen hoch in den Wänden. Hinter der langen Theke, auf der sich der Junge lümmelte, standen ein paar niedrige Schränke. Es sah so aus, als wäre dort früher einmal Essen ausgegeben worden.

»War das mal eine Kantine?«, fragte sie.

Freddy nickte. »Das war sie, bis der Pächter in den Krieg musste. Der war unser Koch und hat immer tolle Sachen hinbekommen.« Bei der Erinnerung lächelte er. »Schade, dass er gefallen ist.«

»Tut mir leid«, meinte Emma. »Hier haben bestimmt immer viele gegessen, oder?« Sie blickte zu seinen Kumpels hinüber.

»Die mit den Henkelmännern nicht, die meinen, ihre Frauen würden am besten kochen. Aber die anderen schon. Das hat einfach geschmeckt beim Heinz. Seine Reibekuchen waren eine Wucht.« Freddy starrte eine Weile vor sich hin, dann erhob er sich. »Wir gehen besser, bevor die Frauen aus dem Sortiersaal kommen. Dann wird es hier laut.«

Doch in diesem Augenblick hörten sie schon Gerede auf dem Gang, und wenig später sprang die Tür zur Halle auf und die Frauen strömten herein. Eine lange Schlange bildete sich vor der Theke, und der Junge hatte alle Hände voll zu tun, die Henkelmänner der Frauen in der angrenzenden Küche aufzuwärmen. Einige Arbeiterinnen setzten sich an die Tische und wickelten ihre Butterbrotpakete aus. Sie warfen Emma neugierige Blicke zu.

Freddy wollte gehen, doch Emma hielt ihn zurück. »Bitte, nur noch fünf Minuten.« Er setzte sich gehorsam wieder hin, während sie die Frauen in der Schlange und an den Tischen beobachtete. »Wie machen die das mit dem Essen? Wie schaffen sie es, für ihre Familien zu kochen, wenn sie hier den ganzen Tag arbeiten müssen?«, fragte Emma mehr sich selbst als Freddy, doch er hatte ihre Frage gehört.

»Keine Ahnung.« Er zuckte mit den Schultern. »Paula steht immer um fünf Uhr auf, um sich im Laden anzustellen. Die hat Glück, dass sie sich mit ihren Eltern abwechseln kann. Aber fragen Sie am besten diese Dame, sie weiß bestimmt mehr.« Er winkte eine ältere Frau heran, die gerade mit ihrem Henkelmann von der Theke kam.

Emma kannte sie, es war die Köchin, die sich in der Einstellungswoche bei Paula Wagner und ihr vorgestellt hatte.

»Selma, setz dich doch mal zu uns!«, rief Freddy.

Die Köchin hielt überrascht inne, dann kam sie langsam näher und ließ sich an ihrem Tisch nieder.

»Darf ich vorstellen? Selma Euler, unsere ehemalige Köchin«, sagte Freddy. »Wenn Sie Fragen haben, kann sie sie am besten beantworten. Selma, hier ist unsere neue Chefsekretärin Emma van Kall.«

Frau Euler, eine kleine dünne Mittfünfzigerin im Kittel, betrachtete Emma neugierig, dann öffnete sie ihren Henkelmann. Ein betörender Duft nach Suppe drang heraus.

»Ich hab mit dem Pächter hier zusammen gekocht«, erklärte sie. »Der war die Seele der Kantine, ist aber leider im Krieg geblieben.« Sie tauchte ihren Löffel in die Suppe.

»Kochen Sie zu Hause vor?«, fragte Emma.

Frau Euler hob den Kopf und sah sie an, als hätte sie gefragt, ob der Himmel blau sei. »Natürlich, wo denn sonst? Immer abends. Morgens muss man sich ja im Laden anstellen. Ich lass es mir dann hier aufwärmen.« Sie pustete auf ihren Löffel, auf dem eine dünne Brühe mit einem Stückchen Möhre schwamm.

»Ein langer Tag«, bemerkte Emma, die daran denken musste, wie gut es ihr nun ging, weil sie nicht kochen musste.

»Na ja, von irgendwas muss man ja leben. Mein Mann ist gleich zu Beginn des Krieges gefallen, schon 1939. Wir haben alle nicht gedacht, dass es Krieg gibt. Dieser verfluchte Sauhund von Hitler hat gesagt, keine deutsche Mutter muss um ihren Sohn weinen. Dass ich nicht lache.« Sie starrte düster vor sich hin. »Zum Glück hab ich früher bei einem Gastwirt im Dorf kochen gelernt, deswegen haben sie mich hier als Köchin eingestellt, nachdem mein Mann gefallen war. Sonst hätte ich bei den Bauern im Dorf arbeiten müssen.«

Emma nickte und deutete zu den Tischen hinüber, an denen die Sortiererinnen saßen. »Und die anderen? Sind das auch Witwen?«

Frau Euler nickte. »Die müssen alle arbeiten. Die meisten sind Witwen oder Ledige. Es gibt nur ein paar Mütter, bei denen der Mann nicht arbeitet. Der Stundenlohn ist gut, besser als anderswo. Da kriegt man kaum was. Die sind alle froh, wenn sie hier sein können.«

Sie kratzte ihren Henkelmann aus bis auf den letzten Rest, dann nahm sie ein Stück Brot aus ihrer Kitteltasche und wischte ihn damit aus. Freddy verfolgte gierig jede ihrer Bewegungen, aber sie tat, als bemerkte sie es nicht. Auch Emma knurrte der Magen. Es wurde Zeit, dass sie zurück ins Verwaltungsgebäude kam. Sie erhob sich. »Danke, Frau Euler. Haben Sie noch einen schönen Tag.«

Frau Euler wünschte ihr dasselbe. Emma spürte, dass sie ihnen hinterhersah, als sie mit Freddy die Kantine verließ.

Kapitel 4

Nach Feierabend unternahmen Emma und Kurt in seinem Lkw eine Hamsterfahrt, um von den Bauern Wintervorräte für die Villa zu erhandeln. Kurt hatte seinen alten Lkw von einem Mechaniker in der Firma überholen und auftanken lassen. Emma fühlte sich wieder um Monate zurückversetzt, als sie neben ihm auf dem Beifahrersitz saß und die bergige Landschaft an ihnen vorbeiziehen sah. Sie erinnerte sich an früher, als sie von Köln aus in seinem Lkw ins bergische Land gefahren waren, um ihre kranke Mutter aus der Evakuierung zu holen und Lebensmittel für den Schwarzmarkt zu organisieren. Wie in seinen alten Kölner Schwarzmarktzeiten trug Kurt wieder seine Schlägermütze und eine alte Jacke. Er meinte, in diesem Aufzug bessere Preise bei den Bauern erzielen zu können. Auch Emma sah ihn lieber in seinen alten Sachen. Der Büro-Kurt in seinem feinen Anzug erschien ihr noch fremd, sie musste sich erst daran gewöhnen, dass sie im Büro keinen vertraulichen Umgang haben durften.

Sie hielten auf dem Hof eines Bauern, der Kurt von einem Mitarbeiter empfohlen worden war. Kurt erhandelte ein Schwein von ihm, das vor Weihnachten geschlachtet werden sollte. Es sei eine Schwarzschlachtung, erzählte Kurt, als sie weiterfuhren, aber der Bauer habe ihm versprochen, dass niemand etwas verraten werde. Er habe dem Bauern Geld und Hartpappen zur Ausbesserung seiner Scheune und seines Stalls versprochen.

Beim nächsten Bauern erhandelte Kurt eine Wagenladung Einkellerungskartoffeln, die die Männer sofort auf den Lkw verluden. Sie kostete ihn weitere Hartpappen und das Versprechen, die Tochter des Hauses als Sortiererin einzustellen. Kurt sah sich die junge Frau kurz an, sie sah kräftig genug aus, aber trotzdem sollte sie erst mal zur Probe arbeiten. Sie vereinbarten, dass sie in der nächsten Woche mit ihren Unterlagen in der Firma vorsprechen sollte.

»Mein Aufzug täuscht sie nicht lange«, sagte Kurt, als sie wieder zurückfuhren. »Wenn sie meinen Namen hören, wissen sie, mit wem sie es zu tun haben.«

»Vielleicht solltest du doch nicht mehr selbst zu den Bauern fahren«, meinte Emma.

Kurt winkte ab und grinste. »Dafür macht es mir viel zu viel Spaß.« Er legte eine Hand auf ihr Knie. »Wie war denn dein Tag heute? Du hast mir noch gar nichts von deiner Besichtigung erzählt.«

Emma legte ihre Hand auf seine, während sie spürte, wie sich ein warmes Gefühl in ihr ausbreitete. »Fiedler hat mir alles gezeigt. Er scheint ehrlich zu sein.«

»Er ist ein guter Mann.«

»Zum Schluss waren wir in eurer alten Werkskantine. Habt ihr nie darüber nachgedacht, sie wieder zu eröffnen?«

Kurt warf ihr einen raschen Seitenblick zu. »Die Kantine ist doch offen. Sie wird als Pausenraum genutzt. Die Arbeiter bringen sich ihr Essen mit und essen es dort.«

»Ich meine eine richtige Kantine mit warmem Essen.«

Kurt nahm seine Hand von ihrem Knie, um einen noch nicht verfüllten Bombentrichter auf der Straße zu umfahren. »Eine Kantine. Ist das dein Ernst?«

»Würde ich es sonst vorschlagen?«

»Woher sollen wir denn das Essen nehmen?«

»Wir organisieren Vorräte bei den Bauern, wie wir es gerade getan haben.«

Kurt presste die Lippen zusammen. »Unmöglich, wir bräuchten viel zu viel.«

»Wir holen uns Hilfe. Außerdem hast du doch gute Verbindungen zum Schwarzmarkt.«

Er schüttelte den Kopf. »Kannst du dir vorstellen, was für Mengen das wären? Riesige Mengen. Und das jetzt, wo jeder sich für den Winter eindeckt. Die Ernte war schlecht, die Preise sind hoch.«

Emma seufzte leise. Es klang einleuchtend, was er sagte. War ihr Gedanke nicht wirklich aberwitzig? Sie dachte an Freddy, an die Blicke, mit denen er seine Kumpels beim Essen beobachtet hatte.

»Manche Arbeiter bringen sich ihre Mahlzeit im Henkelmann mit, aber nicht alle haben warmes Essen«, sagte sie. »Viele essen nur Brote. Wer weiß, ob sie am Tag überhaupt eine warme Mahlzeit bekommen. Es gibt Männer, die durch die Gefangenschaft so abgemagert sind, dass sie kaum einen Hammer halten können.«

»Ich weiß.« Kurt runzelte die Stirn. »Das Problem habe ich mit Herrn Palm schon besprochen. Aber Emma, wir können nicht für alle sorgen! Sie können froh sein, wenn wir sie einstellen. Sie verdienen guten Lohn bei uns.«

Emma warf ihm einen Seitenblick zu und sah auf seine Hände, die das Lenkrad umklammerten. Sie spürte seine Zweifel. »Du weißt, dass sie für das Geld kaum etwas bekommen. Was ist mit denen, die keine Gärten und keine Sachen zum Tauschen haben?«

»Die meisten haben Verbindungen zu den Bauern.«

»Meinst du wirklich, die würden ohne Tauschwaren etwas abgeben?«

Kurt schlang seine Hände um das Lenkrad. »Es ist zu spät. Der Winter steht schon vor der Tür.«

Emma atmete tief ein und wieder aus. Sie fragte sich, was sie noch sagen konnte, um ihn zu überzeugen. »Die Frauen müssen morgens im Laden anstehen und abends kochen, zusätzlich zu ihrer Arbeit in der Firma«, sagte sie. »Wir können es doch wenigstens versuchen. Lass uns klein anfangen. Du weißt doch genau, wie es ist, hungern zu müssen.«

Er presste seine Lippen zusammen und schaltete einen Gang herunter, um wieder ein Schlagloch zu umfahren. Dann lenkte er den Lkw auf ihre Fahrspur zurück und weiter, bis die ersten Häuser ihres Dorfes auftauchten. »Also gut«, sagte er schließlich. »Ich werde mit Herrn Palm reden.«

Emma legte ihre Hand auf seinen Arm. »Danke«, sagte sie.

Therese, die Haushälterin in der Villa Hüffenberg, freute sich über die zusätzlichen Einkellerungskartoffeln. Die Kartoffeln aus dem Garten, die ihr alter Gärtner geerntet habe, würden bei Weitem nicht ausreichen, um sie durch den Winter zu bringen, sagte sie. Auch mit dem Obst und Gemüse könne es knapp werden, fuhr sie fort, obwohl die Köchin kürzlich noch Fässer von Sauerkraut eingelegt habe und ihr guter Gärtner, ihr wunderbarer Bauer, Erdmieten für das Gemüse angelegt habe. Der Winter könne hart und lang werden, hatte er gesagt, man solle besser gut vorsorgen. Therese gab ihm recht. Sie zeigte Kurt und Emma den neuen Kaninchenstall, den der Gärtner ebenfalls gezimmert hatte.

»Dann müssen wir ja noch irgendwo Kaninchen herbekommen«, meinte Kurt lächelnd und drückte Therese den Arm.

Sie lachte, was bei ihr immer etwas nervös klang. Emma hatte ein wenig gebraucht, sich daran zu gewöhnen. Sie hatte sich mit Therese nicht so recht anfreunden können, bis Kurt ihr erklärt hatte, sie sei eine tüchtige und grundehrliche Person, die sich nur manchmal etwas nervös und aufgesetzt der Herrschaft gegenüber verhalte. Emma gab sich Mühe, trotzdem hatte sie manchmal das Gefühl, die Haushälterin würde sie mit merkwürdigen Blicken betrachten – einer Mischung aus Neugier und Misstrauen.

»Wie schön, dass Sie das alles machen, Herr Hüffenberg«, lobte Therese ihren jungen Hausherrn. »Ihre Eltern brauchen Sie jetzt so sehr.«

»Danke, Therese.« Kurt nahm seine Mütze ab und fuhr sich mit der Hand durch die Haare. »Braucht ihr noch etwas außer den Kaninchen?«

»Aber ja! Unsere Köchin hat eine Liste gemacht.« Therese lief zum Küchentisch und zog ein großes Blatt Papier hervor, das sie Kurt in die Hand drückte.

Viele in sorgfältigem Sütterlin notierte Zeilen drängten sich darauf. Kurt studierte sie schweigend und nickte. »Dürfte kein Problem sein.« Er faltete das Papier zusammen und stopfte es in seine Westentasche.

Therese atmete auf, lachte ihr nervöses Lachen und bedankte sich.

Kurts Eltern verloren kaum ein Wort über die Kartoffeln, als Kurt und Emma sich später umgezogen hatten und zum Abendessen im neu fertiggestellten Esszimmer erschienen. Es roch immer noch nach frischer Farbe. Kurt mochte die schlichten gekalkten Wände, doch seine Mutter vermisste die Damasttapete. Die Besatzer hätten sie an vielen Stellen zerrissen und verschrammt, hatte sie sich beklagt, sie hätten sogar Löcher mit ihren Zigaretten hineingebrannt.

Sie und Herr Palm, der heute bei ihnen aß, saßen schon am Tisch, als Emma und Kurt das Esszimmer betraten, während der alte Hüffenberg am hohen Fenster stand und hinaussah.

»Wo hast du diese Schrottlaube denn her?«, fragte er Kurt, nachdem sie sich zu ihm gesellt hatten, und wies mit dem Kopf aus dem Fenster, unter dem der Lkw parkte.

»Diese Schrottlaube hat mir in Köln gute Dienste geleistet«, gab Kurt zurück. »Ich habe lange gebraucht, bis ich die Fahrerlaubnis von dem amerikanischen Major bekommen habe.«

Sein Vater bedachte ihn mit einem strengen Blick. »Du sprichst wie ein Schwarzhändler. Warum lässt du die Geschäfte mit den Bauern nicht jemand anderen machen?«

»Ich glaube, so kann ich meine Kölner Erfahrungen am besten nutzen«, erwiderte Kurt. »Zu unser aller Vorteil.«

»Das stimmt«, pflichtete Emma ihm bei. »Niemand kann besser verhandeln als er.«

Doch Kurts Vater achtete nicht auf ihren Einwand. Er betrachtete seinen Sohn mit regloser Miene. Da er etwas kleiner als Kurt war, musste er sich aufrichten und den Kopf heben, um gleichauf mit ihm zu sein.

»Es wäre schön, wenn du deine Fähigkeiten ausschließlich zum Wohl der Firma einbringen würdest«, sagte er. »Du musst mit den Engländern reden, wir brauchen dringend einen neuen Auftrag. Sonst kommen uns die anderen zuvor.«

»Ich habe Mr Graham aus Düsseldorf bereits eingeladen«, entgegnete Kurt. »Wann er kommt, weiß ich nicht.«

Sein Vater erwiderte nichts, und sie wandten sich vom Fenster ab und setzten sich an den Tisch.

»Vielleicht möchte der Herr zu Ihnen nach Hause eingeladen werden«, meinte Herr Palm, der ihr Gespräch mit angehört hatte.

»Nein, auf keinen Fall, er soll in die Firma kommen«, sagte der alte Hüffenberg.

Emma dachte, dass er offenbar dem hochgestellten Mitarbeiter der britischen Militärregierung nicht begegnen wollte, solange sein Verfahren vor der Spruchkammer noch lief.

Das Dienstmädchen kam und servierte ihnen eine heiße dünne Suppe, die nur entfernt nach Blumenkohl schmeckte. Auch die Hüffenbergs mussten beim Essen eisern sparen. Weil der Geschäftsführer mit ihnen aß, gab es heute ausnahmsweise ein Drei-Gänge-Menü, das allerdings sehr einfach gehalten war. Herr Palm langte immer kräftig zu, wenn er bei ihnen war.

»Der Oberingenieur hat den Fehler in der großen Papiermaschine gefunden«, erzählte Kurt. »Er rechnet damit, dass sie übernächste Woche fertig wird.«

Sein Vater nickte. »Hoffen wir mal, das stimmt. Herr Palm, was meinen Sie?«

Der Geschäftsführer ließ seinen Löffel sinken. »Ich bin zuversichtlich. Der Ingenieur ist ein guter Mann. Wenn die restlichen Ersatzteile jetzt eintreffen, könnten wir es schaffen.«

»Es muss geschafft werden«, sagte Hüffenberg. »Wir brauchen die Maschine, ohne sie können wir keinen großen Auftrag abwickeln.«

»Natürlich, wir tun, was wir können.« Herr Palm löffelte seinen Suppenteller bis auf den letzten Rest aus.

Emma hätte ihren Teller gern genommen und ausgetrunken, aber das war an diesem Tisch natürlich undenkbar. Enttäuscht beobachtete sie, wie das Dienstmädchen ihre leeren Suppenteller einsammelte und hinaustrug.

»Ruf Mr Graham noch einmal an«, befahl Hüffenberg seinem Sohn. »Bring ihn dazu, in die Firma zu kommen. Finde heraus, was er mag, ob er Zigarren raucht, welchen Tee er trinkt und so weiter. Der Besuch muss gut vorbereitet werden.«

»Natürlich. Ich bin mit den Gepflogenheiten des Handelns vertraut.« Kurts Miene sah ebenso verschlossen aus wie die seines Vaters, doch seine Stimme klang dunkel und gepresst.

Der alte Hüffenberg wandte sich an Emma. »Wenn der Engländer kommt, tragen Sie Ihr bestes Kleid und geben alles, Frau van Kall. Begrüßen Sie ihn in gutem Englisch.«

Emma nickte. Von Kurt wusste sie, wie wichtig Mr Graham für die Firma war. Als hochrangiger Mitarbeiter der britischen Militärregierung unterstand er direkt dem Zivilgouverneur des Landes und war für die Auftragsvergabe an deutsche Firmen zuständig. Sie musste sich überwinden, in die kalten Augen des Patriarchen zu sehen. Schaudernd stellte sie fest, dass sie ihn noch weniger mochte als sonst.

»Sie können doch Englisch?«, fragte er.

»Ein bisschen. Ich hatte es in der Schule.« Sie hielt seinem Blick stand.

»Es könnte wieder aufpoliert werden.« Kurt zwinkerte ihr zu.

»Sie muss ja nicht mit dem Herrn reden«, sagte der Alte. »Es reicht, wenn sie ihn ordentlich begrüßen kann und versteht, was er will.«

»Du musst dich nicht um solche Kleinigkeiten kümmern, Vater. Wir werden das schon machen, wenn es so weit ist.«

Das Dienstmädchen und die Haushälterin kamen und trugen den Hauptgang auf: Kartoffelpüree, Gemüse und gekochte Eier. Emma war froh über die willkommene Unterbrechung ihres Gespräches.

Margarete Hüffenberg bedauerte, dass es nur ein sehr einfaches Mahl sei und nichts im Vergleich zu früher, aber man könne nicht sein ganzes Geld für Fleisch ausgeben, das so schwindelerregend teuer geworden sei. »Nun lasst uns bitte über etwas anderes reden als nur über die Firma«, bat sie. »Wollen Sie uns nicht nach dem Essen etwas vorspielen, Emma? Ich höre Sie immer üben, aber Sie haben uns noch nie etwas vorgespielt.«

Emma schluckte erstaunt ihren Bissen hinunter. Sie hatte nicht damit gerechnet, dass man sie darum bitten würde. Sie hatte angenommen, dass man es hier ebenso sähe wie auf Gut Meinersleben – Schifferklaviermusik wäre nur etwas für Spelunken und Tanzabende in Dorfschenken.

»Die Handharmonika ist in den letzten Jahren sehr in Mode gekommen«, fuhr Margarete fort. »Meine Nichte spielt sie mit Begeisterung. Also spielen Sie uns gleich etwas vor?«

»Das wäre eine schöne Abwechslung, Emma«, meinte Kurt.

»Natürlich«, beeilte sich Emma zu sagen, aber ihre Stimme klang nicht überzeugend. Was würde Kurts Vater sagen? Er würde ihre Musik bestimmt nicht mögen.

Als sie nach dem Essen ihr Akkordeon holte und wieder ins Esszimmer zurückkehrte, hatte sich Kurts Vater mit Herrn Palm in die Bibliothek zurückgezogen. Kurt und seine Mutter saßen im Wintergarten auf bequemen Sesseln vor den hohen Fenstern, die den Blick auf die Veranda freigaben, und erwarteten sie. Draußen war es bereits dunkel, und in den Fensterscheiben spiegelte sich das Licht der Stehlampe.

»Mein Mann und Herr Palm lassen sich entschuldigen«, sagte Margarete und bot Emma einen Platz auf dem Stuhl bei der Lampe an.

Emma setzte sich und hängte sich ihr Akkordeon um. »Was möchten Sie hören?«

Kurts Mutter winkte ab. »Spielen Sie, was Sie wollen.«

Emma überlegte, was ihr wohl gefallen würde. Sie wusste es beim besten Willen nicht.

»Wie wäre es mit ein paar rheinischen Liedern?«, schlug Kurt vor.

Emma nickte und begann mit »Heimweh nach Köln«. Danach spielte sie »Och wat wor dat fröher schön doch en Colonia«. Diese Lieder hatte sie auch an jenem Abend gespielt, an denen sie zum ersten Mal nach Kriegsende gemeinsam in der Küche ihrer Eltern gesessen und mit ihren Nachbarn gefeiert hatten. Wie sehr hatten sie sich damals über den Frieden gefreut! Sie hatten geschunkelt und gesungen, und vermutlich hatte sie sich damals schon in Kurt verliebt. Sie blickte zu ihm hinüber. Er sah abwesend vor sich hin und schien mit den Gedanken weit weg zu sein.

»Sie spielen gut«, lobte seine Mutter, als Emma ihr Lied beendet hatte.

»Gefiel es Ihnen?«

»Sehr.«

Ermutigt griff Emma in die Tasten und spielte weiter. Sie dachte, dass Margarete vielleicht gern ein paar von den älteren Schlagern hören wollte. Also spielte sie einige Lieder aus ihrem alten Kapitolskeller-Programm, den Schneewalzer und »Davon geht die Welt nicht unter« von Zarah Leander. Schließlich wagte sie sich auch an »Nur nicht aus Liebe weinen«. Diese alten Schlager konnte sie fast im Schlaf spielen. Wie gut, dass Irma das nicht hören konnte! Sie hätte sich beklagt, dass Emma wieder die alten Lieder spielte, die untrennbar mit den schlimmen Zeiten des Krieges verbunden waren und mit allem, was man lieber vergessen wollte.

Auf einmal fühlte sich Emma wieder in die Kriegszeit zurückversetzt. Sie sah sich wieder im verrauchten Kapitolskeller spielen. Sie sah Christian mit den Jungs aus seiner Kameradschaftsgruppe am Tisch sitzen und laut diskutieren. Jeder von ihnen hatte versucht, die anderen an Lautstärke zu übertrumpfen. Manchmal, wenn sie betrunken waren, hatten sie ihre Marschlieder gegrölt, bis der Wirt sie hinausgeworfen hatte.

Sie konnte diese Lieder nicht mehr spielen, ohne an die alte Zeit denken zu müssen. Aber sie wollte die Geister der Vergangenheit für immer ruhen lassen. Emma hörte auf zu spielen. Sie sah zu Kurt und seiner Mutter hinüber, um zu sehen, wie ihnen die Lieder gefallen hatten. Niemand sagte etwas. Kurt blickte versonnen vor sich hin und schien mit seinen Gedanken immer noch weit weg zu sein.

Seine Mutter wischte sich hastig eine Träne aus dem Augenwinkel, aber sie lächelte zufrieden. »Was für schöne Lieder, ich habe sie lange nicht mehr gehört. Wunderbar, Emma! Das können Sie ruhig öfter spielen.«

Emma legte die Hände auf ihr Akkordeon und rutschte auf ihrem Stuhl nach vorn, während sie Margaretes bittenden Blick auffing. Konnte sie ihrer künftigen Schwiegermutter das abschlagen? Die Musik wäre vielleicht die einzige Abwechslung in ihrem eintönigen Leben. »Wenn Sie möchten«, brachte Emma schließlich widerwillig hervor.

Margarete lächelte und klatschte.

Kapitel 5

Am nächsten Tag bezog Emma ihr neues Büro. Genauer gesagt war es nur ein zusätzlicher Schreibtisch in Paula Wagners Büro, das sie sich von nun an teilen sollten. Da Paula aber noch unten mit den Einstellungen beschäftigt war, hatte Emma das Büro vorerst für sich allein.

Am Vormittag erschien Kurt bei ihr. »Hier ist der gesamte Kantinenschriftverkehr der letzten Jahre.« Er ließ einen Stapel Akten auf ihren Schreibtisch plumpsen. »Mach bitte für die Geschäftsführung und den Betriebsrat einen Plan für eine mögliche Werkskantine. Da muss alles rein – sämtliche Kosten, wie viele Mitarbeiter wir brauchen würden und wo um Himmels willen wir das Essen hernehmen sollen. In zwei Tagen auf meinem Tisch, ja?«

Emma starrte auf die Ordner und dann auf ihn. Kein Wort hatte er am Abend zuvor über die Kantine verloren, er musste sich das über Nacht überlegt haben. Wie gelang ihm das nur, sich morgens in einen anderen zu verwandeln? Wann wurde er zu diesem Büro-Kurt, der nun vor ihr stand und sie mit seinem fremden Blick ansah? Streifte er seine alte Hülle ab, sobald er aufgestanden war, oder geschah es erst beim Ankleiden, wenn er mit dem Anzug sein neues Tages-Ich überstreifte? Sie starrte auf die winzigen Karos auf seiner Krawatte. Es musste etwas mit dem Anzug zu tun haben. »Wie schön, dass du es dir überlegt hast. Ich werde mich sofort darauf stürzen.« Sie erhob sich, ging zu ihm und zupfte seine Krawatte zurecht. Der angenehme Geruch nach Rasierwasser stieg ihr in die Nase. Sie hauchte einen Kuss auf seine Wange. Er schob sie sanft von sich fort. »Nicht hier, Emma.«

Enttäuscht ließ sie ihre Hände sinken. »Aber wir sind allein! Niemand kann uns sehen.« Sie blinzelte zur Tür hinüber, die nur angelehnt war, ging hin und schloss sie zu. »Jetzt kann uns auch niemand mehr hören.« Langsam kam sie zurück und ergriff Kurts Hand.

Als sie sich an ihn schmiegen wollte, schob er sie wieder fort. »Lass das bitte, das geht hier nicht. Die Wände haben Ohren. Wir müssen es trennen, Emma, zu Hause und Büro. Wir haben es versprochen. Es soll doch kein Gerede geben.«

Emma verschränkte die Arme vor der Brust und schloss enttäuscht den Mund. Schade. Aber er hatte sicher recht. Wenn man sie entdeckte, wäre ihr Ruf dahin und sie könnten vielleicht nicht heiraten. In Köln waren sie frei gewesen, aber hier musste sie sich an die Spielregeln halten. Sie seufzte. »In Ordnung, Herr Hüffenberg«, sagte sie spöttisch und setzte sich hinter ihren Schreibtisch. »Ich muss mich erst noch an Ihren geschäftsmäßigen Ton gewöhnen.«

Er nickte, ging zur Tür und öffnete sie wieder. »Also bis Mittwochmorgen möchte ich den Plan haben, Frau van Kall«, sagte er beim Hinausgehen so laut, dass es Herr Brenner im angrenzenden Büro sicher hören konnte.

»Versprochen«, sagte sie. Was für eine seltsame Komödie, die sie hier aufführten, dachte sie.

Stundenlang wühlte sie sich durch die Akten – mehrere Jahre Schriftverkehr von der Gründung der alten Werkskantine bis zu ihrem Ende im Krieg, Kalkulationen, Bestellungen, Rechnungen, Protokolle von Sitzungen des Kantinenausschusses. Sie hörte sich um. Es gab nur zwei Mitarbeiter des alten Ausschusses, die auch heute noch im Werk beschäftigt waren: die Köchin Selma Euler und der Meister Herr Fiedler. Er hatte mit keinem Wort erwähnt, dass er in dem Ausschuss gewesen war. Vermutlich ging er davon aus, dass es nie wieder eine Werkskantine geben würde, in diesen Zeiten schon gar nicht.

Emma machte sich auf den Weg. Sie erwischte Herrn Fiedler bei der großen Papiermaschine, bat ihn auf eine Zigarettenlänge in den Hof und erzählte ihm von ihren Vorstellungen. Wenigstens erklärte er sie nicht für verrückt.

Nach einem tiefen Zug an seiner Lucky Strike sagte er: »Ich habe nichts gegen satte Mitarbeiter, im Gegenteil. Viele würden sich natürlich freuen, wenn es wieder eine Kantine gibt. Aber wo wollen Sie das Essen hernehmen?«

»Von den Bauern.«

Fiedler hob skeptisch seine Brauen, die buschig über seine Augen ragten. »Sie können von den Bauern nicht verlangen, dass sie Lebensmittel im großen Stil schwarz abgeben«, meinte er. »Das wird nur über die Sammelstellen gehen. Sie müssen das Ernährungsamt und die Briten mit ins Boot holen.«

»Sicher.« Emma dachte an den bevorstehenden Besuch von Mr Graham. »Wären Sie denn wieder bereit, in den Ausschuss zu kommen?«

Fiedler zuckte mit den Schultern. »Klar. Aber kümmern Sie sich doch erst mal um die armen Männer, die von weither kommen und in der Stadt kein Zimmer finden. Wir haben ein paar eingestellt, gute Männer, aber die wissen nicht, wo sie hier unterkommen können. Wir könnten sie in den Baracken unterbringen.«

»Haben Sie das schon bei der Geschäftsführung vorgebracht?«

Fiedler nickte. »Aber ich habe noch nichts von denen gehört. Im Moment dreht sich alles nur um die große Papiermaschine.« Er trat seinen Zigarettenstummel aus. »Vielleicht haben Sie ja mehr Glück.«

Sie verabschiedeten sich, und Emma ging in den Sortiersaal zu Selma Euler. Die ehemalige Köchin war sofort Feuer und Flamme für Emmas Vorhaben. Sie setzten sich an einen der langen Tische in der Kantine und gingen die Möglichkeiten durch. Selma Euler traute sich zu, wieder als Köchin tätig zu sein. In der Sortiererei würden mehrere Küchenhilfen beschäftigt, sagte sie, die bestimmt nichts dagegen hätten, wieder in einer Küche zu arbeiten. Sie erhob sich und zeigte Emma die alte Küche, die hinter der Theke an die Kantine grenzte. »Sehen Sie, wir haben noch die alten Herde«, sagte sie und deutete auf einige alte Kohleherde an der Wand. »Die funktionieren auch noch. An Küchengerät haben wir auch noch fast alles. Nur das alte Geschirr wird nicht mehr reichen, da ist zu viel zu Bruch gegangen und gestohlen worden«, sagte sie. »Die Leute sollten am besten ihr eigenes Essgeschirr mitbringen. Wir machen es wie in der Schule, kochen eine einfache Mahlzeit, füllen sie in die Wärmekübel und verteilen sie. Sehen Sie, die sind noch da.« Sie wies auf ein paar große verschlossene Behälter, die in einer Ecke standen.

»Das ist sehr gut.« Emma nickte zufrieden. Es war mehr, als sie erhofft hatte. Langsam nahm ihr Plan Gestalt an. Gemeinsam mit Selma überlegte sie, wie viele Mahlzeiten sie bräuchten und wie viele Lebensmittel sie dafür besorgen müssten. Als sie die Mengen hörte, erschrak Emma und fürchtete, dass es unmöglich wäre, so viel zu beschaffen.

»Dann bekommen wir eben nur zwei- oder dreimal in der Woche ein Essen hin«, meinte Frau Euler. »Besser als nichts.«

»Stimmt, wir müssen es versuchen«, sagte Emma. Sie dachte an Freddy. Ihre Zuversicht stieg wieder, und Selma Euler wurde ihr immer sympathischer. Sie nahm ihr das Versprechen ab, Stillschweigen über ihre Planungen zu bewahren, und ging mit ihren Unterlagen zurück ins Büro, wo sie ihre Schätzungen mit den Verbräuchen der Vorjahre verglich und feststellte, dass sie stimmten. Doch wie sollte sie einen Gesamtplan erstellen, was sollte er beinhalten? Sie holte sich Rat bei Herrn Brenner. Als ehemaliger Verkaufsleiter wüsste er doch bestimmt mehr. Aber Herr Brenner bedauerte, ihr nicht helfen zu können. Er würde ihr aber am nächsten Morgen Fräulein Wagner schicken, die ihr bestimmt weiterhelfen könne.

Emma bedankte sich bei ihm.

Nachmittags rief sie bei den Bauern an, die die Firma schon früher beliefert hatten, und erkundigte sich, ob sie auch jetzt wieder dazu bereit wären. Aber es war, wie Fiedler es ihr prophezeit hatte: Niemand wollte ihnen schwarz Lebensmittel abgeben. Sie solle sich an das städtische Ernährungsamt wenden oder an die Briten, vielleicht würden die ja etwas aus ihren Heeresbeständen bereitstellen. Schließlich funktioniere das ja bei der Schulspeisung auch. Enttäuscht legte Emma den Telefonhörer auf. Was nützte ihr der Plan, wenn es keine Lebensmittel gab? Wie hatte sie auch hoffen können, die Bauern würden ihnen helfen? Sie verkauften oder tauschten das, was sie übrig hatten, gewinnbringend bei den Städtern ein, die an den Wochenenden zum Hamstern das Land überschwemmten. Emma seufzte und starrte aus dem Fenster, wo allmählich die Dämmerung herabsank. Auf dem Werksgelände verbreiteten ein paar Laternen ihr spärliches Licht. Emma nahm ihren Mantel und hastete zum Parkplatz. »Guten Abend, Josef«, begrüßte sie den Fahrer, der im Wagen auf sie wartete. »Wie geht's Ihnen?«

»Danke, gut, Frau van Kall«, erwiderte er, ehe er wieder in sein gewohntes Schweigen verfiel.

Anfangs hatte Emma noch versucht, ihn mit einem kleinen Gespräch aus der Reserve zu locken, doch vergeblich. Josef war ein schweigsamer Mann. Ihr tägliches Gespräch bestand nun morgens und abends nur aus diesem kleinen Wortwechsel, der ihr übliches Begrüßungsritual darstellte.

Kurt kam noch einige Zeit später als sie. Mit langen Schritten hastete er durch den Regen heran, der inzwischen eingesetzt hatte und in feinen silbernen Fäden vom Himmel fiel, ließ sich auf die weiche Rückbank sinken und nahm seinen Hut ab.

»Was macht der Kantinenplan, Emma?«, erkundigte er sich sofort.

Emma, die auf einen Begrüßungskuss gehofft hatte, wandte ihren Blick enttäuscht ab. Selbst hier im Wagen hielt Kurt sich zurück mit Vertraulichkeiten, obwohl Josef niemals etwas von dem ausplaudern würde, was in seinem Wagen geschah. »Geht gut voran«, meinte sie leichthin. »Wir müssen nur noch ein paar Kleinigkeiten klären.«

»Ein paar Kleinigkeiten?« Sein Blick forschte in ihrer Miene.

Sicher glaubte er ihr nicht. Er hatte von Anfang an daran gezweifelt, dass sie in der Lage wären, so viele Lebensmittel zu beschaffen. Vielleicht wäre ihr Vorhaben zum Scheitern verurteilt. Aber wenn sie ihm von ihren Schwierigkeiten erzählte, würde er die Planungen möglicherweise sofort stoppen. Das Risiko wollte sie nicht eingehen. Schließlich hatte sie noch einen Tag Zeit. Vielleicht würde sich morgen eine Lösung finden lassen. Sie hielt seinem Blick stand. »Wirklich«, bekräftigte sie.

»Also gut, dann kannst du mir übermorgen den Plan vorlegen?« Wieder der forschende Blick.

»Warum denn nicht?«, gab sie zurück, während sie über den Parkplatz zur Straße rollten.

»Nun, ich dachte, vielleicht hat sich deine Idee als nicht durchführbar erwiesen.«

»Wie kommst du denn darauf? Hättest du das gern?« entgegnete sie schroffer, als sie wollte.

Er schwieg, während sie in die Landstraße zum Dorf einbogen. Sie spürte, wie er sie von der Seite ansah.

»Wenn du Schwierigkeiten mit dem Plan haben solltest, kannst du es mir ruhig sagen. Eine Sekretärin sollte Vertrauen zu ihrem Chef haben, Emma. Wenn es Schwierigkeiten gibt, sollte ich das wissen.« Er legte seine Hand auf ihr Knie.

Sie regte sich nicht. »Jetzt bist du auf einmal wieder vertraulich? Heute Morgen warst du noch ganz anders«, giftete sie.

Kurt seufzte und nahm seine Hand fort. »Tut mir leid, ich wollte dich nicht verärgern. Wir müssen im Büro die Trennung bewahren, das verstehst du doch, oder?«

Sie nickte. Auf einmal fragte sie sich, wie er so gut mit ihrem Arrangement umgehen konnte.

»Es ist sicher schwer für dich am Anfang, aber du wirst dich noch daran gewöhnen«, sagte er.

Sie richtete sich im Sitz auf. »Warum kannst *du* das so gut?«

»Was?«

»Das Trennen von Firma und Privat. Dir fällt das so leicht. Du bist in der Firma ein ganz anderer Mensch. Wieso kannst du das so gut trennen?«, fragte sie mit leiser Stimme.

»Was willst du damit sagen?«

Sie starrten sich eine Weile schweigend an.

»Damals die Trennung in Köln, als du zu deiner Mutter zurückgegangen bist«, sagte sie. »Ich hatte den Eindruck, dass dir der Abschied nicht so schwergefallen ist wie mir.«

»Herrgott, müssen wir diese alten Sachen wieder aufwärmen, Emma? Du kannst mir keine Vorwürfe machen. Du bist keine drei Monate später zu deinem Mann zurückgegangen.«

Emma wandte sich ab und legte den Kopf an die Lehne. Er nahm es ihr also immer noch übel, dass sie damals zu Christian zurückgekehrt war. Ihre Wut verrauchte, und Angst trat an ihre

Stelle. Ihr Gespräch hatte eine Wendung genommen, die ihr nicht gefiel. Sie wollte nicht aus geringstem Anlass mit Kurt streiten, schon gar nicht wegen längst vergangener Dinge. Aber sie brachte es nicht über sich, einzulenken. Also schwieg sie und starrte aus dem Fenster, wo die dunklen Silhouetten der Berge sich vor dem dämmrigen Himmel abzeichneten. In den Häusern im Dorf brannte schon Licht, ebenso hinter den hohen Fenstern der Villa. Die Lampe unter den Säulen, die den Eingang flankierten, warf ihren Schein in die Dämmerung.

Als sie auf der kiesbestreuten Auffahrt hielten, sah Emma Herrn Brenner dort warten. Er hatte seinen Mantelkragen hochgeschlagen und hielt Ausschau nach ihrem Wagen.

Josef spannte seinen Schirm auf, öffnete ihnen den Wagenschlag und begleitete Emma zum Eingang. »Herr Brenner, schön Sie zu sehen«, sagte sie.

»Ganz meinerseits, Frau van Kall.« Er nickte ihr zu, hob kurz seinen Hut und begrüßte dann Kurt.

»Wollen Sie zurück in die Stadt?«, fragte Kurt.

Herr Brenner nickte. »Ihr Vater sagte, Ihr Fahrer könne mich nach Hause bringen.«

Kurt nickte, und sie verabschiedeten sich. Er winkte Josef herbei, der Herrn Brenner zum Wagen begleitete, wobei er den Schirm über ihn hielt.

»Er war also bei deinem Vater«, bemerkte Emma, nachdem der Personalchef in den Wagen gestiegen war. »Was sie wohl besprochen haben?«

»Alles«, gab Kurt zurück, während sie dem Wagen hinterhersahen, der langsam zum Tor rollte. »Mein Vater lässt sich über alles unterrichten. Brenner war zum wöchentlichen Rapport hier.«

»Ich dachte immer, Palm wäre sein Zuträger.«

»Richtig. Aber auch Brenner. Er lässt sich von mehreren berichten.«

»Meine Güte! Ich habe Brenner heute wegen des Kantinenplans um Rat gefragt. Dann weiß dein Vater jetzt alles darüber.«

Kurt lächelte grimmig. »Meinem Vater bleibt nichts verborgen, was in der Firma passiert.«

Seine Stimme klang dunkel und spöttisch, er schien immer noch wegen ihres Streits verärgert zu sein.

Kurts Eltern erwarteten sie schon im Esszimmer am Tisch, und sie konnten sich gerade noch vor dem Essen die Hände waschen.

»Ihr kommt spät«, bemerkte der alte Hüffenberg und musterte sie mit scharfen Blicken.

Er schien ihre schlechte Stimmung zu bemerken und nutzte ihr Schweigen, um ungewöhnlich viel zu reden. Er berichtete von seinem Spruchkammerverfahren, das gut für ihn laufen würde. Doktor Lange habe viele Leute gefunden, die bereit wären, sich für ihn zu verwenden. Er habe gute Aussichten, entlastet aus dem Verfahren herauszukommen.

Kurt saß die meiste Zeit schweigend am Tisch, das Gesicht eine Maske. »Wer will denn für dich sprechen, Vater?«, erkundigte er sich.

»Das unterliegt der Schweigepflicht, darüber darf ich nichts sagen.«

»Aha. Na, dann wünsche ich dir viel Glück.« Es klang eisig.

Emma war froh, dass Margarete nach dem Essen kein Vorspielen mehr wünschte und sie sich sofort zurückziehen konnte. Im Flur traf sie auf Kurt, der schon vorher hochgegangen war. Sie erschrak ein wenig, als er plötzlich aus dem Halbschatten trat, sie an die Hand nahm und zu sich heranzog.

»Ich will mich nicht mit dir streiten, Emma«, raunte er an ihrem Ohr. »Ich liebe dich doch.«

Erleichtert schmiegte sie sich an ihn und kuschelte sich in seine Arme. Endlich konnte sie ihn wieder riechen und spüren wie immer, er war wieder ihr Kurt und nicht mehr der unpersönliche Sohn des Firmeninhabers, der er tagsüber war.

»Ich liebe dich auch«, murmelte sie. Ihre Lippen suchten sich im Halbdunkel, sie küssten sich. »Es ist so schwer für mich, dich tagsüber zu sehen und dich nicht berühren zu können«, gestand sie leise.

Er nahm ihre Hand. »Komm, wir gehen nach draußen.«

Sie streiften sich ihre Mäntel über, und Kurt zog sie durch den Hintereingang hinaus. Sie gingen durch den Gemüsegarten nach hinten zum Tennisplatz, der nun verlassen im Dunkel lag. Das Laub raschelte unter ihren Füßen, als sie ihn überquerten. Vom Tor im schmiedeeisernen Zaun gelangten sie auf den Feldweg, der zum Wald führte. Ein leichter kalter Wind wehte und fuhr Emma unter das Kleid. Sie fröstelte.

Kurt blieb mitten auf dem Weg stehen, legte den Arm um sie und zog sie zu sich heran. »Ich würde dich auch gern tagsüber in den Arm nehmen.«

»Wirklich?«

Er nickte.

»Du wirkst aber nicht so. Im Büro bist du abweisend.«

»Tut mir leid. Wenn ich zu nett zu dir bin, könnten die anderen Verdacht schöpfen.«

»Wäre das so schlimm?«

Er ließ sie los und fuhr sich mit der Hand durch die Haare. »Herrgott, ich glaube manchmal, mein Vater hat das extra gemacht, um uns zu prüfen. Er will, dass wir uns wegen der Firma in die Haare kriegen. Ist dir seine Veränderung gerade aufgefallen? Es gefällt ihm, wenn zwischen uns dicke Luft herrscht.«

Emma sog langsam die kalte Luft ein. »Meinst du das wirklich?«

»Ich kenne meinen Vater«, sagte Kurt mit dunkler Stimme.

Diese Stimme hatte er immer, wenn er über seinen Vater sprach. Emma strich über Kurts Arm. »Er wird es nicht schaffen, uns zu trennen«, versprach sie. »Ich werde mich noch ans Büro gewöhnen, wenn du etwas netter zu mir bist. Versprochen.«

Er nahm wieder ihre Hand, und sie gingen schweigend den Feldweg weiter. Emma fühlte sich erleichtert, dass sie sich nun wieder vertragen hatten. Wie schön diese Nähe und Vertrautheit mit Kurt doch war. Er war viel offener als Christian. Mit ihm zusammen könnte sie die Welt verändern. Aber er hatte recht, dafür musste sie ihm vertrauen. »Die Bauern wollen uns keine Lebensmittel abgeben«, gestand sie ihm. »Wir sollen uns an das Ernährungsamt oder an die Briten wenden.«

»Das hatte ich mir schon gedacht.« Er drückte ihre Hand. »Das Ernährungsamt wird uns sicher auch nicht weiterhelfen. Aber du kannst es versuchen. Wie willst du weiter vorgehen?«

Erleichterung stieg in Emma auf. Wie schön, dass er das offenbar ihr überlassen wollte! »Morgen trommle ich ein paar Leute zusammen. Mal sehen, ob jemand eine Idee hat, was wir machen können.«

»Ich bin gespannt.«

Sie drückte seine Hand, und gemeinsam gingen sie zurück zum Haus.

Kapitel 6

Am nächsten Morgen ging Emma mit Herrn Fiedler, Paula Wagner und Selma Euler ihre Planungen für die Werkskantine durch, und sie beratschlagten in ihrem Büro, was sie tun könnten.

»Ich kenne den alten Krüger vom Ernährungsamt, der wohnt in unserem Dorf«, sagte Selma Euler. »Unser Pächter Heinz hatte ein paarmal mit dem zu tun gehabt. Ich könnte ihn fragen, ob er uns hilft.«

»Danke, Selma«, meinte Emma. »Aber sicher möchte Herr Hüffenberg selbst mit ihm sprechen.«

Selma nickte. »Bei uns gibt's noch einen Hühnerbauern. Der hat dieses Jahr einen Verschlag gebaut und so viele neue Hühner gezüchtet, dass er uns Eier abgeben könnte.«

»Wo hat der denn das Hühnerfutter her?«, fragte Paula.

»Der wird wohl genügend Kartoffelschalen und Küchenabfälle haben«, erwiderte Selma. »Vielleicht kriegen die Hühner bei ihm auch Fallobst. Das ist ein Knauser, bei dem kriegen die Städter gar nichts.«

Bei dem Gedanken an saftige Äpfel und Birnen floss Emma das Wasser im Mund zusammen. Gestern hatte jeder von ihnen von den Äpfeln des einzigen Obstbaums der Villa einen mehligen Apfel zum Nachtisch bekommen. Der Baum hatte nicht besonders gut getragen. Ohne den Garten, den Kurt hatte anlegen lassen, wären sie nur auf ihre Lebensmittelkarten und die Bauern angewiesen. Bei dem Gedanken, dass ein Bauer Fallobst an seine Hühner verfütterte, stieg Wut in Emma auf. »Haben Sie einen guten Draht zu dem Hühnerbauern, Selma?«, fragte sie. »Können Sie mal vorfühlen, ob er bereit wäre, uns zu beliefern?«

»Kann ich machen, aber der wird viel verlangen, das kann ich Ihnen jetzt schon sagen.«

»Fragen Sie, wie viele Eier er abgeben könnte und was er dafür will. Vielleicht haben wir ja etwas, das er braucht.« Sie dachte an die Pappe.

»In Ordnung, ich mach's. Wir sollten mal rumfahren. Mir fallen da noch so ein paar Bauern ein, bei denen wir fragen könnten.« Selma Eulers dunkle Augen leuchteten.

»Wenn Sie möchten, komme ich mit«, bot Paula ihr an.

»Wenn Herr Fiedler Sie für heute entbehren kann?« Emma wandte sich an den Meister, der graugesichtig und müde auf seinem wackeligen Stuhl saß und die Arme verschränkt hielt.

»Wenn Herr Hüffenberg es wünscht«, sagte er.

»Sicher«, meinte Emma leichthin. »Wir bräuchten nur jemanden, der einen kleinen Lkw fahren kann.«

»Freddy!«, rief Paula. »Äh … Herr Zehnpfennig. Er hat im Krieg sämtliche Lkw gefahren.«

Herr Fiedler war einverstanden, und sie erhoben sich und machten sich auf den Weg, während er noch blieb. Emma hoffte, dass sie Erfolg haben würden. Doch als sie in Fiedlers graues, müdes Gesicht sah, schmolz ihre Zuversicht dahin.

»Geben Sie zu, Sie halten mich für verrückt«, sagte sie. »Die Werkskantine in dieser Zeit wiederbeleben zu wollen.«

Er schüttelte den Kopf. »Was ich glaube, ist nicht von Belang.« Er zog ein zusammengefaltetes Papier aus seiner

Jackentasche. »Ich habe mal eine Liste gemacht. Darauf stehen alle Arbeiter, die dringend eine Unterkunft brauchen. Haben Sie vielleicht schon mit Herrn Hüffenberg über die Baracken gesprochen?«

»Nein.« Emma hatte ein schlechtes Gewissen, weil sie es vergessen hatte. Sie entfaltete den grauen Papierbogen, auf dem in sorgfältigen Sütterlinbuchstaben Reihen von Namen standen. Schnell überflog sie sie und blieb an Freddys Namen hängen. »Friedhelm Zehnpfennig. Wo wohnt er denn jetzt überhaupt?«

Fiedler zuckte mit den Schultern.

»Kann er denn nicht bei Fräulein Wagner wohnen?«

»Nein, die sind voll bis unters Dach. Die haben noch Ausgebombte aus dem Ruhrgebiet aufgenommen. Gartenhain platzt aus allen Nähten.«

»Ich verstehe«, sagte Emma. Gartenhain war eine Siedlung von Betriebswohnungen und -häusern für Mitarbeiter der Hüffenberger Werke, die in den letzten Jahrzehnten am Rande der Kleinstadt errichtet worden war. Kurt hatte ihr erzählt, dass die Siedlung ein Lieblingsprojekt seines Großvaters gewesen sei. Sein Vater hatte die Bautätigkeit später aus Kostengründen eingestellt.

»Geben Sie die Liste bitte an Herrn Hüffenberg weiter«, bat Fiedler. »Ich werde Sie bei Ihrem Vorhaben mit der Kantine unterstützen, auch wenn es vielleicht etwas gewagt ist. Wenn Sie mir bei meinem Anliegen helfen, die Baracken für die Männer herzurichten.«

Emma versprach es und faltete den Papierbogen zusammen. Fiedler nickte, setzte seine Schirmmütze wieder auf und ging hinaus.

Am späten Nachmittag kehrten Paula, Selma und Freddy von ihrer Erkundungsfahrt zurück. »Der Hühnerbauer ist bereit, uns mit Eiern zu beliefern«, berichtete Selma. »Aber nur gegen

Zigaretten, er will kein Geld. Der lässt sich auf nichts anderes ein.«

Emma erschrak, als sie hörte, was der Bauer für eine Wochenlieferung Eier verlangte. »Das sind ja Wucherpreise!«

Selma ließ sich auf einen Stuhl sinken. »Wo könnten wir denn so viele Zigaretten herbekommen?«

»Nur vom Schwarzmarkt«, sagte Emma.

Selma starrte sie überrascht an.

»Wenigstens haben wir noch einen Bauern gefunden, der uns Kartoffeln liefern würde«, berichtete Paula stolz. »Und vielleicht sogar ein Schwein. Er will nur Reichsmark dafür haben.«

Emma nickte. »Sonst haben Sie niemanden gefunden?«

Die beiden schüttelten traurig die Köpfe. Emma setzte sich auf ihren Schreibtischstuhl und rieb sich die Stirn. »Das ist wirklich nicht viel und sehr überteuert.«

»Man könnte schon was daraus machen, aber weit kämen wir nicht«, meinte Selma. »Außerdem brauchen wir noch Fett, Salz, Mehl und Gemüse.«

Emma dachte nach. Wenn sie die fehlenden Zutaten auf den Schwarzmärkten besorgen müssten, würde es sehr teuer werden. Vielleicht könnten sie ihre Pappe eintauschen. Oder Papier, das ebenfalls rationiert und schwer zu bekommen war. Sie musste mit Kurt darüber reden. »Danke für Ihre Hilfe«, meinte sie schließlich. »Ich mache den Plan, und dann sehen wir, was Herr Hüffenberg dazu sagt.«

Selma und Paula erhoben sich. »Viel Glück dafür«, wünschte ihr die Köchin.

»Freddy sagt übrigens, der Lkw lässt sich gut fahren«, meinte Paula. »Ist nur ein bisschen laut.«

Emma musste lächeln. Wenn Paula wüsste, wie oft sie schon damit gefahren war.

Als die beiden weg waren, spannte sie ein Blatt Papier in Paulas alte Schreibmaschine und tippte mühselig mit zwei

Fingern ihre Ergebnisse auf den Bogen. Dabei verschrieb sie sich oft und musste mehrfach von Neuem beginnen, fluchte und bereute, nach der Schule nicht wenigstens einen Schreibmaschinenkurs gemacht zu haben. Vielleicht hatte ihre Mutter doch recht gehabt und sie hätte etwas Handfestes lernen sollen, etwas, mit dem sie notfalls ihr Geld hätte verdienen können, wenn sie nicht geheiratet hätte. Im Augenblick konnte sie sowieso nicht auftreten, und die Arbeit in der Firma füllte sie vollkommen aus. Abends sank sie immer müde vom Tag ins Bett, aber morgens brauchte sie nie lange, um wach zu werden, und dachte immer schon über ihre Pläne für die Werkskantine nach, während sie sich ankleidete.

Sie nahm den Bogen aus der Schreibmaschine, knipste die Schreibtischlampe an und ging ihren Plan noch einmal durch. Sie hatte noch Vorschläge gemacht, was sie gegen die Lebensmittel von den Bauern eintauschen könnten. Wenn sie sofort damit begännen, Wintervorräte anzulegen und die Küche wieder einzurichten, könnten sie es schaffen. Kurt müsste mit dem Beamten vom Ernährungsamt und mit den Briten reden. Mr Graham sollte ja bald kommen.

Zuversichtlich verstaute Emma den Plan in ihrem Schreibtisch und löschte das Licht.

* * *

Am nächsten Morgen legte sie Kurt den Kantinenplan vor. Er versprach, ihn sich gleich anzusehen. Doch nur kurz danach wurden sie zu Herrn Palm ins Büro gerufen. Der Geschäftsführer wies ihnen Plätze auf den Stühlen zu, die im Halbkreis vor seinem wuchtigen Schreibtisch standen. Auf zweien von ihnen hatten zu ihrem Erstaunen bereits Herr Brenner und der junge Rolf Kress vom Betriebsrat, den ihr Freddy in der Kantine vorgestellt hatte, Platz genommen. Herr Palm lehnte sich in seinem

Sessel zurück und faltete seine mageren Hände vor dem Bauch. Ein ungutes Gefühl stieg in Emma auf, als sie auf dem Stuhl zwischen Kurt und Herrn Brenner Platz nahm.

»Wie ich hörte, gibt es Pläne, die alte Werkskantine wieder zu eröffnen«, kam Herr Palm ohne Umschweife zur Sache. »Es wäre schön gewesen, wenn man die Geschäftsführung von diesen Plänen unterrichtet hätte.« Er sah Kurt missbilligend an.

»Stimmt, es gibt eine Idee zur Wiedereröffnung der Kantine«, erwiderte Kurt. »Die Pläne dafür stecken aber noch in den Kinderschuhen und sind Ihnen deshalb noch nicht vorgelegt worden, Herr Palm. Aber da Sie diese Besprechung einberufen haben und wir alle hier sind, sehen Sie sie sich gern an.« Er erhob sich und legte Emmas Plan vor Palm auf den Tisch.

Der Geschäftsführer vertiefte sich eine Weile darin, während alle anderen schwiegen. Emmas Unbehagen verstärkte sich. Ihr gefiel nicht, wie Herr Palm Kurt behandelte. Er ließ ihn auf einem einfachen Stuhl sitzen und kanzelte ihn ab, als wäre er irgendein Mitarbeiter und nicht der Sohn des Firmeninhabers.

Palm hob den Kopf, ließ die Papiere sinken und reichte sie schweigend an Brenner weiter. »Was halten Sie von dem Vorhaben?«, fragte er Brenner und Rolf Kress, kaum, dass Letzterer von dem Plan hatte Notiz nehmen können.

Der Personalchef rückte sich seine dunkle Hornbrille zurecht. »Gewiss eine gute Idee, und personalmäßig kein Problem, denn wir könnten die Frauen aus der Sortiererei für die Küche nehmen, die früher Küchenhilfen waren. Wie es hier vorgeschlagen wird«, sagte er. »Allerdings müssten wir dann neue Kräfte für die Sortiererei einstellen.«

»Sind die Kosten dafür richtig berechnet worden?«, fragte Herr Palm und deutete auf die Papiere.

»Nach meinem flüchtigen Überschlag zu urteilen, durchaus, Herr Palm«, meinte Herr Brenner. »Aber selbst, wenn die veranschlagten Essensmengen stimmen sollten, halte ich es für unverantwortlich, sie schwarz bei den Bauern in der Umgebung oder sogar auf dem Schwarzmarkt zu beschaffen, wie es hier vorgeschlagen wird. Wenn das herauskäme, würden wir Ärger mit der Stadtverwaltung und mit den Briten bekommen. Sie könnten die Firma wieder schließen.«

Palm runzelte die Stirn und wandte sich an Emma. »Waren Sie mit dem Plan betraut?«

Sie nickte.

»Wer hat Ihnen geholfen, die Essensmengen zu berechnen?«

Emma starrte auf seine dünnen Lippen und wunderte sich, warum er sich plötzlich so abweisend ihr gegenüber verhielt. Bei den Abendessen in der Hüffenberger Villa war er stets höflich und zuvorkommend gewesen. Sollte das hier ein Tribunal werden? Würden ihre Helfer Schwierigkeiten bekommen, weil sie ihr geholfen hatten? Aber nein, sie hatte einen offiziellen Auftrag von Kurt bekommen. Sie wechselte einen raschen Blick mit ihm, er nickte. »Die ehemalige Köchin Frau Euler«, sagte sie. »Sie hat Erfahrung in diesen Dingen.«

»Das bezweifle ich nicht«, sagte Palm und hob die Mundwinkel zu einem freudlosen Lächeln. Er wandte sich an Kurt. »Sie haben Ihrer Sekretärin freie Hand gelassen, Herr Hüffenberg, das ist äußerst ungewöhnlich. Tippen Sekretärinnen üblicherweise nicht nur das, was die Chefs ihnen diktieren?«

Kurt richtete sich auf seinem Stuhl auf. »Ich weiß, Sie halten gern am Althergebrachten fest, Herr Palm. Aber für mich ist Frau van Kall meine rechte Hand, die eigenständig Dinge für mich erledigt. Sie hat dafür mein volles Vertrauen. Im Übrigen sind die Planungen für die Werkskantine noch nicht abgeschlossen, wie ich schon sagte. Ich hatte selbstverständlich vor, mit Ihnen, der Stadtverwaltung und natürlich auch mit den Briten zu sprechen.«

»Das wird nicht nötig sein, ich halte die Einrichtung einer Werkskantine zum gegenwärtigen Zeitpunkt für ausgeschlossen«, gab Palm schmallippig zurück. »Wir verschieben das auf Zeiten, in denen wir uns legal und zu vernünftigen Preisen Lebensmittel beschaffen können.«

Kurt rückte auf seinem Stuhl nach vorn. »Sollten wir nicht erst mal mit dem Ernährungsamt und den Besatzern sprechen, ehe diese Entscheidung gefällt wird? Vielleicht gibt es Möglichkeiten, an die wir gar nicht denken. Auf jeden Fall gibt es hungernde Mitarbeiter. Es lässt sich aber viel besser arbeiten, wenn man wenigstens einigermaßen satt ist, nicht wahr, Herr Kress?« Er blickte den jungen Mann vom Betriebsrat auffordernd an.

Rolf Kress, der in der Kantine ein großes Wort geführt hatte, rutschte unruhig auf seinem Stuhl hin und her, ehe er hastig nickte. Aber er sagte nichts.

»Wir sind eine Firma, keine Wohltätigkeitsorganisation, das wissen Sie genau, Herr Hüffenberg«, versetzte Palm. »Wir können froh sein, dass wir schon einen kleinen Auftrag von den Briten erhalten haben. Ich glaube nicht, dass wir so wichtig sind für sie, dass sie uns Lebensmittel aus ihren Heeresbeständen abgeben.«

»Wer weiß? Man könnte sie fragen.«

Palm tippte auf Emmas mühsam mit der Schreibmaschine geschriebene Zeilen. »Stellen Sie die Pläne ein. Das Vorhaben wird nicht weiterverfolgt.« Er gab Kurt den Plan zurück.

Kurts ernste Miene verriet nichts. Er hatte sich gut in der Gewalt, aber Emma sah, wie er schluckte.

»Wie Sie wünschen, Herr Palm.« Er rollte die Papiere zusammen.

Der Geschäftsführer entließ sie und behielt Kurt für ein Vieraugengespräch zurück. Emma wurde das Gefühl nicht los, als sie Brenner mit beschwingten Schritten in sein Büro

71

zurückkehren sah, dass das alles geplant war. Kurts Vater hatte von ihren Kantinenplänen erfahren, war dagegen und hatte Palm entsprechend instruiert.

Enttäuscht und wütend ging sie zurück in ihr Büro und starrte aus dem Fenster in den trüben Himmel, der sich über den Fabrikgebäuden wölbte. Alle Mühen waren umsonst gewesen. Menschen wie Freddy, die ihr Leben an der Front für ihr Land riskiert und nun kaum etwas zu essen hatten, würde nicht geholfen werden. Aber sie fühlte auch Wut wegen Kurt, weil sein Vater und Palm ihn so behandelten. Nur mit Mühe hielt sie sich zurück und wartete ab, bis er zu ihr kam. Das war erst am Nachmittag, und er stieß ihre Bürotür so heftig auf, dass die Papiere auf Paulas Schreibtisch durch den Luftzug herunterfielen. Er schloss die Tür und entschuldigte sich.

Emma bückte sich nach Paulas Unterlagen und sammelte alle auf. Als sie sich wieder aufrichtete, stand Kurt gleich hinter ihr. Seine blaugrünen Augen leuchteten im hereinfallenden Licht. Aber er sagte nichts, wandte sich nur von ihr ab und sah aus dem Fenster.

»Tut mir leid, dass es so gelaufen ist«, sagte sie zerknirscht. »Der Plan war …«

»Der Plan war gut, wir hätten nur noch mehr Zeit gebraucht«, schnitt Kurt ihr das Wort ab. »Es war mein Vater, er hat es verhindert. Palm tut nur das, was mein Vater will. Ich hätte es mir denken können.« Er vergrub die Hände in seinen Hosentaschen.

Als Emma ihn dort stehen sah, enttäuscht und wütend, ging sie zu ihm, legte den Arm auf seinen Rücken und schmiegte sich an ihn.

Er verharrte eine Weile still, dann schob er sie sanft fort. »Nicht hier im Büro, das weißt du doch«, sagte er mit rauer Stimme. »Und schon gar nicht am Fenster.«

Sie ließ enttäuscht die Arme sinken. »Mit der Kantine … können wir da nicht etwas anderes versuchen? Wenigstens eine warme Mahlzeit in der Woche! Wir könnten eine kleine Feier machen und dabei warmes Essen ausgeben. So könnten wir durch die Hintertür …« Sie brach ab, als sie Kurts Blick bemerkte. Er starrte sie an und sah dabei seinem Vater so ähnlich, dass sie erschrak.

Er wandte sich ab, zog ein Papier aus seiner Anzugtasche und legte es auf ihren Tisch. »Fiedlers Liste, die du mir gegeben hast …« Er tippte auf das graue Papier. »Wir werden Unterkünfte für die Männer schaffen, hier auf dem Firmengelände in den alten Baracken. Fiedler wird sie dir zeigen. Du kümmerst dich darum und besorgst alles Nötige. Hier ist der Name des Beamten von der Stadtverwaltung, der dir bei der Möbelbeschaffung helfen kann. Das haben wir bei den Vertriebenen auch schon so gemacht.« Er zeigte auf eine Bleistiftnotiz auf der Liste. »Nimm den Kress vom Betriebsrat mit ins Boot. Ach ja, und du musst Englisch lernen. Mr Graham von der Militärregierung kommt nächste Woche Mittwoch. Du musst dich beeilen.«

»Wie soll ich das denn alles machen?«, fragte Emma, noch immer enttäuscht über die Ablehnung des Kantinenvorhabens.

»Du bekommst Privatunterricht bei meiner alten Lehrerin aus der Stadt. Heute Abend gehts los.« Auf einmal lächelte Kurt wieder, zwinkerte ihr zu und rauschte aus dem Zimmer. Emma fiel ein, dass er sie im Büro schon wieder geduzt hatte, obwohl er das doch gar nicht wollte. Also hatte auch er sich nicht immer in der Gewalt.

Kapitel 7

Fräulein Arndt kam pünktlich auf die Minute um halb acht in die Villa, nachdem sie gegessen hatten. Kurt machte Emma mit seiner ehemaligen Lehrerin bekannt und komplimentierte sie beide in die Bibliothek, wo sie in Ruhe arbeiten konnten.

Fräulein Arndt, eine kleine rundliche Frau mit wachen Augen, drückte seine Hände länger als nötig. »Ich bin ja so froh, dass Sie wohlbehalten aus dem Krieg zurückgekommen sind, Herr Hüffenberg!«

»Sagen Sie ruhig weiter Kurt zu mir«, bot Kurt ihr lächelnd an. »Sie kennen mich doch seit der Sexta.«

Sie nickte und wischte sich eine Träne aus dem Augenwinkel. »Deine Klasse hat's besonders schlimm getroffen«, klagte sie. »Den Müller Kurt hat's erwischt, den Elsner Pit und Matti Huth ebenfalls. Und Klett Alfred, den sie zum Schluss noch eingezogen haben, wird vermisst.« Sie ließ sich auf einen der Sessel sinken, die um den niedrigen Tisch herumstanden.

Kurt setzte seine verschlossene Miene auf. »Ich habe davon gehört. Wir haben vor Kurzem Alfreds jüngeren Bruder eingestellt, er ist jetzt Lehrling bei uns.«

Therese kam und servierte Tee.

»Ach, du hattest schon immer ein gutes Herz«, sagte Fräulein Arndt, nachdem die Haushälterin die Bibliothek wieder verlassen hatte. »Deine Mutter hat sich solche Sorgen gemacht, als du nicht zurückkamst. Wir alle haben uns Sorgen gemacht. Aber nun bist du ja wieder da.« Sie strahlte ihn an.

Emma konnte sich gut vorstellen, dass sie es früher nicht übers Herz gebracht hatte, den jungen Sextaner-Kurt zu tadeln, nachdem er etwas angestellt hatte. Trotz ihrer schlechten Stimmung musste sie lächeln.

»Ich wünsche mir so, dass dein Bruder auch bald wieder zurückkommt«, sagte seine Lehrerin. »Haben deine Eltern etwas von ihm gehört?«

»Leider nicht, Fräulein Arndt«, erwiderte Kurt mit tonloser Stimme. »Wie schön, dass Sie Zeit haben, meiner Sekretärin Englisch-Nachhilfe zu geben. Wir haben nächsten Mittwoch die Besatzer im Haus, kriegen Sie das hin?«

Fräulein Arndt warf Emma einen Blick zu. »Sie sagten mir, das Englisch von Frau van Kall müsste nur aufpoliert werden. Bis nächste Woche können wir einiges schaffen, wenn die Dame fleißig übt.«

Kurt lächelte, nickte ihnen beiden zu und verabschiedete sich von seiner alten Lehrerin.

Fräulein Arndt sah ihm hinterher, bis sich die schwere Tür hinter ihm geschlossen hatte, dann kramte sie ein Englischbuch aus ihrer abgegriffenen Handtasche. »Wie viele Jahre haben Sie denn Englisch gehabt, Frau van Kall?«, fragte sie Emma und eröffnete damit ihren Unterricht.

Ihr harmloses Äußeres täuschte. Hinter der Fassade steckte eine strenge Lehrerin, die jeden Fehler verbesserte und sorgfältig auf die richtige Grammatik und Aussprache achtete. Nach zwei Stunden war Emma so müde, dass sie sich nicht mehr konzentrieren konnte. Insgeheim atmete sie auf, als Fräulein Arndt den Unterricht beendete.

»Bis morgen, Frau van Kall«, verabschiedete sie sich freundlich lächelnd. »Sie machen gute Fortschritte. Nächsten Mittwoch werden Sie glänzen.«

»Danke.« Emma lächelte gequält. Sie konnte sich nicht vorstellen, auch nur einen Bruchteil davon zu behalten, was die Lehrerin ihr in den letzten beiden Stunden eingetrichtert hatte, aber sie würde sich bemühen. Sie läutete nach Therese, die sofort erschien, um Fräulein Arndt hinauszubegleiten, danach sank sie zurück in den Sessel. Vom Wind gepeitschter Regen klatschte gegen die hohen Fensterscheiben. Ein feiner, abgestandener Geruch nach Rauch hing in der Luft, er schien auch in den Polstern der Sessel, im Holz der Wandvertäfelung und in der Damasttapete zu stecken. Emma wusste, dass Kurts Vater hier manchmal seine Zigarren rauchte, obwohl der Arzt es ihm verboten hatte. Sie erhob sich und ging zum Glasschrank, in dem die Bücher standen. Eine ganze Wand voller Bücher. Alte, ledergebundene Ausgaben berühmter Dichter. Eine Prachtausgabe von Goethes Werken. Schillers illustrierte Gesamtausgabe. Herder, Fontane, Storm, sogar Heine. Ein Band mit mittelalterlichen Gedichten und ein Buch »Perlen deutscher Poesie«. Mehrere Abhandlungen über die Papierherstellung und eine Festschrift zum hundertjährigen Firmenjubiläum der Hüffenberger Werke von 1925. Unzählige Romane, die Emma noch lesen wollte. Sie wandte sich zum Fenster um, unter dem ein Schreibtisch stand. Kurt hatte hier einen provisorischen Arbeitsplatz gehabt, bevor er sein Büro in der Firma bezog. An der Wand daneben, über dem alten Kamin, hing das Familienbild der Hüffenbergs, das Emma immer wieder gern betrachtete, wenn sie hier allein war. Es zeigte Kurt als zwölfjährigen Jungen, mit wilden blonden Locken und einem widerborstigen Trotz in den Augen, die denen seiner Mutter so glichen. Seine Mutter stand hinter ihm, und der traurige Ausdruck in ihrem herzförmigen Gesicht erinnerte Emma an das Foto, das sie einst in Kurts

Schreibtischschublade gefunden hatte, als er noch Untermieter bei ihnen gewesen war. Auf einmal begriff sie, was sie an Kurts Mutter oft so irritierte. Der Maler hatte es auf dem Bild gut eingefangen: Margarete lächelte, aber ihr Lächeln erreichte die Augen nicht. Kurts älterer Bruder Hans hatte die Augen seines Vaters geerbt, mit denen er ernst und arrogant auf sie herabblickte. Seine dünnen, hellblonden Haare wurden durch einen schnurgeraden Scheitel an der Seite geteilt.

Ob er eines Tages wiederkommen würde? In ihrer Gegenwart redeten Kurts Eltern nie über ihn, nur einmal hatten sie seine Verlobte erwähnt und wie schwer es für sie sein müsse, mit der Ungewissheit zu leben, ob er jemals wieder zurückkehre. Emma hatte einmal mitbekommen, wie Margarete mit ihr – einer gewissen Charlotte – telefoniert hatte, um zu erfahren, ob sie etwas von Hans gehört habe.

Emma beobachtete Margaretes Traurigkeit. Oft saß Kurts Mutter im Wintergarten und starrte durch die großen Fenster hinaus, während ihr Mann seine Stunden im Arbeitszimmer verbrachte. Sie tat Emma leid, denn sie wusste, wie es war, auf einen geliebten Menschen zu warten. Nicht zu wissen, was mit ihm geschehen war. Sie hatte ihren Mann lange genug vermisst, wie musste es erst bei einem Kind sein? Was hatte der Krieg, der an sich schon grauenvoll genug gewesen war, nur für schreckliche Folgen? Sie dachte an die Arbeiter in der Fabrik mit ihren mageren Körpern und ernsten Gesichtern. Was hatten diese Männer als Soldaten alles erlebt? Christian hatte nie darüber gesprochen, und auch Kurt antwortete nur sehr vage, wenn sie ihn danach fragte. Er sprach nicht gern darüber. Er tat es wie jemand, der kurz etwas aus einem anderen Leben berichtet, als wollte er eine lästige Pflicht erledigen. Vermutlich war es nur ein Bruchteil dessen, was er tatsächlich erlebt hatte. Am liebsten erzählte er Anekdoten aus seiner Zeit in Fürstenfeldbruck, wo er anfangs eingesetzt war, von seinen Kameraden dort und von seiner Liebelei mit Christa, der Tochter des reichsten Bauern im Dorf. Manchmal erzählte er auch etwas von Esser, seinem Freund im Rheinwiesenlager, dessen Verlobte in Köln wohnte. Er hatte sie nach seiner Entlassung als Erstes aufgesucht, um ihr die Nachricht von Essers Tod zu überbringen.

Emma löschte das Licht und verließ die Bibliothek. Sie ging zu Kurts Zimmer und klopfte, aber es blieb still. Ob er schon schlafen gegangen war? Sie hätte gern noch mit ihm geredet nach diesem Tag, um zu hören, was er wirklich dachte und ob sie das Kantinenvorhaben nicht doch heimlich weiterverfolgen sollten. Es sah ihm nicht ähnlich, ins Bett zu gehen, ohne sich von ihr zu verabschieden. Von der Treppe kam Licht herauf, vielleicht saß er noch unten bei seinen Eltern. Aber sie hatte keine Lust, seinem Vater an diesem Abend noch einmal zu begegnen, also beschloss sie, in ihrem Zimmer zu warten, bis sie Kurt auf der Treppe hören würde. Sie ging zu ihrem Zimmer, das am anderen Ende des Flurs lag, als sie Stimmen hörte. Sie kamen aus dem Jagdzimmer, das in der Nähe der Bibliothek lag. Gedämpfte Männerstimmen. Emma schlich sich hin. Die Tür war verschlossen. Licht drang aus einem schmalen Schlitz unter der Tür heraus. Emma brauchte nicht mal nahe heranzuschleichen, um die Stimmen zu verstehen. Sie gehörten Kurt und seinem Vater. Einen Augenblick fragte sie sich, was die beiden im Jagdzimmer von Kurts Vater taten, diesem hässlichen kleinen Raum, der rundum angefüllt war mit ausgestopften Tieren, Geweihen und Jagdgemälden. Niemand verlor sich ohne Not dahin, nicht mal Kurts Vater. Vermutlich waren die beiden in diesen Raum ausgewichen, weil die Bibliothek von ihr und Fräulein Arndt benutzt worden war.

»Wenn du willst, dass ich mich in der Firma einsetze, musst du mich auch mitbestimmen lassen«, forderte Kurt. »Herr Palm hat mich abgekanzelt wie einen Schuljungen, vor allen anderen! Das geht so nicht.«

»Warum hast du nicht mit ihm über die Kantinenpläne gesprochen, bevor du Emma im Haus herumgeschickt hast?«, entgegnete sein Vater. »Das gibt doch nur unnötiges Gerede. Manche machen sich jetzt Hoffnungen, die nicht erfüllt werden.«

»Ich sollte also mit deinem Freund reden, damit er meine Idee sofort ablehnt? Ihm gefällt doch nichts, was ich vorschlage.«

»Aber er ist der Geschäftsführer. Eine Kantine! Wo die Leute jetzt Brennnesseln fressen! So was kannst du doch nicht im Ernst wollen. Es war Emma, die dir den Floh ins Ohr gesetzt hat, nicht?«

»Lass Emma da raus«, knurrte Kurt.

»Deine Freundin ist eine Philanthropin«, fuhr sein Vater ungerührt fort. »Aber wir sind eine Firma, keine Wohltätigkeitsorganisation.«

»Als wüsste ich das nicht«, entgegnete Kurt. »Diesen Satz habe ich schon so oft von dir gehört.«

»Dann wäre es gut, wenn du ihn auch beherzigen würdest.«

»Es wäre gut, wenn du mich endlich mit Respekt behandeln würdest. Ich bin kein Junge mehr.«

»Was willst du denn? Herr Palm ist Geschäftsführer, bis ich entlastet bin. Ich kann dich nicht zum Geschäftsführer ernennen, dafür fehlt dir die Qualifikation. Du wolltest lieber Medizin studieren als Wirtschaft.«

Die Worte des Alten klangen beherrscht und kalt.

»Darf ich dich daran erinnern, dass ich es war, der bei den Briten das Permit für unsere Firma erwirkt hat?«, entgegnete Kurt. »Palm konnte kaum ein Wort Englisch. Nur mir habt ihr euren ersten Auftrag zu verdanken.«

»Das ist richtig«, gab der Alte zu. »Aber du hast dich nach dem Krieg in Köln versteckt, anstatt sofort nach Hause zu kommen.«

Eine Weile war nichts mehr zu hören. Dann knarrte das Parkett.

»Hast du dich jemals gefragt, warum?«, zischte Kurt.

Sein Vater antwortete nicht.

»Ich habe in Köln mein eigenes Imperium gehabt, ich könnte gut wieder dorthin zurückkehren.«

Der Alte antwortete immer noch nicht. Das Parkett knarrte wieder unter einem Schritt.

»Was willst du von mir, Vater?« Kurts leise Stimme war kaum zu hören. Lange herrschte Stille.

»Du bist mein Sohn, dein Platz ist hier«, sagte der Alte tonlos.

Es klang seltsam gepresst, als brächte er die Worte nur widerwillig hervor.

»Du brauchst mich als Ersatz für Hans«, stellte Kurt nüchtern fest. »Bis er wieder hier ist.«

Der Alte seufzte leise. »Wir wissen nicht, ob dein Bruder jemals wieder zurückkommen wird. Ich hatte vorgehabt, die Leitung der Firma euch beiden zu übertragen. Wenn Hans nicht … Wenn er nicht zurückkommen sollte, wirst du eines Tages mein Nachfolger sein. Du solltest dich darauf vorbereiten.«

»Wenn das so ist, möchte ich meinen eigenen Aufgabenbereich. Ich mache das Kaufmännische, Herr Palm das Technische. So haben wir es auch gemacht, bevor du wiedergekommen bist.«

»Das geht nicht. Herr Palm ist Geschäftsführer der ganzen Firma. Ich will und werde seine Machtbefugnisse nicht beschneiden.«

»Weil er deine Marionette ist.« Kurt lachte bitter auf.

»Nein, er ist mein Freund.«

Wieder schwiegen beide. Schließlich sagte Kurt: »Vielleicht überlegst du es dir noch einmal, Vater. Auf die Dauer lasse ich mich jedenfalls nicht mehr wie einen Schuljungen behandeln.«

Das Parkett knarrte nahe bei der Tür. Emma wich zurück und verbarg sich im Schatten an der Wand.

»Was willst du damit sagen?«

»Dass ihr so nicht weitermachen könnt, wenn dir daran gelegen ist, dass ich in der Firma bleibe.«

»Jetzt willst du mich also erpressen? Bedeutet dir die Firma denn gar nichts?«, fragte der Alte.

»Überleg es dir, Vater.«

Die Klinke bewegte sich. Schnell lief Emma den Flur entlang zurück zu ihrem Zimmer. Kaum war sie dort, hörte sie, wie die Tür zum Jagdzimmer aufsprang und laut wieder ins Schloss fiel. Kurt stapfte mit wütenden Schritten in sein Zimmer und warf die Tür zu.

Emma seufzte. Zu gern hätte sie noch die letzten Worte des Streits gehört. Sie hatte Kurt noch nie so wütend gesehen, aber sie konnte ihn gut verstehen. Doch heute würde sie wohl nicht mehr mit ihm reden können. Sie zog sich um und ging ins Bett. Obwohl sie Kurt so oft gesehen hatte an diesem Tag und an den Tagen zuvor, vermisste sie ihn mehr denn je.

* * *

Gleich am nächsten Morgen erschien Herr Fiedler in ihrem Büro, um ihr die möglichen Unterkünfte für die wohnungslosen Arbeiter zu zeigen. Er führte sie an den Werkshallen vorbei zu einem anderen Tor, durch das sie das Firmengelände verließen. Über ihnen schimmerte ein blassblauer Himmel mit wenigen Wolken. Ein kalter Wind wühlte in den blattlosen Ästen der Bäume und trieb trockenes Laub vor sich her. Emma fror in ihren Riemchenschuhen, die Kurt ihr geschenkt hatte und die sie nun immer im Büro trug. Ihre Winterstiefel waren ihr zu abgetragen, um sie im Büro anzuziehen, aber sie hätte sie nun doch gern angehabt. Wenigstens besaß sie noch die beiden

Winterröcke von Elisabeth und den hellen grauen Mantel. Zusammen mit der Mütze und den Handschuhen aus bunten Wollresten, die ihre Mutter ihr gestrickt hatte, gab das sicher ein seltsames Bild ab, und Fiedlers belustigter Gesichtsausdruck war ihr nicht entgangen.

»Schicke Handschuhe«, hatte er zu ihr gesagt, bevor sie losgingen.

»Ja, nicht? Jeder Finger eine andere Farbe, das hat nicht jeder.« Sie hatte stolz ihre Hände gespreizt und sich gewundert, dass er so etwas sagte. Normalerweise scherte sich in diesen Zeiten niemand darum, wie die anderen herumliefen, sie mussten alle ihre alte, abgetragene Kleidung von früher auftragen, weil es keine andere gab.

Sie bogen in einen Weg ab, der von der Straße und vom Fluss wegführte.

»Sehen Sie, unser alter Sportplatz.« Fiedler deutete auf ein trostloses Gelände mit zwei Toren ohne Netze, umgeben von einer Aschenbahn, die vom Unkraut zurückerobert worden war. »Hier war mal Betriebssport, jeden Sonntag Fußball, aber die Mannschaft gibt's nicht mehr. Zu viele sind im Krieg geblieben«, erklärte Fiedler knapp und deutete auf ein paar lang gezogene, niedrige Baracken neben dem Sportplatz. »Dort sind sie.«

Sie folgten einem kleinen Pfad, der zu den Baracken führte, und machten vor der ersten Halt, einer langen Holzhütte mit zwei Schornsteinen und vielen Fenstern.

Fiedler zog einen dicken Schlüsselbund aus seiner Tasche, stieg die beiden Holzstufen zur Tür hinauf und schob einen der Schlüssel ins Schloss. Knarrend sprang die Tür auf, und Fiedler verschwand in einem düsteren Raum. Wenig später stieß er die Fensterläden auf.

Er winkte Emma hinein. »Kommen Sie, trauen Sie sich. Oder haben Sie Angst um Ihre Schuhe?«

Emma schüttelte den Kopf und ging hinein. Ein muffiger, trostloser Raum ohne Möbel und Lampen umfing sie. Durch das geöffnete Fenster floss kalte Luft herein.

»Das sind die Russenbaracken«, erklärte Fiedler. »Das waren Ostarbeiter, die kamen von einem Außenlager hierhin. Möbel sind leider keine mehr da, die konnte wohl jemand gebrauchen. Kann mir nicht vorstellen, wer diese verwanzten Dinger noch haben wollte.« Er hob seine Schirmmütze an und kratzte sich am Kopf. »Wenigstens sind die Öfen noch da, die waren wohl zu schwer zum Tragen.« Er deutete auf einen schwarzen guss-eisernen Ofen, dessen Rohr in der Wand verschwand. »Kann man auch drauf kochen«, fuhr er fort. »Zum Waschen gingen die immer in die Sportumkleide, die Brausen sollten noch funk-tionieren. Sehen Sie?« Er wies durch das offene Fenster auf ein Haus, das gleich in der Nähe am Sportplatz lag.

In diesem Moment tauchte Rolf Kress auf dem Weg vor der Baracke auf.

»Ja Rolf! Konntest du es einrichten?«, begrüßte Fiedler den jungen Mann vom Betriebsrat.

»'tschuldigung«, murmelte Kress. »Die Papiermaschine hat rumgezickt. Sie wollten mich nicht weglassen.« Er kam herein und gab Emma die Hand.

Fiedler brummte etwas Unverständliches. »Ich zeige Frau van Kall gerade unsere Luxuswohnungen«, sagte er. »Die Russen haben hier zu viert in einem Raum geschlafen, die hat-ten Stockbetten. Nebenan gibt's noch drei weitere Räume, alle so wie der hier. Hier könnte man also sechzehn Mann unter-bringen. Nebenan in der Baracke noch mal so viele, das macht dann also zweiunddreißig Männer. Das heißt, wir hätten Platz für alle von der Liste.« Er sah Emma erwartungsvoll an.

Emma schluckte. Sie musste an die ehemaligen Ostarbeiter auf Gut Meinersleben denken, sie sah auf einmal Pjotrs gut-mütiges Gesicht wieder vor sich. Sie hatte ihn in der Scheune auf ihrem Akkordeon spielen lassen. Ob er inzwischen wieder zu Hause in seiner Heimat war? Energisch verscheuchte sie ihre Gedanken. Also hatte es auch hier Fremdarbeiter gegeben. Natürlich, sie waren überall eingesetzt worden als Ersatz für die deutschen Soldaten, die an der Front kämpfen mussten. Sie stellte sich vor, wie die Männer hier gelebt haben mussten – zusammengepfercht, nur mit dem Nötigsten, weit weg von der Heimat. »Wo sind die Russen jetzt?«, fragte sie.

Die Männer starrten sie verwundert an. »Na, wo wohl? Bei ihren Matroschkas wahrscheinlich«, gab Kress grinsend zurück und erntete dafür einen strafenden Blick von Fiedler.

»Vier Männer in so einem kleinen Raum sind zu viele«, sagte Emma nachdenklich. »Es stehen dreißig Männer auf unserer Liste.«

»Na ja, wenn nicht alle hierhinwollen, schaffen wir es vielleicht auch mit dreien in einem Raum«, meinte Fiedler.

»Ach, selbst mit allen wird das schon gehen. Die rücken ein bisschen zusammen und wärmen sich«, meinte Rolf Kress.

Fiedler schüttelte missbilligend den Kopf. »Was mein junger Kollege sagen will – das hier ist die beste Lösung, wir haben nichts anderes. Hier gibt es Öfen, sie können kochen und sich waschen. Die Möbel kriegen wir schon irgendwie zusammen, da höre ich mich mal in der Belegschaft um. Machen Sie einen Zettel ans schwarze Brett, Frau van Kall. Und du hörst dich auch um, Rolf, ja?« Er stupste Kress an den Arm, und der nickte, aber er sah nicht besonders begeistert aus.

Emma mochte ihn nicht. Sie fragte sich, warum man ihn in den Betriebsrat gewählt hatte. Vielleicht hatte er sich mit seinem frechen Mundwerk viele Stimmen erobert und den unzufriedenen Leuten nach dem Mund geredet.

»Sieht die andere Baracke auch so aus?«, wollte sie wissen.

Fiedler nickte und führte sie durch alle Räume der Baracke, dann zeigte er ihr die andere, die sich in einem ähnlichen

Zustand befand. Er hatte recht, unter diesen Umständen wäre es wohl das Beste, die Baracken weiter zu nutzen.

»Also gut«, sagte sie. »Wir haben eine Woche Zeit, um alles fertigzustellen. Könnten Sie sich bitte darum kümmern, dass bis dahin hier alles funktioniert, Herr Fiedler?«

Er nickte. »Ich schicke die Jungs von der Werkstatt hierhin, die kümmern sich darum. Übrigens können wir die Vertriebenen mit einspannen, die haben beim Umzug ins Lagerhaus gut mit angepackt. Die sind uns noch was schuldig.«

»Alles klar.« Emma nahm ihren Block und einen Bleistift aus der Handtasche. »Wir machen jetzt eine Liste von allem, was wir brauchen.«

Das war nicht wenig. Betten und Matratzen, Schränke, Kochgeschirr, Karbidlampen, Kohlen und Holz – die Liste wurde immer länger. Emma rief den Beamten von der Stadtverwaltung an, den Kurt ihr genannt hatte. Es würde schwierig werden, aber er würde tun, was er könne, versprach er. Wie schön, wenn die Männer beim Werk wohnen könnten, die Vermieter lägen ihm schon lange in den Ohren, ihre Wohnungen seien hoffnungslos überbelegt, die Zustände seien unhaltbar. Aber was solle man machen bei den vielen Ausgebombten aus dem Ruhrgebiet, den Flüchtlingen und Vertriebenen? So klagte er eine Weile weiter.

Aber er hielt Wort. Ein paar Tage später hatte er mithilfe der Caritas Krankenbetten und Schränke aufgetrieben, die aus den alten Beständen im Keller des Krankenhauses stammten. Von privaten Spendern aus der Stadt und ihrer Umgebung kam noch einiges hinzu, sodass Emma in den folgenden Tagen immer mehr auf ihrer Liste abhaken konnte. Gemeinsam mit Paula, die wieder in ihr Büro gezogen war, nachdem sie die Einstellungen abgewickelt hatte, erledigte sie den Papierkram und informierte die Männer. Die meisten nahmen das Angebot gern an. Für die Miete würde ihnen nicht viel vom Lohn abgezogen.

Freddy war glücklich. Sie hatten es so eingerichtet, dass er sich nur mit einem anderen Mann das Zimmer teilen musste. Er bedankte sich bei ihnen im Büro, und zum ersten Mal, seit sie ihn kannte, sah Emma ihn lächeln.

Am Ende der Woche konnte Emma Kurt von ihren Erfolgen berichten. Er versprach, später vorbeizukommen und sich die Fortschritte anzusehen, wenn er es schaffen würde.

Am Freitagnachmittag stand Emma mit Fiedler vor der ersten Baracke und beobachtete, wie die Arbeiter die Möbel aus dem Krankenhaus vom Lkw abluden und hineintrugen, während ein paar Frauen noch die hinteren Räume putzten. Die Sonne schien, wärmte aber nicht. Emma zog ihren Mantel fröstelnd enger, während sie Fiedler nur mit halbem Ohr zuhörte und heimlich nach Kurt Ausschau hielt.

»Alles funktioniert, aber wir haben nicht für jedes Zimmer einen Schrank«, berichtete Fiedler. »Würde sonst wohl auch zu eng werden. Die müssen dann eben aus dem Koffer leben, aber daran sind sie ja wohl gewöhnt. Außerdem brauchen wir noch Tische und Stühle, Karbidlampen und Brennmaterial. Wird schwierig werden mit den Kohlen.«

»Mal sehen, was sich machen lässt«, sagte Emma nachdenklich und blickte zum Sportplatz hinüber, ob Kurt endlich käme, sah aber nichts.

In diesem Augenblick kam eine Frau aus dem hinteren Teil der Baracke. Sie trug einen Mantel und ein geblümtes Kopftuch und ging zu einem Busch, um ihr Wischwasser auszukippen. Emma erkannte sie zuerst an ihren kleinen energischen Schritten. Fräulein Gebauer kippte das Wasser mit einem heftigen Schwall an den Busch, der unter dem plötzlichen Schauer erzitterte.

Als sie sich umwandte, erblickte sie Emma. Sie schien nicht überrascht zu sein. Kurz hielt sie inne, während sie sich gegenseitig musterten, nickte Emma zu und verschwand wieder in der Baracke.

Emma ballte die Hände in den Manteltaschen. Was tat Fräulein Gebauer hier? Als ehemaliges Dienstmädchen bei den Hüffenbergs hatte sie viel Unheil angerichtet, weil sie Emmas Anrufe nie an Kurt weitergeleitet hatte. Ihretwegen hätten Kurt und sie sich beinahe nicht mehr wiedergetroffen. Hatte Kurt ihr nicht gesagt, sie habe nach ihrer Entlassung eine Stelle in der Stadt angenommen? »Ich wusste nicht, dass Fräulein Gebauer noch hier arbeitet«, sagte sie zu Fiedler. »Oder hilft sie nur den anderen?«

»Nein, sie arbeitet in der Sortiererei«, sagte Fiedler. »Kennen Sie sie?«

»Nur flüchtig«, meinte Emma ausweichend.

Wie hatte es nur geschehen können, dass diese Frau wieder in der Firma arbeitete? Sie wusste, dass Kurt und sie ein Paar waren, und würde das vermutlich überall in der Firma herumerzählen. Emma nahm sich vor, es Kurt sofort zu sagen, aber er kam an diesem Nachmittag nicht mehr. Enttäuscht ging sie mit Fiedler zur Firma zurück. Es war fünf Uhr, die Angestellten verließen nach und nach die Firma. Emma ging zum Parkplatz, aber der Wagen war nicht da. Sie wartete eine Viertelstunde frierend dort, aber er kam nicht. Was war los? Ihr Fahrer war doch sonst die Zuverlässigkeit in Person. War Kurt schon ohne sie zurückgefahren? Unvorstellbar.

Sie ging zurück ins Büro. Die Flure des Verwaltungsgebäudes lagen still in der Dämmerung. Kurt war nicht mehr in seinem Büro.

Emma lehnte sich an die Wand und dachte nach. Die ganze Woche schon, seit dem Streit mit seinem Vater, war Kurt verändert gewesen. Er hatte ihr nichts von dem Streit erzählt, und auch sie hatte es nicht angesprochen. Sie wollte nicht zugeben, dass sie gelauscht hatte, also behielt sie es für sich. In der wenigen Zeit, die ihnen bis zu ihren Englischstunden blieb, hatten sie meistens Belangloses geredet, über die Firma, über ihre Fortschritte bei den Unterkünften für die Männer und im Englischen. Schließlich über ihr Scheidungsverfahren, das nicht vorankam. Doktor Lange hatte gesagt, das Gericht wolle erst abwarten, bis das Urteil im Prozess gegen Christian gefallen sei. Kurt hatte versucht, sich locker zu geben und seine Enttäuschung zu überspielen, aber seine Laune war gedrückt gewesen.

Nun war er offenbar ohne sie gefahren, warum auch immer. Es sah ihm überhaupt nicht ähnlich. Sie beschloss, zu Fuß zur Villa zurückzugehen. Dort würde sich bestimmt alles aufklären. Da es schon dämmerte, musste sie sich beeilen. Sie holte ihre Winterstiefel aus dem Spind, zog sie an und machte sich auf den Weg. Er führte sie am Fluss entlang, später würde es eine Abkürzung zum Dorf geben, die könnte sie nehmen. Trotzdem würde sie bestimmt zwei Stunden brauchen. Je weiter sie ging, desto verzagter wurde sie. Es passte überhaupt nicht zu Kurt, sie einfach allein zu lassen. Hatte er dringend irgendwohin gemusst, war ihm etwas dazwischengekommen? Oder war ihm vielleicht etwas passiert? Die Sorgen zogen und zerrten an ihr, bohrten in ihrem Magen. Sie hielt inne und starrte auf den Fluss, der grau und aufgeschäumt an ihr vorbeijagte. Ohne den Fluss hätte es die Hüffenberger Werke nicht gegeben. Mit seiner Wasserkraft hatte er einst die Mühlräder der alten Talmühle angetrieben, aus der sich im Laufe der Jahre die Hüffenberger Werke entwickelt hatten. Das hatte Kurt ihr auf einem ihrer Spaziergänge erklärt.

Emma vergrub die Hände in ihren Manteltaschen und stapfte weiter den Uferweg entlang. Warum hatte Kurt ihr nichts von dem Streit mit seinem Vater erzählt? Er hatte doch gesagt, sie sollten Vertrauen zueinander haben.

Auf einmal hörte sie ein Motorengeräusch hinter sich. Es kam rasch näher und erstarb dann zu einem Geräusch rollender Räder auf dem Weg, nachdem der Motor ausgemacht worden war. Sie hielt inne und wandte sich um. Ein kleiner Lkw rollte auf dem Uferweg gleich neben ihr.

Kurt saß am Steuer und hatte die Scheibe heruntergekurbelt. »Na endlich, da bist du ja!«, rief er durch das geöffnete Seitenfenster. »Habe ich ein Glück, dich noch rechtzeitig vor dem Feldweg zu erwischen.«

Er trug wieder seine alte Arbeitskluft – Schlägermütze, Weste, altes Hemd. Emma starrte ihn an. Sie fühlte sich so erleichtert, ihn wiederzusehen, dass sie einen Augenblick nichts sagen konnte. »Wo warst du?«, fuhr sie ihn an. »Ich habe dich überall gesucht, du warst nicht mehr im Büro. Und Josef hat nicht am Parkplatz gewartet.«

»Hast du meinen Zettel nicht gelesen? Ich habe dir eine Nachricht auf den Schreibtisch gelegt, dass es später wird und du auf dem Parkplatz auf mich warten sollst.«

Emma rührte sich nicht. »Den habe ich nicht gesehen, ich war nicht mehr im Büro.«

Er hob seine Schlägermütze und fuhr sich mit der Hand durch die Haare. »Ich habe mir schon gedacht, dass du zu Fuß gehen willst, nachdem du nicht am Parkplatz warst.«

»Du hast mir einen Schrecken eingejagt. Ich habe mir Sorgen gemacht.«

»Tut mir leid! Ich musste in die Zellstoff-Fabrik und konnte nicht mehr zu den Baracken kommen.«

Sie verschränkte die Arme vor der Brust und sagte nichts.

»Steig doch ein, es ist kalt!«

Sie rührte sich immer noch nicht. »Wo ist Josef?«

»Den habe ich nach Hause geschickt.«

»Warum?«

»Erzähle ich dir drinnen. Steig ein. Bitte!«

Sie seufzte. Wenn er so war, konnte sie ihm nicht böse sein. Ihre Wut und ihre Sorgen verflogen, und ihr wurde bewusst, wie kalt ihr war. Sie umrundete den Lkw und stieg ein.

Kurt beugte sich zu ihr herüber und küsste sie.

Emma wehrte sich nicht. Die letzten Reste ihrer Wut zerschmolzen unter seinem Kuss zu nichts, und an ihre Stelle trat Freude. Auch seine Laune schien sich gebessert zu haben. Ihr alter Kurt war wieder da, so wie früher. Der Mann, der sie heiraten wollte. Nach dem Kuss tippte sie an seine Schlägermütze. »Warum die Verkleidung? Willst du noch zu den Bauern hamstern fahren vor dem Essen?«

Er schüttelte den Kopf. »Es tut mir leid, dass du heute Abend auf das Essen bei meinen Eltern verzichten musst. Ich habe ihnen gesagt, dass wir nicht können, weil wir kurz verreisen werden. Wir machen eine Spritztour.«

»Wohin denn? Und was haben deine Eltern gesagt?«

Seine Miene wurde ernst. »Was sollen sie sagen? Wir sind erwachsen und können tun, was wir wollen.«

»Sag schon, wohin fahren wir?«

»Das verrate ich nicht.« Er lächelte geheimnisvoll und ließ den Motor an.

»Aber ich habe weiter nichts dabei und …«

»Du hast doch bestimmt deinen Lippenstift mit, oder?« Er deutete auf ihre Handtasche.

»Sicher.«

»Siehst du, das reicht.«

Emma beobachtete gespannt, wo sie hinfahren würden. Der kleine Lkw ratterte in der Dämmerung durch die Kleinstadt, wobei er manch neugierigen Blick auf sich lenkte. Kurt zog seine Schlägermütze tiefer ins Gesicht. Bald wurde die Landschaft flacher, und der Wald verlor sich in einer feldreichen Ebene. Fast meinte Emma, schon den Rhein riechen zu können. »Wir fahren nach Köln!«, rief sie.

Als Kurt nickte, lachte sie. Ihre Müdigkeit war verflogen.

Kapitel 8

Die Speisegaststätte im Rheinpalast war bis auf den letzten Platz besetzt, als sie sie am Abend betraten. Zum Glück hatte Kurt ihnen vorausschauend einen Tisch reservieren lassen, an einer der Türen, die zum Innenhof führten. Es war sein Lieblingsplatz. Sie bestellten Kartoffeln mit Stampfgemüse für siebzig Reichsmark die Portion. Emma fand, dass das unverschämte Wucherpreise waren. Sie wollte nur das dünne Kölsch trinken, doch Kurt ließ sich nicht davon abbringen, eine Flasche Riesling zu bestellen. Er habe etwas zu feiern, sagte er.

»Was denn?«, fragte sie leichthin.

»Weißt du es denn nicht mehr?« Er sah sie mit gespannter Aufmerksamkeit an. »Im November vor einem Jahr bin ich aus dem Gefängnis entlassen worden.«

»Ach ja! Entschuldige, dass ich nicht mehr daran gedacht habe.« Emma biss sich auf die Lippen. Wie hatte sie das nur vergessen können? Es war gleichzeitig der Beginn ihrer Beziehung gewesen, jener glücklichen Monate, bevor Christian aus der Gefangenschaft zurückgekehrt war. Sie ergriff seine Hand. »Es war der glücklichste Winter meines Lebens«, gestand sie.

»Meiner auch.« Er strich mit dem Daumen über ihren Handrücken.

Kurts Augen leuchteten wieder, als wären der Streit mit seinem Vater und die letzte Woche nicht gewesen. Er hatte sich noch im Lkw die Sachen angezogen, die er heimlich mitgenommen hatte. Anzug, Krawatte, helles Hemd mit feinen dunklen Streifen – zum Glück keinen seiner Büroanzüge. Hier, in diesem feierlichen vertrauten Rahmen, gefiel ihr sein eleganter Anzug. Emma musste ihn immerzu ansehen.

»Wie schön, dass wir endlich mal wieder allein sind«, sagte sie. »Das war eine tolle Überraschung.«

»Ja, nicht?« Er lächelte stolz. »Endlich sind wir ungestört. Lass uns den Abend genießen und nicht mehr über die Firma reden. Ich habe uns ein Zimmer in unserem alten Hotel reserviert.« Er warf ihr einen langen, vielsagenden Blick zu.

Das reichte schon, damit Emma ein Kribbeln im Bauch verspürte. Sie erwiderte seinen Blick.

Er hob sein Weinglas. »Auf uns!«

»Auf uns!« Als sie anstießen, ließ Kurt sie nicht aus den Augen. Endlich war er wieder so, wie sie ihn seit jeher kannte.

»Ich habe mit Doktor Lange gesprochen. Er ist zuversichtlich, dass der Termin zur Verhandlung gegen deinen Mann und Doktor Rodeshagen bald anberaumt wird, vielleicht noch in diesem Winter. Wenn er verurteilt wird, kann eure Ehe wegen schwerer Eheverfehlung geschieden werden.« Er strich über ihre Hand.

»Gut.« Emma warf ihm einen Luftkuss über den Tisch hinweg zu. Wenn es doch endlich so weit wäre.

Der Kellner kam und brachte ihnen ihr Essen, über das sie hungrig herfielen, während sich die Gaststätte immer mehr füllte. Die Schieber drängten sich an der Theke und verhandelten ihre Geschäfte wie immer. Emma genoss es, wieder hier zu sein. An beinahe alles in diesem Raum hatte sie gute Erinnerungen. Hier hatte die kleine behelfsmäßige Bühne gestanden, wo sie und Irma als »Lydia und Rose« aufgetreten waren. An der Theke hatte sie Kurt wiedergetroffen, nachdem er aus dem Gefängnis entlassen worden war. An einem der Tische in der Nähe hatte sie immer mit Irma und der Combo nach ihren Auftritten zusammengesessen.

Doch obwohl sie hier war, wanderten Emmas Gedanken immer wieder zur Firma zurück. »Schade, dass du heute nicht bei den Baracken warst«, meinte sie. »Die Arbeiter haben die Möbel aus dem Krankenhaus gebracht, Krankenbetten und Schränke. Sie werden sie übers Wochenende aufbauen. Jetzt brauchen wir nur noch Tische, Stühle und Lampen.«

»Sehr gut. Aber bitte lass uns nicht mehr über die Firma reden«, meinte Kurt.

»Nein, doch da ist noch etwas, das ich dir sagen möchte.«

»Was denn?«

»Fräulein Gebauer. Ich habe sie heute beim Putzen der Baracken gesehen. Fiedler meinte, sie arbeitet als Sortiererin.«

»Verdammt!« Kurt seufzte und starrte aus dem Fenster in den Innenhof, in dem ein paar Büsche ihre kahlen Äste in die Luft streckten.

»Wusstest du, dass sie wieder in der Firma arbeitet?«

»Nein.«

»Sie könnte uns verraten, Kurt. Sie hat uns gemeinsam im Heckenrather Hof gesehen. Es könnte Gerede geben. Und dein Vater ...«

»Ich weiß«, schnitt Kurt ihr das Wort ab. »Ich kümmere mich darum.«

»Wie?«

»Ich lass mir was einfallen.«

»Gut.« Emma atmete erleichtert auf. Aber etwas lag ihr noch auf dem Herzen. Sie überlegte, ob sie es ansprechen sollte. Vielleicht würde sie die gute Stimmung verderben. Aber was hätten sie für eine Beziehung, wenn sie nicht offen sein konnten und sich gegenseitig vertrauten? Sie gab sich einen Ruck. »In der letzten Woche warst du so verändert. Was hat dich bedrückt?«

Kurt schluckte seinen letzten Bissen hinunter und tupfte sich mit der Serviette den Mund ab. »Du hast es also doch bemerkt.«

»Ich kenne dich.«

Er schwieg lange. Dann sagte er: »Ich habe mich mit meinem Vater gestritten. Es ging um die Einstellung der Kantinenpläne. Das kam natürlich von ihm, er will keine Kantine. Es stört mich, wie er alles an sich reißt und Herrn Palm zu seiner Marionette macht. Als er noch weg war, haben Palm und ich gut zusammengearbeitet, wir haben uns die Arbeit einfach aufgeteilt. Es kam nicht zu solchen unschönen Szenen wie letzte Woche.«

»Stimmt, das war hässlich.«

»Das kann so nicht weitergehen«, sagte Kurt. Er lehnte sich zurück und drehte den Stiel seines Weinglases. »Ich wollte, dass er mir die kaufmännische Leitung der Firma überträgt, aber er will Palm als einzigen Geschäftsführer belassen. Tja, ihn kann er besser kontrollieren.« Er lachte bitter auf. »Ich lasse mich jedenfalls nicht mehr wie einen Schuljungen behandeln.«

Emma dachte, dass sie nun doch seine gute Stimmung verdorben hatte. Aber sie war froh, dass er sich ihr anvertraut hatte. »Dein Vater braucht dich«, sagte sie. »Er wird dir auf die Dauer mehr Befugnisse einräumen müssen.«

»Er meinte, er hätte die Firmenleitung zwischen Hans und mir aufgeteilt, wenn wir beide zurückgekommen wären. Aber das glaube ich ihm nicht.«

»Du meinst, er hat gelogen?«

Kurt nickte. »Er lügt, wenn es ihm nützt. Ich glaube, in Wahrheit will er Palm als seine Marionette in der Firma belassen, bis er selbst durch das Spruchkammerverfahren entlastet ist.«

»Er will also wirklich selbst wieder Geschäftsführer werden?«

Kurt nickte düster. »Palm ist alt, er braucht Unterstützung. So lange bin ich gut genug. Wenn Vater aber erst entlastet ist, kehrt er wieder in die Firma zurück, als wäre nichts gewesen. Wie ich es von Anfang an vorausgesagt habe.«

»Aber du bist gern in der Firma. Du hast bei den Briten das Permit für die Firma erwirkt. Du wärst ein guter Firmenleiter.«

Kurt lächelte freudlos. »Wenn nur Vater nicht wäre.«

Emma fröstelte auf einmal, obwohl es heiß und stickig im Gastraum war. Etwas Fremdes hatte in Kurts Stimme mitgeschwungen, ein alter Groll, den sie sich nicht erklären konnte. Sie fragte sich, ob noch etwas anderes zwischen Kurt und seinem Vater vorgefallen war, von dem sie nichts wusste. »Ich verstehe, dein Vater hat Hans früher vorgezogen. Das muss schlimm für dich gewesen sein.«

Er erwiderte nichts und schüttelte nur den Kopf. »Lass uns über etwas anderes sprechen. Wir wollen uns nicht den schönen Abend durch Reden über meinen Vater verderben lassen.« Er warf die Serviette auf den Teller und sah aus dem Fenster.

»Nein, aber es tut mir leid, dass es keine Werkskantine geben soll«, sagte Emma. Sie musste an Freddy denken. Für Menschen wie ihn wäre es so nötig gewesen. Sie fasste ihr Weinglas am Stiel und drehte es hin und her. Als Kurt nichts erwiderte, dachte sie, dass es wohl wirklich besser wäre, wenn sie jetzt nicht mehr über die Firma reden würden. Er hatte ihr Vorhaben mit der Werkskantine unterstützt, obwohl er anfangs nicht davon begeistert gewesen war, und sich nur Ärger damit eingehandelt. Er hatte eine Pause verdient.

Sie hatte es kaum zu Ende gedacht, als Herr Michels erschien und sie begrüßte.

»Ich freue mich sehr, Sie wiederzusehen, Frau van Kall«, sagte er überschwänglich, während er nicht überrascht zu sein schien, dass sie nun mit Kurt hier war und nicht mit ihrem

Mann. Offenbar hatte sich herumgesprochen, dass Christian und Doktor Rodeshagen verhaftet worden waren.

»War das Essen in Ordnung?«, fragte er.

»Danke, sehr gut«, lobte Emma.

»Sie waren schon lange nicht mehr hier. Bestimmt kommen Sie heute zum Auftritt Ihrer Combo, nicht? Sie fangen gleich an.«

»Sie spielen heute?«, rief Emma überrascht. »Spielen sie nicht immer samstags?«

»Nicht mehr. Wir haben unser Programm geändert. Samstags finden jetzt meistens Veranstaltungen statt. Letzten Samstag hatten wir unseren ›Kölschen Ovend‹ bei sehr vollem Haus. Ein toller Erfolg! Sie müssen mal vorbeikommen und sich eine Veranstaltung ansehen.«

Der Wirt räumte mit ein paar raschen, geübten Handgriffen ihr Geschirr ab.

»Das machen wir«, versprach Emma.

Herr Michels wünschte ihnen noch einen schönen Abend und eilte davon.

Sie wandte sich an Kurt. »Hast du gewusst, dass sie heute spielen?«

Er sagte nichts und sah sie nur an.

»Du hast es gewusst«, stellte sie fest. Ein merkwürdiges Gefühl stieg in ihr auf bei dem Gedanken, gleich ihre Combo wiederzusehen. Obwohl sie ihr nichts getan hatten – im Gegenteil, sie hatten ihr geholfen, Kurts Leben zu retten –, war die Combo untrennbar mit den Ereignissen der schlimmsten Nacht ihres Lebens verbunden. Sie würde sie nicht sehen können, ohne wieder an alles denken zu müssen.

»Es wird Zeit, dass du sie wiedersiehst«, hörte sie Kurt sagen. »Sie waren für uns da und haben uns geholfen.«

»Du meinst Irma«, bemerkte Emma. »Ich soll mich mit ihr versöhnen.«

»Sie ist deine Freundin.«

»Eine Freundin, die mich verraten hat.«

»Komm schon, gib dir einen Ruck. Mach deinen Frieden mit ihr, du hast nichts zu verlieren«, sagte Kurt.

Emma fühlte sich überrumpelt. »Ich bin noch nicht bereit dazu.«

Kurt seufzte, lehnte sich zurück und starrte eine Weile vor sich hin. Dann nahm er sein Weinglas und leerte es in einem Zug, stand auf und reichte Emma die Hand. »Komm, wir gehen hinunter. Du wolltest doch schon lange wieder mit mir tanzen, oder?«

»Ja, aber …« Sie starrte auf seine Hand. Ihr Traummann stand vor ihr und forderte sie zum Tanzen auf. Herrgott noch mal! Sie seufzte, goss sich den letzten Rest Wein in ihr Glas und leerte es in einem Zug. Dann nahm sie Kurts Hand und ließ sich von ihm hinunter in den Tanzsaal führen.

Der Saal war schon voll, aber sie fanden noch einen Platz an einem der hinteren Tische. Die Kölsche Combo hatte gerade angefangen zu spielen, und die Leute drängten sich auf der Tanzfläche. Nachdem sie ihr dünnes Kölsch bekommen hatten, gingen Emma und Kurt ebenfalls zur Tanzfläche. Kurt führte sie mit sicherer Hand über das Parkett, und sie schmiegte sich in seine Arme, während ihr Körper sich wie von selbst bewegte.

Nachdem die Combo ihr Spiel beendet und Irma die Pause angesagt hatte, gab Emma sich einen Ruck und ging zu ihnen auf die Bühne. Alle umringten sie – Max Kleefisch, Gerd Hoffmann und sogar Nikolai umarmten sie. Nur Irma hielt sich zurück. »Ihr spielt ja fast nur noch Swing«, meinte Emma.

»Wann kommst du wieder zu uns?«, fragte Max. »Dein Akkordeon fehlt. Ich brauche Aufmunterung, wenn die Instrumente in den Gaststätten mal wieder nichts taugen.«

Emma lächelte. »Im Moment geht es nicht. Ich bin jetzt Sekretärin in den Hüffenberger Werken.« Sie wandte sich um und deutete auf Kurt, der ihr auf die Bühne gefolgt war.

»Lassen Sie uns noch etwas von unserer Emma übrig, damit sie weiter Musik machen kann, Herr Hüffenberg?«, fragte Gerd.

»Ich habe nicht die Absicht, Emma von der Musik zu trennen«, versicherte Kurt. »Und wenn Sie einmal nur so hier sind, ohne Auftritt, geht Ihr nächstes Essen hier im Rheinpalast übrigens auf mich. Herr Michels weiß Bescheid.«

»Danke, sehr freundlich von Ihnen«, meinte Nikolai.

»Sie müssen uns mal besuchen kommen«, setzte Kurt hinzu. Sie tauschten noch ein paar Höflichkeiten aus, bis Kurt sich entschuldigte. Er müsse noch etwas mit den Schiebern oben verhandeln, sagte er und verschwand.

Irma trat auf Emma zu. »Können wir mal reden?«

Emma nickte, und sie gingen durch den Saal an ihren Tisch. Irma setzte sich auf Kurts freien Stuhl. Sie sah bedrückt aus, ihr neues hübsches Kleid mit den glockigen Ärmeln schien traurig an ihr herabzuhängen.

»Schönes Kleid«, lobte Emma, um ihr Schweigen zu unterbrechen.

»Ist ein altes von meiner Mutter«, sagte Irma. »Deine Mutter hat's für mich geändert.« Wieder Schweigen. Irma zupfte nervös an der Tischdecke. Dann hob sie den Kopf. »Hast du meinen Brief bekommen?«

Emma nickte. Sie fühlte sich schäbig, weil sie immer noch nicht geantwortet hatte. Irma hatte sie um Verzeihung gebeten. Sie war ihre beste Freundin, aber sie hatte sie an Christian verraten. Sie hatte es getan, weil Christian sie erpresst hatte. Als ehemaliger russischer Kriegsgefangener wäre Nikolai in die Sowjetunion zurückgeschickt worden, wenn Christian ihn an die Behörden verraten hätte. Dort wäre er in ein Straflager gekommen. Emma fragte sich, ob sie an Irmas Stelle nicht auch alles getan hätte, um ihren Geliebten zu schützen, wenn es um Kurt gegangen wäre, und sie kannte die Antwort, noch während sie sich die Frage stellte.

»Gut, dass ihr gekommen seid«, sagte Irma leise.

Emma räusperte sich. »Es war Kurts Idee. Aber ich finde sie auch gut«, sagte sie mit rauer Stimme. Sie streckte die Hand aus und berührte Irmas Hand.

Irma zog ihre Hand nicht weg, sie schien in eine Art Überraschungsstarre gefallen zu sein. Lange saßen sie so da und sagten nichts. Irmas Hand fühlte sich warm und vertraut an. Erleichterung durchströmte Emma. Die Freundin hatte ihr gefehlt, die vertraulichen Gespräche mit ihr. Mit niemandem – außer mit Kurt – konnte sie so offen reden wie mit ihr.

Irma hob den Kopf und sah Emma fragend an, und auf einmal umarmten sie sich. Lange hielten sie sich fest.

Nachdem sie sich losgelassen hatten, wischte Irma sich schnell eine Träne aus dem Augenwinkel. »Es ist wieder gut, nicht?«, fragte sie.

Emma nickte und lächelte.

»Nikolai wird sich freuen. Es belastet ihn, dass ich ... Dass alles seinetwegen geschah.«

»Verstehe«, sagte Emma. Sie hatte gar nicht darüber nachgedacht, was das für ihn bedeutet haben musste. »Sag ihm, er konnte nichts dafür.«

Irma nickte. »Willst du denn gar nicht mehr mit uns spielen?«, fragte sie.

»Ehrlich gesagt, ich weiß es nicht. Ich habe ein paar neue Lieder geschrieben, aber sie sind nicht schön. Es ist keine Tanzmusik, es klingt irgendwie ... seltsam. Ich kann keine normalen Lieder mehr schreiben nach allem, was passiert ist.«

»Das kommt wieder«, tröstete sie Irma. »Du brauchst nur noch etwas Zeit.«

»Hoffentlich. Im Moment habe ich als Sekretärin genug zu tun.«

»Hat Kurt dich eingestellt?«

»Nein, es war sein Vater. Er will nicht, dass jemand von unserem Verhältnis erfährt. Wir müssen uns im Büro siezen. Es soll kein Gerede geben. Ich gelte offiziell als Freundin der Familie, weil ich Kurt das Leben gerettet habe.«

Irma schüttelte den Kopf. »Meinst du, ihr könnt das lange geheim halten?«

»Wir müssen«, sagte Emma. »Kurts Ruf soll nicht beschädigt werden durch eine Freundin, die noch nicht geschieden ist. Es ist schon schlimm genug, dass Kurt sich eine verheiratete Frau ausgesucht hat.«

»Ich verstehe.« Irma runzelte die Stirn. »Der gute Ruf der Familie geht vor.«

»Wie geht es Nikolai?«, fragte Emma, um das Thema zu wechseln. »Kommt er klar?«

Irma nickte. »Die Musik und ich tun ihm gut.« Sie lächelte stolz.

»Wollt ihr heiraten?«

»Sobald er seine Papiere hat.«

»Das ist schön.« Also lebte Nikolai immer noch illegal hier. »Ich wünsche mir auch so sehr die Scheidung von Christian«, sagte Emma. »Aber es wird noch dauern. Zuerst kommt die Gerichtsverhandlung.«

»Denkst du manchmal noch an ihn?«

Emma schüttelte heftig den Kopf.

»Ich hoffe für dich, dass du möglichst bald geschieden wirst. Du kannst immer zu mir kommen, wenn etwas ist, das weißt du, nicht?«

»Danke. Das Gleiche gilt für dich.«

Da lächelte Irma wieder. Sie leerte ihr Glas und erhob sich. »Ich muss wieder zurück. Es ist gut, dass wir …«

»Ja, es ist gut«, bestätigte Emma. »Ich schreibe dir.«

»Komm wieder zu uns in die Combo, wenn du kannst.«

Emma versprach es. Sie umarmten sich lange, dann wandte Irma sich um. Emma beobachtete, wie ihre Freundin durch den Saal zurück zur Bühne ging. Sie dachte, dass ihre Mutter Irmas Kleid gut hinbekommen hatte. Sie musste mit Kurt sprechen, dass sie ihre Eltern gleich morgen besuchten.

* * *

»Gut, dass ihr euch wieder vertragen habt«, meinte Kurt später, als sie in ihrem alten Hotel waren. Es lag nicht weit von der neuen Rheinbrücke entfernt, die kürzlich fertiggestellt worden war, nachdem man die Tausendfüßlerbrücke wegen ihrer morschen Pfähle abmontiert hatte. Das Zimmer sah schäbig aus mit seinen zusammengesuchten Möbeln, die vermutlich aus den Trümmern der Stadt stammten. Immerhin besaß es einen Balkon, den sie aber nicht betreten konnten, weil die Balkontür mit Brettern vernagelt war. Nur das Licht einer Kerze erhellte die Dunkelheit.

»Ich werde ihr schreiben«, meinte Emma, zog sich ihr Kleid aus und legte es über den Stuhl.

Kurt trat hinter sie, umschlang sie mit seinen Armen und küsste ihre Schulter. »Ich habe mich so nach dir gesehnt.«

Er schob ihre Haare hoch und ließ seine Lippen in kleinen Küssen von ihrer Schulter den Nacken herauf zum Haaransatz wandern. Ein Schauer überlief Emma. Sie begann zu glühen.

»Wenn du nicht wärst, wäre es im Haus nicht auszuhalten«, fuhr er fort, während er seine Lippen auf der anderen Seite ihres Nackens wieder herabgleiten ließ.

Sie wandte sich zu ihm um und küsste ihn.

Sein Atem ging schneller. »Oh, Emma«, keuchte er und zerrte ungeduldig an ihrem Hemd.

Sie half ihm, streifte es sich langsam von den Schultern, bis es an ihr herunterfiel. Dann legte sie sich aufs Bett.

Kurt folgte ihr, löste mit ein paar geübten Griffen ihre Strumpfhalter. »Ich werde meinen Vater noch zur Vernunft bringen«, sagte er und senkte seine Lippen auf ihren Schoß.

Emma legte den Kopf nach hinten und sah zur Decke, über die der Kerzenschein zuckte. Die Welt um sie herum verschmolz, und sie vergaß alles. Es gab nur noch Kurt und sie.

Kapitel 9

Am nächsten Morgen holten sie die Sachen ab, die Kurt am Abend zuvor im Rheinpalast von den Schiebern erhandelt hatte: Benzinmarken, Kaffee, einige Säcke Mehl, eine Kiste Glühbirnen und zehn Karbidlampen für die Baracken, um die Emma ihn gebeten hatte. Alles zum Tausch gegen die begehrten Hartpappen, einigen Kartons Papier und einen stattlichen Reichsmarkbetrag.

Erst gegen Mittag trafen sie bei ihren Eltern ein, die sich sehr über ihren unangekündigten Besuch freuten. Doch Emma bemerkte die Verzweiflung ihrer Mutter, weil sie ihnen kaum etwas zu essen anbieten konnte. Mama goss Wasser in den Suppentopf, um die dünne Gemüsesuppe zu verlängern, und nahm ein Paar von den abgezählten Brotscheiben aus dem Schrank. Emma bekam ein schlechtes Gewissen, weil sie unangemeldet gekommen waren. Doch der Mehlsack, den Kurt in die Küche trug, ein wenig Kaffee und der Karton mit Papier ließen ihre Eltern wieder strahlen. Das Papier würden sie gut gegen Lebensmittel eintauschen können.

Mama umarmte Kurt, und Papa klopfte ihm auf die Schultern und bedankte sich mehrmals. »Wie können wir das nur wiedergutmachen?«, fragte er immer wieder.

Kurt nahm seine Schlägermütze ab und ließ sich auf seinen alten Stuhl am Küchentisch sinken. »Mit einer heißen, kräftigen Brühe.« Er deutete auf den Suppentopf auf dem Herd.

Emma setzte sich auf das Sofa, auf dem sie im letzten Jahr geschlafen hatte, nachdem sie von Gut Meinersleben zu ihren Eltern zurückgekehrt war. Im Vergleich zu den großzügigen Räumen der Villa wirkte hier alles klein, eng und ärmlich. Neben der Nähmaschine ihrer Mutter stapelten sich gebrauchte Kleidung und Stoffreste. Ihre Eltern waren noch dünner geworden. Mama verbarg ihren rispenartigen Körper unter dem weiten Kittel und hatte ihren dünnen Zopf zu einem Knoten am Hinterkopf aufgesteckt. Die Linien zwischen Nase und Mund hatten sich noch tiefer in ihr Gesicht gegraben. Papa schien in seinem viel zu großen Hemd und seiner weiten, ausgebeulten Hose zu verschwinden. Armin trug seinen rechten Arm in einer Schlinge.

»Wie ist das passiert, Kumpel?«, fragte Kurt.

»Bin ausgerutscht, Herr Hüffenberg.« Armin lächelte verlegen. Er war jetzt genauso groß wie Emma und ging mit seiner schlanken, hoch aufgeschossenen Gestalt sehr nach Mama, genau wie sie. Sein dickes blondes Haar fiel ihm lang in die Stirn.

Kurt hob die Augenbrauen. »Ausgerutscht? Wobei denn? Sag doch einfach Kurt zu mir.«

»Wir waren am Vorgebirgsglacis. Dabei bin ich gefallen und habe mir den Arm gebrochen«, berichtete Armin.

»Sag ruhig, dass du beim Kohlenklau warst«, verbesserte ihn Mama. »Es reichte ja nicht mehr, die Briketts nur aufzusammeln, nein, man muss gleich den Waggon entern und die Klütten runterwerfen. Dabei hätte er beinahe den Absprung verpasst.« Sie bedachte Armin mit einem strafenden Blick.

»Man kann nicht immer nur Raafer bleiben«, entgegnete Armin. »Meine Freunde sind alle schon Springer, nur die Feiglinge nicht.«

»Es hätte gereicht, die Klütten einfach nur einzusammeln«, versetzte Mama. »Du musst doch nicht riskieren, dir den Hals zu brechen.«

Armin schwieg und starrte auf die Tischplatte. Mama nahm den Topf vom Herd, stellte ihn auf den Tisch und begann, ihre Teller zu füllen.

Papa wandte sich an Kurt. »Nur zur Erklärung, damit Sie es verstehen: Mein Sohn liefert sich einen Wettstreit mit anderen Jungs, wer es schafft, die meisten Briketts von den Kohlezügen runterzuwerfen«, erklärte er. »Es gibt da eine Stelle, wo die Züge langsamer fahren, aber das dauert nie lange. Viel Zeit bleibt nicht, um wieder abzuspringen, und dabei ist es passiert.«

»Es war das erste Mal für mich«, schnaubte Armin.

»Du hattest Glück, dass Doktor Steiner dich wieder hingekriegt hat.«

Mama füllte ihm den Teller mit dampfender Suppe. »Auch noch der rechte Arm! Was das für die Schule bedeutet, brauche ich wohl nicht mehr zu sagen.« Sie setzte sich hin, nachdem sie die Suppe verteilt hatte, und sprach das Tischgebet.

Emma begegnete dem Blick ihres Bruders, und sie zwinkerte ihm aufmunternd zu. Er tat ihr leid, und sie nahm es ihm auch nicht mehr übel, dass er Christian damals von Kurt und ihr erzählt hatte. Schließlich hatte Christian ihn mit einer saftigen Belohnung geködert. Armin hatte es schwer genug, er konnte nur auf die Volksschule gehen und musste nun eine Stütze für ihre Eltern sein, wie sie es immer gewesen war. »Wo bekommt ihr jetzt die Kohlen her?«, fragte sie.

Betretenes Schweigen antwortete ihr. Sie tauschte einen Blick mit Kurt.

»Sie können Holz aus unserem Wald bekommen«, versprach er. »Wir wollten sowieso noch Brennholz schlagen. Wir bringen Ihnen eine Lkw-Ladung.«

Alle hielten inne und starrten ihn an. »Danke«, murmelte Mama.

»Vielen Dank«, wiederholte Papa. »Das können wir nicht wiedergutmachen.«

»Doch, das haben Sie schon. Ich habe Emma.« Er drückte ihre Hand unter dem Tisch.

Sie lächelte. Gab es eine schönere Liebeserklärung? Wenn ihre Familie nicht dabei gewesen wäre, hätte sie ihn umarmt und nicht mehr losgelassen. Aber das würde sie nachholen. Sie drückte seinen Arm. Nie würde sie ihn wieder hergeben, mochte er im Büro auch noch so schroff zu ihr sein. Er war *ihr* Kurt, den sie nach ihrer Scheidung sofort heiraten würde.

Mama zog ein Taschentuch hervor und schnäuzte sich die Nase.

»Wie kommt ihr rum?«, fragte Emma leise in die Stille hinein.

»Ach, es geht. Du hast doch meinen Brief bekommen, oder?«

Emma nickte.

Mama deutete auf den Kleiderstapel. »Ich hab genug zum Ändern da. Stoffe gibt's auch von irgendwoher, manchmal tut's sogar Bettwäsche.« Sie deutete auf ein halb fertiges Kleid aus geblümtem Stoff, das auf einem Bügel an der Wohnzimmertür hing. »Papa kümmert sich um den Garten und das Wohnzimmer. Wir hoffen, dass wir es vor dem Winter fertigbekommen, dann können wir uns noch einen Untermieter nehmen.«

Emma nickte und legte ihren Löffel weg. Obwohl sie Hunger hatte, aß sie ihr Brot nicht, denn sie wusste, dass ihre Familie es viel nötiger brauchte. Das schlechte Gewissen nagte an ihr. Der Wein, den sie gestern getrunken hatten, hatte die

Hälfte ihres Monatslohns gekostet, und die einfache Mahlzeit aus Kartoffeln und Gemüse für sie beide noch einmal so viel. »Hat der Garten wirklich genug für den Winter abgeworfen?«, erkundigte sie sich.

»Es reicht«, sagte Papa. »Ein paar Diebe haben uns Kartoffeln geklaut. Wenn die Steiners den Hund nicht hätten, hätten die wohl alles mitgenommen.«

»Jetzt haben wir so viel erzählt. Nun müsst ihr was von euch erzählen«, sagte Mama. »Dein Brief kam letzte Woche an. Wie gefällt es dir als Kurts Sekretärin? Sind Sie zufrieden mit ihr, Kurt?«

Er lachte und nickte.

»Kannst du mir noch ein Kleid fürs Büro nähen, Mama?«, bat Emma.

»Sicher. Ich bin ja froh, dass du noch vernünftig geworden bist.«

Emma runzelte die Stirn. Mama hatte schon immer gesagt, sie könne von der Musik allein nicht leben und solle sich lieber eine feste Arbeit suchen. Ihr lag eine Erwiderung auf der Zunge, aber sie schluckte sie hinunter. Sie wollte sich nicht mit Mama streiten in der kurzen Zeit, die sie hier verbrachte, schon gar nicht vor allen anderen.

Sie erzählten noch ein wenig über ihre Arbeit in der Firma und beantworteten die Fragen ihrer Eltern, wie es Kurts Eltern ginge und ob schon ein Gerichtsverfahren gegen Christian anberaumt sei. Danach räumten sie den Tisch ab, und Emma ging mit ihrer Mutter ins Schlafzimmer, um das Schnittmuster für ihr neues Kleid herauszusuchen. In Wahrheit aber wollten sie eine Weile ungestört miteinander reden, während die Männer nebenan in der Küche darüber sprachen, was man gerade alles auf den Kölner Schwarzmärkten bekam und wie viel es kostete. Mama holte die Schnittmuster aus ihrer Nachttischschublade, und sie beratschlagten, welches am besten zu einem Bürokleid passen würde. Schließlich einigten sie sich auf ein eng anliegendes Kleid, das Emma auch mal bei einer Abendgesellschaft tragen könnte.

Dann stellten sie sich die Fragen, die sie sich vor allen anderen nicht hatten stellen wollen. Mama beklagte, dass Papa es aufgegeben hatte, weiter nach Arbeit zu suchen, obwohl er noch keine Rente bekäme, und jetzt alles auf ihren Schultern lastete. Emma erzählte, dass ihr die Arbeit gefiele und sie sich mit Kurts Eltern gut verstehen würde. Sie verschwieg, dass der alte Hüffenberg sie hatte loswerden wollen, und gab sich zuversichtlich, dass sie bald geschieden sei und Kurt heiraten könne.

»Seine Eltern sind sehr gastfreundlich, es fehlt mir an nichts«, versicherte sie. »Frau Hüffenberg möchte oft, dass ich ihr etwas vorspiele, sie mag meine Lieder.«

»Na, Gott sei Dank. Ich wünsche dir diese Hochzeit so sehr!«

»Sicher werden wir heiraten. Kurt liebt mich, das hast du doch gerade gesehen. Und ich liebe ihn.«

Mama nickte. Trotzdem sah sie aus, als könnte sie es immer noch nicht so recht glauben. Aber sie sagte nichts.

»Ich werde dir etwas von meinem Lohn schicken«, sagte Emma. »Ihr braucht ihn nötiger als ich, solange Papa noch keine Rente bekommt. Ich brauche ihn im Moment gar nicht auf.«

Mama sah vom Schnittmuster auf, das sie gerade in der Hand hielt. »Nein, das brauchst du nicht«, protestierte sie. »Leg dir das Geld besser für später zurück. Wir kommen schon klar.«

»Ich schicke es dir«, beharrte Emma. »Papa braucht nichts davon zu wissen. Bitte, wenigstens etwas.«

Mama senkte den Kopf, ihre Lippen zitterten leicht. Schließlich nickte sie beinahe unmerklich.

Noch ehe Emma etwas sagen konnte, wandte sie sich ab und wühlte in den Schnittmustern, die auf dem Ehebett verstreut lagen. »Ich wollte dir noch etwas geben … Da ist es.« Sie wandte sich um und hielt einen Zettel in der Hand. »Neulich war ein Mann an unserem Garten in Lindenthal und hat Papa angesprochen. Er stellte sich als Daniel Melzer vor. Ein Jude.« Sie senkte ihre Stimme. »Sah sehr vornehm aus. Er sagte, er käme aus England und wolle bald nach Amerika, wo er Verwandte hätte. Er würde nach seiner Schwester und ihrem Sohn suchen. Sie hätten zuletzt bei einer Frau Weiß in Köln-Lindenthal gelebt. Die Adresse stand auf seinem Zettel. Er meinte tatsächlich das alte Haus meiner Eltern! Wie kann das nur sein? Weißt du etwas darüber?« Ihr Blick forschte in Emmas Miene.

Emma schluckte und bemühte sich um ein ausdrucksloses Gesicht. Nie hatte sie jemandem verraten, dass Tante Lydia im Krieg eine Jüdin und ihren Sohn in ihrem Haus versteckt hatte, auch Mama nicht. Sie selbst hatte es nur durch Zufall bei einem Besuch bei ihrer Tante herausgefunden. Nachdem die Villa in der schrecklichsten aller Bombennächte zerstört worden war, hatte man die Leichen aller Bewohner in den Trümmern gefunden. Die Zwangsarbeiter hatten die beiden unbekannten Leichen schließlich in einem Massengrab verscharrt, so wie viele damals, und ihre Tante Lydia war auf dem Melatenfriedhof beigesetzt worden.

»Ich weiß nicht, was das bedeutet«, log Emma. »Hat der Mann gesagt, woher er die Adresse hat?«

Mama schüttelte den Kopf.

»Dann ist es vielleicht nur eine Verwechslung.« Emma nahm den Zettel, den Mama ihr hinhielt. Eine Adresse in Marienburg stand darauf und eine Telefonnummer. Es musste ein reicher Mann sein, wenn er in Marienburg wohnte und sogar ein Telefon besaß. Ihr graute vor dem, was sie ihm würde mitteilen müssen. Oder sollte sie es besser nicht tun? Sollte sie lieber alles im Sande verlaufen lassen? Vielleicht würde sie im Nachhinein noch Schwierigkeiten bekommen. »Wenn du willst, kümmere ich mich darum, rufe ihn an und sage ihm, dass es nur eine Verwechslung ist«, bot sie an. »Vielleicht hat man ihm die falsche Adresse gegeben.«

Mama nickte sichtlich erleichtert.

Nachdem sie sich verabschiedet hatten, stieg Emma nachdenklich in den Lkw. Sie würde diesen Daniel Melzer anrufen, dachte sie, und einfach behaupten, sie wisse nichts. Das wäre die sicherste Möglichkeit, und sie würde keine Schwierigkeiten bekommen. Andererseits – wer würde sie jetzt noch dafür anklagen, es nicht angezeigt zu haben, dass ihre Tante im Krieg zwei Juden versteckt hatte? Das Reich war vernichtet, die Gestapo gab es nicht mehr. Aber der Mann würde für den Rest seines Lebens mit der Ungewissheit leben müssen, was mit seiner Schwester und ihrem Sohn geschehen war. Sie würde es ihm sagen müssen. Unter vier Augen.

Emma seufzte innerlich. Bei dem Gedanken, jemandem so etwas mitteilen zu müssen, wurde ihr flau im Magen.

»Können wir über Marienburg fahren?«, bat sie Kurt, als sie wieder im Wagen saßen. »Irma hat mich gestern gebeten, noch kurz bei einem alten kranken Mann vorbeizuschauen, den ihr Vater behandelt hat. Dann braucht Doktor Steiner das nicht mehr. Er hat im Moment so viele Patienten, dass er gar nicht mehr hinterherkommt.«

»Sogar in Marienburg? Warum macht der das nicht selbst? Du kannst doch gar nichts machen, wenn es dem Mann schlechter geht.«

»Dann würde ich natürlich Doktor Steiner anrufen, so haben wir es vereinbart. Außerdem habe ich Medizin dabei.« Sie klopfte auf ihre Handtasche. Ihre Lüge gefiel ihr nicht, aber sie hatte ihrer Tante versprochen, niemals jemandem etwas von den beiden versteckten Juden zu erzählen.

Kurt schüttelte den Kopf und bog nach Marienburg ab. »So ein Umweg«, grummelte er.

»Ist nur ein kleiner Gefallen unter Freundinnen. Schließlich habe ich noch etwas gutzumachen, weil ich so lange nicht auf ihren Brief geantwortet habe.«

Kurt seufzte. »Wo müssen wir denn hin?«

Emma nahm den Zettel aus ihrer Tasche und las ihm die Adresse vor. Er stieß einen leisen Pfiff aus. »Doktor Steiner scheint ja gute Kundschaft zu haben.«

Er bog von der Bonner Straße ab in ein Stadtviertel mit prächtigen Villen und alten Bäumen, das nicht zerstört war. Sie hielten vor einer sandfarbenen, mehrstöckigen Villa mit einem roten Dach, die hinter einem efeuüberwucherten Zaun lag. Emma bat Kurt, im Wagen zu warten, und ging durch den Vorgarten zur Villa. Sie hatte nicht vor, lange zu bleiben, sie wollte die schlimme Nachricht überbringen und dann wieder gehen.

»Melzer« stand auf einem Zettel, den jemand über das alte Klingelschild geklebt hatte. Sie gab sich einen Ruck und klingelte. Vielleicht war Herr Melzer ja gar nicht da. Dann bräuchte sie ihm die Nachricht auch nicht persönlich zu überbringen, sondern würde ihn einfach anrufen. Sie wartete mit klopfendem Herzen und rollte den Zettel in ihrer Hand, während sie hoffte, er würde nicht kommen. Doch nach einer Weile sprang die Tür auf und ein hoch aufgeschossener, dunkelhaariger Mann erschien auf der Schwelle. Emmas Hand krampfte sich um den Zettel. »Herr Melzer?«

Er nickte. Über seinem Hemd und einer fadenscheinigen Krawatte trug er eine graue Strickjacke.

Emma begrüßte ihn und stellte sich vor. »Ich bin die Nichte von Lydia Weiß. Meine Mutter hat mir Ihren Zettel gegeben.« Sie hielt ihm das kleine Stück Papier mit seiner Adresse hin.

Es dauerte eine Weile, bis er begriff. »Ach ja. Sie sind die Tochter des Mannes, den ich in Lindenthal getroffen habe.«

»So ist es. Können wir vielleicht reingehen?«

Er führte sie durch einen dunklen Hausflur in ein Wohnzimmer, das vollgestopft war mit schweren nussbraunen Möbeln. Er bot ihr einen Platz auf dem Sofa an und setzte sich ihr gegenüber auf einen Stuhl. Emma ließ sich auf die Sofakante sinken und legte die Hände in den Schoß. Sie wünschte sich weit weg.

Er starrte sie unverwandt an, dann sagte er: »Sie wissen sicher, dass ich meine Schwester und ihren Sohn suche.«

»Deswegen bin ich hier«, antwortete Emma steif. Sie brachte es noch nicht über sich, ihm die Wahrheit zu sagen.

Als sie schwieg, fuhr er fort: »Ich bin noch vor dem Krieg nach England emigriert, aber Lilly und ihr Mann wollten nicht mitgehen. Lilly, also meine Schwester, wollte ihren Jungen nicht aus der Schule nehmen und ihr Haus nicht verlassen. Sie meinte, es sei noch Zeit, sie wolle nachkommen. Aber dann war es zu spät.«

Emma blickte auf seine schlanken weißen Hände, die ruhig auf seinen Oberschenkeln lagen, und fragte sich, was er wohl beruflich täte. Solche Hände hatte niemand, der körperlich arbeitete. »Sie sind also schon vor dem Krieg nach England gegangen«, wiederholte sie, um Zeit zu gewinnen. Sie spielte nervös mit dem Zettel.

Er nickte. »Jetzt bin ich wieder hier, um nach Lilly und ihrem Sohn zu suchen. Im Herbst 1941 rissen die Briefe von Lilly plötzlich ab. Ich habe seit Jahren nichts mehr von ihr gehört.« Er starrte eine Weile aus dem Fenster. »Ich hatte schon gefürchtet, sie wären in ein Konzentrationslager gekommen, aber hier in Köln erfuhr ich, dass man nur Lillys Mann von der Arbeitsstelle abgeholt hatte. Lilly und ihr Sohn sind irgendwo untergetaucht.« Er stand auf, nahm ein Bild von der Kommode und gab es Emma. »Das sind sie.«

Emma starrte beklommen auf das silbergerahmte Foto. Die Frau war hübsch und hatte Ähnlichkeit mit Melzer. Ihre dunklen Haare flossen in sanften Wellen auf ihr altmodisches kariertes Kleid. Ihr Mann war älter, mit streng nach hinten gekämmten Haaren und einem akkurat sitzenden Anzug. Der Junge lachte, er hatte lockiges Haar.

»Ich würde alles darum geben, sie wiederzusehen.« Melzer stellte das Bild zurück auf die Kommode und ließ sich wieder auf den Stuhl sinken. Auf einmal sah er sehr erschöpft aus.

Emma schlang ihre Hand um den altrosafarbenen Samt der Armlehne. Jetzt, wo sie Lilly und ihre Familie gesehen hatte, fiel es ihr noch schwerer, ihrem Bruder die Wahrheit zu sagen. Sie suchte nach den passenden Worten. »Herr Melzer, hier gab es eine schwere Bombennacht im Mai 1942«, sagte sie mit rauer Stimme. »Dabei wurde das Haus meiner Tante zerstört. Man hat drei Leichen in den Trümmern gefunden – meine Tante Lydia, eine Frau und einen Jungen.« Sie legte eine kleine Pause ein, sah in Melzers blasses Gesicht und fuhr dann schnell fort: »Als meine Tante noch lebte, habe ich sie oft besucht. Ich weiß, dass sie in ihrem Haus zwei Juden versteckt hatte, eine Frau und ihren Sohn. Ich habe sie nie gesehen. Man hat ihre Leichen in den Trümmern gefunden und in einem Sammelgrab beerdigt.«

Melzer saß reglos auf seinem Stuhl und starrte sie an – minutenlang, wie es schien. Draußen hüpfte eine Amsel durch den Garten und flog laut schimpfend davon. Auf der Straße fuhr ein Auto vorbei, die Räder zischten auf dem nassen Grund. Die Geräusche drangen nur gedämpft herein, im Haus selbst herrschte Stille.

Herr Melzer rieb sich die Stirn. »Wissen Sie wo? Wo die beiden beerdigt wurden?«

»Leider nicht. Die Fremdarbeiter haben sie mitgenommen, ich weiß nicht wohin. Da war ein großes Durcheinander nach der Bombennacht.«

»Und Sie haben sie wirklich nicht gesehen?« Er beugte sich nach vorn und ließ sie nicht aus den Augen, als würde sie gleich mit dem letzten Rest seiner Hoffnung davonlaufen.

Emma fühlte, wie sie innerlich verkrampfte. Sie hielt sich steif aufrecht und umschlang ihre Knie mit ihren Händen. »Nein. Meine Tante wollte nicht, dass ich dort mit reingezogen werde. Ich musste ihr hoch und heilig versprechen, niemandem etwas zu verraten.«

»Warum hat sie Ihnen dann gesagt, dass sie zwei Juden versteckt hielt?«, fragte Melzer.

»Sie hat es mir nicht gesagt«, meinte Emma. »Ich habe es durch Zufall herausgefunden. An einem Sonntag bin ich mal früher zum Kaffee gekommen. Da habe ich eine Frau die Treppe hochgehen sehen.«

Melzer beugte sich nach vorn. »Wie sah sie aus?«

Emma versuchte, sich zu erinnern, was ihr sehr schwerfiel, denn es lag mehrere Jahre zurück. »Sie … war dunkelhaarig, hatte hinten einen Knoten. Sie hatte dunkle Haare wie Sie.«

Er sah sie mit gespannter Aufmerksamkeit an. »Wissen Sie noch mehr? Bitte erinnern Sie sich!«

Emma knetete mit den Fingern ihre Stirn und versuchte sich zu erinnern, aber ihr fiel nicht mehr ein als das, was sie ihm gerade gesagt hatte. »Meine Tante hat dann zugegeben, dass sie eine Mutter und ihren Sohn versteckte, aber mehr hat sie mir nicht gesagt.«

Herr Melzer sah enttäuscht aus.

Doch dann fiel Emma noch etwas ein. »Da ist doch noch etwas. Nachdem die Frau auf der Treppe verschwunden war, hat es nach Parfüm gerochen. Es war so ein süßliches, nach Rosen …«

»Eine Mischung aus Rosen und Veilchen?«

Rosen und Veilchen. Emma wusste nicht, wie Veilchen rochen. Aber ja, das könnte es gewesen sein. Sie nickte.

Melzer starrte sie noch eine Weile mit einem unverwandten Blick an, dann sank er kraftlos gegen die Lehne. »Das war Lillys Parfüm. Sie war es«, sagte er mit tonloser Stimme. Er beschirmte seine Augen mit der Hand, während sein Körper in sich zusammenzufallen schien. »Ich hab's gewusst.« Sein schlaffer Körper wurde immer wieder von heftigen Schluchzern geschüttelt.

Emma erhob sich, ging zu ihm und legte ihm die Hand auf die Schulter. »Es tut mir leid.«

Er nickte, wobei er sich die Hand vor die Augen hielt.

Als er nichts weiter sagte, nahm sie einen Zettel aus ihrer Manteltasche, auf den sie zu Hause ihre Adresse und die Telefonnummer der Hüffenbergs notiert hatte, und legte ihn auf den Tisch. »Ich werde dann gehen, Herr Melzer. Hier ist meine Nummer. Wenn Sie noch etwas brauchen, können Sie mich anrufen.«

Er nickte, und sie schlich sich aus dem Wohnzimmer und verließ das Haus. Draußen atmete sie erleichtert die frische Luft ein. Eine Last war von ihren Schultern gefallen. Sie fühlte sich leicht und leer. Nun war sie doch froh, dass sie Herrn Melzer angetroffen und ihm die Nachricht persönlich überbracht hatte. Sie hatte das Gefühl, das Richtige getan zu haben.

»Das hat aber gedauert«, grummelte Kurt und sah sie verdrießlich an, als sie im Lkw neben ihm Platz nahm.

»Es war gut, dass ich da war. Der Mann brauchte dringend seine Medizin«, erwiderte Emma und belohnte Kurt mit einem Kuss.

Sie verbarg den Zettel mit Daniel Melzers Adresse tief in ihrer Manteltasche.

Kapitel 10

Kurt hielt inne und beschattete seine Augen mit der Hand gegen die Sonne. Der strahlend helle Novembertag täuschte nur auf den ersten Blick. Sobald man das Haus verließ, wurde man von eisiger Kälte empfangen, die alles sofort durchdrang: zu dünne Hosen, die löchrigen und abgetragenen Schuhe der Arbeiter, die Wollstrümpfe der Frauen und sogar seinen Winterwollmantel.

Er dachte an Emmas kalte Oberschenkel, die er in der Jagdhütte so oft warm gerieben hatte. Er wusste, dass ihre Zusammenkünfte dort bald nicht mehr möglich sein würden, was seine Laune nicht gerade hob. Dabei war seine Stimmung nach dem gemeinsamen Wochenende mit Emma in Köln wieder besser geworden. Es hatte gutgetan, mit ihr allein zu sein. Es hatte ihn an ihre unbeschwerten Wochen erinnert, die er gemeinsam mit ihr in Köln verbracht hatte, bevor ihr Mann zurückgekehrt war. Manchmal wünschte er sich diese Zeit wieder zurück. Manchmal wollte er wieder von allem befreit sein – von der Firma, von der Verantwortung, von der Familientradition, von seinem Vater. Vor allem von seinem

116

Vater. Dabei liebte er es eigentlich, in der Firma zu sein, da hatte Emma ganz recht. Aber er hasste es, wie sein Vater wieder das Heft in die Hand nahm und alles bestimmen wollte, und zwar auf seine eigene, hinterhältige Weise, indem er über Herrn Palm regierte. Hoffentlich hatte sein Vater begriffen, dass er das auf Dauer nicht mitmachen würde. Hoffentlich war er bei ihrem Streit deutlich genug gewesen. Er wusste nicht, was er tun würde, wenn nicht.

Eigentlich – und das war vielleicht das, was ihn am meisten erschreckt hatte – hasste er seinen Vater nicht. Er hatte geglaubt, er würde ihn hassen, denn er hatte Grund genug dazu. Sein Vater hatte ihn in den Krieg geschickt und nicht Hans, denn er sei der Sohn, auf den er notfalls verzichten könne, hatte er dem Gauleiter versichert. Ungeheuerlich. Es war aber auch ungeheuerlich gewesen, dass der Gauleiter seinen Vater vor die Wahl gestellt hatte. Kurt hatte in den letzten Monaten, die er hier mit seiner Mutter allein verbracht hatte, während sein Vater in Gefangenschaft war, geglaubt, er würde seinen Vater hassen. Aber er konnte es nicht. Trotz allem.

Er schüttelte den Kopf, als er daran dachte. Vor ihm lagen die Baracken im Sonnenlicht, das alles beleuchtete – das ausgeblichene Holz, die abblätternde Farbe der Fensterrahmen, das fleckige Dach.

Wenn es nach ihm gegangen wäre, hätte er sie längst abreißen lassen, aber nun brauchten sie sie wieder. Es erschien ihm wie ein bitterer Hohn, dass diese hässlichen Hütten nun wieder von Arbeitern bewohnt werden sollten. Er hatte immer noch die Bilder der Männer im Kopf, die im Krieg hier gelebt und bei ihnen gearbeitet hatten – die Ostarbeiter der Firma mit ihren schmutzigen Jacken und traurigen Gesichtern. Gesichtern, die von Verbitterung sprachen, von unterdrückter Wut, von Heimweh. Manchmal auch von Abgestumpftheit und Hoffnungslosigkeit. Dann hatte es noch die anderen gegeben, die aus einem anderen Außenlager gekommen waren und über die heute niemand mehr sprach. Selbst Kurt verdrängte hastig seine Erinnerungen an die ausgemergelten Gestalten, die er manchmal auf ihrem Weg in die Fabrikhalle gesehen hatte, bevor er in den Krieg gegangen war. Es gab immer ein Vor dem Krieg und ein Danach, das waren zwei getrennte Welten. Die Welt davor war untergegangen – unwiederbringlich verloren. Man konnte vielleicht noch von ihr träumen, manchmal an langen Abenden, wenn man nichts Besseres zu tun hatte, aber es war gefährlich. Zu leicht konnte man abrutschen in die Schützenlöcher, konnte den toten Kameraden wieder darin liegen sehen, den Körper zerfetzt von einem Granatenvolltreffer. Man konnte das MG-Feuer wieder hören und den erschreckenden Augenblick spüren, in dem einem bewusst geworden war, dass es plötzlich aufgehört hatte. Man konnte sich wieder durch das Artilleriefeuer robben sehen und den toten MG-Schützen entdecken, seinen Kumpel Otto, mit dem er jeden Abend Karten gespielt hatte.

Es war zu gefährlich. Die schlechten Träume konnten wiederkommen, schauderhafte Träume, die ihn wieder ins Schlachtfeld führten. Dagegen half nur Ablenkung. Der Aufbau seines Imperiums in Köln hatte geholfen, und auch die Arbeit hier in der Firma. Alles gehörte zum neuen Leben nach dem Krieg. Nun mussten diese Baracken also wieder für die Unterbringung von Arbeitern hergerichtet werden. Fiedler hatte recht, es gab nichts anderes. Ihr Lagerhaus war durch die zusätzliche Unterbringung der Vertriebenen längst überfüllt, und auch sonst brauchten sie jedes intakte Gebäude auf dem Firmengelände.

Kurt umrundete die erste Baracke und betrachtete die zweite. Er war froh, dass Emma sich hier um alles gekümmert hatte. Auch jetzt würde er die Hütte nicht betreten, er würde es kurz machen. Einmal hin und wieder verschwinden, so könnte er ruhigen Gewissens behaupten, er hätte alles gesehen.

Eigentlich war er wegen etwas ganz anderem hier. Zum Glück stand eine der Barackentüren offen, und das Geschwätz der Frauen drang nach draußen. Kurt ging hin. Er wusste, dass sie da war, und würde ihr einen gehörigen Schrecken einjagen. »Fräulein Gebauer?«, brüllte er durch die offene Tür. Es wurde schlagartig still.

Kurt sah auf den abgetretenen Fußboden der Baracke, dessen Bretter knarrten, als hastige Schritte sich näherten. Kurz danach erschien Hanna Gebauer auf der Schwelle. Sie hielt inne, als sie ihn erblickte. Obwohl er sie gerufen hatte, schien sie ihm plötzlich wie ein Geist, der lautlos herangekommen war. Keine Regung zeigte sich in ihrem ernsten kleinen Gesicht, nicht einmal, als sie ihn erkannte. Zu seiner Überraschung konnte Kurt sie nicht verachten. Dabei hatte sie ihn und Emma belogen und beinahe für immer getrennt. Aber als er Hanna jetzt erblickte in ihrem zu großen Mantel, in dem sie fast verschwand, dem hässlichen geblümten Kopftuch und den abgetragenen Winterstiefeln, empfand er nur so etwas wie Mitgefühl. Er verdrängte es schnell, baute sich vor ihr auf und setzte seine undurchdringliche Miene auf. »Ich muss Sie sprechen. Unter vier Augen.«

Sie nickte, lehnte die Tür an und folgte ihm bis vor die erste Baracke, wo niemand sie sehen konnte. Dort blieben sie stehen.

»Sie können sich sicher denken, weshalb ich Sie sprechen möchte?« In ihrem Gesicht arbeitete es eine Weile. Dann schüttelte sie den Kopf. Kurt konnte sich des Eindrucks nicht erwehren, dass sie es sehr wohl wusste, aber nicht sagen wollte.

»Es muss sehr wichtig sein, wenn Sie mich hier persönlich aufsuchen«, sagte sie schließlich.

»Natürlich ist es wichtig«, sagte er schroff und wartete noch einen Atemzug lang ab, ehe er fortfuhr. »Wie ich sehe, hat man Sie wieder eingestellt.«

»Ja, als Sortiererin.«

»Das lag nicht in meiner Absicht«, sagte Kurt. »Ich ging davon aus, dass Sie sich in der Stadt eine neue Stelle suchen. Mit Ihren Kenntnissen finden Sie doch bestimmt etwas anderes.«

Sie sah erschrocken aus. Immer wieder biss sie sich auf die Unterlippe. »Ich habe es versucht, aber ich konnte keine neue Stelle finden«, gestand sie. »Mein Zeugnis war nicht gut und meine Referenzen wären sicher nicht besser, wenn man sich bei Ihnen nach mir erkundigt hätte.«

Ihre angenehme Stimme verhallte leise in der kalten Luft. Insgeheim bewunderte Kurt die Ruhe, mit der sie sprach, ihre Beherrschung, obwohl es schlimm für sie gewesen sein musste, aber er verbot sich jeden weiteren Gedanken daran. Sie hatte kein besseres Zeugnis verdient nach dem, was sie getan hatte. »Das haben Sie sich selbst zuzuschreiben«, sagte er mit kalter Stimme. »Sie haben unser Vertrauen missbraucht.«

Hanna Gebauer senkte den Kopf, aber keine Entschuldigung kam ihr über die Lippen. Sie hatte sich noch mit keinem Wort für das entschuldigt, was sie getan hatte.

In Kurt stieg Ärger über so viel Unverfrorenheit auf. Was hinderte ihn eigentlich daran, sie auf der Stelle hinauszuwerfen? Es wäre viel zu riskant, sie in der Firma zu behalten. Sie könnte alles über Emma und ihn in der Firma herumerzählen.

»Sie sind entlassen«, schnaubte er. »Holen Sie sich Ihre Papiere im Personalbüro.«

Endlich schien ihre Beherrschung zu bröckeln. Sie rang mit den Händen und trat von einem Fuß auf den anderen, öffnete den Mund, als wollte sie etwas sagen, dann schloss sie ihn wieder.

Kurt tippte mit dem Finger an seine Hutkrempe. »Auf Wiedersehen, Hanna.« Er wandte sich um und ging zum Weg, der zum Sportplatz führte. Er war erleichtert, dass es so schnell gegangen war, aber er fühlte auch ein unbestimmtes Bedauern. Ob sie mit dem schlechten Zeugnis woanders eine Stelle finden würde? Nun, das wäre nicht sein Problem. Er hörte ihre hastigen Schritte hinter sich.

»Herr Hüffenberg, bitte warten Sie!«

Er hielt inne und wandte sich um. Sie blieb vor ihm stehen. Ihr Atem ging schnell, als wäre sie lange gelaufen. Ein rötlicher Schimmer lag auf ihren Wangen.

»Ich ... Es tut mir leid, was ich getan habe, das war ein großer Fehler. Ich hätte Frau van Kalls Anrufe weiterleiten sollen. Aber ich war ...« Sie brach ab und warf ihm einen scheuen Blick zu. Das Rot auf ihren Wangen vertiefte sich.

Kurt musterte sie schweigend. Ihr Erröten erinnerte ihn wieder daran, wie sie gewesen war, als sie als Dienstmädchen bei ihnen gearbeitet hatte – ihr Eifer, ihre Beflissenheit, mit der sie stets seine Nähe gesucht hatte, ihre angebliche Schüchternheit. Nein, sie war nicht schüchtern, ihr Erröten hatte einen anderen Grund gehabt. Es war derselbe Grund, warum sie Emma und ihn hatte auseinanderbringen wollen. Kurt schluckte, als könnte er das peinliche Gefühl, das sich in ihm ausbreitete, herunterschlucken.

»Bitte entlassen Sie mich nicht«, bat sie. »Lassen Sie mich bleiben.«

»Warum sollte ich das tun?«

»Weil ... Meine Mutter ist krank und ich brauche die Arbeit. Wir haben sonst niemanden, und woanders finde ich keine Stellung.«

Kurt ließ sich Zeit mit der Antwort. Nüchtern dachte er, dass sie sich erst entschuldigt hatte, nachdem er die Entlassung ausgesprochen hatte. Sie hatte es nur getan, weil sie ihre Arbeit behalten wollte, aus reinem Kalkül. Wiederum – wenn sie wirklich keine Arbeit fände, was würde aus ihr und ihrer Mutter werden? Sie waren Vertriebene, hatten hier keine Verwandten und brauchten Geld für die Lebensmittelkarten. Hanna stand mit dem Rücken zur Wand und würde jede seiner Bedingungen akzeptieren. Er seufzte. »Wenn Sie weiter in der Firma arbeiten wollen, müssen Sie meine Bedingungen annehmen.«

»Was immer Sie wollen.«

»Sie werden kein Wort über den Abend im Heckenrather Hof verlieren«, bestimmte er. »Kein Wort über das, was dort geschehen ist! Sie verraten niemandem in der Firma etwas über Frau van Kalls und mein Verhältnis zueinander. Frau van Kall ist meine Sekretärin und eine Freundin der Familie, verstanden?«

Sie nickte.

»Sollten Sie ein Wort darüber verlieren, zu irgendjemandem in der Firma, dann sind Sie Ihre Arbeit hier los. Haben Sie das verstanden?«

»Ja, das habe ich.«

Er nickte zufrieden.

Da lächelte sie wieder, und als sie in die Sonne blinzelte, glitzerten ihre Augen im hellen Licht. »Danke, Herr Hüffenberg.«

Auf einmal tat sie ihm wieder leid. Sie war doch so jung, fast noch ein Mädchen. »Auf Wiedersehen, Hanna. Gehen Sie zurück an die Arbeit.« Er deutete mit dem Kopf zu den Baracken hinüber, wandte sich schroff ab und stapfte den Weg hinunter zum Sportplatz. Dass sie ihm hinterhersah, störte ihn nicht.

* * *

Am folgenden Mittwoch besuchte Mr Graham die Hüffenberger Werke. Schon die ganze Woche hatte Emma nur mit den Vorbereitungen zu tun. Sie wies die Putzfrauen an, das

Verwaltungsgebäude auf Hochglanz zu bringen. In der Firma musste alles aufgeräumt sein, nichts durfte herumstehen. Für ihre überschüssigen Lagerbestände an Hartpappen wurde ein gutes Versteck im Lagerhaus gefunden. Zum Glück war die große Papiermaschine rechtzeitig wiederhergestellt worden, und so würden sie einen möglichen Auftrag der Briten ausführen können. Darauf hofften Kurt, sein Vater und Herr Palm.

Am Mittwochmorgen bereitete Emma mit Paula Wagner den alten Besprechungsraum vor, nachdem die Putzfrauen Tisch und Stühle abgestaubt und den Boden gewischt hatten. Doch Mr Graham wollte nach seiner Ankunft am Vormittag zuerst die Firma besichtigen. Zielsicher stapfte er zu den Fabrikhallen, nachdem Kurt ihn in seinem geschmeidigen Englisch an der Pforte begrüßt und die anderen vorgestellt hatte, die ihn begleiteten – Herrn Palm und Herrn Brenner, Herrn Fiedler und Emma. Die Delegation von Mr Graham bestand aus zwei Beamten, seinem Fahrer, der beim Pförtner blieb, und seinem Übersetzer. Emma sah überrascht zu dem aufgeschossenen, dunkelhaarigen Mann, der Mr Graham begleitete. Daniel Melzer.

Sie begrüßte ihn mechanisch und reichte ihm die Hand, während sie sich fragte, wie um alles in der Welt es sein konnte, dass ausgerechnet er der Übersetzer war, der für die Engländer arbeitete. Sie hatte geglaubt, sie würde ihn nie wiedersehen.

»Schön, Sie so schnell wiederzutreffen, Frau van Kall«, sagte er und drückte ihr fest die Hand.

»Sie kennen sich?«, fragte Kurt.

»Wir haben uns kürzlich in Köln kennengelernt«, erklärte Melzer.

»Ah.« Kurt warf Emma einen fragenden Blick zu, aber sie sagte nichts, und zum Glück sagte auch Herr Melzer nichts weiter dazu.

Sie würde es Kurt später erklären. Frierend folgte sie den Männern über das Firmengelände und lauschte Kurts

Erklärungen. Er bestritt den Löwenanteil des Gesprächs und brauchte nur wenig Übersetzung, da er sehr gut Englisch sprach. Mr Graham sah sich interessiert um und stellte viele Fragen. Er war ein älterer, drahtiger Mann, der kein großes Aufheben um sich machte und reserviert blieb. Kurt gab sich alle Mühe, ihn aus der Reserve zu locken. Er konnte sich gut verstellen, wenn es sein musste, das wusste Emma inzwischen. Niemals hätte er es sonst so weit auf den Kölner Schwarzmärkten bringen können. Er konnte die Menschen für sich gewinnen – es gelang ihm sogar, Mr Graham zum Lachen zu bringen. Gewürzt mit einigen Anekdoten schilderte er die Geschichte der Hüffenberger Werke, betonte ihre lange Tradition in der Feinpapierherstellung und hob ihren großen Erfahrungsschatz hervor. Emma wusste, dass er sich mehrere Abende auf diesen Tag vorbereitet hatte, er hatte noch spezielle Vokabeln gelernt, um dem hohen Beamten die Firmengeschichte, ihre Herstellungsverfahren und ihre derzeitigen Möglichkeiten selbst vorstellen zu können.

Das machte Eindruck auf Mr Graham. Vor allem faszinierte ihn die große Papiermaschine, vor der er lange stehen blieb und viele Fragen stellte. Fiedler musste etliche seiner speziellen Fragen beantworten, die Daniel Melzer übersetzte. Irgendwann war die Wissbegier des Engländers gestillt, und sie machten sich auf den Rückweg.

»Haben Sie eigentlich im Krieg gedient, Herr Hüffenberg?«, fragte Mr Graham auf ihrem Weg zum Verwaltungsgebäude.

»Ich war an der Ostfront«, antwortete Kurt nach einer kurzen Pause. »Als einfacher Gefreiter.«

»Oh, Sie kämpften gegen die Sowjets!«

»So ist es, Mr Graham.«

»Sind Sie verwundet worden?«

»Am Arm. Ich hatte Verbrennungen durch eine Handgranate.«

Mr Graham nickte, offenbar zufrieden mit der Antwort. »Sagen Sie, was hat Sie ins Kölner Militärgefängnis gebracht?«

Wenn Kurt erstaunt über diese Frage war, ließ er sich das nicht anmerken. Offenbar hatte der Engländer Erkundigungen eingezogen.

»Es war ein Missverständnis«, erklärte Kurt. »Ich brauchte dringend Penicillin für eine todkranke Frau, das gab es nur illegal. Es wurde aus dem Urin von kranken britischen Soldaten gewonnen, die mit Penicillin behandelt worden waren.«

Mr Graham musterte Kurt. »Ist die Frau gerettet worden?«

»Ja, zum Glück.«

»Dann hat die Soldatenpisse ja was gebracht.«

Alle lachten. »Wenn Sie uns nach oben begleiten wollen, dort wartet eine kleine Erfrischung auf Sie.« Kurt wies den Beamten den Weg die Treppe hinauf, und sie gingen nach oben in den Besprechungsraum.

Emma schenkte den Männern Tee ein, den Paula Wagner inzwischen aufgebrüht hatte, und bot ihnen die Plätzchen an, die Selma Euler aus den wenigen Zutaten, die sie auf dem örtlichen Schwarzmarkt bekommen hatten, gebacken hatte. Sie hoffte, dass sie den Engländern schmecken würden.

Unterdessen zeigte Herr Palm den interessierten Briten ein ledergebundenes Sortimentsverzeichnis aus der Vorkriegszeit.

»Die Plätzchen schmecken gut«, entfuhr es Mr Graham, nachdem er das Gebäck probiert hatte, und nickte anerkennend in Emmas Richtung. Daniel Melzer übersetzte schnell für Emma, aber sie hatte es bereits verstanden. Sie hatte inzwischen mit Block und Bleistift am Tisch Platz genommen, um bei Bedarf etwas mitschreiben zu können. Nun war es Zeit, ihr neu gelerntes Englisch anzuwenden. »Thank you«, bedankte sie sich artig. »Would you like to try more?« Sie hielt ihm den Teller hin, und er griff beherzt zu.

125

»Wie ich sehe, hat Ihre Firma eine lange Tradition, und Sie verfügen über vielseitige Erfahrungen«, sagte Mr Graham zu Kurt. »Es dürfte daher sicher kein Problem für Sie sein, Kartonpapier für Lebensmittelkarten herzustellen, oder?«

»Aber natürlich nicht«, beeilte sich Kurt zu versichern. »An welche Größenordnung hatten Sie gedacht?«

»Sie sollten den Bedarf der gesamten britischen Besatzungszone decken«, sagte Graham. Er nickte einem seiner Beamten zu, der daraufhin ein Papier aus seiner Aktentasche nahm und es Kurt reichte. »Dort stehen alle Zahlen – Lieferumfang, Fristen, Preise. Die Preise sind nicht verhandelbar.«

Kurt überflog das Papier und reichte es an Herrn Brenner weiter, der sich eine Weile darin vertiefte und es danach an Herrn Palm weitergab.

»Mit Verlaub, geben Sie uns bitte ein paar Minuten, um zu prüfen, ob wir den Auftrag erfüllen können«, bat Kurt.

»Aber natürlich. Wir essen solange Ihr leckeres Gebäck«, meinte Mr Graham.

Kurt verließ mit Palm und Brenner den Besprechungsraum, und Emma blieb mit Melzer und den Engländern allein zurück. Sie schenkte den Männern Tee nach und setzte sich wieder auf ihren Platz gegenüber von Herrn Melzer, während die Engländer sich Zigaretten anzündeten und leise miteinander redeten. Emma knetete aufgeregt ihre Hände unter dem Tisch. Ein so großer Auftrag! Hoffentlich würde die Firma ihn bewältigen können. Das würde die Existenz der Hüffenberger Werke und alle Arbeitsplätze sichern. Sie wünschte es Kurt so sehr. Er hatte es sich verdient, und sein Vater wäre vielleicht endlich zufrieden mit ihm.

Sie fühlte, wie Herr Melzer sie ansah, und wich seinem Blick aus, denn sie wusste nicht, was sie ihm sagen sollte. Für ihn war sie die Überbringerin einer schrecklichen Nachricht gewesen, er würde sie immer damit in Verbindung bringen. Wahrscheinlich würde er sie ablehnen, er würde sie gewiss hassen, nach dem, was ihm und seiner Familie angetan worden war. Was allen Juden angetan worden war. Es wäre ihm nicht zu verdenken.

»Vielen Dank, dass Sie es mir gesagt haben«, sagte Melzer leise auf Deutsch zu ihr. »Das hätte nicht jeder getan. Entschuldigen Sie, ich war so außer mir, dass ich Sie nicht mehr ordentlich verabschieden konnte.«

Überrascht winkte Emma ab. »Ich bitte Sie. Nach dem, was ich Ihnen mitgeteilt habe …« Sie hob den Kopf und sah ihn an. Er war blass, mit dunklen Schatten unter den Augen. Der Kummer, der in seinen Gesichtszügen lag, berührte etwas tief in ihrem Inneren. Am liebsten hätte sie seine dünne weiße Hand genommen und fest gedrückt, aber das ging nicht über den großen Tisch hinweg. Sie lächelte hastig. »Kann ich … vielleicht noch etwas für Sie tun?«

Er beugte sich nach vorn. Ein fiebriges Glitzern lag in seinen Augen.

»Sagen Sie – wann haben Sie meine Schwester bei Ihrer Tante entdeckt? Können Sie sich noch erinnern?«

Emma knetete ihre Hände. Sie wollte nicht darüber sprechen, nicht jetzt und nicht hier. Aber sie wollte ihm auch helfen. Nach einem hastigen Blick auf die Beamten versuchte sie, sich zu erinnern. War es Winter oder Frühling gewesen, als sie die fremde Frau gesehen hatte? Es war Winter gewesen, Schnee hatte im Garten gelegen, sie hatte noch mit Tante Lydia über ihren Geburtstag gesprochen, der kurz zuvor gewesen war. »Es muss Anfang Februar gewesen sein«, sagte sie. »Der Winter vor der Bombennacht 1942.«

Er nickte. »Wissen Sie, wie lange die beiden im Haus Ihrer Tante waren?«

Emma schüttelte den Kopf. »Es können Monate gewesen sein. Ich besuchte meine Tante immer nur sonntags.« Sie wünschte sich, er würde aufhören zu fragen, aber er bohrte weiter.

»Ihre Tante ... was war sie für ein Mensch?«

Emma fragte sich, warum er das alles wissen wollte. Es schmerzte sie immer noch, an den Tod ihrer Tante zu denken, sie vermisste sie auch heute noch. »Lydia war ein außergewöhnlicher Mensch«, sagte sie. »Von Anfang an war sie gegen die Nationalsozialisten gewesen, sie hat Hitler gehasst. Sie fand es furchtbar, was mit den Juden geschah.« Sie brach ab, als sie in Melzers versteinertes Gesicht sah. Jedes ihrer Worte schien ihn mehr in sich zusammensinken zu lassen. Hatte er wirklich gehofft, das Ganze würde sich doch noch als Missverständnis herausstellen? Das konnte nicht sein!

Sie beugte sich nach vorn. »Hören Sie, es tut mir leid, aber die Geschichte passt zusammen, es gibt keinen Zweifel, es müssen Ihre Schwester und Ihr Neffe gewesen sein.«

»Ich weiß.« Melzer hob den Kopf. »Entschuldigen Sie, dass ich so viel frage, aber ich brauche wirklich Gewissheit, weil die beiden einfach so verschwunden sind. Ich konnte sie nicht mehr sehen, nicht beerdigen ... Das verstehen Sie doch, oder?«

Emma nickte und warf einen Blick zu den Engländern hinüber, die rauchten und sich unterhielten.

Mr Graham hatte sich vom Fenster abgewandt, vor dem er lange gestanden und hinausgesehen hatte, und war neben Herrn Melzer getreten. »Sie kennen sich?«, fragte er und blickte von einem zum anderen.

»Wir kennen uns aus Köln«, erklärte Melzer auf Englisch. »Frau van Kall ist dort aufgetreten.«

Mr Graham musterte Emma, als würde er sie jetzt erst richtig wahrnehmen. Er hob erstaunt die Augenbrauen. »In Köln? Wirklich?«

»Frau van Kall macht Musik«, erklärte Melzer, nachdem er Mr Grahams Worte für Emma übersetzt hatte. »Ich habe sie bei einem ihrer Auftritte im Rheinpalast gesehen.«

Emma, die sein Englisch verstand, war erstaunt, weil er das noch nicht erwähnt hatte.

»Sie sind dort als Duo mit einer anderen Frau aufgetreten. Hat mir gut gefallen.«

»Wie wird aus einer Musikerin eine Sekretärin bei den Hüffenberger Werken?«, wollte Mr Graham wissen.

Emma überlegte hastig. »Von der Musik allein kann man leider nicht leben«, antwortete sie schließlich in ihrem unbeholfenen Englisch.

»Was spielen Sie denn für ein Instrument?«, fragte Mr Graham.

Emma verstand ihn, aber sie kannte das englische Wort für Akkordeon nicht. Also sagte sie es auf Deutsch, und Herr Melzer übersetzte.

»Ich spiele Klavier«, erwiderte Mr Graham.

Emma lächelte. Nie hätte sie gedacht, dass sie mit dem hohen Beamten ins Gespräch kommen würde. Aber jetzt hatte sich herausgestellt, dass sie sogar etwas Gemeinsames hatten. »Wir waren froh, wenn wir nach den Tanzabenden eine warme Mahlzeit bekamen«, erzählte sie holprig und wünschte sich, ihr Englisch wäre so gut wie das von Kurt.

Mr Graham lächelte. »Warum spielen Sie dann nicht mehr? Soweit ich weiß, gibt es hier nicht viel zu essen.«

Emma richtete sich auf ihrem Stuhl etwas auf. Mr Graham hatte einen seltsamen Humor. Sie musste an sich halten, um nicht etwas Heftiges zu erwidern. »Mr Graham, es ist wirklich sehr knapp«, gestand sie und suchte nach den passenden englischen Worten für das, was sie sagen wollte. Schließlich sah sie Melzer hilfesuchend an und redete auf Deutsch weiter. »Wir haben Angst, dass die Arbeiter das Pensum vor Hunger nicht schaffen. Wenn wir ihnen wenigstens jeden Tag eine Suppe in der Kantine anbieten könnten.«

Melzer zögerte einen Augenblick und blickte sie fragend an, ehe er ihre Worte übersetzte, doch sie nickte nachdrücklich. Sollte Graham ruhig wissen, wie sich die Not hier anfühlte. Wenn sie eine Chance hätte, um Hilfe zu bitten, dann jetzt. »Wäre es möglich, Lebensmittel für sie zu bekommen, vielleicht aus Armeebeständen?«

Sie lauschte ihrer eigenen, dünnen Stimme nach. Sie klang leise, wenig überzeugend, und umso absurder klang ihre Bitte, die Melzer rasch übersetzte.

Mr Graham verschränkte die Arme auf dem Rücken und musterte sie. Auf seinem Gesicht lag ein kalter, abweisender Ausdruck. Dann sagte er etwas, das sie nicht verstand.

»Eure Gefangenen in Bergen-Belsen hatten noch viel weniger zu essen«, übersetzte Melzer schmallippig. Auch er sah auf einmal wütend aus beim Aussprechen der Worte.

Emma sank in sich zusammen. Sie fühlte sich, als hätte sie einen Stoß in die Magengrube bekommen. Ihre Zuversicht von eben löste sich in Luft auf. Wie hatte sie nur glauben können, bei diesem sarkastischen Menschen etwas zu erreichen? Es war nur ein kleiner vertraulicher Moment gewesen, mehr nicht, und sie hatte vielleicht alles verdorben. Sie merkte, wie das Blut aus ihrem Gesicht wich, um sich irgendwo in ihrem Körper zu sammeln. »Es tut mir leid«, sagte sie leise auf Englisch.

Graham nickte ernst und ging wieder zu seinen Männern.

In diesem Augenblick kehrte Kurt mit Herrn Palm und Herrn Brenner wieder zurück in den Besprechungsraum. »Mr Graham, vielen Dank für Ihren Auftrag«, sagte er. »Wir nehmen die Bedingungen an.«

Graham machte keine Anstalten, sich wieder zu setzen. Er musterte Kurt, ohne eine Miene zu verziehen. »Sehr gut, ich habe auch nichts anderes erwartet. Den Rest machen wir schriftlich. Meine Herren!« Er winkte seinen Männern, die sich daraufhin erhoben. Man verabschiedete sich voneinander.

Kurt schien überrascht zu sein über den plötzlichen Aufbruch. »Ich begleite Sie hinaus«, bot er an, doch Graham winkte ab.

»Danke, geben Sie sich keine Mühe.«

An der Tür blieb er vor Kurt stehen. »Sagen Sie Ihrer vorwitzigen Sekretärin, dass Ihre Firma groß und alt sein mag und eine lange Tradition hat. Aber für uns ist sie nicht wichtig genug, um sie mit Nahrungsmitteln für die Betriebskantine zu beliefern. Wir könnten uns auch jederzeit an andere Papierfabriken wenden.« Er wandte sich um und verschwand, gefolgt von seinen Beamten.

Melzer nickte Emma beim Hinausgehen zu.

Sie lächelte, obwohl ihr nicht danach zumute war. Nachdem die Schritte der Männer im Treppenhaus verklungen waren, fuhr Kurt zu ihr herum. »Was haben Sie Mr Graham gesagt?« Eine steile Falte stand auf seiner Stirn, seine Lippen bildeten einen Strich.

Emma fuhr sich mit der Zunge über ihre trockenen Lippen. »Wir sind ins Gespräch gekommen, und dabei habe ich ihm gesagt, dass unsere Arbeiter hungern würden und es schön wäre, wenn wir wenigstens einmal am Tag eine Suppe in unserer Kantine ausgeben könnten. Ich habe ihn gebeten …« Sie brach ab, als sie Kurts Miene sah.

»Um was haben Sie ihn gebeten?«

Emma zögerte. »Ich habe ihn gefragt, ob die Firma vielleicht Lebensmittel aus Armeebeständen bekommen könnte.«

Es wurde so still, dass man den fernen Lärm der Papiermaschinen in den Werkshallen hören konnte. Die Männer starrten sie an – Kurt wütend, Palm und Brenner zumindest äußerlich ruhig. Emma bemerkte den belustigten Ausdruck, der sich für einen kurzen Moment in Brenners rundliches Gesicht geschlichen hatte und dann wieder verschwand.

»Wie kommen Sie dazu, hinter meinem Rücken so etwas zu Mr Graham zu sagen?«, fuhr Kurt sie an. »Es hätte uns den Auftrag kosten können.«

Emma wich vor ihm zurück, überrascht von seiner Wut, die er so öffentlich zeigte. »Es … tut mir leid, ich hätte nicht gedacht, dass er … dass meine Worte solche Konsequenzen haben würden.«

»Haben Sie Mr Graham wirklich um Essenslieferungen für die Firma gebeten?«, fragte Herr Palm ungläubig.

Emma nickte und fuhr sich hastig mit der Zunge über die Lippen. »Ich habe ihm gesagt, dass es schön wäre, wenn wir unseren Arbeitern eine Suppe am Tag geben könnten.«

»Was hat er daraufhin gesagt?«

»Er meinte, dass unsere Gefangenen in Bergen-Belsen noch viel weniger zu essen hatten«, antwortete Emma leise.

Das folgende Schweigen dehnte sich quälend lange zwischen ihnen aus.

»Verdammt«, zischte Kurt, zerrte an seiner Krawatte, um sie zu lockern, wandte sich ab und starrte aus dem Fenster.

Herr Palm trat neben ihn. »Wir haben den Auftrag bekommen, Herr Hüffenberg«, beschwichtigte er. »Es ist alles gut gegangen.«

Kurt schüttelte den Kopf. »Es war eine Drohung, die er zum Schluss vorgebracht hat.«

»Er wollte uns einschüchtern, damit wir auch künftig seine Bedingungen annehmen«, meinte Herr Palm. »Es war eine Machtdemonstration.«

»Offenbar ist er ein ziemlich unberechenbarer Kerl«, meinte Herr Brenner, während er sich auf der Tischkante niederließ und die Arme vor der Brust verschränkte. »Er täuscht und macht fiese Witze. Wir sollten in Zukunft vorsichtiger sein.« Wieder huschte das kleine, schadenfrohe Lächeln über sein Gesicht, als er Emma mit einem kurzen Blick streifte.

Kurt wandte sich zu ihr um. »Warten Sie bitte in meinem Büro auf mich, Frau van Kall.«

Emma nickte und verließ niedergeschlagen den Raum.

* * *

Die Aussicht aus Kurts Bürofenster ging nach hinten, wo man über den Innenhof auf die ältesten Teile der Fabrik blicken konnte – das Maschinenhaus, die Bleicherei und den alten Holländersaal –, die Ende des vorigen Jahrhunderts errichtet worden waren. Im Maschinenhaus hatten Dampfmaschinen gestanden, die die alten Arbeitsmaschinen angetrieben hatten. In der Bleicherei waren die vorgereinigten Lumpen gebleicht worden, um dann im Holländer schließlich weiter zerkleinert und gemahlen zu werden – ein Brei, mit Wasser vermengt, aus dem man schließlich das Papier gewonnen hatte.

Emma blickte lange aus dem Fenster, ohne die Gebäude wirklich zu sehen, dann wandte sie sich ab. An der Wand hing ein altes Schöpfsieb, mit dem man früher den Papierbrei aus der Bütte geschöpft hatte. Sie starrte auf das feinmaschige Metallgewebe in dem Holzrahmen, das vor ihren Augen verschwamm. Ein schlechtes Gefühl bohrte in ihrem Magen. Wie konnte Kurt sie vor den anderen nur so anfahren? Sie konnte nichts dafür, dass Mr Graham so reagiert hatte. Dieser gemeine Mensch, hätte er doch geschwiegen, dann wäre ihr dieser Ärger erspart geblieben.

Die Tür flog auf und Kurt rauschte herein, warf seine Unterlagen auf den Tisch. Dann ging er zur Tür zurück und schloss sie, ohne Emma zu beachten.

Emma fröstelte in dem kalten Luftzug, der hereingekommen war. Sie verschränkte die Arme vor der Brust.

Kurt ließ sich auf seiner Schreibtischkante nieder und tat dasselbe. »Warum um alles in der Welt sprichst du hinter meinem Rücken mit Graham über das Essen?«, fragte er mit leiser Stimme.

Emma musterte ihn still. Er schien sich etwas beruhigt zu haben, aber seine Stimme klang dunkel. »Es hat sich ergeben«, erklärte sie. »Wir sind ins Gespräch gekommen, nachdem sich herausgestellt hat, dass wir beide ein Instrument spielen. Er spielt Klavier.«

Kurt starrte sie an. »Mach das nie mehr«, zischte er.

»Was?«

»Sprich nie wieder hinter meinem Rücken mit meinen Geschäftspartnern«, erklärte er ruhig.

Sie fuhr ein wenig vor ihm zurück. So wütend hatte sie ihn noch nie erlebt. »Ich habe es nur gut gemeint.«

»Darum geht es nicht. Es geht darum, dass du deine Kompetenzen überschritten und hinter dem Rücken der Geschäftsführung gehandelt hast. Noch dazu in einer Sache, die wir längst abgeschlossen haben. Du hättest dich raushalten müssen.«

Emma schwieg betroffen und biss sich auf die Lippen.

»Du hast gedacht, die Gelegenheit ist günstig, und so probierst du es einfach mal, obwohl wir das Vorhaben mit der Werkskantine beerdigt haben«, fuhr Kurt fort. »Du bist wieder eigenmächtig gewesen, ohne mit mir vorher darüber zu reden.«

Emma stellte sich hinter den Stuhl, der vor seinem Schreibtisch stand, und knetete die Lehne. Sie wusste nicht, wie sie Kurts Zorn begegnen sollte. Dieser kalte Kurt mit seiner Wut und seinen Vorwürfen war ihr unheimlich. Sie merkte, dass sie nun auch wütend wurde. »Was meinst du mit wieder?«, fragte sie leise.

»Du hast das Angebot meines Vaters, Sekretärin zu werden, sofort angenommen, ohne mit mir darüber zu sprechen.«

Sie ließ die Lehne los. Sie hatte geahnt, dass es in Wahrheit um etwas anderes ging. »Das meinst du also wirklich«, sagte sie. »Du nimmst es mir noch übel, nicht? Sei ehrlich, du wolltest mich nicht als Sekretärin. Du wolltest, dass ich bei euch zu Hause bleibe und deiner Mutter Gesellschaft leiste.«

»Das stimmt nicht, das weißt du genau. Ich hätte es nur gern vorher mit dir besprochen.«

»Hatten wir diese Sache nicht schon geklärt? Warum machst du mir erneut Vorwürfe deswegen?«

»Weil du wieder eigenmächtig gehandelt hast.«

Emma trat näher an ihn heran. Trotz ihres Ärgers fühlte sie sich seltsamerweise ruhig, als würde die Beherrschung ihr aufgewühltes Inneres verdecken. »Du hast mich als deine Sekretärin eingestellt. Ich sollte nicht nur deine Tippse sein, sondern eigene Aufgaben selbstständig erledigen. Wirf mir jetzt nicht vor, dass ich eigenmächtig gehandelt habe.«

Er schüttelte den Kopf. »Gerade bist du zu weit gegangen.«

»Das mag sein. Aber ich habe schon gesagt, dass es mir leidtut! Was soll ich noch tun?«

Kurt fuhr sich mit der Hand durch seine Haare. »Emma, du weißt doch, wie wichtig der Auftrag für uns ist. Ich brauche doch nicht zu sagen, wie viel Zeit und Mühe ich für die Vorbereitungen aufgewendet habe. Du hättest ihn beinahe gefährdet.«

Sie trat einen Schritt näher und blieb kurz vor ihm stehen. »Am besten halte ich also in Zukunft meinen Mund und sage gar nichts mehr.«

Kurt rührte sich nicht. Nichts in seinem Blick ließ erahnen, was er dachte.

»Meinst du nicht, dass du jetzt übertreibst? Woher kanntest du eigentlich diesen … diesen Melzer?«

Emma dachte, dass sie ihm das nicht sagen musste. Sie wollte ihm nichts von der ganzen Sache verraten. »Das geht dich nichts an«, gab sie schroff zurück, während sie spürte, wie ihre Worte durch den Kloß im Hals zu ersticken drohten. Ihr Kinn zitterte. Schnell wandte sie sich um und verließ das Büro.

Kapitel 11

Das erfreuliche Ergebnis des Besuches von Mr Graham schien sich schnell bis zur Villa herumgesprochen zu haben. Kurts Vater war bester Laune und ließ sogar eine alte Flasche Riesling aus dem Keller öffnen, mit dem sie nach dem Essen anstießen. »Auf den neuen Auftrag!«, rief er stolz. »Auf die Firma!«

Er klopfte Kurt, der neben ihm auf dem Sofa im Wintergarten saß, auf die Schulter. »Gut gemacht, Junge.«

Er hatte ihn noch nie »Junge« genannt. Noch nie war er so freundlich zu Kurt gewesen, zumindest nicht, seit Emma in der Villa wohnte. Kurt lächelte gezwungen, die Berührung schien ihm peinlich zu sein. Aber eine leichte Röte auf seinen Wangen zeigte seinen Stolz.

»Nun ist das Überleben der Firma gesichert«, fuhr sein Vater fort. »Es geht wieder aufwärts, unsere Firma hat den Krieg überstanden. Wir Hüffenbergs lassen uns nicht kleinkriegen!« Er rieb sich die Hände.

»Natürlich nicht, Vater«, bestätigte Kurt.

Zum ersten Mal klang seine Stimme versöhnlicher, ja beinahe sanft.

»Auch wenn es einen Augenblick kritisch ausgesehen hat durch Frau van Kalls unnötige Intervention.« Der Alte warf Emma einen kalten Blick zu.

Sie erstarrte.

»Es ist gut, Vater, darüber müssen wir nicht mehr reden«, hörte sie Kurt sagen.

»Ich denke nicht, dass meine … Intervention den Auftrag zum Scheitern gebracht hätte«, entfuhr es Emma. Sie fing Kurts warnenden Blick auf und schwieg.

»Wir sollten das feiern«, fuhr der Alte fort, ohne auf Emmas Worte einzugehen. »Vielleicht laden wir unsere Verwandten aus dem Ruhrgebiet ein.«

Emma atmete tief ein und aus. Nun würden also vielleicht die reichen Verwandten kommen, die Besitzer der Baufirma. Sie würde Kurts Familie kennenlernen. Ob man sie offiziell als seine Freundin vorstellen würde oder wäre sie wieder nur eine Freundin der Familie?

Sie hatte es inzwischen satt, nur eine Freundin der Familie zu sein. Oder auch nur seine Sekretärin. Sie wollte, dass er endlich wieder offen zu ihr stand, wie an jenem Abend im Heckenrather Hof. Das, was sie jetzt hatten, war ein unwürdiges Versteckspiel, eingefädelt von Kurts Vater. Sie hätte sich nicht darauf einlassen sollen. Vielleicht war es tatsächlich ein Fehler gewesen, Kurts Sekretärin zu werden.

Emma hörte dem Gespräch nur noch mit halbem Ohr zu. Sie stürzte ihren Wein hinunter, erhob sich und entschuldigte sich, sie wolle sich zurückziehen. Verwunderte Blicke trafen sie.

»Bleiben Sie doch und feiern mit uns ein bisschen, Emma«, bat Kurts Mutter. »Sie könnten uns etwas vorspielen.«

»Ein andermal gern«, versprach Emma. »Aber es war ein anstrengender Tag. Gute Nacht.«

Sie ging aber nicht nach oben in ihr Zimmer, sondern zur Garderobe, um ihren Mantel zu holen. Lautlos schlich sie sich durch die Hintertür nach draußen in den Garten. Ein kalter Wind trieb Wolken über den Himmel, dazwischen leuchtete der volle Mond. Licht drang durch die großen Fenster des Wintergartens nach draußen. Emma lief am Tennisplatz vorbei nach hinten auf das Feld und weiter zum Wald. An Kurts Baum hielt sie inne und lehnte sich gegen den dicken Stamm. Es war inzwischen auch ihr Baum geworden, hier ging sie oft hin, um nach der Arbeit noch ein bisschen frische Luft zu schnappen und in Ruhe nachzudenken. So hatte sie es oft getan in der letzten Woche, als Kurt sich auf den Besuch von Mr Graham vorbereitet hatte. Emma sah zur Villa hinüber, wo das Licht des Wintergartens wie ein helles Rechteck in der Ferne schimmerte. Ob Kurt noch bei seinen Eltern saß? Ob er ahnte, dass sie hier auf ihn wartete, und käme?

Sie musste immer wieder an den Besuch von Mr Graham zurückdenken, an Daniel Melzers Fragen, an die Worte des Engländers. Hatte Kurt recht? War sie zu weit gegangen? Vielleicht. Aber sie hatte es für die Arbeiter getan. Der Winter würde lang und hart werden, und sie hatten jetzt schon nicht genug zu essen.

Aber Kurt hätte sie nicht so anfahren dürfen. Wie war es ihm nur möglich, in der Firma ein ganz anderer Mensch zu sein? Ein unnahbarer Chef, der sie siezte und seinen Ärger an ihr ausließ? Wie konnte er sie nur so behandeln, wenn er sie doch liebte?

Seit ihrer Rückkehr aus Köln hatten sie wenig allein sein können, weil er so viel zu tun gehabt hatte, und in der Woche davor hatte sie jeden Abend Englisch lernen müssen. Vielleicht hatten sie zu wenig Zeit füreinander gehabt. Kurt war angespannt gewesen, weil das Gelingen des Auftrags von ihm abhing und er alles gut machen wollte. Er war ehrgeizig.

Sicher machte ihm auch das angespannte Verhältnis zu seinem Vater zu schaffen, auch wenn er nicht darüber sprach. Aber sie wusste es. Sie musste mit Kurt sprechen. Aber nun war sein Vater stolz auf ihn, und das gefiel ihm sichtlich. Er konnte es nicht verbergen.

Emma sah über das mondbeschienene Feld zur Villa und hoffte, Kurts Gestalt auf dem Weg ausmachen zu können. Aber er kam nicht.

Enttäuscht ging sie zur Villa zurück.

* * *

»Warum bist du gestern Abend so früh gegangen?«, fragte Kurt, als sie am nächsten Morgen im Wagen zur Arbeit fuhren. »Wolltest du nicht den Erfolg mit uns feiern?«

»Ehrlich gesagt, war mir nicht nach Feiern zumute.«

»Wegen unseres Streits in der Firma?«

Emma nickte. »Außerdem hat dein Vater mir vorgeworfen, ich hätte beinahe den Auftrag vereitelt.«

Sie hörte, wie er leise seufzte. »Ich war gestern noch an deinem Zimmer, aber es war abgeschlossen. Wo warst du?«

»An unserem Baum. Ich habe auf dich gewartet.«

Lange sah er aus dem Wagenfenster, dann streckte er seine Hand aus und legte sie auf ihre, drückte sie fest. Emma rührte sich nicht, saß einfach nur wortlos da. Sie wandte den Kopf, und ihre Blicke begegneten sich.

»Tut mir leid, dass ich gestern so schroff zu dir war«, sagte Kurt zerknirscht. »Das war wohl übertrieben.«

»Wir … hatten eine Vereinbarung«, sagte Emma leise. »Du wolltest mich im Büro besser behandeln. Manchmal glaube ich, du bist extra gemein zu mir, damit niemand ahnt, wie es wirklich um uns steht.«

Kurt schüttelte den Kopf. »Das denkst du? Nein, ich war wirklich wütend über dein eigenmächtiges Handeln.«

»Ich wollte nur helfen.«

»Ich weiß. Herrgott, wir verplempern unsere Zeit mit Streit.« Er drückte ungeduldig ihre Hand, beugte sich zu ihr hinüber und küsste sie. Emma atmete erleichtert auf.

Kurt nahm sich zusammen. Er kam noch am Morgen zu ihnen ins Büro, machte Paula Wagner Komplimente zu ihrem Kleid und scherzte ein wenig mit ihnen, bevor er sich nach dem Fortschritt der Unterkünfte für die Arbeiter erkundigte. Emma sagte ihm, dass nach den Reparaturen nun alles funktioniere und die Baracken fast vollständig ausgestattet seien. Zum Tausch gegen Pappen und Papier habe sie die meisten Möbel bekommen. Es fehlten nur noch ein paar Tische und Stühle, für die sie einen Aufruf ans schwarze Brett geheftet habe. »Jetzt fehlt uns nur noch Brennholz«, schloss sie ihren Bericht ab.

Kurt hörte sich alles an und versprach, noch ein paar Bäume im Hüffenberger Wald schlagen zu lassen. Er bedankte sich und zwinkerte beim Hinausgehen Paula Wagner zu, die danach den ganzen Tag fröhlich vor sich hin pfiff und von der guten Laune des jungen Chefs schwärmte.

Na bitte, dachte Emma, es ging ja. Wenn er doch nur so bleiben würde.

Schon einige Tage später traf der offizielle schriftliche Auftrag der Briten über die Fertigung von Kartonpapieren für Lebensmittelkarten ein, und Kurt und Herr Palm setzten ihre Vorbereitungen, mit denen sie schon nach dem Besuch der englischen Delegation begonnen hatten, mit Hochdruck fort. Sie inspizierten jeden Tag die Werkshallen und überzeugten sich von den Fortschritten.

Am Wochenende nutzte Kurt das gute Wetter, um gemeinsam mit den Arbeitern, die die Baracken beziehen wollten, und einem Bauern aus dem Dorf und dessen Rückepferd die Bäume im Wald zu fällen.

Am nächsten Tag verluden sie das Holz auf Kurts Lkw und brachten es zu den Baracken. Ein Teil des Holzes blieb in der Villa, einen weiteren Teil bekam der Bauer für seine Hilfe und eine Wagenladung voll ließ Kurt von einem Arbeiter zu Emmas Eltern bringen.

Dem alten Hüffenberg gefiel es nicht, dass Kurt sein Holz so großzügig verteilte, und er machte keinen Hehl aus seiner Missbilligung. Es sei das erste und das letzte Mal gewesen, dass sich alle möglichen Leute aus seinem Wald bedienten, wetterte er, es sei schon genug, dass die Kinder aus dem Dorf sich die Taschen mit Eicheln und Kastanien vollstopfen würden und Männer und Frauen Äste sammelten oder gar von den Tannen absägten. Der Wald sei schon ganz leer gefegt, klagte er.

Aber er verbot es Kurt auch nicht.

Nachdem sie den Auftrag der Briten bekommen hatten, verhielt er sich wesentlich freundlicher gegenüber seinem Sohn. Er schenkte ihm mehr Aufmerksamkeit, klopfte ihm manchmal auf die Schulter und nannte ihn »mein Junge«. Immer wieder kam es vor, dass sich seine dünnen Lippen zu einem kleinen Lächeln verzogen, wenn er seinen Sohn ansah. Kurt tat das offensichtlich gut, er entspannte sich in Gegenwart seines Vaters und legte sich in der Firma umso mehr ins Zeug. Da so viel zu tun war, wurde die Verwandtschaft aus dem Ruhrgebiet erst mal nicht eingeladen, was Emma ganz recht war.

An einem sonnigen Tag Ende November, kurz nachdem die Arbeiter ihre neuen Unterkünfte in den Baracken bezogen hatten, rollte ein kastenförmiger grüner Lastwagen der britischen Armee auf das Firmengelände und hielt vor dem Verwaltungsgebäude. Emma und Paula stürzten hinaus, nachdem sie einen Anruf von der Pforte erhalten hatten. Überrascht erkannte Emma einen von Mr Grahams Beamten, der neben dem Fahrer saß. Er nickte ihr zur Begrüßung zu. »Wir haben eine Lieferung für die Küche«, rief er auf Englisch. »Wo müssen wir hin?«

Emma starrte ihn mit großen Augen an. Eine Lieferung für die Küche? Hatte Mr Graham es sich etwa anders überlegt und ließ ihnen doch Lebensmittel bringen? Sie schnappte nach Luft, dann besann sie sich auf ihre neuen Englischkenntnisse. »Bitte folgen Sie mir.«

»Ich kann Sie mitnehmen, wenn Sie wollen. Steigen Sie ein«, bot der Beamte an.

Emma ließ sich das nicht zweimal sagen. »Holen Sie Herrn Fiedler und Frau Euler, Paula!«, rief sie ihrer überraschten Kollegin zu. »Wir fahren zur Werksküche. Fiedler soll ein paar Männer zum Entladen mitbringen. Sagen Sie auch Herrn Hüffenberg Bescheid.«

Paula nickte und lief los, und Emma erklomm die Stufen in den trutzigen Lkw und setzte sich neben den Engländer. »Was für eine schöne Überraschung!«, rief sie in ihrem neuen Schulenglisch, um das Dröhnen des Motors zu übertönen, während der Lkw über das Werksgelände rumpelte. »Richten Sie Mr Graham herzliche Grüße aus und vielen Dank.«

Der Beamte nickte nur und erwiderte nichts. Sie hielten vor der Kantine an, und kurze Zeit später wurden sie umringt von neugierigen Arbeitern. Fiedler hastete mit langen Schritten heran, gefolgt von Freddy und weiteren Männern. Fiedler lachte und hob seine Mütze, begrüßte den Engländer beinahe ehrfürchtig und dirigierte seine Arbeiter hinter den Lkw, um die Lieferung in Empfang zu nehmen.

Freddy strahlte und verfolgte aufmerksam, wie der Fahrer aus dem Lkw sprang, die Klappe öffnete und die Plane beiseiterollte. Er ließ ihn nicht aus den Augen, als er in den dunklen Tiefen der Ladefläche verschwand und wenig später mit einem Karton wieder auftauchte.

Fiedler klatschte in die Hände. »Was steht ihr hier rum und gafft? Los, packt mit an, alles muss in die Küche.«

Die Arbeiter gehorchten.

Selma Euler erschien in der Tür zur Kantine und riss überrascht die Augen auf. »Du lieber Himmel!«, rief sie. »Du lieber Himmel.«

»Haben wir genügend Platz im Vorratsraum, Selma?«, fragte Emma. »Können wir ihn abschließen?«

Die Köchin nickte. Sie fuhr sich mit der Hand über das Kinn, während sie zusah, wie die Arbeiter Säcke, Kartons und Kisten in die Kantine schleppten. »Aber er muss noch geputzt werden!«

Emma nickte. »Stellen Sie alles in die Küche!«, rief sie den Arbeitern zu. Wenig später stapelten sich die Vorräte in der Küche, gierig begafft und bestaunt von den Arbeitern. Emma bat Fiedler, ein paar vertrauenswürdige Männer in der Küche zurückzulassen, dann ging sie wieder hinaus, wo die Arbeiter gerade die letzten Säcke vom Lkw luden.

Kurt und Herr Palm standen mit dem Engländer in der Sonne und redeten miteinander. Emma gesellte sich zu ihnen.

»Ich soll Ihnen Grüße von Mr Graham ausrichten, Herr Hüffenberg«, sagte der Beamte. »Er geht davon aus, dass der Auftrag pünktlich fertiggestellt wird.«

»Selbstverständlich«, versicherte Kurt.

»Viele Grüße auch an die Frau Sekretärin«, ergänzte der Beamte. »Mr Graham würde sich freuen, einmal wieder die leckeren Plätzchen probieren zu dürfen.«

»Aber natürlich.« Emma lächelte. Sie warf Kurt einen triumphierenden Blick zu.

Kurt verzog keine Miene. Er bedankte sich und ließ beste Grüße an Mr Graham ausrichten. Der Engländer nickte und stieg in den Lkw. »Habe ich jetzt Handlungsvollmacht, mich um die Kantine zu kümmern, Herr Hüffenberg?«, fragte

Emma, während sie beobachteten, wie der große Lkw wendete und langsam über das Werksgelände zurückrumpelte.

»Das weiß ich noch nicht, Frau van Kall.« Kurt verschränkte die Arme auf dem Rücken. »Das hängt von Herrn Palm ab.«

Beide blickten den Geschäftsführer erwartungsvoll an. Palm räusperte sich und strich eine Strähne seines flusigen weißen Haares aus der Stirn. »Nun, gehen wir doch erst mal rein und schauen, was sie uns gebracht haben.«

Sie gingen in die Küche und betrachteten die Lebensmittel, die sich dort stapelten. Viele Säcke Mehl und Trockenmilch, Erbsen, Haferflocken und Reis. »Was ist dadrin?« Herr Palm deutete auf eine Mauer von braunen Kartons, die neben den Säcken stand.

Selma nahm ein Messer aus einer Schublade und schnitt den obersten Karton auf. Ein kleinerer Karton kam zum Vorschein. Sie öffnete ihn, tauchte mit der Hand hinein und nahm eine Scheibe gelbes, getrocknetes Brot heraus, das sie an den Geschäftsführer weiterreichte. Er schnupperte daran, dann biss er unter den begehrlichen Blicken aller hinein und kaute geräuschvoll. »Zwieback«, meinte er. »Schmeckt gut.«

Emma lief das Wasser im Munde zusammen, als sie ihn kauen hörte. Auch im Hause Hüffenberg waren die Portionen jetzt knapper bemessen, und es hatte sich längst wieder das altbekannte Gefühl des Hungers in ihr breitgemacht.

»Lassen Sie doch alle mal probieren«, schlug Herr Palm Selma vor, und sie gab daraufhin jedem eine Scheibe Zwieback.

Eine Weile sagte niemand etwas, während alle geräuschvoll kauten.

Palm deutete auf die Vorräte. »Können wir daraus etwas machen?«

»Aber klar«, versicherte Selma. »Wenn wir noch ein paar Kartoffeln dazubekämen, noch mehr.« Sie sah ihn erwartungsvoll an, aber er kümmerte sich nicht um ihren Einwurf.

»Wie lange kommen wir damit aus, was meinen Sie?«

Selma kratzte sich am Kopftuch, während sie die Vorräte betrachtete. »Schwer zu sagen. Hängt davon ab, wie viele Mahlzeiten wir in der Woche ausgeben wollen.«

Palm nickte. »Fangen wir mit zweien an, dann sehen wir weiter. Sie kümmern sich um alles, Frau van Kall. Trommeln Sie den Kantinenausschuss wieder zusammen. Frau Euler sucht sich ihre Küchenhilfen aus, aber nicht mehr als unbedingt nötig. Geben Sie bekannt, Frau van Kall, dass wir die Kantine *vorübergehend* wieder aufmachen, denn wir wissen ja nicht, ob sie uns noch mehr liefern. Schaffen Sie es bis Mittwoch, die erste Mahlzeit auszugeben?«

Emma sah kurz zu Selma hinüber, und als die nickte, willigte sie ein.

»Gut.« Herr Palm sah zufrieden aus. »Und bringen Sie hier alles auf Vordermann.« Er hielt inne und sah auf den aufgerissenen Zwieback-Karton hinunter, zögerte, als wollte er sich noch einen nehmen. Doch dann besann er sich, wandte sich um und verließ gemeinsam mit Kurt die Küche.

Die anderen blieben still zurück. Langes Schweigen dehnte sich zwischen ihnen und den Vorräten, als würden alle gegen die Verlockung ankämpfen, sofort über die Vorräte herzufallen und sich die Mägen vollzuschlagen. Emma schwirrte der Kopf von den Ereignissen. Doch dann spürte sie, wie ein großes Glücks- und Triumphgefühl in ihr aufstieg und sie mit Energie erfüllte. Sie stemmte die Hände in die Hüften. »Kommt, lasst uns gleich anfangen.«

Kapitel 12

Sie begannen sofort mit der Arbeit. Emma trommelte die Putzfrauen zusammen, die den Vorratsraum und die Küche gründlich reinigten. Herr Fiedler überließ ihnen Freddy und noch einen Arbeiter, um die Vorräte zu bewachen. Er schickte ihnen einen Schlosser, der einen Eisenbügel an der Tür des Vorratsraums anbrachte und es mit einem dicken Vorhängeschloss sicherte. Die Schlüssel dazu erhielten Emma, Fiedler und die Köchin, und sie machten es sich zur Regel, den Vorratsraum nur zu zweit zu betreten. Selma suchte sich Helferinnen für die Küche und die Essensausgabe unter den Sortiererinnen aus und beriet mit ihnen und Emma die erste Mahlzeit. Nach einigem Hin und Her einigten sie sich schließlich auf einen Reisbrei mit Erbsen.

In einer kurzen Besprechung mit Kurt, dem Oberingenieur, Herrn Fiedler und Rolf Kress vom Betriebsrat wurde ein Plan entworfen, wann die verschiedenen Abteilungen essen gehen durften, damit nicht alle auf einmal losstürmten. Das Essen in der Kantine würde nicht auf die Lebensmittelkarten der Belegschaft angerechnet werden und wäre somit eine Extra-Mahlzeit, für die die Beschäftigten lediglich ein paar Pfennige von ihrem Lohn entrichteten. Dieses Geld würde auf

Anregung von Kurt zurückgelegt und später für den Bau von neuen Betriebswohnungen verwendet werden. Erst nach diesem Vorschlag erklärte sich Rolf Kress bereit, dem Lohnabzug zuzustimmen.

Am späten Nachmittag desselben Tages konnte Emma stolz die Bekanntmachungszettel an die schwarzen Bretter der Firma hängen. Überall, wo sie auftauchte, wurde sie von den Arbeitern der Spätschicht umringt. Die Nachricht von der vorübergehenden Öffnung der Werkskantine hatte sich wie ein Lauffeuer rumgesprochen, aber erst durch die offizielle, von Palm unterschriebene Bekanntmachung schienen alle es wirklich zu glauben. Emma sah in glückliche Gesichter.

Am Schwarzen Brett, das vor dem Sortiersaal hing, drängten sich die Frauen. Emma sah ihnen lächelnd zu. Zufriedenheit erfüllte sie. Sie hatte es geschafft. Alle ihre Mühen hatten sich endlich gelohnt. Der Ärger nach dem Besuch von Mr Graham war umsonst gewesen, ja, sie hatte nun die Bestätigung dafür, richtig gehandelt zu haben. Nun musste sie nur noch für weitere Essenslieferungen sorgen.

Ob Daniel Melzer mit Mr Graham gesprochen hatte? Hatte er ihn vielleicht sogar umgestimmt? Vielleicht konnte sie mit ihm reden.

»Gibt es eine Eröffnungsfeier?«, fragte eine der Frauen.

»Oh ja, das muss gefeiert werden!«, rief eine andere. »Eine Feier zur Kantineneröffnung!« Die Frauen blickten Emma erwartungsvoll an.

»Ich weiß es nicht«, sagte sie ausweichend. »Die Öffnung der Kantine ist ja erst mal nur vorübergehend.«

»Aber wir könnten doch trotzdem feiern«, meinte eine Frau.

»Mal sehen«, meinte Emma und bahnte sich den Weg durch die Frauen nach draußen. Im Augenblick hatte sie alle Hände voll mit der Kantineneröffnung zu tun, da war an eine Feier nicht zu denken. Aber vielleicht hatten die Frauen recht und sie sollten eine Eröffnungsfeier veranstalten. Die Zeiten waren schwer genug, da sollten sie jeden Anlass zum Feiern nutzen. Sie musste mit Kurt darüber sprechen. Es dämmerte schon. Aus zahlreichen Fensteröffnungen des benachbarten Lagerhochhauses, dort, wo die Vertriebenen ihre behelfsmäßigen Unterkünfte hatten, drang Licht. Emma wollte gerade zurück zum Verwaltungsgebäude gehen, um ihre Sachen zu holen, als sie jemanden leise ihren Namen rufen hörte.

Sie wandte sich um.

Eine Frau trat aus dem Schatten des Vordaches heraus ins trübe Licht der Dämmerung. »Tut mir leid, ich wollte Sie nicht erschrecken.«

Die angenehme Stimme kam Emma bekannt vor. Sie versuchte, das Gesicht unter dem Kopftuch der Frau, die den Kopf etwas gesenkt hielt, zu erkennen. Auf einmal fiel es ihr wieder ein. Sie kannte die Stimme von ihren vielen vergeblichen Telefonanrufen in der Villa Hüffenberg. Es war die Stimme, die Kurt immer verleugnet hatte. Sie gehörte Hanna Gebauer. Warum war sie noch hier? Hatte Kurt vergessen, sie zu entlassen? Offenbar hatte er es nicht getan und ihr auch nichts davon gesagt. Emma runzelte die Stirn.

»Oh, Sie wissen nicht, dass ich noch hier bin«, sagte Hanna, die sie genau beobachtete. »Herr Hüffenberg hat Ihnen nicht gesagt, dass er mich nicht entlassen hat.«

Dass sie wohl recht hatte und ihr offenbar nichts entging, ärgerte Emma. Dieses aufmerksame Luder! Sie steckte die Hände in die Manteltaschen und atmete tief. »Was wollen Sie?«

»Ich …« Hanna hob den Kopf, sodass Emma ihr Gesicht sehen konnte. Es sah völlig ausdruckslos und nichtssagend aus. »Ich habe Herrn Hüffenberg gebeten, mich nicht zu entlassen. Er hat mich hierbehalten. Ich musste versprechen, in der Firma nichts von Ihnen beiden zu erzählen«, erklärte Hanna. »Ich werde nichts verraten. Meine Mutter und ich, wir brauchen das Geld. Ich finde sonst nirgendwo anders eine Stelle.«

»Ich verstehe«, sagte Emma fröstelnd, aber es stimmte sie nicht versöhnlicher. Sie fragte sich, worauf Hanna hinauswollte. »Sagen Sie mir, was Sie wollen!«, forderte sie sie ungeduldig auf.

»Ich möchte mich bei Ihnen entschuldigen«, sagte Hanna. »Es tut mir leid, was ich getan habe. Es war nicht richtig.«

Emma überlief ein kalter Schauer, als eine Windbö um ihre Beine strich. »Nein, das war es ganz und gar nicht«, versetzte sie. »Sie haben Glück, dass Sie noch hier sind.« Sie bedachte Hanna mit einem Blick, in dem ihre ganze Verachtung lag, wandte sich um und stapfte mit energischen Schritten davon. Sie spürte, wie die andere ihr hinterhersah, als sie den Weg zurück zum Verwaltungsgebäude lief, aber das war ihr gleichgültig. Ihr Ärger wuchs bei dem Gedanken, was diese heimtückische Frau Kurt wohl erzählt haben mochte, damit er sie nicht entließ. Er hatte sich von ihr einwickeln lassen, anders konnte sie sich das nicht erklären. Man konnte ihr doch nicht wirklich trauen. Sie musste mit Kurt darüber reden. Sie mussten sowieso miteinander sprechen, außerdem wollte sie ihren Triumph mit ihm feiern. Ob er sich genauso über die Eröffnung der Kantine freute wie sie? Herr Palm hatte sie nach der überraschenden Lieferung der Briten nicht mehr ablehnen können. Was würde der alte Hüffenberg dazu sagen?

Doch sie kam nicht dazu, denn sie war wegen der Kantine länger geblieben, und Kurt war schon vorgefahren. Als Josef sie mit dem Wagen zur Villa brachte, hatten alle schon gegessen, und Kurt saß mit Herrn Palm und seinem Vater im Arbeitszimmer seines Vaters.

Nur Kurts Mutter leistete ihr beim Essen Gesellschaft. Enttäuscht saß Emma neben ihr und erzählte ihr von der überraschenden Essenslieferung der Briten und der

Kantineneröffnung. Doch Margarete schien nicht wirklich bei der Sache zu sein. Beim Erzählen merkte Emma, wie ein abwesender Gesichtsausdruck in ihre Miene trat, als würde sie nicht wirklich zuhören. Nach dem Essen bat sie Emma, ihr etwas vorzuspielen – natürlich nur, wenn ihr das recht sei, schließlich habe sie ja schon den ganzen Tag arbeiten müssen. Obwohl Emma erschöpft vom langen Tag war, konnte sie die höfliche Bitte unmöglich abschlagen. Müde holte sie ihr Akkordeon und nahm auf dem Stuhl im Wintergarten Platz. »Ich spiele Ihnen etwas aus unserem Frauen-Duo-Programm vor«, sagte sie, ehe Margarete sie wieder bitten konnte, die alten Kriegsschlager zu spielen. Sie breitete ihr altes abgegriffenes Notenheft, das sie sich in dem Bücherkeller in Köln gekauft hatte, auf dem Tisch neben sich aus.

»Sie hatten ein Frauen-Duo?«, fragte Frau Hüffenberg.

Emma nickte. »Bevor wir mit der Kölschen Combo aufgetreten sind, haben meine Freundin und ich als ›Lydia und Rose‹ im Kölner Rheinpalast gespielt.«

»Haben Sie dort meinen Sohn kennengelernt?«

»Nein, das war bei uns zu Hause. Er war doch unser Untermieter.«

»Ja, ja, natürlich.« Kurts Mutter griff nach dem Weinglas und trank ein paar große Schlucke vom letzten Moselwein aus dem Keller. Wie fast immer trug sie ihr dunkelblaues Viskosekleid. Emma fragte sich, ob sie mehrere davon besaß oder ob sie es niemals waschen ließ.

»Hat Ihnen Kurt nie erzählt, wie wir uns kennengelernt haben?«, fragte sie verwundert.

»Doch, doch«, versicherte Margarete hastig. »Es muss mir wohl entfallen sein.«

Emma fragte sich, wie man so etwas vergessen konnte. War es Kurts Mutter etwa so unwichtig? Sie griff in die Tasten ihres Akkordeons und spielte die unverfänglichen, fröhlichen Stücke, die sie mit Irma zusammen gespielt hatte – Swing, Foxtrott und Walzer. Margarete tippte mit den Fingern zum Takt auf die Armlehne und sah aus dem Fenster in den dunklen Garten. Sie wirkte abwesend und schien – je länger sie Emmas Musik lauschte – immer mehr in sich zusammenzusinken. Nach einem Marsch hörte Emma auf und trank einen Schluck Wein. »Gefällt es Ihnen oder soll ich lieber etwas anderes spielen?«

Kurts Mutter wandte sich vom Fenster ab und sah sie an, als hätte sie sie aus einem tiefen Traum geholt. »Oh, nein, es ist gut, spielen Sie ruhig weiter.«

Emma überlegte, ob sie Margarete die Stücke der Kölschen Combo vorspielen sollte, aber schon bei dem Gedanken daran stieg Widerwille in ihr auf. Sie konnte die Lieder immer noch nicht spielen, ohne an den Abend im Heckenrather Hof denken zu müssen. Immer, wenn sie sie spielte, musste sie an Christian denken, wie er sie festgehalten und seine Hand auf ihren Mund gepresst hatte. Bei den Liedern, die sie im Kapitolskeller vorgetragen hatte, musste sie an den jungen Christian denken, in den sie sich damals verliebt hatte. Selbst den Ballsirenen-Walzer konnte sie nicht mehr spielen, ohne dass das Bild der Scheune von Gut Meinersleben wieder zurückkehrte. An jedem der Lieder klebten Erinnerungen, sie waren untrennbar mit den alten Zeiten verbunden. Aber sie wollte nicht mehr an die alten Zeiten erinnert werden, sie war froh, dass sie sie überwunden hatte. Sie wollte ein neues Leben führen, gemeinsam mit Kurt und mit neuen Liedern. Emma fragte sich, ob sie sie jemals finden würde. Könnte sie jemals wieder unbefangen spielen wie früher, vor dem Abend im Heckenrather Hof, hätte sie je wieder Auftritte?

Die Musik schien sich verflüchtigt zu haben. Sie hatte sich leise aus ihrem Leben geschlichen und war zu ein paar pflichtbewussten Übungsstunden sonntagsvormittags geschrumpft. Die Arbeit als Sekretärin war anstrengend und füllte sie aus. Abends hatte sie keine Lust mehr, noch zu musizieren, geschweige denn, Lieder zu komponieren. Nie hätte sie gedacht, dass die Arbeit sie so beanspruchen würde, aber sie war zufrieden damit. Sie konnte sich um die Werkskantine kümmern und dafür sorgen, dass die Belegschaft zu essen bekäme.

Emma seufzte leise und besann sich auf die Gegenwart von Margarete, die ihnen gerade Wein nachschenkte.

»Wissen Sie nicht, was Sie spielen sollen?«, fragte sie und lächelte, als könnte das Lächeln ihre Traurigkeit vertreiben.

Emma dachte, dass sie ein paar Volkslieder spielen könnte, aber dazu hatte sie keine Lust. Sie kannte kein Lied, das in der Lage gewesen wäre, die Traurigkeit von Kurts Mutter zu lindern. Und sie würde nicht in Ruhe spielen können, bis sie vor Gericht gegen ihren Mann ausgesagt hätte und endlich von ihm geschieden worden wäre. Vielleicht war dieser Schwebezustand eine Zeit ohne Lieder, in der Vergangenheit und Zukunft erst zusammenwachsen müssten.

»Ehrlich gesagt, nein«, meinte sie, schob ihr Akkordeon zusammen und stellte es beiseite. »Entschuldigen Sie. Ein andermal spiele ich mehr.« Sie erhob sich und ließ sich auf das bequeme Sofa sinken.

»Sie brauchen sich nicht zu entschuldigen, ich verstehe, dass Sie müde sind. Sie hatten einen anstrengenden Tag. Wir Frauen sind doch eigentlich nicht dazu gemacht, in Firmen zu arbeiten«, sagte Margarete seufzend. Sie hob ihr Glas, und sie prosteten sich zu und tranken.

»Ich finde es gut«, meinte Emma. »Man kann sich nützlich machen, und im Moment wird jede Hand in der Firma gebraucht.« Sie überlegte, ob es Margarete wohl besser ginge, wenn auch sie eine Aufgabe hätte. Dann wäre sie von den ständigen bohrenden Fragen abgelenkt, was mit ihrem Sohn passiert war. »Ich freue mich, dass wir den Arbeitern jetzt Mahlzeiten anbieten können. Es gibt vielleicht bald eine Feier zur Kantineneröffnung«, sagte sie. »Kommen Sie doch auch, wir würden uns freuen.«

»Eine Feier?« Margarete nippte an ihrem Wein. »Ach, ich war schon lange nicht mehr in der Firma. Gut, dass die Engländer ein paar Lebensmittel hergegeben haben, die haben doch bestimmt genug. Da hatten Sie ganz recht.«

»Ich habe nicht mehr damit gerechnet, dass es passiert.«

»Mein Mann auch nicht. Ehrlich gesagt, war er nicht begeistert. Er will nicht, dass die Werkskantine wiedereröffnet wird.«

»Warum nicht?«

Margarete sah zur Tür und senkte ihre Stimme. »Er wollte es von Anfang an nicht. Er denkt, es ist eine verrückte Idee, gerade jetzt eine Kantine zu eröffnen.«

»Genau jetzt sollte man sich darum bemühen«, entgegnete Emma. »Der Winter wird hart, und Ihr Mann will doch bestimmt seine Arbeiter behalten.«

Margarete seufzte und schüttelte den Kopf. »Vielleicht haben Sie recht, doch mein Mann ist dagegen, und er bekommt immer seinen Willen. Aber Sie sind ja eine gute Sekretärin. Das ist sehr nützlich, so werden Sie eine Absicherung haben.«

Emma hielt inne und ließ ihr Weinglas sinken. »Wie meinen Sie das?«

»Die Hüffenberger Werke haben einen ausgezeichneten Ruf. Wenn Sie von uns ein gutes Zeugnis bekommen, können Sie überall als Sekretärin anfangen.«

»Ich habe nicht vor, woanders zu arbeiten. Ich möchte Kurt helfen.«

»Natürlich«, meinte Margarete, auf deren Wangen sich zwei rote Flecken gebildet hatten. Sie leerte ihr Weinglas in einem Zug und stellte es auf den Tisch zurück. »Aber mein Mann wird nicht zulassen, dass Kurt und Sie heiraten.«

Emma schluckte und klammerte sich an ihr Glas. Margaretes leise Worte waren wie Nadelstiche in ihren Ohren.

»Das hat Ihr Mann nicht zu entscheiden«, gab sie zurück. »Er kann Kurt nicht seinen Willen aufzwingen.«

Margarete wich ihrem Blick aus und sah eine Weile vor sich hin. Dann hob sie den Kopf. »Entschuldigen Sie, das wollte ich eigentlich gar nicht sagen.«

Emma leerte ihr Glas und stellte es geräuschvoll auf den Tisch zurück. Sie zwang sich zu einem Lächeln, aber sie spürte, wie ihr Kinn zitterte. »Ihr Mann wird sich noch an mich gewöhnen«, sagte sie leichthin. Sie wusste selbst nicht, wie sie es zu einer solchen Antwort schaffen konnte. Ihr Herz schlug laut und schnell, als müsste sie gleich kämpfen.

Als Margarete nichts erwiderte, stand sie auf, nahm ihr Akkordeon und wünschte ihr eine gute Nacht.

»Schlafen Sie gut, Emma.« Kurts Mutter hob müde die Hand und sah wieder aus dem Fenster. Beim Hinausgehen hörte Emma das Geräusch, mit dem ein Weinglas gefüllt wurde.

Mit schweren Schritten stieg sie die Treppe hinauf. Sie fühlte sich müde, gleichzeitig hielt die Wut sie wach. Was um alles in der Welt fiel Margarete ein, so etwas zu sagen? Der Alkohol musste ihre Zunge gelockert haben. Sie war eine traurige verwirrte Frau, die nicht mehr wusste, was sie sagte.

Emma zog sich ihr Nachthemd an und ließ sich in ihr Bett sinken. Kurts Vater dachte also immer noch, sie wäre wegen ihrer Herkunft nicht gut genug für seinen Sohn. Auch ihr Einsatz in der Firma hatte ihn nicht umstimmen können, im Gegenteil, er hatte ihre Kantinenpläne abgelehnt und einer Eröffnung nur gezwungenermaßen zugestimmt, nachdem die Briten Lebensmittel geliefert hatten. Würde er je seine Meinung ändern? Aber selbst, wenn er sie weiter ablehnte, könnte er Kurt nicht zwingen, auf eine Heirat mit ihr zu verzichten. Vielleicht könnte er drohen, ihn zu enterben, aber danach sah es im Moment nicht aus. Solange Hans vermisst wurde, war Kurt der einzige Sohn, den er hatte. Hans' Ersatz, wie Kurt so bitter im

Jagdzimmer festgestellt hatte. Solange Hans weg war, brauchte der alte Hüffenberg seinen jüngeren Sohn. Und Kurt liebte sie, er durfte es nur in der Firma nicht zeigen. Nüchtern betrachtet, musste sie sich keine Sorgen machen, dachte Emma. Trotzdem wurde sie ihr schlechtes Gefühl nicht los. Eine unbestimmte Angst, die sich in ihr ausbreitete. Sie sehnte sich nach Kurt und wünschte sich, er würde neben ihr liegen und sie in die Arme nehmen. Lange lauschte sie auf Schritte im Flur und hoffte, er würde kommen, aber er kam nicht. Stattdessen hörte sie die Männerstimmen unten gedämpft aus dem Arbeitszimmer dringen, bis ihr die Augen zufielen.

Am nächsten Tag kam Kurt erst mittags in die Firma. Schweigsam saß er am Schreibtisch und rieb sich die Stirn, während er die Liste mit den Mitarbeitern überflog, die sich für das Kantinenessen gemeldet hatten. Es waren fast alle.

»Meine Güte, über zweihundert Anmeldungen! Schafft ihr das überhaupt?«, fragte er.

»Wir geben unser Bestes.« Emma lächelte. Sie hatte in der Nacht schlecht geschlafen und sich die Ringe unter den Augen mit etwas Schminke überdeckt, die Margarete ihr vor einiger Zeit für das Büro geschenkt hatte. »Der Beamte vom Gesundheitsamt war heute Morgen da und hat alles geprüft. Er hatte keine Beanstandungen.« Sie deutete auf ein weiteres Stück Papier in der Mappe. »Wir brauchen jetzt nur noch mehr Wärmebehälter. Ich habe vor, deswegen bei der Großküche anzufragen, die die Schulessen liefert.«

»Gute Idee«, lobte Kurt. »Wie lange werden die Vorräte reichen?«

»Nicht lange«, meinte Emma. »Wenn sie uns nicht mehr liefern, wird alles wohl nur eine Episode sein.«

Kurt nickte und rieb sich wieder die Stirn. »Wenigstens etwas.« Er hob die Mundwinkel zu einem kleinen Lächeln, das so gequält wirkte, dass er Emma leidtat. »So starke Kopfschmerzen?«

»Zu viel Moselwein«, gestand er leise stöhnend.

Sie nahm ihren Mut zusammen, umrundete seinen Schreibtisch und begann, seinen Nacken zu massieren. Zu ihrer Überraschung ließ er es sich gefallen, nachdem er sich mit einem schnellen Blick davon überzeugt hatte, dass die Tür geschlossen war. Ein leises Stöhnen zeigte ihr an, dass es ihm gefiel.

»Wo haben deine Eltern ihren ganzen Wein nur vor den Amis versteckt? Ihr Vorrat scheint unerschöpflich zu sein«, sagte sie, beugte sich zu ihm hinunter und küsste ihn auf die Stelle zwischen Hemd und Haaransatz.

»Keine Ahnung.« Er seufzte leise. »Palm hat übrigens viele alte Witze erzählt. Ich wusste gar nicht, dass der so lustig sein kann.«

»Dann hattet ihr also gestern einen schönen Herrenabend«, brachte sie mit rauer Stimme hervor. »Ich hoffe, ihr habt die Essenslieferung der Briten gebührend gefeiert.«

Er hob den Kopf und wandte sich zu ihr um. »Wir brauchen jetzt alle Kräfte, damit der Auftrag rechtzeitig fertiggestellt wird. Da kam die Lieferung gerade recht. Selbst Palm konnte nichts mehr gegen die Kantine einwenden. Mein Vater ist natürlich immer noch dagegen, aber er konnte auch nichts mehr sagen. Ein schöner Triumph, Emma.« Er lehnte sich im Stuhl zurück und wandte ihr sein Gesicht zu. Es sah blass aus im Licht, das durch das Fenster hereinfiel.

Sie ergriff seine Hand. »Ich hätte den Triumph gestern gern mit dir zusammen gefeiert.«

Er drückte ihre Hand, machte aber keine Anstalten, aufzustehen und sie in die Arme zu nehmen. »Sei nicht böse, Emma. Herrenabende müssen manchmal auch sein.«

Emma nickte. Sie dachte daran, was seine Mutter ihr am Abend zuvor über seinen Vater gesagt hatte, und die Angst stieg wieder in ihr auf. Sie hätte gern mit Kurt darüber geredet, aber nicht hier im Büro. Auf einmal wünschte sie sich weit weg, irgendwo anders hin, wo sie allein wären und in Ruhe reden könnten. Seitdem sie den Auftrag bekommen hatten, arbeitete er mehr denn je, und selbst wenn sie allein waren, war er oft mit den Gedanken woanders.

»Schön, dass du Mutter etwas vorgespielt hast«, sagte er. »Das heitert sie auf. Sie ist oft so traurig wegen Hans.«

Emma sah in sein blasses Gesicht. Nein, sie konnte ihm jetzt unmöglich sagen, was seine Mutter zu ihr gesagt hatte. Vielleicht später bei einem ihrer Spaziergänge.

»Du hast mir immer noch nicht erzählt, woher du Daniel Melzer kennst. Könnte es möglich sein, dass er Mr Graham umgestimmt hat?« Er bedachte sie mit einem aufmerksamen Blick.

Emma ließ ihre Hände sinken. »Vielleicht.« Sie sonnte sich in seinem langen Blick, den sie im Büro sonst nie bekam.

»Lass dich doch nicht so lange bitten. Woher kennst du ihn?«

Sie überlegte, ob sie ihm die Wahrheit sagen sollte, doch dann entschied sie sich anders. »Ich habe ihn im Rheinpalast kennengelernt, nach einem unserer Auftritte als Lydia und Rose.«

Kurt sah sie ungläubig an, doch sie hielt seinem Blick stand. »Wir haben uns einen Abend lang über Musik unterhalten«, erklärte sie.

»So hast du dich also amüsiert, während ich im Gefängnis saß.«

Kurt hatte wieder seine undurchschaubare Miene aufgesetzt, aus der sie nicht schlau wurde. War er wirklich eifersüchtig? Der Gedanke gefiel ihr.

»Es war ein schöner Abend«, setzte sie lächelnd hinzu.

Kurt räusperte sich. »Meinst du, dieser Melzer würde sich bei Mr Graham für mehr Lieferungen einsetzen?«

»Vielleicht. Aber wenn, dann nicht mehr lange. Er hat mir erzählt, dass er bald nach Amerika geht.«

»Schade.«

»Ich würde es trotzdem gern versuchen«, bot sie an. »Vielleicht haben wir Glück. Wenn wir zusätzlich noch Kartoffeln und Eier hätten, wäre das natürlich noch besser. Kannst du nicht Herrn Palm davon überzeugen, die Vorräte bei den Bauern zu beschaffen?«

Kurt trommelte nachdenklich mit den Fingern auf die Armlehnen. »Du willst also deinen ursprünglichen Kantinenplan wieder aufleben lassen? Palm hat ihn abgelehnt, weil er meinte, wir würden Ärger mit der Stadtverwaltung und den Briten bekommen, wenn wir versuchen, die Lebensmittel schwarz bei den Bauern zu besorgen.«

»Aber dann wären wir nicht nur allein von den Briten abhängig.«

Kurt seufzte, erhob sich und sah eine Weile aus dem Fenster. Die schlanke Silhouette seines maßgeschneiderten Anzugs zeichnete sich vor dem Herbstlicht ab. Emma starrte ihn an. Sie mochte diese Silhouette, die Linie seiner Schultern und seines Rückens, gemalt wie von einem Künstler, der sich in Proportionen auskannte. Sie wollte zu ihm gehen und sich an ihn schmiegen, doch das wagte sie nicht hier im Büro. Er würde sie vielleicht nur wieder wegschieben. Also blieb sie stehen und begnügte sich damit, ihn zu betrachten, solange er es nicht merkte.

Er wandte sich um, und einen Augenblick hatte Emma das Gefühl, er würde doch auf sie zukommen und sie in die Arme nehmen, aber er machte keine Anstalten und setzte sich wieder hinter den Schreibtisch.

»Bei aller Liebe, Emma, aber ich halte das für keine gute Idee. Wir müssen vorsichtig sein. Wir können uns das Risiko, dass die Briten die Firma schließen, nicht leisten.« Er nahm seinen Stift und setzte seine schwungvolle Unterschrift unter die Liste.

Emma beobachtete ihn enttäuscht. »Meinst du wirklich, die Briten würden das tun? Sie brauchen uns doch für den neuen Auftrag.«

Kurt seufzte und klappte die Mappe zu. »Dieses Risiko möchte ich nicht eingehen. Ich möchte nicht, dass es vielleicht ihr erster und ihr letzter Auftrag war.«

Er gab ihr die Mappe zurück.

»Ich verstehe«, sagte Emma mit rauer Stimme. »Dann wird die Kantine wohl nur eine Episode bleiben, wenn die Briten uns nichts mehr liefern.«

Kurt drehte seinen Federhalter in den Händen. »Es tut mir leid, Emma.«

Sie biss sich auf die Lippen, um ihre Enttäuschung hinunterzuschlucken und sich auf ihr weiteres Anliegen zu besinnen. »Eigentlich wollte ich dich fragen, was du von einer kleinen Feier zur Eröffnung am Freitagnachmittag hältst«, sagte sie. »Aber das dürfte sich ja dann wohl kaum noch lohnen.«

Kurt legte seinen Füllfederhalter weg und lehnte sich zurück. »Doch, das ist eine gute Idee, Emma. Alles, was der Arbeitsmoral dient, können wir jetzt gut gebrauchen.«

Endlich lächelte er wieder sein gewohntes Kurt-Lächeln. Emma lächelte schmallippig zurück. »Nun, dann … sollten wir das Fest vielleicht besser Hoffnungsfeier nennen«, erwiderte sie. »Herr Palm und du, ihr könntet ein paar Worte sagen.«

»Machen wir«, versprach Kurt. »Aber wir nennen es trotzdem Eröffnungsfeier, denn die Kantine ist ja eröffnet worden. Vorläufig jedenfalls.«

Emma nickte, nahm die Mappe und wandte sich zum Gehen, doch er rief sie zurück. »Du könntest an dem Abend wieder spielen«, sagte er, nachdem sie sich zu ihm umgewandt hatte. »Würdest du das tun? So ein Abend ist doch nichts ohne Musik.«

Wieder spielen. So wollte er sie also dazu bringen. Er wusste, dass sie es nicht abschlagen konnte, weil es für die Kantine war. »Sicher spiele ich«, sagte sie leichthin. »Aber keine alten Schlager mehr.«

Er lächelte zufrieden und bedankte sich. Sie ging hinaus. Ihr Kurt war noch da, irgendwo versteckt hinter der Fassade dieses Büromenschen. Sie seufzte, und auf einmal wusste sie, dass sie sich nie an seine beiden verschiedenen Ichs gewöhnen würde. Sie wollte Kurt nur, wie sie ihn bisher kannte, als *ihren* vertrauten Kurt. Der andere war ihr fremd.

Kapitel 13

Als die Kantine am Mittwoch öffnete, gab es eine Warteschlange, die zur Tür hinaus über den Hof bis zum Hauptweg reichte. Obwohl in Etappen gegessen werden sollte, hielten sich viele nicht an den Zeitplan und stellten sich einfach an. Selma Euler und ihren Helferinnen stand der Schweiß auf der Stirn, als sie die zahllosen Portionen aus den großen Thermoskübeln schöpften und in die Essgeschirre der Leute füllten. Durch die Kantine waberte der Duft nach Reisbrei, den die Frauen am Morgen gekocht hatten. Die Arbeiter drängten sich um die Tische und aßen, viele aßen auch draußen im Hof.

Emma sammelte die Essensmarken ein und musste höllisch aufpassen, dass sich keiner vordrängte und es keinen großen Streit gab. Trotz des Gedränges und Geschubses freute sie sich, in glückliche Gesichter zu sehen. Sie selbst hatte eine Schöpfkelle Brei vorher mit den Küchenfrauen probieren dürfen. Er schmeckte so gut, wie er roch. Kein Zweifel, Selma verstand etwas von ihrem Handwerk.

Am Freitag, dem Tag der Eröffnungsfeier, gab es eine Suppe aus dem mitgelieferten Pulver und dem zerbröselten Zwieback. Selma hatte die Frauen der Großküche, die für die tägliche Schulspeisung in den Schulen kochten, besucht und erfahren, welche Gerichte man am besten mit den Lebensmitteln aus Armeebeständen zubereiten konnte. Dazu zählte auch diese Milchsuppe, die die Frauen der Großküche »Hamburger Kekssuppe« nannten, weil sie sich dort unter den Schulkindern großer Beliebtheit erfreute. So nannten dann auch Selma und ihre Frauen die Suppe, Paula Wagner tippte den Speiseplan fein säuberlich und hängte ihn an die Schwarzen Bretter.

Doch die Arbeiter sahen enttäuscht aus, als die Frauen ihnen die Suppe in die Henkelmänner füllten.

»Was sind das denn für Kinderportionen? Wie sollen wir davon satt werden?«, maulte Rolf Kress. »Das ist was für Grundschüler, aber doch nicht für uns!«

»Halt die Klappe, Rolf, und iss, was du kriegst«, versetzte Freddy, der hinter ihm in der Schlange wartete. »Sei froh, dass du überhaupt was bekommst.«

»Und das müssen wir auch noch bezahlen«, schnaubte Kress und rümpfte die Nase.

»Hör auf zu meckern und probier erst mal«, versetzte Selma und gab ihm seinen Henkelmann.

Er schüttelte den Kopf und ging zum Tisch, gefolgt von Freddy.

Emma beobachtete, wie er dort die Suppe verschlang und sich dann behaglich zurücklehnte, um sich weiter über das »Kinderessen« lustig zu machen. Sie verschloss die Kassette mit den Essensmarken und schob sie unter die Theke, dann ging sie zu Kress an den Tisch.

»Die Suppe hat Ihnen doch geschmeckt, wie ich gesehen habe«, fuhr sie ihn an. »Warum schimpfen Sie dann hier herum? Sie müssen hier nicht essen und auch nichts bezahlen. Wenn Ihnen das Essen nicht gefällt, dann lassen Sie es bleiben.«

Kress starrte sie überrascht an. Langsam gefror das Lächeln auf seinem Gesicht. Emma rührte sich nicht und starrte zurück. Am Tisch schauten alle zu ihnen herüber.

Da schnappte er sich seinen Löffel und seinen Henkelmann und stand auf. »Steckt euch doch eure Kinderpisse in den Arsch!« Er stapfte in langen Schritten hinaus.

Emma holte tief Luft und ging wieder zurück hinter die Theke, wo sich schon eine lange Schlange an Wartenden gebildet hatte, und nahm weiter Essensmarken entgegen. Allmählich verrauchte ihre Wut, und an ihre Stelle trat Reue. War es richtig gewesen, den Betriebsratsvorsitzenden vor allen anderen so anzufauchen? Es würde ihre Beliebtheit in der Belegschaft sicher nicht steigern. Aber die Nerven waren einfach mit ihr durchgegangen. Sie seufzte und tauschte rasche Blicke mit Selma, die ihr zunickte, als hätte sie ihre Gedanken erraten. Emma beruhigte sich wieder.

Als sie nach dem Essen in der Küche Manöverkritik hielten, räumte Selma ein, dass sie die Suppe vielleicht besser am ersten Tag gekocht hätten und danach den Reisbrei, es sei die falsche Reihenfolge gewesen. »Die waren schon verwöhnt und dann enttäuscht, als es nur die Suppe gab«, meinte sie. »Der Kress, den kenne ich, der ist ein unverschämter Kerl. Aber in unserer Kantine soll er sein Gift nicht versprühen.«

Emma dachte an die hässlichen Bemerkungen, die der junge Betriebsratsvorsitzende in den Baracken über die Ostarbeiter gemacht hatte. »Wie konnte er nur zum Betriebsratsvorsitzenden gewählt werden?«, fragte sie.

Mathilde wechselte rasche Blicke mit den Küchenhelferinnen. »Sie sind ja noch nicht lange in der Firma, Frau van Kall. Der war schon immer ziemlich beliebt, er war der beste Torjäger unserer Betriebsmannschaft und in der NSDAP.«

»In der Partei waren doch viele.«

»Ja, aber der war ein Überzeugter. Von Anfang an war er dabei in einer heimlichen Zelle, die sich hier gebildet hat. Die haben viele andere angesteckt, die später gefallen sind. Seien Sie vorsichtig bei ihm, Frau van Kall.«

Emma nickte, sie war dankbar für die Warnung. Sie nahm sich vor, Kurt zu fragen, ob die Firma so wenig Facharbeiter hätte, dass sie auf Männer wie Kress angewiesen war.

»Nächste Woche gibt's Grießbrei«, sagte Selma. »Viel können wir aus den Vorräten nicht machen.«

»Wie lange reichen sie noch?«

Die Köchin seufzte und warf einen Blick zum Vorratsraum hinüber. »Nicht mehr lange, vielleicht noch für drei oder vier Mahlzeiten. Also ein oder zwei Wochen. Wir brauchen bald Nachschub. Wenn wir Kartoffeln oder Eier hätten, kämen wir länger hin.«

Emma dachte an ihr Gespräch, das sie vor einigen Tagen mit Kurt geführt hatte, aber sie wollte Selma nichts davon verraten. »Ich werde versuchen, noch mehr zu bekommen«, sagte sie ausweichend. »Mal sehen, was sich machen lässt.«

Sie blieb bei den Frauen in der Kantine, um bei den Vorbereitungen für die Eröffnungsfeier am Nachmittag zu helfen. Ihr Musikprogramm hatte sie schon an den Abenden davor zusammengestellt und die Lieder, die sie spielen wollte, geübt. Dabei hatte sie ihren Widerwillen überwunden und sogar zwei Stücke aus ihrem alten Programm mit der Combo geübt, zwei flotte Swings, die sie mochte und nach denen die Leute so gern tanzten. Zu ihrer Überraschung war es gut gegangen. Ihr war nicht unwohl geworden, und sie hatte auch nicht an Christian denken müssen. Sie hatte es routiniert gespielt, ihre Finger hatten die Tasten gefunden wie immer, und es hatte nach schönen Liedern geklungen. Sie hatte sie ein paarmal wiederholt, um sicher sein zu können, sie auch wirklich spielen zu können, und sie dann in ihr Programm aufgenommen. Aber sie war immer noch ein wenig verwundert darüber und auch sehr aufgeregt. Es war ihr erster Auftritt seit jenem unheilvollen Abend. Hoffentlich würde alles gut gehen. Emma versuchte, sich mit den Vorbereitungen abzulenken.

Jemand hatte irgendwo die alten Weihnachtsgirlanden aus der Kriegszeit gefunden, mit denen sie die Wände und Stahlträger in der Kantine schmückten, und es gab noch ein paar rot-weiß karierte Servietten, die sie auf den Tischen verteilten. So kam wenigstens etwas Farbe in den tristen Raum.

Kleine Feier in der Kantine am Freitagnachmittag um vier. Bringen Sie gute Laune und Becher mit, stand auf den Schildern, die Paula getippt hatte. Sie hatten nichts, was sie den Leuten anbieten konnten. Ob überhaupt jemand kommen würde?

Doch pünktlich um vier Uhr öffnete sich die Tür, und die ersten Arbeiter strömten herein, angeführt von Fiedler und Freddy. Sie hatten ihre Becher dabei und ließen sich an der Theke Wasser aus den bereitgestellten Krügen einschenken. Die Sortiererinnen kamen, und wenig später erschienen auch die Angestellten. Paula Wagner kam mit den Betriebsschreiberinnen und setzte sich an den Tisch für die Angestellten. Zum Schluss erschien Kurt mit Herrn Palm, Herrn Brenner und dem Oberingenieur, und sie ließen sich an dem Tisch nieder, der für die Geschäftsführung reserviert worden war. Zuerst sprach Herr Palm und betonte, wie froh er sei, dass die Briten ihnen Lebensmittel aus Armeebeständen abgegeben hätten. Auch wenn sie wohl nicht lange reichen würden und es keine fürstlichen Mahlzeiten seien, so sei es doch besser als nichts. Mit keinem Wort erwähnte er Emmas Verdienst an diesem Umstand, stattdessen erzählte er von dem neuen Auftrag, den die Firma bekommen hätte, und wie wichtig er für das Fortbestehen der Hüffenberger Werke sei. Er schloss seine Rede damit, dass er zuversichtlich sei, dass sie es alle gemeinsam schaffen würden.

Danach sprach Kurt, begrüßte alle, würzte seine Rede mit ein paar Witzen und bedankte sich ausdrücklich bei Frau van Kall, dem Kantinenausschuss und Frau Euler und ihren fleißigen Helferinnen in der Küche. Er deutete auf die Sammelbüchse, die auf der Theke stand, und bat um weitere Spenden für die Betriebswohnungen.

Anschließend ging er mit gutem Beispiel voran, zog vor den Augen aller einen großen Geldschein aus der Tasche und steckte ihn in die Sammelbüchse. Herr Palm tat dasselbe, ebenso Herr Brenner und der Oberingenieur. Alle klatschten.

»Nun spielt Frau van Kall für Sie!«, rief Kurt. »Tanzen ist ausdrücklich erwünscht.« Er nickte Emma zu und deutete auf die freie Fläche zwischen Theke und Tischen.

Emma setzte sich auf einen Stuhl an der Theke und nahm ihr Akkordeon auf den Schoß. Sie begann mit dem Nordsee-Walzer. Wenigstens Kurt hatte ihren Einsatz für die Werkskantine gelobt. Er forderte Selma Euler zum Tanzen auf – sehr zur Freude der Belegschaft, die im Takt zur Musik mitklatschte. Herr Brenner holte Paula Wagner zum Tanz und Fiedler eine der Sortiererinnen. Erstaunt beobachtete Emma den Meister. Sie hätte nie gedacht, dass der große, schweigsame Mann so gut tanzen konnte. Sie griff in die Tasten und spielte Walzer, Swing und Foxtrott aus ihrem Lydia-und-Rose-Programm, das ihr leicht von der Hand ging. Nicht lange nach den ersten Tänzern trauten sich noch weitere Paare auf die Tanzfläche, und Kurt wirbelte eine Frau nach der anderen über das Parkett. Emma wäre gern an ihrer Stelle gewesen, aber sie musste ja spielen. Außerdem mussten sie sich vor der Belegschaft zurückhalten, um keinen Grund für irgendwelche Spekulationen zu liefern.

Als sie die Swings aus dem Combo-Programm spielte, vermisste sie Irma auf einmal, ihre Gitarre, und fühlte sich allein ohne sie. Sie vermisste auch Nikolais Geige, Max' Klavierspiel und Gerds Schlagzeug. Wo sie wohl jetzt waren? Wo spielten sie gerade? Wie hatten sie doch immer Leute bei ihren Tanzabenden in den Gaststätten in Stimmung gebracht! Nun musste sie allein für Stimmung sorgen. Zum Glück waren die Leute so begierig zu tanzen, dass sie nur wenig Mühe hatte.

Inzwischen war auch Margarete angekommen, hatte eine Weile am Tisch der Geschäftsführung gesessen und ging jetzt mit der Sammelbüchse durch die Reihen, um weiter Spenden für die Betriebswohnungen zu sammeln. Es würde wohl nicht viel zusammenkommen, aber immerhin versuchte sie es. Zufrieden stellte Emma fest, dass sie wenigstens heute Abend ein anderes Kleid trug als sonst, ein dunkelrotes schlichtes Baumwollkleid mit ausgestelltem Rock, das ihr ein wenig zu weit war. Sie wunderte sich wieder, dass Kurts Mutter nicht öfter ihre Kleider wechselte, denn sie hatte als reiche Frau doch sicher genügend davon im Schrank.

In der Pause holte Emma sich Wasser und wollte sich an den Tisch der Angestellten setzen, als Fiedler sie heranwinkte. »Kommen Sie, setzen Sie sich zu uns. Wann haben Sie schon mal Gelegenheit, bei so fröhlichen Jungs zu sitzen?« Er deutete in die Runde.

Emma erkannte mehrere Gesichter – Rolf Kress, Werner, den großen Vorarbeiter Schröter und Freddy, der ihnen gegenübersaß. »Papiermaschine fünf, nicht?«, meinte Emma und setzte sich auf den freien Stuhl neben Fiedler.

Er nickte anerkennend. »Sehr gut, Sie kennen die Leute«, lobte er.

»Ich habe schon viele Namenslisten gelesen«, gab sie zurück.

»Wissen Sie was, es wird Zeit für Ihre Feuertaufe. Aber Sie dürfen nichts verraten.« Er deutete auf ihren halb vollen Becher. »Trinken Sie das Zeug aus, da kommt jetzt was Vernünftiges rein.«

Sie ahnte, was jetzt folgen würde. Nachdem sie ihren Becher geleert hatte, nahm Fiedler ihr ihn aus der Hand, bückte sich und griff nach einer Milchkanne, die unter dem Tisch stand. Damit füllte er ihren Becher und gab ihn Emma.

»Prost!« Er hob seinen Emaillebecher und stieß mit ihr an. »Trinken Sie unseren Knolli-Brandy, unsere selbst gebrannte Spezialität. Ich garantiere Ihnen, danach spielen Sie noch besser.«

Alle klopften auf die Tischplatte. Emma spähte in ihren Becher, der bis zur Hälfte mit einer bräunlichen Flüssigkeit gefüllt war, überwand sich und trank. Der Schnaps hatte einen leicht süßlichen Geschmack und brannte ihr in der Kehle, aber sie wusste, dass sie alles austrinken musste, wenn die Männer ihr Anerkennung zollen sollten. Sie leerte ihren Becher in einem Zug und drehte ihn um. Ein letzter Tropfen fiel auf den Tisch.

Die Männer johlten so laut, dass Fiedler sie zur Ruhe mahnen musste. Er grinste zufrieden und klopfte ihr auf die Schulter. »Sehen Sie, Sie mögen unseren Rübenschnaps.« Er beugte sich zu ihr und deutete mit dem Kopf hinüber zu Kurts Mutter, die am Nachbartisch gerade Geld einsammelte. »Sie passen doch gar nicht zu denen.«

Emma schwirrte der Kopf von dem Schnaps. Fiedlers Atem roch nach Knolli-Brandy, der Schnaps musste ihm die Zunge gelöst haben. Sie wollte ihn fragen, wie er das meinte, doch dann entschied sie sich anders. Ihre Tischnachbarn beobachteten sie und jede ihrer Reaktionen. Sicher wusste Fiedler, dass sie bei den Hüffenbergs wohnte und als Freundin der Familie galt, und machte sich seinen Reim darauf.

»Trinken Sie noch mal mit uns«, forderte er sie auf und griff nach ihrem Becher, doch sie nahm ihn schnell an sich. »Geht nicht mehr.« Sie lachte. »Wenn ich jetzt noch einen trinke, kann ich nicht mehr spielen, und ihr wollt doch noch Musik hören, oder?«

»Ja klar!«, riefen einige.

»Davon geht die Welt nicht unter!«, wünschte sich einer.

»Lili Marleen!«, rief ein anderer.

Emma erhob sich und zwang sich ein Lächeln ab. Die alten Kriegsschlager aus dem Kapitolskellerprogramm sollte sie also wieder spielen. Vermutlich würde sie nie davon wegkommen. »Mache ich gleich«, versprach sie widerwillig. Sie klopfte mit dem Becher auf den Tisch und verschwand. Als sie wenig später mit ihrem Akkordeon an der Tanzfläche saß und wieder ihre Musik spielte, sah sie Kurts Mutter neben Fiedler sitzen und zu »Davon geht die Welt nicht unter« mit den Arbeitern schunkeln. Es war nicht die einzige lustige Gruppe. Emma entdeckte noch mehr Milchkannen unter den Tischen. Ihr schwirrte der Kopf vom Rübenschnaps, und sie verspielte sich ein paar Mal. Bei »Lili Marleen« stiegen ihr die Tränen in die Augen. Es wurde totenstill im Saal, als sie es spielte, und niemand tanzte. Nur mit Mühe brachte sie das Lied zu Ende und bekam tosenden Applaus. Hastig ließ sie einen Swing folgen, um die Stimmung wieder zu heben und die Leute auf die Tanzfläche zu bringen. Doch das war gar nicht nötig. Die Arbeiter sangen lauthals alte Schlager, und Emma legte wieder eine Pause ein und verschwand auf die Toilette. Sie blieb dort lange, denn ihr war schwindlig und eine leichte Übelkeit drückte in ihrem Magen. Sie hätte den Knolli-Brandy nicht so hinunterstürzen sollen. Schließlich zog sie sich die Lippen nach und ging nach draußen an die frische Luft, vielleicht würde es ihr dann besser gehen.

Im Hof vor der Kantine standen einige Grüppchen von Arbeitern im Licht einer trüben Laterne, rauchten und unterhielten sich. Niemand nahm Notiz von ihr. Emma zog sich in den Schatten der Mauer zurück, lehnte sich gegen die Steine und kämpfte gegen ihre Übelkeit an. Sie hoffte, dass niemand sie sah. Aber ihr blieb nur eine Weile Ruhe vergönnt, dann kam Paula Wagner auf sie zu.

Sie trug einen Stirnreif im Haar, das ihr in ordentlichen Wellen auf den Mantel fiel. Hinter ihr tauchte Freddys schmales Gesicht auf.

»Emma, wie schön, Sie zu sehen!«, rief sie. »Was für ein tolles Fest! Sie haben ja gar nicht erzählt, dass Sie so gut spielen können.«

Emma zwang sich ein Lächeln ab, während sie weiter gegen ihre aufsteigende Übelkeit ankämpfte.

Paula sah sie besorgt an. »Geht es Ihnen gut?«

Emma schüttelte den Kopf und beobachtete, wie sich ein junger Mann aus der Gruppe der Arbeiter löste und auf sie zukam.

Es war Rolf Kress. »Ebenfalls schön, Sie zu sehen«, äffte er Paula nach. »Geht es Ihnen gut, Frau Hüffenberg? Ihnen ist doch wohl nicht der Knolli-Brandy zu Kopf gestiegen?« Er blieb vor ihr stehen und musterte sie prüfend.

Emma starrte ihn an. War es ihr so deutlich anzusehen, wie schlecht es ihr ging? Dann fiel ihr auf, wie er sie genannt hatte. »Sie haben etwas verwechselt. Ich heiße nicht Hüffenberg. Mein Name ist van Kall.«

Er grinste. »Das ist aber nicht Ihr Mädchenname, wie ich gehört habe. Sie sind verheiratet, und Ihr Mann sitzt im Knast. Muss wohl ein schlimmer Kerl sein. Verstehe, dass Sie ihn loswerden wollen. Da ist unser junger Herr Hüffenberg gerade recht für Sie, etwas Besseres kann Ihnen gar nicht passieren.«

Emma schnappte nach Luft. Sie starrte in Kress' angriffslustiges Gesicht und fragte sich, wie er nur so unverschämt sein konnte. »Was … meinen Sie damit?«, hörte sie sich fragen.

»Na, dass Sie und der junge Herr Geschäftsführer ein Paar sind, ist doch klar. Das sagen hier alle.«

»Wer verbreitet solche Lügen?«, fauchte Emma, denn sie bekam es mit der Angst zu tun.

»Na alle.« Er musterte sie belustigt. »Wussten Sie das nicht? Ist doch logisch, Sie sind erst mal seine Sekretärin, bis Sie geschieden sind.«

Freddy nahm die Hände aus seinen Taschen und trat auf Kress zu. »Was soll das, Rolf? Lass sie in Ruhe!« Er ballte die Faust und stellte sich zwischen Kress und Emma.

Rolf Kress sah aus, als wollte er noch etwas sagen, dann wandte er sich um und verschwand in der Dunkelheit. Emma wollte ihm noch zurufen, dass er seine unverschämten Lügen lassen sollte, doch sie kam nicht dazu. Sie spürte, wie ihr übel wurde, und wandte sich ab, gerade noch rechtzeitig, ehe sie sich an der Mauer erbrach.

In heftigen Stößen stieß ihr Magen den Knolli-Brandy wieder hervor. Heftig rang sie nach Atem. Eine Hand legte sich auf ihre Schulter. Paula hielt ihr ein Taschentuch hin. Emma merkte, wie ihr zu allem Übel die Tränen in die Augen schossen. Dankbar nahm sie das Taschentuch und tupfte sich die Augen trocken.

»Kommen Sie, ich bringe Sie nach drinnen zur Toilette.«

»Nein, nicht nach drinnen.« Das fehlte ihr noch, dass sie alle so sahen – weinend, wütend und vermutlich leichenblass. Sie lehnte sich erschöpft gegen die Mauer. Freddy musterte sie besorgt, Paula lehnte sich neben sie.

Emma atmete tief die Luft ein, während sich ihr Magen langsam beruhigte. Sie spürte die kühle Luft auf ihrer Haut. Ihr Ärger verflog und ließ ein schales Gefühl der Scham zurück. Sie blickte in Paulas unscheinbares Gesicht. Nun kannten sie und Freddy also die Wahrheit.

»Was für ein unverschämter Kerl, so mit Ihnen zu reden.« Paula schüttelte den Kopf. »Der hat immer schon eine Menge Ärger gemacht. Aber er ist einer von den Gelernten, wir brauchen den, unbedingt. Das Schlimme ist, der weiß das auch. Eigentlich müsste Herr Brenner sich den mal zur Brust nehmen.«

Freddy nickte, er hatte wieder die Hände in die Taschen gesteckt.

Emma schluckte den bitteren Geschmack, der ihr im Mund lag, hinunter. »Haben Sie auch schon von dem Gerücht über Herrn Hüffenberg und mich gehört?«, fragte sie leise.

Paula schwieg. Freddy wich ihrem Blick aus und sah auf seine Füße hinunter.

»Also haben Sie«, meinte Emma. »Kress hatte recht, das glauben alle.«

Paula nickte. »Wir haben davon gehört.«

»Aber …« Emmas Kinn zitterte. Um Himmels willen! Der alte Hüffenberg würde sie rauswerfen lassen, wenn er davon Wind bekäme. Er wollte nicht, dass die Belegschaft etwas von Kurt und ihr erfuhr.

171

»Es ist nicht so schlimm, wie Kress sagt«, meinte Paula mit ruhiger Stimme. »Um ehrlich zu sein, hatten wir es immer schon geahnt, Emma. Sie und Herr Hüffenberg, Sie passen so gut zusammen. Nicht wahr, Freddy?«

Er nickte hastig und sah wieder auf den Boden.

Emma musste wider Willen lächeln. »Wissen Sie, wer das Gerücht in die Welt gesetzt hat? Woher es kommt?«

Paula schüttelte den Kopf.

»Wir haben keine Ahnung, Frau van Kall«, meinte Freddy. »Ich habe gehört, wie die Frauen aus der Sortiererei am Tisch darüber geredet haben.«

»Aber sie reden nicht alle so hässlich wie Kress«, setzte Paula schnell hinzu.

Die Frauen aus der Sortiererei. Emma fiel nur ein Mensch ein, der den Klatsch verbreitet haben musste. Sie dachte an Hanna Gebauers glattes Gesicht, an ihre sahnige Stimme. Sie stellte sich vor, wie Hanna mit dieser Stimme über sie und Kurt reden würde. Aber hatte sie nicht gesagt, Kurt habe ihr gedroht, sie zu entlassen, wenn sie alles in der Belegschaft herumerzählen würde? Wäre Hanna wirklich so dumm, das zu erzählen, wenn ihr die Entlassung drohte? Emma seufzte ratlos. Eigentlich hatte Kress nur die Wahrheit gesagt. Aber auf ziemlich hässliche Weise. Sie zwang sich zu einem Lächeln.

Mit zittrigen Fingern strich sie sich den Rock glatt. »Ich glaube, ich muss allmählich wieder rein.«

»Ich bringe Sie zur Toilette, da können Sie sich frisch machen«, sagte Paula.

Emma nickte dankbar und folgte ihrer Kollegin zurück in die stickige Kantine. Es roch nach Rauch und Schnaps. Von dem Geruch wollte sich ihr Magen erneut umdrehen, doch nach ein paar Atemzügen ging es wieder besser. Im Toilettenraum steckte Emma sich ein paar Haarsträhnen zurück, die aus ihrem Knoten gefallen waren, trank etwas Wasser und tupfte sich Lippenstift auf die blassen Wangen. Als sie mit Paula in die Kantine zurückging, hörte sie schon von Weitem das Gelächter.

Margarete hatte sich von ihrem Platz neben Fiedler erhoben. Schwankend stand sie da und sang »Ich weiß, es wird einmal ein Wunder gescheh'n«.

»Wenn ich ohne Hoffnung leben müsste, wenn ich glauben müsste, dass mich niemand liebt, dass es nie für mich ein Glück mehr gibt. Ach, das wär schwer.« Sie senkte den Kopf und drehte den Becher hin und her, der vor ihr auf dem Tisch stand.

Sie hatte eine schöne Stimme und traf die Töne erstaunlich gut. Die Männer am Tisch hingen an ihren Lippen.

»Wenn ich nicht in meinem Herzen wüsste, dass du einmal zu mir sagst: ›Ich liebe dich‹, wär das Leben ohne Sinn für mich. Doch ich weiß mehr«, sang sie laut. »Ich weiß, es wird einmal ein Wunder gescheh'n, und dann werden tausend Märchen wahr. Ich weiß, so schnell kann keine Liebe vergeh'n, die so groß ist und so wunderbar!«

In der Kantine war es still geworden. Alle drehten sich nach Kurts Mutter um.

Sie kannte den Text, fuhr es Emma durch den Kopf, und sie sang so schön, sie musste eine Gesangsausbildung gehabt haben.

Margarete senkte ihre Stimme, sodass diese beinahe so tief klang wie die von Zarah Leander. »Wir haben beide denselben Stern, und dein Schicksal ist auch meins. Du bist mir fern und doch nicht fern, denn unsere Seelen sind eins. Und darum wird einmal ein Wunder gescheh'n, und ich weiß, dass wir uns wiederseh'n«, schmetterte sie.

Dann brach sie ab, ergriff ihren Becher und stürzte seinen Inhalt herunter. Eine Weile war es noch still im Raum, bis jemand zu klatschen begann. Dann klatschten auf einmal alle, johlten und schlugen auf die Tischplatten.

Margarete lächelte. Kraftlos sank sie auf ihren Stuhl zurück und nahm die Huldigungen der Männer am Tisch entgegen. Sie schob ihren Becher zu Fiedler hinüber. »Geben Sie mir noch was, dann singe ich mehr«, lallte sie.

Alle lachten.

Fiedler schüttelte den Kopf. »Lieber nicht, Frau Hüffenberg. Ich glaube, Sie haben genug getrunken.«

Emma beobachtete, wie Kurt heranhastete und hinter seine Mutter trat.

»Das glaube ich auch. Es ist besser, wenn du keinen Schnaps mehr trinkst, Mutter.«

Emma wollte zu ihnen gehen, doch etwas hielt sie zurück. Wäre das nicht noch mehr Wasser auf die Mühlen des Belegschaftsklatsches, wenn alle sahen, wie sie Kurt half? Doch dann fasste sie sich ein Herz. Sollten es doch alle sehen, sie musste Kurt helfen. Mit etwas wackeligen Beinen durchquerte sie den Saal und ging zu Fiedlers Tisch, um ihm zu helfen.

Kurt nickte ihr dankbar zu und legte den Arm um die Schultern seiner Mutter. »Du musst jetzt nach Hause. Frau van Kall wird dich begleiten.«

Frau Hüffenberg starrte ihn mit großen, feucht glänzenden Augen an. »Aber ich habe doch gerade erst angefangen!«, protestierte sie. »Ich möchte noch Lili Marleen singen. Das habe ich früher so oft gesungen, ich kann das richtig gut!«

»Das habe ich gerade schon gespielt, Frau Hüffenberg«, sagte Emma leise.

Margarete blickte sie mit glasigen Augen an. Sie schob trotzig ihr Kinn nach vorn. »Ich möchte es aber gern spielen. Ich singe und Sie spielen die Melodie. Und nennen Sie mich endlich Margarete.« Sie tippte Emma mit dem Zeigefinger auf den Arm.

Kurt und Emma hakten seine Mutter unter und hoben sie vom Stuhl. Schwankend kam Margarete auf die Beine, und sie hielten sie fest und führten sie unter den Blicken aller durch die Kantine nach draußen.

Kurz vor der Tür drehte sich Margarete noch einmal um und winkte den Männern an Fiedlers Tisch zu. »Ich komme wieder!« Sie warf allen Kusshände zu.

Die Männer johlten. Paula holte geistesgegenwärtig den Mantel von Kurts Mutter, hängte ihn ihr um und folgte ihnen nach draußen.

»Warum muss ich denn gehen? Es war doch so schön!«, rief Margarete.

Die Arbeiter, die draußen standen, starrten sie an.

»Danke, Sie können jetzt gehen, Fräulein Wagner«, sagte Kurt zu Paula, nachdem sie seiner Mutter den Mantel angezogen hatte. »Und packen Sie bitte schon mal Emmas Akkordeon ein, sie wird nicht mehr spielen heute Abend. Ich nehme es dann gleich mit.«

Paula nickte ihnen zu und verschwand wieder in der Kantine.

Gemeinsam führten sie Kurts Mutter den Weg durch das Fabrikgelände zurück. Hier und da verbreiteten Laternen ihr kümmerliches Licht. Margarete summte leise die Melodie von Lili Marleen.

»Dieser verdammte Knolli-Brandy«, brummte Kurt. »Wir hätten ihn verbieten sollen.«

»Ach, dann hätten sie ihn draußen getrunken«, meinte Emma.

Er machte ein unwilliges Geräusch.

Emma überlegte, ob sie ihm erzählen sollte, was Rolf Kress zu ihr gesagt hatte. Sie musste es tun, er musste wissen, was in der Belegschaft über sie geredet wurde. Margarete war sowieso zu betrunken, um irgendetwas mitzubekommen.

»Sie wissen, dass wir ein Paar sind«, sagte sie unvermittelt.

Kurt fuhr zusammen, als hätte er einen Schuss gehört. »Was sagst du da?«

»Ich hatte heute Abend ein sehr hässliches Gespräch mit Rolf Kress vom Betriebsrat«, erklärte sie. »Er weiß, dass ich verheiratet bin und dass wir beide ein Paar sind. Er wusste sogar, dass mein Mann im Gefängnis ist. Es hat sich herumgesprochen, Paula und Freddy hatten es auch schon gehört.«

Kurt schüttelte den Kopf und fluchte leise.

»Du hättest Hanna Gebauer entlassen sollen«, sagte Emma. »Es kann niemand anderes verbreitet haben. Freddy sagte, die Frauen aus der Sortiererei hätten sich in der Kantine darüber unterhalten.«

Kurt fuhr sich nervös mit seiner freien Hand durch die Haare. »Ich verstehe das nicht. Ich habe der Gebauer doch gesagt, dass sie entlassen wird, wenn sie etwas verrät.«

»Dann muss sie sich umentschieden haben. Sie hätte gar nicht erst eingestellt werden dürfen.«

»Ich wusste ja selbst nicht, dass man sie eingestellt hat«, sagte Kurt mit kalter Stimme.

Emma wich ein wenig zurück. Es schien ihn sehr zu ärgern, dass es nun das Gerede über sie in der Belegschaft gab. »Das mit uns wäre doch früher oder später sowieso rausgekommen«, sagte sie. »Ist es denn so schlimm?«

»Es ist zu früh«, meinte Kurt. »Das sollte alles noch nicht bekannt werden, wo du noch nicht geschieden bist.«

Emma blieb stehen. »Warum ärgert dich das so?«

»Weil es zu früh ist, das sagte ich doch gerade!«

Emma starrte ihn an. Warum war er so gereizt? Ein ungutes Gefühl erfasste sie. Wollte er etwa nicht mehr offen zu ihr stehen? War ihm das Gerede deshalb so peinlich?

Aber nein, Kurt hatte seinem Vater gegenüber darauf bestanden, sie zu heiraten. Sie wusste, dass er sie liebte, er konnte es hier in der Firma nur nicht offen zeigen. Sie verdrängte ihre

Gedanken und ging weiter. Es war zu früh herausgekommen, er hätte lieber noch gewartet. Außerdem war er sicher noch ärgerlich wegen des peinlichen Auftritts seiner Mutter. Sie seufzte. »Aber jetzt ist das Gerücht in der Welt. Willst du es öffentlich abstreiten?«

Er schüttelte den Kopf. »Ich weiß es nicht. Vielleicht würde der Klatsch dadurch nur noch schlimmer werden. Ich werde mir den Kress mal zur Brust nehmen. Aber erst müssen alle wieder nüchtern werden.«

Sie waren jetzt am Parkplatz angelangt. Josef lehnte an der Fahrertür und rauchte. Hastig drückte er seine Zigarette auf dem Boden aus, als er sie sah, hob den Stummel auf und verbarg ihn im Ärmel.

»Guten Abend, Herr Hüffenberg.« Er nickte Kurt zu und warf einen überraschten Blick auf Margarete. Dann öffnete er die Tür und half ihnen, sie in den Wagen zu bugsieren.

»Bringen Sie meine Mutter und Frau van Kall nach Hause, Josef«, befahl Kurt. »Anschließend kommen Sie bitte wieder her.«

»Jawohl, Herr Hüffenberg.« Josef tippte sich kurz an die Mütze und schloss die Wagentür hinter Margarete.

Kurt blieb vor Emma stehen. »Wir reden morgen weiter. Sorge bitte dafür, dass sie heil ins Bett kommt.« Er deutete mit dem Kopf zur Wagentür, hinter der seine Mutter saß.

Emma versprach es und beobachtete, wie er in der Dunkelheit verschwand. Ein unbestimmtes Gefühl der Traurigkeit überfiel sie, als sie im Wagen saß, der langsam über den Parkplatz zur Straße rollte.

»So ein schönes Fest«, sagte Margarete und nickte Emma zu. Dann sah sie aus dem Fenster und summte leise die Melodie von Lili Marleen.

Kapitel 14

Am nächsten Morgen herrschte gedrückte Stimmung am Frühstückstisch in der Villa. Die Sammelbüchse war seit dem Abend verschwunden. Sie hätten sie nach dem Ende der Feier überall gesucht und nicht gefunden, berichtete Kurt. Er sah übernächtigt aus. Schatten lagen unter seinen Augen, und er war blass. An seiner Wange trocknete ein blutiger Kratzer vom Rasieren. Er hatte sich noch nicht vollständig angezogen, sondern trug noch seine Strickjacke über dem Hemd, wie immer beim Frühstück.

Emma beobachtete ihn unauffällig. Sie liebte ihn besonders an diesem Morgen, wie immer, wenn er sich noch nicht in den Büro-Kurt verwandelt hatte. Wenn er noch er selbst war, unvollkommen und mit Kratzern im Gesicht. Wie gern wäre sie jetzt allein mit ihm gewesen! Wie gern hätte sie sich an ihn geschmiegt und unbeschwert ihre Zweisamkeit genossen. Obwohl sie unter einem Dach lebten und zusammenarbeiteten, schienen sie weiter voneinander entfernt zu sein als jemals zuvor.

»Mutter, du hattest die Büchse zuletzt. Kannst du dich erinnern, wo du sie gelassen hast?«, fragte er.

Seine Mutter saß zusammengesunken auf ihrem Stuhl. Sie trug wieder ihr altes Viskosekleid und hatte ihr Haar zu einem nachlässigen Knoten aufgesteckt. Die Kaffeetasse zitterte leicht in ihrer Hand, als sie sie absetzte. »Ich weiß es nicht.« Sie wich Kurts Blick aus. »Ich habe gesammelt ... und dann ... habe ich sie aus den Augen verloren.«

Kurt presste ärgerlich seine Lippen zusammen. Er beugte sich nach vorn. »Überleg noch mal genau. Wo hast du sie zuletzt gesehen?«

Margarete senkte den Kopf und knetete ihre Tasse. »Sie war auf dem Tisch vor mir ... Mehr weiß ich nicht mehr.«

Kurt lehnte sich zurück, verschränkte die Arme vor der Brust und seufzte. »Das ist alles sehr unerfreulich. Dein Verhalten gestern, und jetzt ist auch noch die Büchse weg. Jemand hat sie bestimmt mitgenommen.«

»Wenn man eine Büchse voller Geld in eine hungrige Belegschaft mitnimmt, braucht man sich nicht zu wundern«, meinte sein Vater. »Wenn man sie dann noch in der Hand einer Betrunkenen lässt, fordert man das Schicksal geradezu heraus. Gelegenheit macht Diebe.« Er bedachte seine Frau mit einem kalten Blick.

Margarete spielte nervös mit ihrer Tasse. Einen Augenblick sah sie aus, als wollte sie in Tränen ausbrechen, doch sie beherrschte sich. Emma tat Kurts Mutter leid. Sie hielt ihre Hände unter dem Tisch ineinander verschränkt. Wie ein Krieger seinen Feind nicht aus den Augen ließ, beobachtete sie Kurts Vater. Wie oft hatte sie versucht, ihn zu entschuldigen, sich sein Verhalten schönzureden. Aber mittlerweile konnte sie nicht mehr umhin, sich einzugestehen, dass Kurt recht hatte: Dieser Mann war durch und durch kalt. Heute war er im Gegensatz zu ihnen allen wohl der Einzige, der genug geschlafen hatte. Sein Gesicht schien sich seit seiner Rückkehr geglättet zu haben, als hätte er weniger Falten. Es lag wohl am besseren

179

Essen in der Villa. Aber da war noch etwas anderes, ein zufriedener Ausdruck lag in seiner Miene. Emma fragte sich, warum er wohl zufrieden war.

»Dein Vorhaben mit den Betriebswohnungen scheint schon im Ansatz zu scheitern«, sagte er zu Kurt. »Weißt du, wie teuer die Häuser in Gartenhain waren? Ich habe die geplante Erweiterung der Siedlung damals nicht ohne Grund eingestellt.«

»Natürlich weiß ich, wie teuer die Häuser waren«, gab Kurt zurück. »Ich habe die Akten gelesen. Aber Häuser müssen nicht mehr so teuer sein. Wir können sie in ein paar Jahren sicher schnell und preiswert bauen. Es kommt vor allem darauf an, dass wir günstigen Wohnraum für die Belegschaft schaffen.«

»Dafür muss das Geld erst mal reinkommen. Die Pfennige der Arbeiter werden wohl kaum ausreichen. Das meiste werden wir zuschießen müssen.«

»Das werden wir sehen«, meinte Kurt. »Das Vorhaben genießt große Unterstützung in der Belegschaft, und es bindet alle an die Firma.«

»Darauf sind wir nicht angewiesen«, entgegnete sein Vater. »Die sind doch froh, wenn sie bei uns unterkommen. Noch dazu, wo wir jetzt sogar eine Kantine haben.« Er tupfte sich die dünnen Lippen mit der Serviette ab und warf diese dann auf seinen leeren Teller.

»Gefällt Ihnen das nicht, Herr Hüffenberg?«, entfuhr es Emma.

»Doch, doch. Es ist nur die Frage, ob sie länger als vielleicht noch zwei Wochen überdauert.«

Emma starrte auf den letzten winzigen Krümel ihres Rübenkraut-Brotes auf dem Teller und widerstand der Versuchung, ihn mit dem Finger aufzulesen. Sie war noch dabei, sich ihre Antwort zurechtzulegen, als Kurt schon antwortete.

»Es wird dauern, so lange es dauert. Wenn die Briten uns nichts mehr aus ihren Armeebeständen liefern, müssen wir den Kantinenbetrieb einstellen.«

Sein Vater lächelte. In Emma stieg ein großer Widerwille auf. Widerwille dagegen, wie er alles schlechtredete, was sie taten, wie er seine Frau behandelte. Aber Kurt war seit dem Auftrag der Briten in der Gunst seines Vaters gestiegen und jetzt offenbar an die Stelle seines älteren Bruders gerückt. Sie wollte etwas sagen, ließ es aber dann ihm zuliebe.

Kurt erhob sich. »Ich werde zur Firma fahren. Vielleicht wird die Sammelbüchse ja doch noch gefunden.«

Emma stand auf. »Ich komme mit«, sagte sie, erleichtert, dem Gespräch am Frühstückstisch zu entkommen.

»Hoffentlich findet sich die Büchse wieder«, meinte sie, als sie wenig später im Wagen zur Firma fuhren.

»Wenn, dann sicher nicht mehr mit dem Geld«, erwiderte Kurt und lächelte matt.

Er hatte seine Hand auf ihre gelegt und sah aus dem Fenster, schien weit weg zu sein mit seinen Gedanken. Die meiste Zeit während der Fahrt schwiegen sie.

»Schade, dass der Abend noch so ausgegangen ist«, meinte sie irgendwann. »Es war doch eigentlich ganz schön.«

Kurt lächelte bitter. »Abgesehen davon, dass meine Mutter sich vor der gesamten Belegschaft blamiert hat, es Gerede wegen uns gibt und jetzt auch noch das Geld für die Betriebswohnungen weg ist.«

»Hast du deinem Vater das mit dem Klatsch schon gesagt?«

Kurt schüttelte den Kopf. »Noch nicht. Es gibt schon genug Ärger.«

»Aber Herr Palm wird es ihm bestimmt zutragen.«

Er seufzte. »Ja, mein Vater wird es auf jeden Fall erfahren, deshalb ist es auch besser, er hört es zuerst von mir. Ich werde gleich heute Nachmittag mit ihm sprechen.«

Er sah wieder aus dem Fenster, als würde er keine Antwort mehr von ihr erwarten. Emma schwieg. Ihr war nun auch die Lust auf ein Gespräch vergangen.

Als sie in der Firma die Treppe zu Kurts Büro hinaufstiegen, kam ihnen Paula Wagner schon im Flur entgegen, als hätte sie auf sie gewartet. Emma wunderte sich. War denn heute nicht Paulas arbeitsfreier Samstag?

»Gut, dass Sie da sind, Herr Hüffenberg. Kann ich Sie kurz allein sprechen?« Sie warf einen hastigen Blick auf Emma.

»Sicher.« Kurt folgte ihr in den hinteren Teil des Flures, wo sie kurz miteinander flüsterten.

Emma versuchte, etwas zu verstehen, aber sie konnte nichts hören. Sie wunderte sich über Paulas seltsames Verhalten. Als die beiden sich zu ihr umwandten, erschrak sie. Kurt war noch blasser geworden, und Paula sah sehr ernst aus. Sie führte sie in ihr gemeinsames Büro und schloss die Tür auf. Emma wunderte sich. Seit wann verschloss Paula während der Dienstzeiten ihr Büro?

»Ich habe alles so gelassen, wie ich es heute Morgen vorgefunden habe«, erklärte Paula und stieß die Tür auf.

Das fahle Licht der Wintersonne fiel durch das Fenster herein auf ihre Schreibtische und Paulas schwarz glänzende Schreibmaschine und die Mappen, die danebenlagen. Die Stifte lagen in einer Schale – ihre Spitzen zeigten alle in Richtung Fenster. Paula war ein sehr ordentlicher Mensch.

Ihr eigener Schreibtisch sah unordentlicher aus. Die Kantinenakte lag noch aufgeschlagen dort, wie sie sie am Freitag verlassen hatte, daneben lagen Papierschnipsel verstreut und ihr Bleistift, den sie mit einer Spitze verlängert hatte. Ihr

Schreibtischstuhl war fortgeschoben worden. Vor ihm lag unter dem Schreibtisch ein kleiner silberner Gegenstand.

»Ich habe Frau van Kalls Stuhl so gesehen, was ungewöhnlich ist, denn sie rückt ihn sonst immer an ihren Tisch, bevor sie geht«, berichtete Paula. »Ich bin hingegangen und wollte ihn heranschieben. Dabei habe ich das unter ihrem Schreibtisch glänzen sehen.«

Kurt bückte sich und hob den runden silbernen Gegenstand auf. Er war scharfkantig und gleichmäßig rund abgeschnitten. Ein Dosendeckel. Er sah aus, als hätte ihn jemand mit einem Dosenöffner entfernt. Kurt hob noch etwas vom Boden auf, richtete sich wieder auf und hielt beides in die Höhe. Emma und Paula starrten auf den Deckel und das Zehn-Pfennig-Stück in seinen Händen.

»Ein Groschen«, bemerkte Paula überflüssigerweise, wohl, um das unangenehme Schweigen zu durchbrechen.

»Natürlich«, sagte Kurt. »Sicher alles aus der Sammelbüchse. Scheint, als hätte der Dieb es eilig gehabt.«

Weder Emma noch Paula sagten etwas.

Kurt legte den Deckel und den Groschen auf den Schreibtisch und wandte sich an Emma. »Können Sie sich das erklären, Frau van Kall? Wie ist der Deckel unter Ihren Schreibtisch gekommen?«

Emma schluckte gegen die Trockenheit in ihrer Kehle an. Sie hatte das Gefühl, nicht wirklich in diesem Raum zu sein. Das Geld für die Betriebswohnungen, gestern eingesammelt, heute verschwunden. Der Dieb hatte es nicht nur gestohlen, sondern wollte den Verdacht offenbar auch auf sie lenken. »Ich kann es mir nicht erklären. Ich weiß nicht, wie das unter meinen Schreibtisch gekommen ist, wer das dort hingelegt hat.«

Kurt verschränkte die Arme auf dem Rücken. »Haben Sie Ihr Büro gestern abgeschlossen?« Er sah erst Emma, dann Paula an.

Emma schluckte. Es kam ihr auf einmal sehr merkwürdig vor, von Kurt noch gesiezt zu werden. Sie fühlte sich wie eine Schauspielerin in einem schlechten Theaterstück. Hastig rief sie sich die Ereignisse des vorigen Tages in Erinnerung. »Ich bin vor Pau… Fräulein Wagner gegangen, weil ich in der Kantine geholfen habe«, sagte sie.

»Ich habe abgeschlossen, bevor ich zum Fest gegangen bin«, erklärte Paula.

»Sicher?«

»Ganz sicher, Herr Hüffenberg«, bestätigte Paula.

Emma nickte.

»Wer hat außer Ihnen noch einen Schlüssel zum Büro?«

»Niemand«, meinte Paula. »Außer natürlich der Hausmeister und die Putzfrauen.«

»Hat nicht Herr Brenner noch einen Schlüssel?«, fragte Emma. »Falls er mal an die Akten in unserem Büro muss.«

»Stimmt, das hatte ich vergessen, entschuldigen Sie«, sagte Paula.

»Ist Ihnen sonst noch etwas aufgefallen, Fräulein Wagner?«, fragte Kurt.

»Nein, nichts.« Sie schüttelte so hastig den Kopf, dass ein Schauer durch ihre langen blonden Haare lief.

Sie hat Angst, durchfuhr es Emma. Auch sie könnte die Sammelbüchse gestohlen haben. Wie Emma gehörte auch sie zum Kreis der Verdächtigen. Sie warf einen raschen Blick auf Paula und bemerkte, dass deren Kinn leicht zitterte. Auch sie selbst zitterte innerlich. Auf einmal schien es, als wollte ihr gereizter Magen das leichte Frühstück vom Morgen wieder hergeben, und sie musste ein paar Mal tief atmen, um ihn zu beruhigen. Kurt schien es nicht zu bemerken, so beschäftigt war er. Er war wieder ganz der junge Geschäftsführer, der er werden wollte. Unbeeindruckt hielt er an ihrem Versteckspiel fest, trotz des Geredes. Oder vielleicht gerade deswegen.

»Danke, Fräulein Wagner«, meinte er. »Wenn Ihnen noch etwas einfällt, sagen Sie es mir bitte. Frau van Kall, kommen Sie bitte in mein Büro.« Er nahm das Überbleibsel der Dose und den Groschen an sich, nickte Paula zu und verließ das Zimmer.

Emma folgte ihm mit klammen Händen über den Flur. Zu ihrem Erstaunen schloss er hinter ihr die Tür ab. Er legte alles auf seinen Schreibtisch, ergriff ihre Hand und zog sie ans Fenster. Eindringlich sah er sie an. »Hast du die Dose gestohlen? Du warst in deiner Pause einmal länger weg.«

Emma erschrak. Wie konnte er das nur fragen? Wie konnte er nur einen Augenblick annehmen, dass sie zu so einer Tat in der Lage wäre? Sie holte tief Luft. »Natürlich nicht! Ich war nur länger draußen, weil mir schlecht war. Aber nie könnte ich so etwas tun! Das müsstest du eigentlich wissen.«

»Also nur zu viel Knolli-Brandy.« Er seufzte erleichtert. »Entschuldige, ich musste dich das fragen.«

Sie schüttelte heftig den Kopf. »Nein, das musstest du nicht. Das hättest du dir denken können. Du hast mir nicht vertraut.«

Er sah sie erstaunt und verständnislos an. Sie ließ seine Hand los, wandte den Blick ab und sah hinaus auf die dunkelroten Ziegelsteingebäude der Fabrik, über denen sich Regenwolken ballten. »Ein dummer Dieb, der etwas klaut und dann die Hälfte unter seinem eigenen Schreibtisch vergisst, findest du nicht?«, fragte sie scharf.

»Das könnte in der Eile passiert sein«, entgegnete Kurt. Als er Emmas Gesicht sah, fuhr er rasch fort: »Wer könnte es dann gewesen sein?«

Emma spürte, wie sich ihr Magen erneut zusammenkrampfte. »Jemand, der mir was unterschieben will«, antwortete sie mit rauer Stimme. »Vielleicht Rolf Kress. Er war ziemlich fies zu mir, weil ich ihn in der Kantine zurechtgestutzt habe. Er kann mich nicht leiden.«

»Aber er ist der Betriebsratsvorsitzende.«

»Stimmt. Und er hat keinen Schlüssel zu meinem Büro.«

»Herr Brenner besitzt einen Schlüssel«, meinte Kurt nachdenklich.

»Ich glaube, er mag mich nicht sonderlich«, sagte sie. »Und er ist der Zuträger deines Vaters. Meinst du, er wäre zu so einer Tat in der Lage?«

Kurt zuckte mit den Schultern. »Ich glaube nicht, dass er so weit gehen würde, immerhin ist er der Personalchef. Warum sollte er dir etwas unterschieben wollen?«

»Ich weiß es nicht«, sagte Emma seufzend. »Könnte es nicht Hanna Gebauer gewesen sein? Sie hat schon das Gerede verbreitet. Sie hasst mich.«

»Sie war nicht auf der Feier«, meinte Kurt. »Jedenfalls habe ich sie nicht gesehen.«

»Ich auch nicht.« Emma verschränkte die Arme vor der Brust. Sie starrte ratlos aus dem Fenster, wo inzwischen Regen eingesetzt hatte. Ihr wurde es ganz elend, als sie sich das Gerede vorstellte, das nun beginnen würde. Sie wäre nicht nur die geschiedene Frau, deren Mann im Gefängnis saß, sondern man würde sie auch verdächtigen, die Büchse gestohlen zu haben. Eine verwerfliche Tat, das Geld zu stehlen, das für den Bau neuer Betriebswohnungen gedacht war. Sie wäre in der Belegschaft unten durch – und das nach allem, was sie getan hatte. Bei diesem Gedanken seufzte sie auf. Sie merkte, wie ihr die Tränen aufstiegen, wollte sich aber im Beisein von Kurt nicht die Blöße geben zu weinen.

Er schien es nicht zu bemerken. »Meinst du, es könnte Fräulein Wagner gewesen sein?«, fragte er.

»Paula? Ich glaube nicht, dass sie es war. Warum sollte sie so etwas tun?«

»Jeder kann Geld gebrauchen«, erwiderte er. »Mein Vater hat recht, Gelegenheit macht Diebe. Ihr Verlobter ist doch einer aus den Baracken, ein ziemlich armer Schlucker.«

Emma war überrascht über seine Worte. So sprach er sonst nie. »Das ist doch Irrsinn! Wenn die beiden es gewesen wären, hätte Paula die Dose einfach mitgenommen, statt ihre Reste in unserem Büro zurückzulassen. Ich glaube auch nicht, dass Freddy so etwas tun würde.«

»Freddy«, wiederholte Kurt. »Du nennst sie alle mit Vornamen, sogar Frau Euler.«

»Warum nicht, wenn ich doch mit ihnen zusammenarbeite? Es macht vieles einfacher.«

»Als Sekretärin der Geschäftsführung solltest du mehr Abstand wahren und auf die Form achten. Du solltest dich nicht mit den Arbeitern und Angestellten verbrüdern.«

Emma starrte ihn an. Das fahle Morgenlicht ließ seine blasse Haut und die Schatten unter seinen Augen noch deutlicher hervortreten. Spuren der anstrengenden letzten Wochen. »Wenn ich sie mit Vornamen anspreche, heißt das nicht, dass ich mich mit ihnen verbrüdere«, gab sie zurück.

»Du bist mit diesen Dingen nicht vertraut, weil du keine Berufserfahrung als Sekretärin hast.«

»Trotzdem habe ich doch bisher meine Sache gut gemacht, oder?«, erwiderte sie.

Er seufzte leise auf. »Jetzt sei doch nicht gleich beleidigt, Emma! Ich gebe dir doch nur Hinweise, wie man sich als Sekretärin richtig verhält.« Er legte eine kleine Pause ein. »Aber du wirst es jetzt erst mal nicht mehr brauchen. Ich halte es für besser, wenn du dir ein paar Tage Urlaub nimmst.«

»Warum?«

»Du solltest erst mal aus der Schusslinie kommen. Erhol dich in der nächsten Woche in der Villa. Mama wird sich freuen.« Er lächelte, was ihn plötzlich wieder wie ihren alten Kurt aussehen ließ.

Aber es besänftigte sie nicht. Bei dem Gedanken, ihre Tage bei seinem Vater in der Villa verbringen zu müssen, überlief sie ein kalter Schauer. »Sieht das nicht eher wie ein Schuldeingeständnis aus?«

»Nein, du bleibst zu Hause, bis die Wellen sich geglättet haben«, bestimmte er. »Ich werde der Sache auf den Grund gehen.«

Zu Hause. Für ihn war es das Zuhause, aber nicht für sie. Ein Zuhause war ein Ort, an dem man willkommen war, aber sie war dort nicht willkommen, das fühlte sie immer deutlicher. Zumindest nicht bei seinem Vater. Sie spürte, wie sie innerlich verkrampfte. Tränen schnürten ihr die Kehle zu. Sie atmete tief durch.

Also gut. Er war der Chef und konnte über sie bestimmen. »Wie du meinst«, sagte sie, wandte sich um und verließ ohne ein weiteres Wort das Büro.

Zurück in ihrem Zimmer bei Paula brach sie in Tränen aus. Weinend klappte sie den Kantinenordner zusammen und stellte ihn zurück ins Regal.

Paula kam zu ihr und legte den Arm um ihre Schultern. Sie gab ihr ein kleines weißes Taschentuch und wartete, bis ihre Schluchzer verebbt waren.

»Sind Sie entlassen worden?«, fragte sie vorsichtig.

»Nein, ich soll mir ein paar Tage Urlaub nehmen, bis alles aufgeklärt ist.« Emma tupfte sich die Augen trocken.

»Dann ist es doch gut«, tröstete sie Paula. »Sie werden den Schuldigen schon finden. Ich möchte gern wissen, wer die Frechheit besaß, das Geld zu stehlen und die Reste der Büchse unter Ihren Schreibtisch zu legen. Sie verstehen doch, dass ich es sagen musste, nicht wahr?«

Emma nickte. Sie fühlte sich schon etwas erleichtert, weil Paula nicht glaubte, dass sie die Diebin war. »Danke, Paula. Auch für gestern.«

Paula winkte ab. »Ach, das war doch selbstverständlich. Nach dem, was Sie für Freddy und die anderen getan haben. Er hat jetzt endlich ein Dach über dem Kopf.«

»Sind Sie so nett und kümmern sich um die Kantine, wenn ich weg bin?«, fragte Emma. »Ich wäre beruhigt, wenn Sie ein Auge darauf hätten.«

»Natürlich.«

»Rufen Sie bitte auch Herrn Daniel Melzer in Düsseldorf an, ob wir noch Essenslieferungen bekommen können. Er ist der Übersetzer von Mr Graham.« Emma notierte seine Nummer auf einen Zettel und gab ihn Paula.

»Ich versuche es«, versprach Paula. »Vielleicht haben wir ja Glück. Soll ich Ihnen den Wagen rufen?«

Emma zwang sich zu einem Lächeln. »Nein danke, ich gehe zu Fuß.«

Wenig später ging sie langsam am Fluss entlang zurück zum Dorf. Das Wasser jagte grau und glucksend an ihr vorbei. Es würde gleich die Stadt durchfließen, die hinter ihr lag, dann weiter durch mehrere Ortschaften bis zur Ebene, um dort in den Rhein zu strömen.

Emma folgte erst der Straße, die stadtauswärts am Fluss entlangführte, dann nahm sie die Abkürzung über den Feldweg. Sie spürte den hart gefrorenen Schlamm unter ihren Stiefeln. Über den Bergen zogen Wolken. Ein frischer Wind wehte ihr entgegen, kroch ihr unter Mantel und Rock und kühlte ihr Gesicht. Sie zog sich die Mütze tiefer und vergrub die Hände in den Taschen. Immer wieder kreisten ihre Gedanken um den Diebstahl.

Wer um alles in der Welt wollte ihren Ruf zerstören? Noch mal ging sie im Geiste alle infrage kommenden Personen durch, verdächtigte erneut Rolf Kress, verwarf ihren Verdacht aber dann wieder. Ob jemand den Schlüssel gestohlen hatte? Aber ihr fiel niemand ein, der so etwas Niederträchtiges getan haben konnte. Die Gebauer war nicht auf dem Fest gewesen, und Paula und Freddy traute sie es nicht zu, ebenso wenig Herrn Brenner. Es könnte auch jemand gewesen sein, den sie nicht kannte. Jemand Unbekanntes, der das Gerede über Kurt und sie gehört hatte und ihr schaden wollte. Eine Tat aus Neid und Eifersucht. Hoffentlich würde Kurt mehr herausfinden. Ihr Ärger auf ihn war verflogen und Ernüchterung gewichen. Vielleicht hätte sie doch mit ihm nach Köln gehen sollen, als er es noch gewollt hatte, anstatt darauf zu dringen, dass er seinen Vater unterstützte. Sie wünschte sich, mehr Zeit mit ihm allein verbringen zu können. Abends saß er oft noch lange über den Akten oder beratschlagte sich mit seinem Vater in dessen Arbeitszimmer. Auch heute würde er wohl wieder erst spät zurückkommen, obwohl Samstag war. Ihre gemeinsame Zeit an den Wochentagen reichte kaum für ausführliche Gespräche, es blieb ihnen eigentlich nur der Sonntag, und auch diesen teilten sie oft mit seinen Eltern.

Emma seufzte und nahm sich vor, morgen einen ausgedehnten Spaziergang mit ihm zu unternehmen.

Kurt kehrte am späten Nachmittag in die Villa zurück. Er suchte zuerst seinen Vater in dessen Arbeitszimmer auf und besprach sich lange mit ihm, danach ließen sie Emma holen. Das Parkett knarrte, als Emma das Arbeitszimmer betrat. Der unangenehme Geruch nach abgestandenem Zigarrenrauch erfüllte den Raum. Eine kleine Schreibtischlampe leuchtete gegen die Dämmerung an und tauchte das Gesicht von Kurts Vater, der am Schreibtisch saß, ins Halbdunkel. Hinter ihm hing ein großes Gemälde.

Kurt saß auf dem Stuhl vor dem Schreibtisch seines Vaters. Auf seinen Wink hin setzte sich Emma an den Besuchertisch.

»Wir haben leider nicht mehr herausgefunden, Emma«, sagte er. »Ich habe mit Herrn Palm gesprochen, er kann sich nicht vorstellen, wer das getan haben könnte. Der Hausmeister sagt, dass kein Schlüssel gestohlen wurde. Wir werden natürlich weiter nach dem Schuldigen suchen, aber bis der gefunden ist, wollen wir alles auf kleiner Flamme halten. Herr Palm, Vater und ich sind uns einig. Wir halten es für besser, wenn du erst mal der Firma fernbleibst, bis alles geklärt ist.«

Emma nickte. Sie hatte sich inzwischen etwas beruhigt. »Ich soll also beurlaubt werden, bis ihr den Schuldigen gefunden habt?«

Kurt nickte.

»Aber ich war es nicht. Ich habe die Sammelbüchse nicht gestohlen.«

»Das wissen wir, Emma, und wir glauben dir«, sagte Kurt. »Es ist nur, solange du noch zum Kreis der Verdächtigen gehörst, wirst du beurlaubt, weil alles, was du tust, auf uns zurückfallen würde. Es soll nicht noch mehr Gerede geben.«

»Ich verstehe«, sagte Emma, obwohl sie das Gefühl beschlich, für etwas bestraft zu werden, was sie nicht begangen hatte. »Ich möchte nur zu gern wissen, wer diese Gemeinheit getan hat.«

»Das möchten wir alle«, sagte Kurts Vater und zündete sich eine Zigarre an.

Die Flamme erhellte für einen Augenblick sein zerfurchtes Gesicht. Hatte sie am Morgen wirklich noch gedacht, er hätte weniger Falten? Sie musste sich geirrt haben.

»Wir werden alles daransetzen, den wahren Schuldigen zu finden«, versicherte Kurt.

Emma warf ihm einen kurzen Blick zu. Diese Förmlichkeit! Sie mochte es nicht, wenn er so förmlich zu ihr war. Selbst hier war er es noch, weil sein Vater dabei war.

Sie nahm sich zusammen. Sie wollte seinem Vater zeigen, dass sie nicht nur eine junge, dahergelaufene Musikerin war. Künstler seien nicht für das wirkliche Leben geschaffen und würden nicht das Schwarze unterm Fingernagel verdienen, hatte sie ihn einmal sagen hören. Sie wollte ihm zeigen, dass sie nicht beim ersten harten Windstoß umfiel. »Ich hoffe, ihr findet den Übeltäter«, sagte sie ebenso förmlich. »Und dass ich so bald wie möglich wieder in die Firma zurückkehren kann.«

Kurts Vater lehnte sich in seinem Sessel zurück und blies den Zigarrenrauch aus. »Bisher haben wir noch jeden Dieb in der Firma gefunden.«

Emma richtete sich im Sessel auf. »Ich möchte noch einmal betonen, dass ich gern in Ihrer Fabrik gearbeitet habe, Herr Hüffenberg. Es wäre schade, wenn ich allein für etwas die Verantwortung tragen müsste, das ich nicht verschuldet habe.«

Kurts Vater erwiderte nichts und rauchte schweigend weiter. Der Qualm stieg auf und waberte vor das Gemälde, das eine adelige Jagdgesellschaft hoch zu Ross zeigte, die gerade mit ihrer Hundemeute zur Fuchsjagd aufbrechen wollte.

»Wir ziehen dich nicht zur Verantwortung für etwas, das du nicht begangen hast, Emma«, erklärte Kurt. »Du nimmst Urlaub, und danach sehen wir weiter.« Er wechselte einen raschen Blick mit seinem Vater, und dieser nickte.

»Es wird wahrscheinlich eher vorbei sein, als Sie denken«, pflichtete er seinem Sohn bei.

Emma beobachtete beide. Sie sahen sie auf die gleiche Art an mit ihren verschlossenen Gesichtsausdrücken. Kurt hatte seine undurchschaubare Miene von seinem Vater. Warum war ihr das nicht eher aufgefallen? Vielleicht hatte sie immer mehr auf das Trennende geachtet als auf das, was Kurt mit seinem Vater verband. Sie hatte kaum die Ähnlichkeiten gesehen.

»Nun, dann ... muss es wohl so sein«, sagte sie.

»Danke, du kannst jetzt gehen«, sagte Kurt. »Wir sehen uns gleich beim Abendessen.«

Sie nickte und verließ das Zimmer.

Am nächsten Morgen nach dem Frühstück kündigte Therese überraschend Besuch an. Emma und Kurt, die gerade spazieren gehen wollten, zogen ihre Mäntel wieder aus und gingen in den Empfangsraum, wo Paula und Freddy auf sie warteten. Sie saßen in den alten Sesseln aus der Vorkriegszeit, die man vor Kurzem vom Speicher geholt hatte.

Freddy erhob sich so hastig, als Kurt ihn begrüßte, dass er das Tischchen anrempelte und beinahe die Gläser umwarf, die Therese ihnen hingestellt hatte. »Herr Hüffenberg.« Er machte einen kurzen Diener.

»Danke, dass Sie uns empfangen«, sagte Paula.

»Keine Ursache.« Kurt deutete auf die beiden kantigen, mit Samt bezogenen Sessel. »Setzen Sie sich doch. Was haben Sie auf dem Herzen?«

Die beiden setzten sich wieder. Freddy spielte nervös mit den Fingern. Er trug ein Hemd und einen selbst gestrickten Pullover. Seine Hose hatte an den Knien helle Abnutzungsflecke. »Wir möchten Ihnen etwas sagen«, begann er umständlich.

»Wegen der gestohlenen Sammelbüchse – Sie haben gesagt, ich sollte mich melden, wenn mir noch etwas einfällt«, fuhr Paula fort. »Mir ist noch etwas eingefallen. Ich meine, uns ist noch etwas eingefallen.« Sie wechselte einen raschen Blick mit Freddy.

»Schießen Sie los, Fräulein Wagner«, forderte Kurt sie auf.

Paula rutschte auf dem Sessel nach vorn und legte die Hände auf ihren Wollrock. »Nach dem Fest, als wir mit dem Aufräumen fertig waren, sind mein Verlobter und ich noch einmal ins Verwaltungsgebäude gegangen, weil ich etwas im Büro vergessen hatte«, erzählte sie. »Als wir dort waren, war alles noch ganz normal. Freddy, also Herr Zehnpfennig, und ich … wir waren noch eine Weile im Spindraum, um meinen Mantel zu holen. Als wir wieder nach unten gingen, kam uns im Treppenhaus eine der Sortiererinnen entgegen, Fräulein Gebauer, die manchmal putzen hilft. Sie hat in den Baracken geputzt und einmal auch im Verwaltungsgebäude. Bevor die Engländer kamen, hat sie geholfen, die Büros sauber zu machen. Können Sie sich erinnern, Emma?«

»Natürlich kann ich mich erinnern«, sagte Emma.

»Ich wollte sie erst fragen, was sie so spät noch hier macht und wo sie hinwill, habe es aber dann gelassen. Hätte ich es mal getan.«

Paula strich mit den Händen über ihren Wollrock.

»Könnte sie einen Schlüssel zum Büro gehabt haben?«, fragte Kurt.

»Auf jeden Fall. Die Putzfrauen haben Zutritt zu dem Abstellraum, wo die Zweitschlüssel hängen. Sie könnte ihn genommen und später wieder hingehängt haben.«

Emma wechselte einen raschen Blick mit Kurt. Hanna Gebauer, natürlich! Was hatte sie sonst spät abends noch im Verwaltungsgebäude zu suchen? Sie hatte den Büchsendeckel und den Groschen unter ihrem Schreibtisch hinterlassen. Sie hasste sie genug, um zu so einer Gemeinheit fähig zu sein. Eine Weile war es still im Raum. Alle mussten die Nachricht erst einmal verdauen.

»Merkwürdig, ich habe sie den ganzen Nachmittag nicht auf dem Fest gesehen«, meinte Kurt.

»Ich auch nicht«, sagte Emma.

»Doch, ich schon«, meinte Paula. »Sie hat bei den Sortiererinnen gesessen, ganz hinten in der Ecke.«

Freddy nickte.

»Meinen Sie denn, dass sie es gewesen sein könnte?«, fragte Paula.

»Ja«, antworteten Emma und Kurt wie aus einem Mund.

»Entschuldigen Sie bitte, dass ich es nicht früher gesagt habe. Aber wir ...« Paula warf einen hastigen Blick auf Freddy und errötete. »Wir waren uns nicht sicher, ob wir es sagen sollen.«

»Das ist nicht schlimm. Sie haben es ja jetzt gesagt«, meinte Emma schnell.

»Gut, dass Sie es uns verraten haben, vielen Dank«, ergänzte Kurt.

»Was geschieht jetzt mit Fräulein Gebauer?«, fragte Paula.

»Nun, Diebstahl ist ein Vergehen, und es ist umso schlimmer, dass sie versucht hat, den Verdacht auf Frau van Kall zu lenken«, sagte Kurt. »Wir werden sehen. Bitte sagen Sie zu niemandem ein Wort, bis die Sache aufgeklärt ist.«

Paula und Freddy versprachen es und erhoben sich. Sie sahen erleichtert aus.

Auch Emma war erleichtert. Sie brachte die beiden zur Tür und beobachtete, wie sie die kiesbestreute Auffahrt zum Tor zurückgingen und auf der Dorfstraße verschwanden. Ein wenig beneidete sie sie, aber sie wusste nicht, warum.

* * *

Später liefen Emma und Kurt den steinigen Waldweg entlang. Er war hier breit genug, sodass sie nebeneinander laufen konnten. Sie hielten sich an den Händen, und Emma konnte Kurts dicken Wollhandschuh durch ihren hindurch spüren. Er trug seine Mütze tief ins Gesicht gezogen und Christians alten Wanderrucksack auf dem Rücken, der jetzt Emma gehörte und mit Proviant für den Tag gefüllt war. Aber sie würden es vermutlich nicht den ganzen Tag draußen aushalten können, es ging nur, wenn man sich bewegte. Seit dem Vortag war es noch kälter geworden, der eisige Wind schnitt ihnen ins Gesicht. Emma trug ganz gegen ihre sonstige Gewohnheit ihre alte Hose, die sie früher zur Feldarbeit auf Gut Meinersleben getragen hatte, über ihren Strümpfen.

»Ich bin froh, dass sich der Diebstahl aufgeklärt hat«, meinte Kurt. »Warum sind wir nicht gleich auf die Gebauer gekommen?«

»Weil wir sie auf der Feier nicht gesehen haben«, meinte Emma. »Sie hat sich im Hintergrund gehalten, und wir haben nicht mehr an sie gedacht. Ich habe ehrlich gesagt nicht damit gerechnet, dass sie so weit gehen würde. Dass sie das Gerede über uns in der Belegschaft verbreitet hat, ja, aber so etwas Gemeines zu tun, ist schon etwas anderes.«

»Herr Palm und ich werden sie gleich morgen früh zur Rede stellen«, sagte Kurt. Seine Stimme klang dunkel.

»Wird sie des Diebstahls angeklagt, wenn sie es war?«

»Das weiß ich noch nicht. Kommt darauf an, wie sie sich verhält.«

»Ob sie das Geld zurückgibt?«

Er lachte kurz auf. »Schön wäre es! Das wäre das Beste für die Belegschaft. Aber ich glaube nicht daran.«

»Wenn sie es war und ich nicht mehr unter Verdacht stehe, kann ich doch wieder in die Firma zurück, nicht wahr?«, fragte Emma hoffnungsvoll.

»Warten wir erst mal ab. Du nimmst Urlaub, wie wir es besprochen haben. Mama wird sich über Gesellschaft freuen, und du kannst wieder Akkordeon üben wie letzte Woche. Du hast bei der Feier so schön gespielt.«

»Ich weiß«, sagte Emma, während sie gegen den eisigen Wind anstapfte. Auch sein Lob konnte ihre Enttäuschung nicht mildern. Sie hatte gehofft, wieder in die Firma zurückkehren zu können, sobald der Diebstahl aufgeklärt worden war. »Ich würde mich so gern selbst weiter um die Kantine kümmern.«

»Das kann Fräulein Wagner auch erledigen.«

»Sicher, aber warum kann ich nicht gleich wieder zurück? Ist es wegen des Geredes?«

Kurt schwieg. Sie stiegen eine leichte Anhöhe hinauf. Ihre Stiefel machten dumpfe Geräusche auf dem Weg.

»Ich will ehrlich zu dir sein, Emma. Ich werde gegen das Gerede vorgehen und mit ein paar Leuten reden. Kress muss damit aufhören. Aber das Gerücht ist in der Welt, und deshalb kannst du nicht mehr als meine Sekretärin arbeiten.«

»Ich verstehe«, meinte Emma. »Dann werde ich Herrn Palms Sekretärin. Oder ich gehe ins Personalbüro ...«

Kurt blieb stehen und ließ ihre Hand los. »Du verstehst es nicht. Es ist am besten, wenn du überhaupt nicht mehr in der Firma arbeitest.«

Emma blieb auch stehen. Heftig atmete sie die kühle Luft ein. »Heißt das, du willst mich entlassen?«

»Wie ich schon sagte, bleibst du am besten beurlaubt, bis die Wogen sich geglättet haben. Danach sehen wir weiter.«

Emma stieß die Luft wieder aus. »Sag doch offen, dass du mich entlassen wirst«, brachte sie mit tonloser Stimme hervor.

»Es war eine schlechte Idee, dich zu meiner Sekretärin zu machen«, meinte Kurt. »Mir ist klar geworden, dass es auf Dauer unmöglich ist, das Dienstliche vom Privaten zu trennen. Wir hatten es uns vorgenommen, aber es geht nicht.«

Emma ballte ihre kalten Hände zu Fäusten. »Warum werde ich allein dafür verantwortlich gemacht, dass die Gebauer die Wahrheit über uns ausgeplaudert hat?«

»Darum geht es nicht«, meinte Kurt. »Was ich sagen will – es war von Anfang an ein Fehler, dass wir so eng zusammengearbeitet haben. Wir hätten uns gar nicht erst darauf einlassen dürfen.«

»Es war die Idee deines Vaters«, versetzte Emma. »Du nimmst es mir also doch übel, dass ich sofort eingewilligt habe. Du wolltest mich nie als deine Sekretärin haben.«

Er schwieg und sah sie mit undurchdringlicher Miene an, die er immer aufsetzte, wenn er seine wahren Gefühle verbergen wollte. Emma starrte zurück. Über ihnen ächzte ein Baum im Wind.

»Es war ein Fehler«, räumte Kurt ein.

Emmas Gefühle wirbelten durcheinander. »Die Lebensmittel von den Briten, die Kantine – bedeutet das alles etwa gar nichts?«, warf sie ihm entgegen.

»Doch. Ich fand die Idee mit der Kantine gut! Es war ein Erfolg, selbst wenn es nicht lange dauern wird. Ich habe dir Freiheiten gelassen, die keine Sekretärin sonst hat, nirgends. Ich habe mich immer für dich eingesetzt, auch gegen Palm und meinen Vater«, sagte Kurt. »Aber jetzt hat er recht, du kannst nicht mehr in die Firma zurück.«

»Also ist es wieder die Idee deines Vaters«, stieß Emma hervor.

»Wir waren uns beide einig.«

»In seltener Eintracht«, sagte sie mit scharfer Stimme. »Neuerdings stehst du also auf seiner Seite.«

Kurt seufzte. »Was soll das, Emma? Versteh doch, dass wir dem hässlichen Gerede in der Firma nicht noch mehr Nahrung geben wollen.«

»Ich verstehe, dein guter Ruf darf nicht befleckt werden. Der Schandfleck muss aus der Firma entfernt werden«, giftete Emma.

»Hör auf damit«, bemerkte Kurt. Seine Stimme klang dunkel, er schien nun auch wütend zu sein. »Sarkasmus steht dir nicht.«

Emma zog ihren Mantel enger. »Das Gerede ist in der Welt, wir können es nicht mehr rückgängig machen. Wäre es nicht besser, wir geben alles zu?«

»Wir haben meinem Vater versprochen, unsere Beziehung geheim zu halten«, erwiderte Kurt.

»Du hast ihm das versprochen.«

»Damit du bei uns bleiben konntest.«

Sie standen sich eine Weile wortlos gegenüber. Ein leichter Regen setzte ein. Emma fröstelte, als eine kalte Windbö ihnen Regen entgegentrieb. »Aber jetzt haben sich die Dinge geändert«, sagte sie. »Wenn wir unsere Beziehung öffentlich machen, würden wir dem Gerede den Wind aus den Segeln nehmen.«

»Nein, es würde nur noch schlimmer werden«, entgegnete Kurt. »Mein Vater hat recht. Sie würden sich erst recht die Mäuler zerreißen. Es wäre am besten, du würdest bis zu deiner Scheidung nicht mehr in die Firma zurückkehren. Danach sehen wir weiter.«

Emma wischte sich den Regen aus dem Gesicht. Sie musste an den Abend im Heckenrather Hof zurückdenken, als Kurt vor allen anderen ihre Hand genommen hatte, an den Nachmittag, als ihre Familie in der Villa gewesen war. Waren das nur wunderschöne Episoden gewesen?

»Ich wünschte, wir wären doch nach Köln gegangen«, stieß sie hervor, wandte sich um und ging den Weg wieder zurück. Regen schlug ihr ins Gesicht, sie zog die Mütze tiefer. Nach einer Weile hörte sie Schritte hinter sich.

»Emma!«

Sie hielt inne und fuhr herum. Kurt stand auf dem Weg und starrte sie an. Der Regen lief über sein bestürztes Gesicht. »Geh nicht einfach so weg, Emma«, bat er mit rauer Stimme.

Als sie nichts erwiderte, kam er näher und fasste sanft ihren Arm. »Du wolltest doch hierbleiben und nicht mit mir nach Köln gehen. Wir werden das gemeinsam schaffen. Es kann nicht mehr lange dauern bis zur Gerichtsverhandlung, und wenn Christian verurteilt wird, werdet ihr bestimmt geschieden. Wenn es nicht klappen sollte mit der vorzeitigen Scheidung, können wir immer noch nach Köln gehen.«

»Aber warum willst du nicht mehr offen zu mir stehen?«, brachte sie hervor. »Ist es nur wegen des Versprechens, das du deinem Vater gegeben hast? Deine Mutter hat mir gesagt, dass er nicht zulassen wird, dass wir heiraten.«

Seine Miene verdüsterte sich. »*Das* hat sie gesagt?« Er schluckte heftig, sein Griff wurde fester.

»Eines Abends … Sie hatte schon etwas getrunken.«

Er schüttelte den Kopf und schob sich seine Mütze aus dem Gesicht, dann fasste er ihre beiden Arme fest. Seine Wangen leuchteten rötlich von der frischen Luft. »Sie irrt sich. Es ist egal, was sie sagt und was mein Vater will. Ich *will* offen zu dir stehen, nur jetzt noch nicht. Der Zeitpunkt ist zu früh. Verstehst du das?« Er nahm ihre Hand. »Wir wollen doch heiraten, Emma.«

Ja, sie wollte ihn heiraten, immer noch. Trotz allem. Sie schluckte ihre Tränen hinunter und duldete es, dass er mit seinen Handschuhfingern über ihre feuchte Wange strich. Aber ihre Enttäuschung blieb. Steif ließ sie sich von ihm in die Arme nehmen und küssen, während der Regen auf sie herunterprasselte. Kurt holte seinen Schirm aus dem Rucksack, spannte ihn auf und hielt ihn über sie beide. Sie drehten um und gingen den Weg weiter die leichte Anhöhe hinauf. Aber zur Jagdhütte gingen sie an diesem Tag nicht mehr.

Kapitel 15

Am nächsten Morgen ließ Kurt Hanna Gebauer zu sich rufen. Da Herr Palm krank geworden war, führte er das Gespräch gemeinsam mit Herrn Brenner in seinem Büro. Hannas kleines, ernstes Gesicht sah sehr blass aus, als sie sich steif auf den Besucherstuhl am Besprechungstisch niederließ. Sie trug ihre abgetragenen Winterstiefel und einen selbst gestrickten Pullover über ihrem Wollrock. Ihr Haar war zu einem Knoten im Nacken gebunden, ohne eine Strähne freizulassen. Kurt musterte sie unauffällig, während Brenner seine Unterlagen ordnete, und wunderte sich darüber, wie sehr sie sich verändert hatte. Oder hatte sie schon immer so streng und unscheinbar ausgesehen? Es war doch immer wieder verblüffend, wie Menschen sich veränderten, wenn man sie erst richtig kennenlernte. Was hatte er letztes Jahr nur in ihr gesehen? Sie war nichts anderes als eine kleine, verschlagene Frau. Sie vermied es, ihn und Brenner anzusehen, und blickte vor sich auf den Tisch.

Kurt überließ es dem Personalleiter, das Gespräch zu eröffnen und Hanna mit ihrem Verdacht zu konfrontieren, die Sammelbüchse und das Geld gestohlen und die leere Büchse anschließend auf Emmas Schreibtisch gestellt zu haben. Zu seinem Erstaunen stritt sie es erst gar nicht ab und gab sofort alles zu.

»Ist Ihnen klar, dass es sich bei dem gestohlenen Geld um Spenden für Betriebswohnungen handelt, die dringend gebraucht werden?«, zeterte Brenner. »Dafür werden Sie sofort entlassen!«

Hanna sah auf die Tischplatte und nickte.

Kurt hatte keinen Zweifel daran, dass sie nicht genau gewusst hatte, was sie tat. »Wo ist das Geld, Hanna?«, fragte er mit ruhiger Stimme.

Sie starrte auf den Tisch hinunter und antwortete nicht.

»Haben Sie es gestohlen, um anderswo neu anfangen zu können? Sie wissen, dass Sie und Ihre Mutter nach der Entlassung nicht mehr hier wohnen können, nicht wahr?«

Sie hielt den Kopf immer noch gesenkt. Kurt blickte auf ihre dunkelblonden Haare und fragte sich, warum sie den Diebstahl begangen hatte. Es ergab alles keinen Sinn. Sie war klug genug, sie hätte sich vorher über die Folgen im Klaren sein müssen. »Wenn Sie das Geld zurückgeben, sehen wir davon ab, eine Anzeige wegen Diebstahls zu erstatten«, bot er ihr an.

Hanna rührte sich nicht.

»Wollen Sie eine Strafe riskieren?«

Endlich hob sie den Kopf. »Wenn Sie mich nicht anzeigen, gebe ich das Geld zurück.« Ihre Stimme klang ruhig, beinahe gelassen. Als hätte sie sich alles lange vorher zurechtgelegt.

Wieder beschlich Kurt das Gefühl, dass sie genau wusste, was sie tat. »Herr Brenner, machen Sie bitte die Entlassungspapiere fertig«, befahl er dem Personalchef. »Ich möchte noch kurz allein mit Fräulein Gebauer sprechen.«

»Wie Sie wünschen.« Brenner raffte seine Papiere zusammen, erhob sich und verließ das Büro, nicht ohne Hanna noch mit einem verächtlichen Blick zu strafen.

»Warum haben Sie das getan?«, fragte Kurt, nachdem Brenners eilige Schritte auf dem Flur verklungen waren.

Sie saß wortlos vor ihm, hob die Hände und legte sie vor sich auf den Tisch. Kurt blickte darauf und fragte sich, wie oft sie ihm damit wohl Tee eingeschenkt hatte, als sie noch in der Villa Hüffenberg gewesen war. Wie oft hatte sie mit ihren kräftigen kleinen Händen Betten bezogen, Post entgegengenommen, das Foto von ihm und seinen Kameraden in Fürstenfeldbruck beim Staubwischen zurechtgerückt? Ob sie es heimlich betrachtet hatte? Sicher hatte sie das. Jetzt fragte er sich, was in ihr vorging. »Warum?«, wiederholte er.

Hanna hob den Kopf. »Ich habe mich bei Frau van Kall entschuldigt, sie hat meine Entschuldigung nicht angenommen«, erklärte sie mit nüchterner Stimme.

»Ist das der Grund, warum Sie das Gerede über Frau van Kall und mich verbreitet haben? Sie hatten es mir versprochen. Sie wussten, dass Sie entlassen werden, wenn Sie etwas sagen.«

Hanna schlug die Augen nieder und antwortete nicht. Die Tatsache, dass sie es nicht abstritt, war für ihn Eingeständnis genug. Hanna hatte den Klatsch in die Welt gesetzt.

Eigentlich hätte er wütend sein müssen. Aber er fühlte nur Enttäuschung. »Sie geben das Geld bis zum Dienstschluss zurück. Wenn nicht, erstatten wir morgen früh Anzeige. Und jetzt gehen Sie«, sagte er mit dunkler Stimme.

Sie erhob sich und verließ ohne ein weiteres Wort sein Büro.

Am Nachmittag brachte sie das Geld zurück. Kurt zählte es nach. Da er nicht wusste, wie viel Geld vorher gesammelt worden war, konnte er nur schätzen, ob sie alles zurückgegeben hatte. Er ging davon aus, dass sie einiges für sich abgezweigt hatte. Was würde sie nun tun? Sie hatte alles verloren. Kurt bestellte Fiedler und Rolf Kress vom Betriebsrat in sein Büro, erzählte ihnen alles und händigte ihnen im Beisein von Paula

Wagner das Spendengeld aus. Er beauftragte sie, ein Konto anzulegen und die Nachricht über die Rückgabe des Geldes in der Belegschaft zu verbreiten. Anschließend bat er Herrn Fiedler um ein Vieraugengespräch, in dem er ihn beauftragte, herauszufinden, wo Hanna und ihre Mutter hinziehen würden. Er wollte wissen, ob sie eine neue Stelle gefunden hatte. »Sie kennen doch viele Leute in der Stadt und auch in der Firma«, sagte er. »Ich bin mir sicher, dass Sie etwas hören werden.«

»Bestimmt, Herr Hüffenberg.« Fiedler sah sehr ernst aus.

Kurt lächelte. »Übrigens danke, dass Sie meiner Mutter auf dem Fest nichts mehr zu trinken gegeben haben.«

Der Meister betrachtete Kurt ruhig mit seinen dunklen Augen, über denen die buschigen Brauen hingen. »Auf der Feier ist zu viel Knolli-Brandy getrunken worden«, sagte er. »Kommt nicht mehr vor.«

»Schon gut.« Kurt winkte ab. »Nur leider ist es so, dass die Leute oft mehr sagen, als gut ist, wenn sie betrunken sind.«

»Was meinen Sie damit?«

Kurt beugte sich nach vorn. »Mir ist zu Ohren gekommen, dass unser Betriebsratsvorsitzender etwas Grobes zu Frau van Kall gesagt hat.«

Fiedlers buschige Brauen zogen sich zusammen. »Ach so, Sie meinen *das*. Davon habe ich gehört, und es tut mir sehr leid. Rolf Kress ist ein Mann der schnellen Worte, aber leider nicht sehr klug. Er meinte es sicher nicht so. Der Alkohol muss ihm die Zunge gelockert haben.«

Kurt setzte seine undurchdringliche Miene auf. »Ich verstehe, dass Sie Ihre Leute in Schutz nehmen, Herr Fiedler, und das ehrt Sie. Aber Herr Kress hat ungebührlich mit Frau van Kall geredet, und das ist sehr ärgerlich. Er hat von einem Gerücht gesprochen, das in der Belegschaft die Runde macht: Frau van Kall und ich seien ein Paar. Haben Sie davon gehört?«

Herr Fiedler nickte ernst.

»Dieses Gerücht entbehrt jeglicher Grundlage. Frau van Kall ist eine Freundin der Familie, mehr nicht. Sorgen Sie bitte dafür, dass dieser Tratsch aufhört.«

»Ich werde tun, was ich kann. Aber man kann den Leuten schlecht den Mund verbieten.«

Kurt runzelte die Stirn. »Ich dulde es nicht, dass dieser Kress weiter so einen Unsinn verbreitet. Reden Sie bitte mit ihm und machen Sie ihm das klar. Hört er damit nicht auf, ist er der Erste, der entlassen wird, sobald er nicht mehr im Betriebsrat ist.«

»Ich verstehe«, sagte Fiedler. »Ich werde sehen, was sich machen lässt, Herr Hüffenberg. Ich werde mit Kress reden und mit ein paar anderen Schwätzern.«

»Gut. Sie kennen Ihre Leute, es ist am besten, Sie sprechen erst mal mit den Dreckschleudern«, sagte Kurt. »Außerdem – ist es nicht undankbar gegenüber Frau van Kall, wenn ausgerechnet die Werkskantine, für die sie sich so eingesetzt hat, der Ort wird, in dem über sie getratscht wird?«

Fiedler räusperte sich. »Stimmt«, gab er schließlich zu. »Kommt sie denn bald wieder?«

»Sie hat sich erst mal Urlaub genommen.«

Fiedler nickte. »Ich schätze Frau van Kall. Sie hat viel für die Belegschaft getan. Es wäre schade, wenn sie … gar nicht mehr wiederkäme.«

Kurt beugte sich nach vorn. »Danke, Sie können jetzt gehen.«

Nachdem sich die Tür hinter dem Meister geschlossen hatte, stand Kurt auf und trat ans Fenster. Regen fiel aus dunklen Wolken auf die Fabrikgebäude. Er dachte an Emma. Sie hatte sich gestern nach ihrem Streit und nach einem einsilbigen Abendessen sofort auf ihr Zimmer zurückgezogen. Fiedler hatte recht, sie hatte viel für die Belegschaft getan. War es zu hart gewesen, sie zu beurlauben? Aber sie musste doch einsehen, dass sie unter diesen Umständen nicht mehr in der Firma bleiben konnte, auch nicht auf einem anderen Posten. Das Gerede würde wahrscheinlich nicht mehr aufhören, wenn sie bliebe. Es könnte ihren Ruf zerstören. Was wäre nur so schlimm daran, wenn sie in der Villa bliebe, bis sie geschieden wären? Sie könnten auch später noch ihre offizielle Verlobung bekannt geben, wenn die Zeit reif dafür wäre. Im Moment war sie es noch nicht. Kurt seufzte und wandte sich vom Fenster ab. Sicher würde Emma bald wieder zur Vernunft kommen, hoffte er, als er sich wieder hinter dem Schreibtisch niederließ.

* * *

In dieser Woche bekam Emma endlich das lang ersehnte Paket aus Köln. Sie las zuerst den Brief, den es enthielt. Ihre Mutter bedankte sich für die Wagenladung Holz, die Kurt ihnen hatte bringen lassen, und das Geld, das Emma ihnen geschickt hatte. Ihre Eltern brauchten es nötiger als sie. Aber jetzt würde sie ihnen wohl nicht mehr lange helfen können, wenn sie bald entlassen wurde. Sie wollte Kurt auf keinen Fall um Geld bitten. Der Groll stieg wieder in Emma auf, als sie daran dachte. Sie schluckte ihre Tränen hinunter und las weiter.

Mama schrieb, dass sie durch ihre Näherei und den Garten einigermaßen gut über die Runden kamen, und die Hühner legten auch immer genügend Eier. Armin ging es wieder besser, er hatte seinen Gips abbekommen und brauchte dank ihres Holzes nicht mehr Kohlen zu klauen. Mama hoffte, das neue Kleid würde ihr gefallen, und schloss den Brief mit Grüßen an Kurt und seine Eltern.

Emma wischte sich die Tränen aus den Augenwinkeln. Sie nahm das Kleid aus dem Karton und zog es an. Es war aus dunkelgrünem festem Stoff genäht, eng anliegend und unten nur wenig ausgestellt. Sogar einen Gürtel aus demselben Stoff hatte ihre Mutter dazu genäht.

Emma befühlte ihn – es musste Vorhangstoff sein. Er war zu kalt für den Winter, sie würde noch eine Strickjacke darüber tragen müssen. Aber das Kleid gefiel ihr und passte wie angegossen.

Sie drehte sich im Spiegel, der neben dem Schrank stand. Sie trug ihr langes, rötlich schimmerndes Haar zu einem Knoten aufgesteckt. Ein paar kürzere Strähnen waren an den Seiten herausgefallen und fielen ihr in die Stirn. Wenn es nach der Mode ginge, würde sie sich ihr langes Haar auf Kinn- oder Schulterlänge abschneiden lassen, aber das wollte Kurt nicht. Ihre Haare gehörten zu ihr, sagte er immer, nicht einen Zentimeter wolle er missen. Emma musterte ihr Spiegelbild – die weichen Linien ihres Gesichts, die schlanke Figur. Das Kleid wäre fast zu schade für das Büro, aber sie würde ja auch nicht mehr hingehen. Ihr Spiegelbild verschwamm vor ihren Augen. Warum konnte Kurt nicht verstehen, wie gern sie in die Firma ging? Es würde ihr schwerfallen, jeden Morgen zu Hause zu bleiben, wenn er zur Firma führe. Bei dem Gedanken, allein mit seinen Eltern in der Villa zu bleiben, wurde ihr ganz elend zumute. Sie wollte gerade ihr neues Kleid wieder ausziehen, als unten das Telefon klingelte. Es hallte so laut durch das Treppenhaus, dass Emma es bis nach oben hörte und sofort hinunterlief. Das war bestimmt Paula, die ihr aus dem Büro berichten würde. Therese, die das Gespräch angenommen hatte, gab ihr den Hörer und ging zurück in die Küche.

Es war tatsächlich Paula. »Herr Melzer ist nicht mehr Dolmetscher von Mr Graham«, berichtete sie. »Er ist in die Vereinigten Staaten ausgewandert.«

Also hatte er es tatsächlich getan. Enttäuscht umklammerte Emma die Sprechmuschel. Es war nun wirklich so, wie sie befürchtet hatte – die Lieferung der Briten war nur eine einmalige Sache gewesen. Die Werkskantine würde wieder schließen müssen.

»Wir könnten Mr Graham selbst um eine weitere Lieferung bitten«, schlug Paula vor.

»Das muss Herr Hüffenberg entscheiden«, sagte Emma mit rauer Stimme. »Ich bin im Urlaub.«

»Ich verstehe. Dann werde ich ihn fragen.«

»Machen Sie das.«

»Alles Gute, Emma.«

»Alles Gute.« Traurig legte Emma den Hörer auf die Gabel, als sie das Geräusch eines Wagens auf der Auffahrt hörte. Kam Kurt etwa schon aus der Firma zurück? Nein, es war bestimmt Herr Brenner, der sich zum Rapport bei Kurts Vater einfinden würde. Ziemlich früh heute. Nun, dann konnte sie ihn auch selbst hereinlassen, beschloss Emma und ging zur Tür.

Es war nicht Herr Brenner. Unter dem säulengetragenen Vorbau wartete eine junge Frau. Braune Haare flossen unter ihrem Hut hervor und fielen auf ihren Pelzmantel. Ihr dunkelroter Mund leuchtete aus ihrem sorgfältig geschminkten Gesicht heraus. Sie schien überrascht zu sein, Emma zu sehen. Sie zog ihren Handschuh aus und reichte Emma die Hand. »Gestatten – Fräulein Weinhold, ich bin eine Cousine von Hans und Kurt Hüffenberg.«

Emma erinnerte sich, dass Weinhold der Mädchenname von Kurts Mutter war. Diese Frau musste also eine der Töchter von ihren Brüdern sein, Kurts reichen Onkeln aus der Bauunternehmerfamilie. Emma erwiderte ihren Händedruck. »Emma van Kall«, stellte sie sich vor, und dann erinnerte sie sich daran, was sie auf Gut Meinersleben gelernt hatte. »Ich freue mich, Sie kennenzulernen. Kommen Sie doch herein.« Sie trat beiseite und ließ die Besucherin eintreten. Der blumige Duft eines teuren Parfüms wogte ihr entgegen, als Fräulein Weinhold an ihr vorbeischritt. Erstaunt sah Emma, dass sie die neuen, sündhaft teuren Nylonstrümpfe trug, die man kaum bekommen konnte. Die Naht hinten saß schnurgerade an ihrer Wade und war um keinen Zentimeter verrutscht.

Therese erschien und nahm der Besucherin Hut und Mantel ab. »Fräulein Weinhold, wie schön, Sie zu sehen!«

»Danke, Therese. Kümmern Sie sich bitte um meinen Wagen und Fahrer?«

»Aber selbstverständlich.« Therese bat sie in den Empfangsraum und eilte dann fort, um Kurts Eltern zu holen. Da es sehr unhöflich gewesen wäre, den Gast allein zu lassen, ließ sich Emma gegenüber von Fräulein Weinhold auf einem der kantigen Sessel nieder. Kurts Cousine blickte sich neugierig um. »Hier hat es früher mal anders ausgesehen. Wo sind die schönen Möbel geblieben?«

»Die Räume haben im Krieg etwas gelitten«, erklärte Emma. »Die Amerikaner hatten hier für einige Wochen ihre Kommandantur.«

»Ach ja, man musste alles in Sicherheit bringen, das ging uns auch so.« Ihr Blick fiel auf Emma. »Sind Sie zu Gast hier? Ich kenne Sie noch nicht.«

»Das stimmt«, bestätigte Emma. »Ich bin ...«

»... Sie ist eine Freundin der Familie«, schnitt Herr Hüffenberg, der unbemerkt den Raum betreten hatte, ihr das Wort ab. »Sie hat uns in den letzten Wochen in der Firma als Sekretärin geholfen, aber jetzt ist sie im Urlaub.« Er begrüßte Kurts Cousine herzlich und gab ihr zwei Küsschen auf die Schminke ihrer Wangen. »Ich freue mich, dich zu sehen, Charlotte. Was führt dich den weiten Weg zu uns?«

In Fräulein Weinholds glattes Gesicht trat ein trauriger Ausdruck, der Emma flüchtig an den von Kurts Mutter erinnerte.

»Das würde ich gern in Ruhe besprechen, wenn Tante Margarete da ist.«

»Dann gehen wir am besten in den Wintergarten«, schlug Kurts Vater vor. »Du bleibst doch zum Essen?«

Fräulein Weinhold nickte und folgte ihm in den Wintergarten. Emma fiel wieder ein, dass die Verlobte von Kurts Bruder Charlotte hieß. Könnte es sein, dass Fräulein Weinhold Hans' Verlobte war?

Sie zögerte, da sie sich nicht sicher war, ob sie auch erwünscht wäre, doch dann siegte ihre Neugier und sie ging einfach mit. Endlich erschien auch Margarete. Sie trug wie immer ihr blaues Viskosekleid und sah schlechter aus denn je. Ihre Haut hatte einen grauen Schimmer unter den grauen Haaren, die sie sich hastig zu einem unordentlichen Knoten aufgesteckt hatte.

Fräulein Weinhold erschrak sichtlich, als sie sie sah. Steif ließ sie sich von ihrer Tante umarmen und nahm auf dem Sofa Platz.

»Ich werde Sie allein lassen«, meinte Emma und wandte sich zum Gehen.

»Nein, bleiben Sie ruhig«, sagte Margarete.

Emma setzte sich auf einen Sessel.

»Hast du etwas von Hans gehört?«, fragte Margarete mit bleichen Lippen.

»Ich habe eine Nachricht von ihm bekommen.« Fräulein Weinhold öffnete ihre Handtasche und holte eine Postkarte heraus. »Er hat mir geschrieben. Er ist in einem russischen Straflager. Ich soll euch grüßen und ausrichten, dass es ihm gut geht.«

Alle starrten auf die Postkarte in ihrer Hand. Unter kyrillischen Schriftzeichen, die eingerahmt waren von einem roten Kreuz und einem roten Halbmond, standen Fräulein Weinholds Name und ihre Anschrift, darunter der Name »Hans Hüffenberg«. Darunter prangten die fetten Buchstaben CCCP und eine Lagernummer.

Kurts Mutter ergriff die Karte und begann zu lesen. Auf ihrem Gesicht wechselten sich Freude und Schrecken ab. Danach reichte sie die Karte an ihren Mann weiter. Er las mit versteinertem Gesichtsausdruck. Es waren nur wenige Sätze, er wurde schnell fertig, doch dann las er noch mal und stierte auf die Zeilen, als könnte er sich nicht davon lösen, drehte die Karte um und studierte die Vorderseite. Margarete schluchzte leise.

»Die Karte ist von September. Sie hat drei Monate gebraucht«, erklärte Fräulein Weinhold.

»Er schreibt von schönen Sonnenuntergängen und dass es fast überhaupt nicht dunkel wird«, schluchzte Margarete.

Ihre Nichte, die neben ihr auf dem Sofa saß, legte den Arm um sie und gab ihr ein Taschentuch. Also war sie tatsächlich Hans' Verlobte. Merkwürdig, dass sie mit ihm verlobt war, dachte Emma, er war doch ihr Cousin. Vermutlich heiratete man in Kurts Kreisen selbst dann, damit das Geld in der Familie blieb.

Charlotte hatte eine gewisse Ähnlichkeit mit ihrer Tante. Die großen blauen Augen, der bestimmte Ausdruck darin – wie die junge Frau auf dem Foto, das Emma in Kurts Schreibtischschublade gefunden hatte, Margarete in jungen Jahren.

»Es geht ihm gut! Endlich, endlich wissen wir Bescheid.« Margarete tupfte sich mit dem Taschentuch die Tränen ab.

»Ich wollte euch das lieber persönlich zeigen«, sagte Fräulein Weinhold.

»Aber natürlich, danke!« Margarete umklammerte ihren Arm.

»Wenn es fast überhaupt nicht dunkel wird, muss es irgendwo im Norden sein«, meinte Kurts Vater nachdenklich und erhob sich. »Ich hole einen Atlas aus der Bibliothek.«

Er hatte die Karte auf den Tisch zurückgelegt, sodass Emma einen Blick auf Hans' Zeilen werfen konnte. »Meine liebste Charlotte!«, stand unter dem Datum. »Endlich darf ich dir von mir ein Lebenszeichen geben. Bin in russischer Gefangenschaft, es geht mir gut …«

Mehr konnte sie nicht lesen, da Fräulein Weinhold die Karte nahm und wieder in ihrer Handtasche verschwinden ließ.

»Sicher wird er euch auch noch schreiben«, meinte sie. »Wer weiß, wie oft sie schreiben dürfen? Vielleicht kommt seine Post für euch schon bald an.«

»Hoffentlich«, sagte Margarete. »Hat er es auch warm genug? Was machen sie da nur mit ihm? Ob er genug zu essen bekommt?« Sie schluchzte auf und klammerte sich an ihre Nichte.

Fräulein Weinhold hielt ihren Umarmungen mit stoischem Gesichtsausdruck stand.

Emma sagte nichts. Sie wusste von den Erzählungen Christians nur zu gut, wie es in russischer Gefangenschaft war. Margarete tat ihr leid.

Kurts Vater kam mit einem großen Atlas wieder zurück, und sie studierten ihn sorgfältig und überlegten, wo Hans wohl jetzt wäre. Sie kamen auf Lettland oder Estland, vielleicht sogar irgendwo bei Leningrad. Oder noch nördlicher.

Frau Hüffenberg schluchzte auf. »Ob er in Sibirien ist?«

»Nein, er hat doch geschrieben, dass es warm ist«, beruhigte sie Fräulein Weinhold. »Es *kann* nicht Sibirien sein!«

»Ich glaube nicht, dass er in Sibirien ist«, sagte Emma, um sie zu trösten.

Margarete hob den Kopf. »Emma, Ihr Mann war doch auch in russischer Gefangenschaft. Wie war es dort?« Sie wirkte so lebendig wie schon lange nicht mehr.

»Er war in Ostpreußen und musste helfen, deutsche Firmen zu demontieren«, erzählte Emma. »Wahrscheinlich haben die Russen überall Lager, auch in den besetzten deutschen Gebieten. Mein Mann ist von dort aus geflohen.« Mehr wollte sie ihr nicht erzählen, sie sollte sich nicht noch mehr Sorgen machen.

»Sie sind verheiratet?« Fräulein Weinhold hob erstaunt ihre dünn gezupften Augenbrauen und maß sie mit einem aufmerksamen Blick. Emma nickte. »Ich lebe in Scheidung.«

Fräulein Weinhold hob ihre Brauen noch etwas höher. Niemand sagte etwas. Kurts Vater studierte den Atlas. Zum Glück erschien Therese in diesem Augenblick und servierte ihnen Muckefuck. Der Wind wehte ums Haus und warf knisternd dicke Schneeflocken an die großen Fensterscheiben des Wintergartens. Er drang durch die Ritzen der großen Fenster und verbreitete Kälte. Emma fröstelte. Sie entschuldigte sich unter dem Vorwand, ihre Strickjacke zu holen, und blieb lange auf ihrem Zimmer. Die Familie wollte sicher eine Weile unter sich bleiben, um die Nachricht zu verkraften.

Nach dem Mittagessen nötigten Kurts Eltern Fräulein Weinhold, bis zum nächsten Tag zu bleiben, sie könne doch bei diesem Wetter unmöglich wieder nach Essen fahren. Fräulein Weinhold nahm das Angebot erfreut an. Therese und das Dienstmädchen richteten ihr das zweite Gästezimmer im Obergeschoss her, ihr Fahrer wurde oben beim Hauspersonal untergebracht.

Kurt kam wegen des Schnees früher als sonst aus der Firma zurück. Josef habe zur Abfahrt gedrängt, berichtete er, weil er Angst hatte, bald eingeschneit zu sein. Sie seien kaum noch durchgekommen.

Die Nachricht von seinem Bruder schien ihn nicht so sehr zu bewegen wie seine Eltern. »Wie gut, dass er noch lebt«, murmelte er und las die Postkarte. Er umarmte seine Mutter und hielt sie lange fest umfangen, und sie drückte sich an ihn und ließ sich weinend von ihm trösten.

An diesem Abend saßen sie nach dem Essen noch länger am Tisch zusammen, und Fräulein Weinhold erzählte weitschweifig, wie sie die Postkarte erhalten hatte und wie erleichtert alle in ihrer Familie seien, dass Hans noch lebte. Sie richtete Grüße von ihren

Eltern und der ganzen Familie aus. Natürlich wollten sie jetzt versuchen, ihm etwas zu schicken, Lebensmittel und Kleidung, auch wenn es ihn vor Weihnachten wohl nicht mehr erreichen würde. Sie schlug die Beine übereinander, sodass der Stoff ihres eng geschnittenen Winterkleides höher rutschte – es war ein Kleid aus grauem Wollstoff mit einem großen Kragen –, und gestikulierte mit ihren Händen, um ihre Erzählungen zu unterstreichen. Emma beobachtete sie und fragte sich, wie teuer wohl die Ringe gewesen waren, die sie an ihren Fingern trug. Einer davon, ein goldener Ring mit einem großen hell glitzernden Stein, war bestimmt ihr Verlobungsring. Sie ertappte sich bei dem Gedanken, dass sie froh wäre, wenn sie bald wieder abreisen würde.

An diesem Abend konnte Emma nicht mehr mit Kurt reden, denn seine Cousine nahm ihn die ganze Zeit in Beschlag. Früh zog sie sich in ihr Zimmer zurück. Bevor sie die Vorhänge zuzog, sah sie nach draußen. Es schneite nicht mehr. Eine dicke Schneeschicht bedeckte die Auffahrt, den Rasen und die Dorfstraße und erhellte die Nacht. Nur noch die Spitzen der Sträucher ragten aus ihr heraus. Auf den Ästen des großen Baums am Zaun lagen dicke Schneestreifen.

Bei diesem Wetter konnte niemand mehr fahren. Sie waren eingeschneit.

Kapitel 16

Fräulein Weinhold musste bei ihnen bleiben. Da die Wege zugeschneit waren, konnte Kurt auch nicht in die Firma fahren. Den ganzen Tag saß er mit seinem Vater zusammen im Arbeitszimmer und telefonierte.

Viele Arbeiter waren nicht zur ersten Schicht erschienen, und auch bei der zweiten lief es nicht besser, erzählte Kurt beim Mittagessen. Noch schlimmer aber war, dass die Kohlenvorräte der Firma so gut wie aufgebraucht waren. Schon seit über einer Woche warteten sie auf die ausstehende Lieferung aus dem Ruhrgebiet. »Sie kommen einfach nicht nach«, sagte Kurt. »Ich habe gehört, dass die Bergarbeiter in den Zechen schon länger weniger Schichten fahren. Sie haben Hamsterfahrten gemacht und ihre Gärten bestellt.«

»Kann man verstehen«, rutschte es Emma heraus.

Sie erntete einen kalten Blick von Kurts Vater. »Arbeiter sollen zur Arbeit kommen und nicht streiken«, sagte er.

»Ich habe mit den Briten gesprochen, Volkswagen hat die Produktion schon vor einer Woche für den ganzen Winter eingestellt«, sagte Kurt. »Wenn es so weitergeht, müssen wir die Produktion auch einstellen.«

»Und der Auftrag?«, fragte Emma.

Die Männer starrten düster vor sich hin, sie hatten offenbar schon alles besprochen.

»Es geht nicht anders«, sagte Kurt. »Ohne Kohle kein Strom.«

Emma dachte an die Arbeiter, die nur wenig Geld besaßen. Viele lebten von der Hand in den Mund, und nun würden sie ihre Arbeit und ihren Lohn verlieren. Wie würde es Freddy gehen? Sie hoffte, dass Paula sich um ihn kümmern würde.

»Das tut mir leid für euch.« Fräulein Weinhold drückte Kurt die Hand.

Es gab Emma einen Stich, dass Kurt seine Hand nicht sofort zurückzog. Was nahm sich seine Cousine nur heraus! Zu allem Übel saß sie jetzt auch noch neben Kurt auf Emmas angestammtem Platz, der früher einmal Hans' Platz gewesen war. Kurts Eltern waren wohl der Meinung, dass Fräulein Weinhold auf dem Platz ihres Verlobten sitzen sollte, und sie hatten die Tischordnung geändert. Kurts Vater thronte am Kopfende des Tisches, Margarete und Kurt rechts und links neben ihm, und Emma saß gegenüber von Fräulein Weinhold. Verdrossen hörte sie zu, wie Kurts Cousine weitschweifig erzählte, dass auch die Baufirma ihres Vaters jetzt pausieren würde, was aber gar nicht so schlimm wäre. So würden sie eben eine Weile vom Ersparten leben. Gott sei Dank hätten die Briten sie nicht enteignet. Ohnehin rechneten sie damit, dass es früher oder später einen großen Aufschwung geben würde, sobald die momentane schlechte Lage sich wieder gebessert hätte. Schließlich müsse doch alles wieder aufgebaut werden, sagte sie. Für die Bauwirtschaft würden goldene Zeiten anbrechen.

»Vielleicht könnt ihr mit unseren Betriebswohnungen anfangen«, meinte Kurt und erzählte ihr von den Planungen seiner Firma, in Gartenhain neue Wohnungen für die Belegschaft zu errichten.

Fräulein Weinhold war begeistert, und sofort vertieften sie sich in ein Planungsgespräch, das sie in der Bibliothek fortsetzen wollten.

Emma sah sie die Treppe hinaufsteigen. Sie wollte gerade in ihr Zimmer gehen, als sie ein Geräusch hinter sich hörte.

Herr Hüffenberg war unbemerkt hinter sie getreten. Er fasste sie am Arm und zog sie in den Flur, der zum Arbeitszimmer führte. »Lassen Sie die beiden allein. Sie haben sich lange nicht gesehen und viel zu erzählen. Die Geschichten würden Sie sicher nur langweilen.«

Emma musste tief Luft holen, so sehr entrüsteten sie seine Worte. Was mischte er sich nur ein! Sie hatte sowieso nicht vorgehabt, den beiden Gesellschaft zu leisten, sie hatte jetzt schon mehr als genug von Fräulein Weinholds Geschwätzigkeit. Aber das sagte sie Kurts Vater nicht. »Sie haben recht, die Geschichten langweilen mich«, gab sie stattdessen zurück.

Kurts Vater steckte die Hände in die Hosentaschen und musterte sie von oben herab, was ihm nicht ganz gelang, denn sie war ebenso groß wie er. Trotzdem hatte sie das Gefühl, er würde auf sie herabsehen.

»Sie wollen doch sicher weiter unser Gast sein«, begann er. »Also denken Sie an Ihr Versprechen. Fräulein Weinhold darf nichts von Kurt und Ihnen erfahren.«

Emma sah in sein graues, faltiges Gesicht. Seit der Nachricht von Hans' Gefangenschaft schien es wie erstarrt zu sein, jegliche Farbe war daraus gewichen. Sie fragte sich, ob der Alte sie wirklich hinauswerfen würde, jetzt, mitten im Winter, oder ob das nicht nur eine leere Drohung war. Sie hatte das Versteckspiel so gründlich satt! Erst in der Firma, und nun mussten sie es wegen Kurts Cousine hier fortführen. Sie wollte endlich offen zu Kurt stehen, sie wollte, dass er sich zu ihr bekannte. »Wäre es so schlimm, wenn Ihre Familie erführe, dass Kurt mich heiraten will?«

»Es ist besser, sie erfahren es erst nach Ihrer Scheidung. Dann wird es immer noch früh genug sein.« Seine Stimme klang auf einmal resigniert.

Emmas Ärger verflog. Kurts Vater war ein alter Mann, der nicht wusste, ob sein Sohn die Gefangenschaft überleben würde. Die Zukunft der Hüffenberger Werke schien ungewiss, und sein zweiter Sohn wollte eine nicht standesgemäße Frau heiraten.

»Wir warten mit der offiziellen Bekanntgabe, bis Ihr Mann verurteilt und Ihr Scheidungsverfahren abgeschlossen ist«, sagte er leise. »Das verstehen Sie doch, oder?«

Es klang so einleuchtend. Mittlerweile teilte auch Kurt diese Überzeugung, überhaupt schien er sich immer besser mit seinem Vater zu verstehen. Und ja, sie hatten es Kurts Vater versprochen. Aber hatte Margarete nicht gesagt, dass ihr Mann es nicht zulassen würde, dass sie heirateten? Es hatte so überzeugt geklungen. Verfolgte der alte Hüffenberg vielleicht einen geheimen, hinterhältigen Plan, von dem sie nichts ahnte? Aber Kurt hatte ihr versichert, dass seine Mutter sich irren würde und es egal wäre, was sein Vater dachte. Sie schob ihre Zweifel beiseite.

»Keine Sorge, ich halte mein Versprechen«, sagte sie mit tonloser Stimme.

Noch am selben Nachmittag rief sie Doktor Lange an und fragte ihn, ob vom Gericht schon etwas Neues gekommen sei.

»Leider immer noch nichts, Frau van Kall. Die Gerichte sind völlig überlastet. Es mangelt an Richtern, wie Sie sich sicher vorstellen können.«

»Kann man die Sache nicht irgendwie beschleunigen?«, fragte Emma.

»Ich fürchte nicht«, sagte er seufzend. Wie ich Herrn Hüffenberg schon gesagt habe, können wir da wenig tun. Aber ich schaue mal durch die Post. Die muss ich gerade selber machen, meine Sekretärin hat es heute Morgen nicht hierhin geschafft. Einen Augenblick bitte.« Es raschelte am anderen Ende der Leitung. »Hier ist tatsächlich ein Schreiben vom Gericht eingegangen. Der Termin zur Hauptverhandlung ist anberaumt worden. Sie werden als Zeugin geladen, Anfang Januar«, sagte Doktor Lange und nannte ihr das genaue Datum.

Er las ihr das Schreiben des Gerichts vor, und sie notierte sich mit klopfendem Herzen das Datum der Verhandlung und die Anschrift. Während er die Rechtsfolgebelehrungen herunter-las, was passieren würde, wenn sie nicht vor Gericht erschiene, schweiften ihre Gedanken ab. Sie würde Christian wiedersehen. Sie würde vor Gericht gegen ihn und Doktor Rodeshagen aussagen müssen. Die Ereignisse der Schreckensnacht im Heckenrather Hof würden noch mal aufgerollt werden.

»Danke. Ich rufe Sie bald wieder an«, sagte Emma und legte auf.

Endlich, dachte sie, als sie oben in ihrem Zimmer war und aus dem Fenster sah, es wurde auch Zeit. Sie wollte endlich mit der ganzen Sache abschließen. Und danach, tröstete sie sich, würde es auch mit der Scheidung weitergehen. Vielleicht im Frühjahr. Aber im Augenblick stand alles still. Es war, als würde die Kälte jedes Leben einfrieren. Der Schnee verschluckte die Geräusche und senkte Stille auf das Land. Nur das Geräusch der Schneeschaufeln erklang, als Josef und der Fahrer von Fräulein Weinhold die Auffahrt freischaufelten, und von weiter her aus dem Dorf ertönte das Lachen der Kinder, die im Schnee tobten.

In der folgenden Nacht wurde es noch kälter. Eisblumen zierten am nächsten Morgen die Fensterscheibe von Emmas Zimmer. Das Thermometer auf der Veranda zeigte minus zehn Grad an.

Noch am selben Tag ließen Kurt und sein Vater nach Rücksprache mit Mr Graham schweren Herzens die Firma schließen. Beim Mittagessen herrschte gedrückte Stimmung, die selbst Fräulein Weinhold mit ihrem Geplapper nicht überspielen konnte.

Emma beschloss, Kurt vorerst nichts von ihrem Gerichtstermin zu erzählen, um ihn nicht noch mehr zu belasten. Nach ihrem Streit hatten sie sowieso kaum noch allein miteinander gesprochen, und seit seine Cousine da war, hielt Kurt sich Emma gegenüber zurück. Er nahm das Versprechen, das er seinem Vater gegeben hatte, sehr ernst. Der Winter schien seine Kälte und Starre auch in ihre Beziehung gebracht zu haben.

Die Hüffenbergs ließen jetzt nur noch das Esszimmer und das angrenzende Wohnzimmer heizen, um Holz zu sparen.

Therese und das Dienstmädchen zogen die schweren Vorhänge vor den Fenstern im Wintergarten zu, damit die Kälte nicht hereinkam. Sie trugen dicke Strümpfe unter ihren grauen Dienstkleidern und den weißen Schürzen.

Am Nachmittag nahm Emma ein Telefongespräch an, das zufällig nicht im Arbeitszimmer, sondern auf dem Apparat im Hausflur angekommen war. Es war Herr Fiedler, er wollte Kurt sprechen. »Herr Hüffenberg ist leider gerade mit seinem Vater im Gespräch«, sagte Emma. »Soll ich ihn holen?«

»Danke, nicht nötig. Richten Sie ihm bitte aus, dass die Maschinen jetzt runtergefahren sind. Wir machen nur noch sauber und räumen auf. Ich melde mich morgen noch mal.«

»Danke, Herr Fiedler.«

»Übrigens, Frau van Kall, in der Kantine gab es heute zum letzten Mal essen. Graupensuppe. Das Gedränge war groß. Selbst Rolf Kress hat nicht gemeckert.«

Emma musste lächeln, sie wäre zu gern dabei gewesen.

»Ich soll Ihnen schöne Grüße von Frau Euler bestellen, die Vorräte sind so gut wie aufgebraucht. Mit Erlaubnis von Herrn Palm verteilen wir die letzten Reste an die Männer in den Baracken, die brauchen es am nötigsten.«

»Gut«, sagte Emma. »Richten Sie bitte Frau Euler schöne Grüße von mir aus.«

»Klar. Ach, da ist noch etwas. Hätte ich beinahe vergessen. Sagen Sie Herrn Hüffenberg, Fräulein Gebauer und ihre Mutter sind ausgezogen. Sie wohnen jetzt in der Stadt.« Fiedler nannte ihr eine Adresse, die Emma notierte. »Es ist ein großes Haus, sie scheinen eine Dienstwohnung zu haben«, setzte er hinzu.

»Ich sag es ihm«, versprach Emma. Mit klammen Fingern legte sie auf. Sie fragte sich, wie Hanna Gebauer so schnell eine neue Anstellung hatte finden können, wo sie doch angeblich so schlechte Zeugnisse hatte. Sie musste es vorher gewusst haben. Sie hatte die neue Stelle schon, bevor sie das Gerede über Kurt und sie verbreitet und den Diebstahl begangen hatte.

Dieser Meinung war auch Kurt, als sie ihm später davon erzählte. »Jetzt ergibt alles einen Sinn«, sagte er. »Sie hatte nichts mehr zu verlieren.«

»Aber sie ist das Risiko eingegangen, eine Anzeige zu bekommen«, erwiderte Emma.

»Verzicht auf die Anzeige im Tausch gegen das Geld, das war die Abmachung.«

Emma seufzte und sah aus dem Fenster der Bibliothek, in der sie sich befanden. Der Schnee bedeckte Garten und Felder und dehnte sich bis zum Wald. Vom Feldweg war nichts mehr zu erkennen. Sie würden sich einen Trampelpfad machen müssen, wenn sie spazieren gehen wollten. Aber daran war im Moment nicht zu denken. »Ich frage mich immer noch, warum sie das getan hat.«

Kurt trat hinter sie. »Ich glaube, sie wollte etwas Besseres für ihre Mutter und sich. Letztlich ist doch alles nur eine Frage des Überlebens.« Er legte seine Wange an ihre und umschlang sie mit seinen Armen.

Seine Wange kratzte, er hatte sich am Morgen wohl nicht rasiert, weil er nicht ins Büro musste. Emma atmete tief ein, er roch so gut – frisch gewaschen mit einem leichten Hauch nach Waschpulver, mit dem sein Pullover gewaschen worden war. Allerdings haftete ihm auch eine Spur von dem hässlichen Zigarrengeruch aus dem Arbeitszimmer seines Vaters an. Sie lehnte sich an ihn und legte ihre Hand auf seine. »Sicher will man überleben, aber doch nicht *so*. Kennst du die Gegend, in der sie untergekommen ist?«

Kurt zuckte mit den Schultern. »Ist ein vornehmes Viertel, aber die Straße kenne ich nicht. Lass uns nicht mehr über sie reden. Die Sache ist abgeschlossen. Es gibt Besseres, auf das man seine Zeit verwenden kann.« Er zupfte mit den Lippen an ihrem Ohrläppchen.

Sie spürte, wie sie dahinzuschmelzen begann.

»Ach, Emma.« Er drehte sie zu sich um. »Lass uns nicht mehr streiten. Komm heute Nacht in mein Zimmer«, murmelte er zwischen zwei Küssen. »Es ist so kalt ohne dich.«

Emma machte sich los, ehe die Lust sie mitreißen konnte. »Das dürfen wir nicht«, sagte sie mit spitzer Stimme. »Dein Vater hat mich gestern Morgen noch mal an unser Versprechen erinnert. Er will auf keinen Fall, dass deine Cousine etwas von uns erfährt.«

»Ach ja.« Kurt ließ sie los und fuhr sich mit der Hand durch die Haare.

»Du spielst das Spiel so gut vor deiner Cousine, sie ahnt sicher nichts, obwohl sie bestimmt wissen will, was ich hier mache«, sagte Emma schärfer, als sie wollte. »Oh, wir sollten schleunigst die Tür abschließen, es könnte uns jemand entdecken.«

Kurt starrte sie an. »Emma, was soll das? Hör auf mit den Kindereien.«

»Was soll das ganze Versteckspiel noch? Ich bin es so leid! In der Firma wissen es inzwischen alle, da können wir es auch in der Familie sagen.«

Er steckte die Hände in seine Hosentaschen. »Die Familie ist etwas anderes, bei ihr gehen wir schlauer vor. Wenn wir es dort bekannt geben, soll es nach unseren Regeln sein, gut geplant und mit einer schönen Verlobungsfeier.«

Emma seufzte. Inzwischen schien das so weit weg zu sein, dass sie es sich schwer vorstellen konnte. »Der Abend im Heckenrather Hof war furchtbar, aber wenigstens hast du dort offen zu mir gestanden. Wir konnten vor allen anderen ein Paar sein. Wir waren schon einmal viel weiter, Kurt.«

Er nahm ihre Hände. »Wir werden auch wieder dahin kommen, ganz bestimmt«, versprach er. Er zog sie an sich und nahm sie in die Arme.

Wieder sein Geruch, sein klopfendes Herz. Sie fühlte sich so angezogen, dass sie nicht anders konnte, als sich an ihn zu kuscheln und seinen Geruch einzuatmen. Aber da war auch ein tiefer Groll in ihr, der sich aufgestaut hatte. Die ständige Heimlichtuerei, seine schroffe Art im Büro, ihre ungerechtfertigte Entfernung aus der Firma – es war einfach zu viel gewesen. Sie konnte nicht mehr so tun, als wäre nichts gewesen. Mit Mühe machte sie sich los. »Ich freue mich auf diesen Tag«, hörte sie sich sagen. »Ich sehne ihn sogar herbei. Aber du willst das Versprechen, das du deinem Vater gegeben hast, erfüllen und uns weiter vor deiner Familie verstecken. Bitte, dann halten wir uns auch daran. Aber dann dürfen wir auf keinen Fall das Risiko eingehen, uns nachts in unseren Zimmern zu besuchen.«

Kurt ließ seine Hände sinken. Er sah enttäuscht aus.

Beinahe tat es Emma leid, was sie gesagt hatte, aber ihr Ärger war stärker. »Ich möchte, dass du offen zu mir stehst, zu uns«, erklärte sie. »Wenn das nicht geht, können wir auch in anderer Hinsicht kein Paar sein.«

Kurt schwieg. Unten im Haus erklang die Klingel, die sie zum Mittagessen rief.

»Willst du das wirklich bis zur Scheidung durchhalten?«

»Ich kann nicht anders. Es liegt an dir.«

»Das ist Erpressung«, sagte er mit dunkler Stimme.

»Es tut mir leid«, brachte sie hervor, wandte sich um und verließ die Bibliothek.

Den ganzen Tag wurde sie von Gewissensbissen gequält, und Selbstzweifel setzten ihr zu. Es tat ihr leid, Kurt verletzt zu haben. Sie hatte sich damit gleichzeitig selbst verletzt. War sie wirklich kindisch und unvernünftig, wie er ihr vorgeworfen hatte? Sollte sie nicht doch besser das Versteckspiel klaglos mitmachen, bis sie geschieden wäre? Sie fand keine Antworten darauf. Sie konnte auch nicht lange darüber nachdenken, denn sie war kaum allein. Nach dem Essen begab sich Kurt mit seinem Vater wieder ins Arbeitszimmer, um mit Herrn Palm zu telefonieren und die Lage zu besprechen. Die Frauen schrieben die Rote-Kreuz-Antwortkarte für Hans, die sie ihm ins Lager schicken wollten.

Danach sahen sie sich am Esstisch alte Fotoalben an. Emma betrachtete die Familienfotos der Weinholds – Frauen und Männer in vornehmer, altmodischer Kleidung, adrette Kinder, die artig vor dem Fotografen stillstanden, Hochzeitsgesellschaften in Gärten oder vor respektablen Villen. Sie erfuhr alles über die weitverzweigte Bauunternehmer-Dynastie. Margarete Hüffenberg hatte noch drei ältere Brüder, die nach dem Tod ihres Vaters die Leitung der Baufirma unter sich aufgeteilt hatten. Die Brüder wiederum hatten jeweils zwei Kinder, von denen Charlotte Weinhold die Tochter des jüngsten Sohnes war. Sie und Hans hatten vor zwei Jahren heiraten wollen, doch dann musste Hans in den Krieg.

Emma sah auch das Fotoalbum der Hüffenbergs – große Fotografenaufnahmen von Kurts Großeltern und Eltern, alte Fotografien der Fabrik, noch einmal das Hochzeitsfoto der Eltern, das sie schon kannte: Kurts Vater streng, mit dünnen hellen Haaren, die wesentlich jüngere Margarete neben ihm. Freundlich und ein wenig unsicher blickte sie in die Welt, ihr Gesicht schimmerte weich unter den dunkelblonden Haaren. Auf den nächsten Seiten folgten Kinderfotos von Hans und Kurt, Fotos von Familientreffen und von Urlauben in den Bergen und von Wochenenden auf dem Land. Die Hüffenberger Männer besaßen alle gute Proportionen, nur bei Kurt kamen noch die hellen Augen und das Weiche im Gesichtsausdruck von seiner Mutter hinzu.

Beim Betrachten der Bilder fielen Margarete und ihrer Nichte wieder die alten Anekdoten und Familiengeschichten von früher ein, und so erfuhr Emma an diesem Nachmittag mehr über Kurts Familie, als er ihr wohl jemals erzählt hätte. Es war offensichtlich, dass Fräulein Weinhold ihre Tante aufheitern und von ihren Gedanken an Hans ablenken wollte, und das machte sie fast wieder sympathisch.

»Woher kennen Sie denn eigentlich Kurt, Frau van Kall?«, erkundigte sich Fräulein Weinhold, nachdem sie das letzte Fotoalbum geschlossen hatten.

»Aus Köln«, antwortete Emma knapp.

»Kurt war nach seiner Entlassung aus der Kriegsgefangenschaft eine Weile in Köln«, erklärte Margarete. »Frau van Kall hat ihm das Leben gerettet.«

»Ach ja?« Fräulein Weinhold zog überrascht ihre dünnen Brauen hoch und betrachtete Emma, als sähe sie sie zum ersten Mal. »Wie ist das passiert?«

»Als dein Onkel in Gefangenschaft war, hat Kurt mich einmal zum Tanzen ausgeführt«, erzählte Margarete stolz. »In eine Dorfgaststätte in der Nähe. Frau van Kall hat mit ihrer Combo dort gespielt. Ein paar Dorfburschen hatten wohl zu viel getrunken, und es gab eine Schlägerei. Mein armer Kurt wollte jemandem helfen und hat dabei viel abbekommen. Frau van Kall hat die Männer beschwichtigt.« Sie lächelte Emma an.

Emma war verblüfft über die Geschicklichkeit, mit der Kurts Mutter log. Sehr nahe an der Wahrheit, aber kein Wort über Christian und das, was wirklich in jener Nacht geschehen war.

Fräulein Weinhold sah aus, als hätte sie noch jede Menge Fragen, aber Margarete sprach sofort weiter. »Seitdem genießt die liebe Emma unsere Gastfreundschaft. Sie kann im Moment nirgendwo anders hin, weil sie in Scheidung lebt. Die Betriebswohnungen sind voll bis aufs letzte Bett. Wir wollten sie dort nicht wohnen lassen.«

»Wie anständig von euch, Tante Margarete«, sagte Fräulein Weinhold und bedachte Emma mit einem mitleidigen Blick.

Emma schluckte. Nach den Lügen von Margarete war sie in den Augen von Kurts Cousine eine bemitleidenswerte Frau. Aber sie wollte kein Mitleid von Fräulein Weinhold. Trotzig hob sie den Kopf und hielt ihrem Blick ruhig stand.

»Emma kann übrigens sehr gut Akkordeon spielen«, fuhr Margarete fort. »Sie hat auf unserer letzten Betriebsfeier gespielt. Sie müssen uns heute Abend unbedingt wieder etwas vortragen, Emma! Das machen Sie doch, oder?«

»Natürlich«, versprach Emma mit dünner Stimme. Sie konnte es ihr nicht abschlagen, obwohl sie nicht in der Stimmung dazu war und schon gar keine alten Schlager spielen wollte. Das Abendessen verbrachte sie damit, den Gesprächen der Familie schweigend zuzuhören. Kurt und Fräulein Weinhold, die er Charlie nannte, schwelgten in Erinnerungen an ihre Kinderzeit und erzählten sich von den Streichen, die sie bei den Familienfesten ausgeheckt hatten.

»Weißt du noch, wie wir Nacktschnecken in Tante Hedwigs Schuhe gelegt haben?«, fragte Kurt. »Was für ein Theater! Aber dafür habe ich gern den Hausarrest in Kauf genommen.«

Fräulein Weinhold kicherte. »Erzähl aber bitte nicht, wo wir die Schnecken herhatten.«

»Ach Charlie, ich glaube, wir werden nicht mehr bestraft, wenn sie es jetzt erfahren«, scherzte Kurt.

»Nun möchte ich es aber auch wissen«, meinte sein Vater lächelnd.

»Vom Friedhof«, sagte Kurt.

»Wir haben uns nachts heimlich auf den Dorffriedhof geschlichen«, gestand Charlotte.

»Kurt!«, rief Margarete. »Das hast du mir noch nie erzählt.«

»Natürlich nicht, Mutter. Man erzählt seinen Eltern auch nicht alles.«

Emma fragte sich, wie Kurt nach ihrem Streit so lustig sein konnte. Er schien sich gut in der Gewalt zu haben, genauso wie im Büro. Er konnte sich einfach gut beherrschen. Ob er das im Krieg gelernt hatte? Oder schon vorher bei seinem strengen Vater?

Insgeheim bewunderte sie ihn dafür. Sie wollte auch so sein. Ihr merkte man oft an, wie ihr zumute war, sie konnte nichts verstecken. Bedrückt saß sie am Tisch und stocherte in ihrem Kartoffelsalat herum. Eigentlich hätte sie Hunger haben müssen, aber der Streit war ihr auf den Magen geschlagen.

»Hans hätte uns das nie zugetraut«, hörte sie Fräulein Weinhold sagen. »Wir waren ja immer die Kleinen.«

»Aber danach hatten wir seinen Respekt«, meinte Kurt.

Sie wechselten Blicke und lächelten sich zu, als wären sie noch Kinder.

»Ach Charlie, es tut so gut, wieder über die alten Zeiten zu reden«, sagte er seufzend. »Schön, dass du hier bist.«

Sie lächelte geschmeichelt. Emma fühlte Eifersucht aufsteigen. Wie konnte er nur so nett sein zu seiner Cousine und sie nicht beachten? Nicht einmal beim Abendbrot hatte er mit ihr gesprochen. Er spielte seine Rolle perfekt. Verdrossen blickte Emma auf ihren Teller hinunter und wischte die letzten Reste des Kartoffelsalats aus alter Gewohnheit mit ihrem Brot weg.

Plötzlich starrten alle sie an. Niemand hier tat so etwas, es gehörte sich nicht. Emma wich ihren Blicken aus und legte ihr Besteck vorschriftsmäßig auf den Teller zurück.

Nach dem Essen gingen sie nicht in den Wintergarten, sondern blieben am Tisch sitzen, weil es dort wärmer war. Emma überlegte, was sie spielen sollte, während sie ihr Akkordeon holte. Keine alten Kriegsschlager mehr. Auf einmal war es ihr egal, wie den anderen ihre Musik gefiel. Sollten sie doch denken, was sie wollten, dachte sie wütend. Sie würde sie so gründlich langweilen, dass Margarete nichts mehr von ihr hören wollte. Emma zog die Schublade auf und nahm ein paar Zettel heraus.

Im Esszimmer stimmte sie erst ein paar unverfängliche Volkslieder an, die sie auf Gut Meinersleben gespielt hatte, um Elisabeth zu beruhigen. Zu ihrem Verdruss beobachtete sie, wie Kurt und seine Cousine miteinander flüsterten. Kurts Eltern saßen reglos am Tisch und hörten ihr zu. Die Volkslieder waren also nicht nach ihrem Geschmack, stellte Emma grimmig fest. Nun, es würde noch schlimmer werden. Nach dem nächsten Volkslied hörte sie auf und holte ihre Notenzettel aus der Tasche ihres Kleides. Eigentlich brauchte sie sie nicht mehr, denn sie hatte die Melodien in den letzten Tagen mehrfach gespielt und konnte sie inzwischen auswendig. Es waren die Lieder, die sie nach der Nacht im Heckenrather Hof geschrieben hatte, eins war ihr erst letzte Woche eingefallen. Sie hatte sie noch nie jemandem vorgespielt. Eigentlich war es ein Risiko, sie spielte ihre eigenen Lieder am liebsten erst Irma vor, ehe sie sie anderen vorstellte. Aber jetzt war es ihr gleichgültig.

Emma begann zu spielen – helle Klänge auf der Klaviatur, begleitet vom Bass der Ziehharmonika. Es war ein einfaches Lied, munter und doch ein wenig melancholisch. Es klang nach der Traurigkeit eines sonnigen Sonntags, der sich dem Ende zuneigte. Das nächste Lied war ähnlich, ein langsamer Walzertakt wie der Tanz in einer Dorfgaststätte. Wie Kurt an jenem Abend, so fröhlich und glücklich. Bevor es geschah. Sie ließ das Lied langsam ausklingen. Endlich sah sie auf, nachdem das Flüstern aufgehört hatte.

Die Hüffenbergs starrten sie an, Kurt mit ernstem Blick. Etwas schien in seinen Augen zu brennen, als er sie ansah, aber sie wusste nicht, was es war. Fräulein Weinhold saß neben ihm und hielt den Blick gesenkt.

Emma spielte weiter. Ihr nächstes Lied begann langsam und traurig und steigerte sich erst nach und nach zu einem schönen, langsamen Walzer, der ruhig ausklang. Dann kam eine getragene, ruhige Melodie. Sie schien ihnen etwas sagen zu wollen. Emma wusste, was sie damals hatte sagen wollen – die Erleichterung, nachdem alles vorbei gewesen war. Nachdem Kurt und sie überlebt hatten. Ihr letztes Lied schließlich klang schwungvoll und lebendig. Es klang nach Aufbruch.

Nachdem sie geendet hatte, fiel ihr auf einmal noch ein neuer Akkord ein, mit dem sie das Lied ergänzen wollte. Sie setzte das Akkordeon ab.

»Bravo!« Kurt klatschte.

»Wunderschön«, seufzte Margarete gerührt. Alle klatschten.

»Von wem stammen die Lieder?«, erkundigte sich Fräulein Weinhold.

»Von mir«, sagte Emma.

»Sie komponieren selbst?«

Emma nickte. »Ich habe diese Lieder nach dem Abend in der Dorfgaststätte geschrieben.«

Sie begegnete Kurts Blick. Emma war sich sicher, dass er auch an jenen Abend dachte, an jene Nacht, in der er ihr seinen Heiratsantrag gemacht hatte. Jene Nacht, die ihre schlimmste und zugleich ihre glücklichste gewesen war. Ob er wusste, dass sie mit diesen Melodien ihre Geschichte geschrieben hatte? Wie beim *Sommernachtstraum* hatte sie sie fortgeschrieben, ihre gemeinsame Geschichte. Wenn sie jetzt ein Lied schreiben würde, hätte es wieder einen melancholischen Klang – traurige Akkorde, die sich in eine fröhliche Melodie mischten. Würden sie wirklich heiraten? Waren ihre Welten nicht zu verschieden? Für seine Familie würde sie immer die arme, geschiedene Frau sein. Sie brächte kein Geld in die Ehe, Kurt wäre für immer mit einem Makel behaftet. Und wie hatte er sich verändert! Noch vor ein paar Wochen war es ihm gleichgültig gewesen, was die anderen von ihm dachten, von ihnen beiden als Paar. Doch jetzt spielte er das Spiel der Geheimhaltung ihrer Beziehung bis zur Vollendung mit. War es wirklich nur Strategie, alles bis zu ihrer Scheidung zu verbergen und den Zeitpunkt, an dem sie alles bekannt gaben, selbst zu wählen? Mit Erschrecken wurde Emma klar, dass sie sich nicht mehr sicher war. Sie wurde aus Kurt nicht mehr schlau.

»Du solltest mehr Lieder schreiben, Emma«, sagte er.

Sie nickte und lächelte traurig. Nicht lange danach zog sie sich mit ihrem Akkordeon auf ihr Zimmer zurück.

Kapitel 17

Die Kälte hielt weiter an. Zu Emmas Bedauern musste Kurts Cousine wegen unpassierbarer Straßen noch weiter bei ihnen bleiben. Emma fürchtete, sie würde auch das Weihnachtsfest bei ihnen verbringen. Doch allmählich bildeten sich Trampelpfade im Schnee und Fahrspuren auf den Straßen. Auf der Straße, die zur Stadt führte, hatten Kehrwagen Schnee geräumt und Sand gestreut. Nachdem der Mercedes tatsächlich angesprungen war, meinte Josef, dass sie es wagen könnten, in die Stadt zu fahren. Sie brauchten dringend frische Lebensmittel. Kurt fuhr mit und ließ sich an der Firma absetzen, um dort nach dem Rechten zu sehen. Emma begleitete Therese und das Dienstmädchen. Sie wollten sehen, ob sie in den Geschäften etwas bekämen. Während sich Therese und das Dienstmädchen vor den Läden anstellten, ging Emma zur Post und gab die Rückantwortkarte für Hans und das Weihnachtspaket für ihre Familie auf. Es war nicht viel, was sie eingepackt hatte – ein winziges Stoffbeutelchen mit echtem Kaffee und einige Blöcke Papier zum Tauschen –, aber für ihre Eltern wären es Schätze. Dazwischen lag der Brief, den sie geschrieben hatte. Sie schrieb, dass es Kurt, seinen Eltern und ihr gut ginge, und richtete Grüße von allen aus. Weiter schrieb sie von der Firmenschließung und dass Kurts Bruder in russischer Kriegsgefangenschaft sei.

Sie hoffe, schrieb sie, dass die furchtbare Kälte bald vorbei sei und sie bis dahin alle gut über die Runden kämen. Hoffentlich würden ihre Eltern das Paket noch rechtzeitig vor Weihnachten bekommen.

Danach ging Emma zum Schwarzmarkt und erhandelte etwas Milch, einen Stich Butter und ein paar Würstchen für einen horrenden Geldbetrag, den Kurt ihr mitgegeben hatte. Die langen Schlangen vor den Läden und die vielen Menschen, die sich um die Schwarzhändler drängten, zeigten, wie groß die Not inzwischen war. Viele der Schwarzhändler nahmen kein Geld mehr an, sondern verlangten ausschließlich Tauschwaren für ihre Lebensmittel.

Obwohl sie den ganzen Vormittag auf dem Schwarzmarkt zubrachte, waren Therese und das Dienstmädchen noch nicht wieder da, als Emma zum Wagen kam. Sie fror, obwohl sie zwei dicke Paar Strümpfe und ihren Wollrock unter dem Mantel trug.

»Ich gehe noch etwas spazieren, Josef«, sagte sie zum Fahrer. »Es ist mir zu kalt, im Wagen zu warten. Bin bald wieder da.«

»In Ordnung, Frau van Kall.« Josef tippte sich kurz an seine Mütze.

Emma fragte sich nach der Straße durch, in der Fräulein Gebauer jetzt wohnte. Sie lag nicht weit vom Zentrum entfernt – eine schmale Straße am Fluss, die von Villen gesäumt wurde. Die stattlichen Häuser erhoben sich gegenüber dem Flussufer, an dem mächtige alte Platanen wuchsen. Das Haus mit der Nummer zwanzig, in dem Fräulein Gebauer wohnen sollte, war dreistöckig und hatte mehrere Erker mit hohen Rundbogenfenstern. Der Eingang lag etwas versteckt hinter einem geschwungenen Eisentor. Auf den steinernen Säulen, die das Tor flankierten, lagen dicke Schneehauben.

Fräulein Gebauer und ihre Mutter hatten es gut getroffen, dachte Emma – eindeutig eine Verbesserung gegenüber dem Lagergebäude der Hüffenberger Werke. Sie wollte erst weitergehen, doch dann entschied sie sich anders, öffnete das Tor und betrat den Vorgarten der Villa. Jemand hatte den Weg zum Eingang freigeschaufelt. Emma stieg die Treppe zum Eingang hinauf. »Doktor Berger« stand auf einem großen eisernen Schild daneben.

Emma zögerte. Vielleicht war Hanna Gebauer nicht da, vielleicht war sie in der Stadt, um in den Läden anzustehen.

Doch dann gab sie sich einen Ruck und klingelte. Wenig später hörte sie Schritte hinter der Tür. Hanna Gebauer öffnete ihr. Sie erschrak ganz offensichtlich, als sie Emma erkannte, trat heraus und lehnte die Tür hinter sich an.

»Was wollen Sie von mir?«, fragte sie leise.

Emma zwang sich zu einem Lächeln. Hanna sah adrett aus in ihrem dunkelblauen Kleid mit weißer Schürze. Die Dienstkleidung der Bergers stand ihr ausgezeichnet.

»Ich möchte kurz mit Ihnen sprechen.«

»Ich habe Herrn Hüffenberg bereits alles gesagt.« Hanna sah sich rasch um, als fürchtete sie, ihre Dienstherren könnten sie hören.

Emma erhob ihre Stimme. »Ich glaube, Sie haben ein wenig Zeit für mich, Fräulein Gebauer. Es dauert auch nicht lange. Ein paar Minuten können Ihre neuen Herrschaften Sie sicher entbehren, oder? Es wäre doch zu schade, wenn ich ihnen die Wahrheit über Ihr Vergehen sagen müsste, von dem sie sicher noch nichts wissen, oder?«

Ihre lauten Worte verfehlten ihre Wirkung nicht. Hannas blasses Gesicht verfärbte sich rot. Sie schob die Tür weiter auf und nahm ihren Mantel von der Garderobe, den sich hastig überwarf. Sie zog die Tür hinter sich zu und führte Emma einen

Trampelpfad im Schnee entlang, der an der Villa vorbei in den Garten führte.

»Was wollen Sie?«, zischte sie. »Ich habe Herrn Hüffenberg alles gestanden und das Geld zurückgegeben.«

»Ich weiß. Ich habe nur ein paar Fragen.«

Hanna verschränkte die Arme vor der Brust und trat ungeduldig von einem Bein aufs andere. »Bitte beeilen Sie sich. Es ist kalt und ich habe nicht viel Zeit.«

Emma wies mit dem Kopf zur Villa hinüber. »Sie hatten die Anstellung schon vorher, nicht? Bevor Sie in der Firma das Gerede über Herrn Hüffenberg und mich verbreitet haben und mir den Diebstahl in die Schuhe schieben wollten.«

Fräulein Gebauer antwortete nicht und sah sie nur an. Nach einer Weile sagte sie seufzend: »Herrgott, was soll diese Fragerei?«

»Hatten Sie die Stelle vorher?«

Hanna wischte mit ihrem Stiefel den Schnee beiseite. Sie hob den Kopf. »Was soll diese Frage? Halten Sie mich für dumm? Natürlich hatte ich die Stelle schon vorher.«

»Sie haben großes Glück gehabt, sie zu finden, nachdem Sie bei den Hüffenbergs rausgeflogen sind.«

»Was wollen Sie damit sagen?«

»Ich wundere mich nur, das ist alles.«

Hanna runzelte ihre glatte Stirn. »Das hätten Sie nicht gedacht, nicht wahr? Auch wir Vertriebenen haben mal Glück. Wir brauchen uns nicht immer mit den letzten Löchern und der dreckigsten Arbeit zufriedengeben, die man uns gnädigerweise zuschiebt. Mein neuer Herr ist sehr freundlich gegenüber neu Zugezogenen.«

»Aber auch unter Ihnen gibt es offenbar schlechte Menschen. Hinterhältige Luder. So wie Sie.« Emma ballte die Faust. Auf einmal hatte sie nicht wenig Lust, sie Hanna Gebauer in ihr glattes, unscheinbares Gesicht zu stoßen. »Warum haben Sie mir das angetan?«

Hanna öffnete den Mund, um etwas zu sagen, schloss ihn aber wieder. »Sie hätten meine Entschuldigung annehmen sollen«, sagte sie schließlich leise, wandte sich um und stapfte den Trampelpfad zurück.

Emma lief ihr hinterher, fasste sie am Arm und hielt sie zurück. »Denken Sie eigentlich gar nicht über die Folgen nach? Was Sie anderen antun? Oder ist Ihnen das egal?«

Hanna hielt inne und starrte sie an. Ihr sonst so regloses Gesicht hatte sich verzerrt, ihre bläulich verfärbten Lippen zitterten. »Herr Hüffenberg wollte nichts von mir wissen. Aber glauben Sie mir, er wird auch Sie nicht heiraten. Diese Leute bleiben immer unter sich.« Sie riss sich los und stapfte ohne ein weiteres Wort zurück zur Villa.

Emma sah ihr hinterher, wie sie die Treppe zum Eingang hinaufstieg und hinter der Tür verschwand. Hanna hatte zugegeben, dass sie in Kurt verliebt gewesen war. Ihre Tat war also offenbar ein Racheakt gewesen. Nachdem sie ihre neue Arbeitsstelle gefunden hatte, fühlte sie sich sicher genug, sie auszuführen. Sie hatte es geplant und aus Bosheit getan. Emma öffnete die Faust und stieß wütend die Luft aus. Ihr hastiger Atem verursachte kleine graue Dunstwölkchen in der Luft. Die Kälte stach ihr im Hals und in der Lunge. Plötzlich bereute sie, Hanna nicht mit der Faust ins Gesicht geschlagen zu haben. Sollte sie klingeln und Doktor Berger die ganze Wahrheit über seine neue Angestellte verraten, damit er sie hinauswarf? Würde er ihr glauben?

Emma seufzte. Es wäre möglich, dass er ihr nicht glaubte und alles als Gezänk zweier aufgebrachter Frauen abtat. Vielleicht könnte sie Kurt bewegen, einen Brief an Doktor Berger zu schreiben. Sie warf das Tor hinter sich zu und stapfte zurück zur Straße.

Später am selben Tag bekam Emma durch die offen stehende Tür zum Esszimmer mit, wie Therese Kurts Eltern warnte. Die Schlangen vor den Läden in der Stadt seien lang gewesen, sie hätten kaum noch etwas bekommen, klagte die Haushälterin. Die Preise auf dem Schwarzmarkt seien explodiert. Trotz guter Einteilung fürchtete sie, dass ihre Vorräte nicht ausreichen würden. Bei allem Verständnis für ihre Gastfreundschaft Fräulein Weinhold und ihrem Fahrer gegenüber seien sie einfach nicht auf so langen ungeplanten Besuch eingerichtet, vor allem nicht von einem kräftigen Mann mit großem Appetit wie dem Fahrer des Fräuleins.

Herr Hüffenberg bedankte sich bei Therese, ohne sonst noch etwas zu sagen. Emma musste rasch von der Tür verschwinden, damit Therese sie nicht sah, und so konnte sie nicht mehr erfahren. Sie frohlockte. Nun würde Fräulein Weinhold sicher bald abreisen, sie wollte doch Weihnachten bestimmt mit ihrer Familie verbringen und nicht hier.

Aber Kurts Cousine machte keine Anstalten, abzureisen. Am nächsten Tag gab es Neuschnee, und Kurts Vater nahm das zum Anlass, seine Nichte zu bitten, das Weihnachtsfest mit ihnen zu verbringen. Fräulein Weinhold sagte mit unübersehbarer Freude zu. Margarete lieh ihr Wäsche und zwei Kleider, die ihr zwar etwas zu kurz waren, aber sonst passten. Sie ließ sich häuslich in der Villa nieder und spazierte in den Pantoffeln von Kurts Mutter durch die Räume. Kurts Vater nahm sie sogar in die Firma mit. Jetzt, wo niemand mehr in den stillgelegten Hüffenberger Werken arbeitete und nur der Werksschutz seine Runden drehte, wagte er es, seiner Firma einen heimlichen Besuch abzustatten. Am Abend kehrte er zufrieden zurück und lobte Kurt dafür, was er alles für die Firma getan habe. Kurt nahm es sichtlich stolz auf.

Fräulein Weinhold zeigte sich begeistert von der Firma und lauschte auf jedes Wort, das der alte Hüffenberg sagte. Ihre Wangen glühten von der frischen Luft und dem Wein. Sie wich kaum noch von Kurts Seite. Emmas Stimmung sank mit jedem Tag. Noch vor Wochen hatte sie sich so gefreut, mit Kurt das erste Mal Weihnachten zu feiern. Doch jetzt graute ihr davor.

Kurz vor dem Fest erwachte sie nachts von fernen Schüssen. Sie schlich sich in die Bibliothek und sah zu ihrer Überraschung Kurt und seinen Vater aus dem Wald zurückkommen. Sie trugen zwei lange Gewehre und einige erlegte Hasen. Kurt hatte die Jagd immer gehasst, so oft hatte er geringschätzig davon gesprochen. Er hasste die Jagdgemälde seines Vaters, er hasste es, wenn sein Vater und sein Bruder auf die Jagd gegangen waren. Aber Hans war nicht da. Emma fragte sich, was vorgefallen war, was Kurt so verändert hatte. Sie erkannte ihn nicht mehr wieder.

Am Heiligen Abend gingen sie in die Dorfkirche, in der die Menschen dicht gedrängt standen. Danach aßen sie Hasenrücken mit Rosenkohl und Kartoffeln. Anschließend feierten sie Bescherung. Es war nur wenig, das Emma verschenken konnte – eine kleine Weihnachtskerze für jeden, die sie auf dem Schwarzmarkt gegen Papier eingetauscht hatte. Sie bekam eine silberne Kette von Margarete und schönes Briefpapier aus alten Firmenbeständen von Kurt. Auf Wunsch seiner Mutter spielte sie Weihnachtslieder auf dem Akkordeon, zu denen alle sangen. Kurts Vater ließ eine seiner letzten Flaschen Rotwein öffnen.

»Wenn doch nur Hans hier wäre«, sagte Margarete nach den Weihnachtsliedern. »Hoffentlich hat er ein warmes Bett. Ob sie dort auch Weihnachten feiern, wo er jetzt ist?« Sie hatte Tränen in den Augen.

Kurt stand auf und legte den Arm um ihre Schultern. »Die Russen feiern auch Weihnachten«, sagte er mit rauer Stimme. »Bestimmt bekommen heute alle eine Extraportion zu essen.«

Margarete schluchzte leise. Am Tisch herrschte betretenes Schweigen.

»Ich hoffe, er schreibt euch auch bald«, sagte Fräulein Weinhold. Margarete nickte und stürzte ihren Wein hinunter.

»Trink nicht so viel«, ermahnte sie ihr Mann. »Das gehört sich nicht für eine Frau.«

Sie stellte ihr Glas zurück auf den Tisch und starrte vor sich hin.

Es wurde ein trübseliger Abend. Früh zogen sich alle zurück. Emma brachte das Akkordeon auf ihr Zimmer, das eiskalt im Dunkel lag. Sie war noch nicht müde, also nahm sie sich eine Decke und ging in die Bibliothek. Vielleicht hätte Kurt ja die gleiche Idee und würde hierhinkommen, hoffte sie, vielleicht wäre es ihm auch zu kalt in seinem Zimmer. Seit ihrem Streit hatten sie sich nicht mehr allein getroffen, aber sie könnten sich doch wenigstens hier einmal sehen. Ob er immer noch wütend auf sie war? Warum konnte er sie nicht verstehen?

Sie machte die Leselampe an und warf die Decke auf den Lesesessel. Sie nahm einen Roman aus dem Bücherschrank, ließ sich auf dem Sessel nieder und legte die Füße auf den Schemel. Aber sie konnte sich nicht auf das Buch konzentrieren. Immer wieder wanderten ihre Gedanken zu Kurt. Er ließ sich seiner Cousine gegenüber nicht anmerken, dass sie ein Paar waren. Allmählich fand sie das geradezu abstoßend lächerlich. Wie er sich um diese Charlotte kümmerte! Wie sie zusammen lachten! Eifersucht bohrte in ihr, als sie daran dachte. Die beiden hatten eine besondere Bindung zueinander, das war offensichtlich.

Emma musste an Hannas Worte denken, dass Kurt sie nicht heiraten würde. Hatte sie recht? Es war offensichtlich, wie sehr Kurts Vater Fräulein Weinhold hofierte. Wenn es nach ihm ginge, würde Kurt eine Frau wie sie heiraten.

Emma seufzte, legte den Roman auf den Sessel und trat ans Fenster. Der Schnee bedeckte Garten und Felder. Dunkel ragte der ferne Saum des Waldes aus dem Weiß, darüber wölbte sich ein klarer Nachthimmel, an dem unzählige Sterne glitzerten. Mittlerweile gab es wieder einen Trampelpfad vom Garten in den Wald. Aber Kurt und sie waren ihn noch nicht gegangen. Sein Vater und er hatten ihn in den Schnee getreten.

Auf einmal hörte sie Schritte auf dem Flur. Ob Kurt doch noch käme? Sie wandte sich um und blickte erwartungsvoll zur Tür. Doch die öffnete sich nicht, die Schritte entfernten sich über den Flur. Emma hörte, wie nebenan die Tür zum großen Salon geöffnet wurde. Dieser Salon wurde schon länger nicht mehr genutzt. Früher hatte Kurts Vater dort hochrangige Geschäftspartner empfangen, doch jetzt stand der Raum leer, nachdem die Amerikaner sein gesamtes wertvolles Mobiliar abtransportiert hatten.

Emma fuhr zusammen, als sie Fräulein Weinholds Kichern hörte. Es war so laut, als wäre sie im selben Raum. Emma ging zu der Tür, die von der Bibliothek in den Salon führte, und lauschte.

»Weißt du noch, als wir uns die Bude im Wald gebaut haben?«, hörte sie Fräulein Weinhold sagen. »Gibt es die eigentlich noch?« In ihrer Stimme lag Sehnsucht.

»Nein, sie ist weg, schon lange. Unser alter Hausdiener hat sie verfeuert.« Kurts Stimme.

Emmas Atem ging flacher. Etwas krampfte sich heftig in ihrer Magengegend zusammen. Sie rührte sich nicht und lauschte weiter.

»Wir haben damals Familie gespielt. Mutter, Vater, Kind. Die kleine Geli musste unser Kind sein«, kicherte sie leise.

»Ich weiß«, meinte Kurt. »Ich erinnere mich daran.«

239

»Es musste immer heimlich sein, niemand durfte von unserer Bude wissen. Wenn Hans rausbekommen hätte, was du mit uns spielst, wäre die Hölle losgewesen!« Sie lachte jetzt lauter. »Weißt du noch, dann haben wir uns geküsst, wie echte Eltern das machen.«

»Das ist lange her.«

Niemand sagte etwas. Emma fragte sich, was die beiden wohl nun tun würden. Eine Weile hörte sie nur das Geräusch ihres eigenen, heftig pochenden Herzens. Nebenan erklang leises Seufzen.

»Aber es ist nicht lange genug, als dass ich nicht immer noch daran denke«, sagte Fräulein Weinhold. »Weißt du, dass ich lange geglaubt hatte, wir würden später mal heiraten?«

»Du bist mit meinem Bruder verlobt.«

»Ja, schon seit drei Jahren. Nachdem du freiwillig in den Krieg gegangen bist.« Ihre Stimme klang vorwurfsvoll.

»Es war nicht ganz freiwillig«, meinte Kurt. »Ich … hatte meine Gründe.«

»Wer geht denn schon freiwillig in diesen abscheulichen Moloch?«, fragte Fräulein Weinhold mit hoher Stimme.

»Sie hätten mich sowieso eingezogen, das wusste ich. Der Gauleiter war kurz vorher bei uns gewesen.«

Das Parkett nebenan knarrte. »Deine Mutter hat erzählt, du warst nach deiner Entlassung aus dem Rheinwiesenlager erst in Köln. Warum bist du nicht eher zurückgekommen? Wir haben uns große Sorgen um dich gemacht.«

»Auch dafür hatte ich Gründe. Ich musste erst zu Kräften kommen, und außerdem hatte ich ein gut florierendes Geschäft auf dem Schwarzmarkt.« Kurts Stimme klang stolz.

Emma hielt die Luft an. Mit keinem Wort erwähnte er sie und ihre gemeinsame Zeit in Köln.

»Der Schwarzmarkt hat dir mehr bedeutet als die Firma deines Vaters? Jedes Mal, wenn ich anrief, sagte deine Mutter, sie hätte noch keine Nachricht von dir bekommen. Hast du denn gar nicht geschrieben?«

»Doch schon, aber dann ... es gingen auch Briefe verloren. Charlie, was soll dieses Verhör? Das ist alles längst vorbei. Jetzt bin ich hier, und ich habe mich mit meinen Eltern ausgesöhnt.«

Sie seufzte. »Es gab noch mehr als deine Eltern, Kurt, noch mehr Menschen, denen du etwas bedeutest. Ich habe mir auch große Sorgen um dich gemacht.«

»Das wusste ich nicht, Charlie.«

»Das hättest du dir aber denken können«, sagte seine Cousine leise. »Die Nachricht, dass du dich freiwillig gemeldet hast, war schlimm für mich. Hans war da, er hatte immer ein offenes Ohr für mich.«

Die beiden schwiegen lange, ehe Fräulein Weinhold weitersprach. Emma musste ihr Ohr an die Tür legen, um ihre leisen Worte zu verstehen. »Ich habe dich geliebt, Kurt.«

Wieder Schweigen.

»Ich wusste nicht, dass es *so* ist.« Kurts leise überraschte Stimme. Eine lange Pause entstand. Emma hörte leises Rascheln hinter der Tür, das Knarren des Parketts.

Ihr Herz pochte. Sie spürte nur noch sein lautes Schlagen, das alles übertönte. Ihr Körper schien fern zu sein, doch er gehorchte mechanisch. Ihre Hand packte die Klinke. Doch dann hielt Emma inne. Wie würde Kurt reagieren? War es wirklich so schlimm, wie sie befürchtete? Widerstrebend hielt sie sich zurück und lauschte, doch sie hörte lange nichts. Die schreckliche Gewissheit, dass die beiden sich küssten, durchflutete sie. Ihr Herz raste. Einen Augenblick glaubte sie, in dieser Furcht unterzugehen und zu ertrinken. Dann wurde ihr klar, dass sie es sehen musste. Es führte kein Weg daran vorbei. Sie wappnete sich und drückte die Klinke herunter, stieß die Tür auf. Das Türblatt schrappte über das Parkett. Ein kalter Luftzug wehte herein und umspülte Emmas Beine. Kurt und

Fräulein Weinhold standen sich am Fenster gegenüber. Fräulein Weinholds Hand fiel herunter, als Emma die Tür aufriss. Die beiden fuhren zu ihr herum.

Emma blieb stehen. Sie war zu früh gekommen. Oder zu spät. »Kurt ist mein Verlobter«, stieß sie hervor.

Fräulein Weinhold starrte sie entsetzt an. Sie wich ein wenig vor ihr zurück. »Was sagen Sie da? Sie sind *verlobt*?« Ihr fragender Blick wanderte zu Kurt.

Er sah schweigend von ihr zu Emma. Einen Augenblick schien es Emma, als wäre ihm ihr Auftritt peinlich.

»Wir sind nicht offiziell verlobt, aber wir wollen heiraten«, erklärte er mit rauer Stimme.

Die Augen seiner Cousine rundeten sich. »Wirklich? Davon hast du mir nichts gesagt.« Ihre Stimme klang hoch und dünn.

»Sobald Emma geschieden ist«, erklärte Kurt. »Wir wollten es erst später bekannt geben.«

Fräulein Weinholds Kinn zitterte. Sie tastete nach der Fensterbank und atmete tief. »Du willst eine … *Geschiedene* heiraten?« Ihre Stimme drohte zu ersticken. »Deine *Sekretärin*?«

Kurt ging zu ihr, stützte sie. »Es tut mir leid, dass ich dir nichts erzählen konnte.«

Emma ballte die Fäuste. Das Bedauern in seiner Stimme schnitt ihr ins Herz. Selbst in diesem Augenblick kümmerte er sich mehr um seine Cousine als um sie. Gab es ein deutlicheres Zeichen, dass er sie nicht mehr liebte? Was wäre passiert, wenn sie die beiden nicht gestört hätte? Auf einmal bereute sie ihr voreiliges Handeln. Sie hätte abwarten und die beiden beim Küssen ertappen sollen.

Die furchtbare Gewissheit breitete sich langsam in ihr aus, wie wenn ein Fluss gefriert. Vielleicht hatte ihre Beziehung zu Kurt nie eine Zukunft gehabt, nicht wirklich. Sie hatte sich nur etwas vorgemacht. Langsam und mit wackligen Knien schlich sie sich aus dem Salon. Doch als sie die Tür hinter sich schließen wollte, tauchte Kurt plötzlich hinter ihr auf. Er schloss die Tür und folgte ihr in die Bibliothek. Sie ging zum Lesesessel und hielt sich an der Lehne fest. »Jetzt siehst du also, dass ich auch noch da bin«, hörte sie sich sagen. Ihr war, als würden die Beine ihr jeden Augenblick den Dienst versagen.

Kurt kam näher und blieb am Sessel stehen. »Du hast uns belauscht«, sagte er.

»Bin ich zu früh gekommen? Ach ja, du wolltest sie gerade küssen. Entschuldige die Störung«, giftete Emma.

»Ich habe nicht gewusst, dass sie Gefühle für mich hat«, verteidigte er sich. »Sie ist die Verlobte meines Bruders.«

»Wie kann man nur so blind sein? Sie zeigt dir schon seit Tagen vor uns allen ungeniert ihre Zuneigung«, fauchte Emma. »Deinen Eltern scheint's zu gefallen. Und dir auch.«

Er sah betroffen aus. »Ich gebe zu, Charlie und ich hatten schon immer eine besondere Bindung. Aber es ist nicht so, wie du denkst.«

»Ach nein? Das sah aber gerade nicht so aus.«

Er starrte sie an. In seinem Gesicht arbeitete es. »Du wolltest nichts mehr von mir wissen. Du hast dich dauernd von mir zurückgezogen und ferngehalten, als hätte ich eine ansteckende Krankheit.«

Emma schüttelte den Kopf. »Das kannst du mir nicht vorwerfen. Dein Vater und du, ihr habt von mir verlangt, das Versteckspiel mitzuspielen. Weißt du, wie schwer es mir gefallen ist, das durchzuhalten? Deine abweisende Art im Büro zu ertragen? Und jetzt hier vor deiner Cousine dieses elende Versteckspiel? Ich musste mich doch von dir fernhalten, mir blieb gar nichts anderes übrig. Weißt du, wie schwer das für mich war? Aber dir ist das ja offenbar leichtgefallen«, setzte sie bitter hinzu.

Kurt schüttelte den Kopf. »Das stimmt nicht. Du bist ungerecht, Emma.« Er straffte sich. Genauso tat sein Vater es auch immer, wenn er ungeduldig oder gereizt war.

»Jetzt siehst du genauso aus wie dein Vater«, entfuhr es ihr. »Was hat er dir gesagt? Ich wäre nicht gut genug für dich, du sollst eine standesgemäße Frau heiraten? Eine Frau wie deine Cousine? Das ist es doch, was er will. Das wollte er von Anfang an.« Der bittere Klang ihrer Stimme verhallte.

Kurt runzelte die Stirn. Endlich schien auch er seine Fassung zu verlieren. »Du bist doch nur eifersüchtig! Deine kindische Eifersucht lässt dich Dinge sagen, die nicht wahr sind. Mein Vater hat gar nichts gesagt.«

Emma starrte ihn an. Sie glaubte ihm nicht. Sie spürte Enttäuschung aufsteigen und Angst. Gleichzeitig fühlte sie sich so müde, wie sie schon lange nicht mehr gewesen war. »Ich habe eine Vorladung bekommen«, sagte sie mit zitternder Stimme. »Die Gerichtsverhandlung gegen Christian und Doktor Rodeshagen ist Anfang Januar.«

»Davon hast du mir nichts gesagt.«

»Du warst ja auch immer beschäftigt«, gab sie zurück. »Sobald die Straßen freier sind, werde ich nach Köln fahren.«

Er hatte seine Hände in die Hosentaschen gesteckt und sah sie mit gerunzelter Stirn an. »Wie du meinst«, sagte er nur.

Er machte keine Anstalten, ihr zu widersprechen oder sie aufzuhalten. Enttäuscht wandte Emma sich um und verließ die Bibliothek. Auf dem Flur war kein Geräusch zu hören, das Licht im Salon brannte nicht mehr. Sie spähte in den Salon und fand ihn leer vor. Von Fräulein Weinhold keine Spur.

Kapitel 18

Am nächsten Morgen, dem ersten Weihnachtstag, war es etwas wärmer geworden, als würde der Winter eine kurze Atempause einlegen. Aber am Himmel ballten sich dunkle Wolken, und die Luft roch nach Schnee. Emma war über Nacht klar geworden, dass sie nicht mehr länger bleiben wollte.

Josef brachte sie nach dem Frühstück in die Stadt, und von dort aus fuhr sie mit dem einzigen Überlandbus, der an diesem Tag fuhr, nach Köln. Traurig presste sie ihre Stirn an die kalte Scheibe und starrte hinaus in die winterliche Welt. Die Ereignisse des gestrigen Abends kreisten immer wieder in ihrem Kopf, sie schienen ihr wie ein böser Traum und waren doch real.

Sie hatte bis zuletzt gehofft, Kurt würde sie aufhalten, würde sie bitten, nicht zu gehen. Aber er hatte nur blass und schweigsam am Frühstückstisch gesessen und war ihren Blicken ausgewichen. Fräulein Weinhold war gar nicht erst aufgetaucht. Bei Kurts Vater hatte sie Freude wahrgenommen, nachdem sie von ihrer Vorladung erzählt und erklärt hatte, dass sie schon jetzt nach Köln fahren würde.

Nur Margarete hatte Bedauern geäußert und versucht, sie zum Bleiben zu bewegen. »Heute, am Weihnachtsfeiertag?«, hatte sie erstaunt ausgerufen. Emma könne doch unmöglich fahren bei diesem Wetter, der Bus könne liegen bleiben, und würde sie überhaupt bei ihren Eltern genügend zu essen bekommen? Wolle sie nicht wenigstens noch bis Silvester bleiben und erst Anfang des neuen Jahres fahren?

Emma hatte sie beruhigt und ihr erklärt, dass sie wieder mit ihrer Combo spielen könne, die durch die Kölner Kneipen tingelte und jeden Abend irgendwo anders auftreten würde. Sie zog den zusammengefalteten Brief von Irma aus ihrer Manteltasche, den sie kurz vor Weihnachten bekommen hatte.

Liebe Emma!

Nun ist es schon eine Weile her, dass wir uns in Köln getroffen haben. Ich hoffe, dass es dir gut geht und dir deine Arbeit als Sekretärin gefällt. Wie geht es Kurt? Sicher habt ihr gute Vorräte für den Winter geschaffen, weil ihr auf dem Land wohnt. Bei uns ist es schwieriger, aber mein Vater kann uns mit seiner Arbeit durchbringen. Es fällt immer etwas für uns ab, und der Garten hat ja auch ein bisschen gebracht.

Ich soll dich von Nikolai und den anderen aus der Combo grüßen. Wir haben viele Auftritte, weil in Köln mehr Kneipen aufgemacht haben. Wir spielen im Rheinpalast und in anderen Kneipen. Ich wünschte, du wärst bei uns. Aber ich freue mich natürlich auch für dich. Falls du mal wieder in Köln sein solltest, besuche mich. Du bist immer willkommen.

Herzliche Grüße,
deine Freundin Irma!

Emma steckte den Brief wieder zurück in die Manteltasche. Sie strich über die Tasche, in der sich ihr Akkordeon befand, und über den rauen Stoff von Christians prall gefülltem Wanderrucksack. Sie hatte ihre gesamte Winterkleidung eingepackt, und Therese hatte ihr noch Verpflegung für den ganzen Tag mitgegeben – zwei Brote, einen Apfel und Reste vom kalten Hasenbraten. Nur ihre Bücher hatte sie zurücklassen müssen. Wie immer.

Es schien ihr Schicksal zu sein, immer wieder wegzugehen. Der Wanderrucksack wurde zu ihrem ständigen Begleiter. Dabei hatte sie geglaubt, diesmal wäre alles anders. Sie hatte geglaubt, dieses Mal hätte sie ihr Glück gefunden, denn Kurt war anders als Christian. Sie hatte an ihre gemeinsame Zukunft geglaubt. So sehr hatte sie sich bemüht! Aber was auch immer sie getan hatte, es hatte keine Rolle gespielt. Vielleicht würde jetzt, wo Emma fort war, Fräulein Weinhold noch das beenden können, was sie angefangen hatte. Kurz dachte Emma, dass sie ihr nicht das Feld hätte überlassen dürfen. Aber sie hätte keinen Augenblick länger bleiben können, nicht nach dem, was gestern Abend passiert war.

Und Kurt hatte sie nicht aufgehalten. Der Schmerz darüber brannte in ihr wie eine wilde Flamme.

Sie starrte aus dem Fenster. In der Ferne sah sie die Silhouette des Doms und die Ruinen von Köln am Horizont auftauchen – normalerweise ein Augenblick, in dem sie sich immer freute, ihre Heimatstadt wiederzusehen. Aber jetzt blieb alles dunkel und kalt in ihr. Sie konnte sich nicht freuen. Sie wusste nicht, ob sie jemals zu Kurt zurückkehren würde. Sie lehnte ihren Kopf an die Scheibe und weinte.

Ihre Eltern saßen gerade in der Küche und aßen eine dünne Kartoffelsuppe, als sie zu ihnen kam. »Emma, was für eine Überraschung!«, rief ihre Mutter und beäugte sofort ihren prall gefüllten Wanderrucksack. »Willst du länger bleiben?«

»Nur bis zum Gerichtstermin Anfang Januar, wenn es geht. Tut mir leid, dass ich nicht vorher geschrieben habe«, sagte

Emma. »Ich wollte schon etwas eher in Köln sein. Man weiß ja nicht, wie man durchkommt.« Sie lächelte krampfhaft.

»Wo hast du denn Kurt gelassen?«, fragte Papa.

»Zu Hause. Ich mach das allein.«

Mamas Mundwinkel zogen sich nach unten. »Nun setz dich erst mal und iss.« Sie holte einen Teller aus dem Schrank, füllte ihn mit Suppe und stellte ihn für Emma auf den Tisch.

Emma ließ sich auf ihr altes Küchensofa sinken.

»Du kannst hierbleiben. Kannst in deinem alten Zimmer schlafen«, sagte Mama. »Unsere Untermieterin ist für ein paar Wochen bei ihren Eltern in der Eifel. Da ist wohl mehr zu holen als hier.«

Emma atmete auf. So würde sie wenigstens etwas Ruhe haben und allein sein können. Es kam ihr hier sowieso schon klein, dunkel und beengt vor. Sie holte ihre Vorräte aus dem Rucksack und wickelte sie aus. Armin bekam runde Augen, als er das Hasenfleisch sah.

»Wo ist das denn her?«, rief er und stopfte es sich in den Mund. Mama schob seine Finger weg. »Mach mal halblang! Deine Schwester und wir wollen auch noch was haben!«

Mit Betroffenheit beobachtete Emma, wie schnell alle zugriffen und aßen, sie bekam nur noch einen Bissen ab. Aber sie hatte in den letzten Monaten auch nicht mehr hungern müssen. Das würde jetzt vielleicht wieder anders werden. Ihr war, als griffe eine kalte Hand nach ihrem Magen. »Ich werde wieder mit der Combo spielen, sie haben hier überall Auftritte«, sagte sie hastig. »Ich verdiene mir wieder warme Mahlzeiten.« Sie war sich dessen keineswegs sicher, aber sie hoffte es. Sie wollte ihrer Familie auf keinen Fall zur Last fallen.

»Wo habt ihr das Fleisch her?«, wiederholte Armin kauend. Er sah hohlwangig und blass aus. Das helle Haar lag verknautscht an seinem Kopf, er hatte sich wohl noch nicht gekämmt.

»Das ist Hasenbraten«, erklärte Emma. »Kurts Vater besitzt noch sein altes Jagdgewehr. Er und Kurt schießen manchmal nachts Hasen.«

»Hm«, machte Armin und leckte sich die Finger ab. »So was müssten wir auch mal können.«

»Habt ihr mein Weihnachtspaket bekommen?«, fragte Emma.

»Und ob!« Ihr Bruder nickte begeistert. »Für das Papier habe ich einen Sack Kartoffeln gekriegt.«

»Danke für den Kaffee«, lobte Papa. »Das ist schon etwas anderes als der Muckefuck.«

Er wirkte schmächtiger denn je. Die Brille rutschte ihm immer wieder von der Nase. Aber er sah zufrieden aus. Auf seinem Sessel am Ofen lag ein aufgeklapptes Buch. »Was liest du?«, fragte Emma.

»Pünktchen und Anton von Erich Kästner.«

»Ist es gut?«

Papa nickte. »Ist eine Vorkriegsausgabe. Da ist bestimmt nicht alles verbrannt worden. In der Kellerbuchhandlung gibt es alles Mögliche von dem.« Er deutete auf eine Reihe Bücher im Küchenregal mit fleckigen und abgegriffenen Buchrücken.

Emma nickte. Sie hatte nicht wenig Lust, die Bücher durchzustöbern, aber sie hielt sich zurück. Wenigstens hatte er wieder ein paar Bücher. Aber würde es jemals wieder so werden wie früher, wie vor dem Krieg, als sie noch eine unzerstörte Wohnung, intakte Fenster und Möbel besaßen? Im Gegensatz zu Christians Eltern und erst recht zu den Hüffenbergs hatten ihre Eltern am meisten verloren, obwohl sie bei Weitem nicht so wohlhabend waren. Aber es gab andere, denen es noch schlechter ging als ihnen – Ausgebombte, Flüchtlinge und Vertriebene aus dem Osten. Emma dachte an Hannas Satz, dass Kurt sie niemals heiraten würde. Wie sie so etwas nur glauben könne. Es gab ihr einen heftigen Stich, und sie musste ihre Tränen herunterschlucken.

Aber sie musste immer wieder an Kurt denken. Als sie nach dem Essen mit Mama spülte und dabei einsilbig von ihren letzten Monaten bei den Hüffenbergs erzählte, wünschte sie sich, er würde wieder unvermittelt zur Tür hereinkommen wie früher, als er eines Morgens plötzlich aufgetaucht war und Fleisch aus einer Schwarzschlachtung mitgebracht hatte. Als sie später am Nachmittag durch den Schnee zu Irma nach Lindenthal stapfte, musste sie wieder an den Heiligen Abend zurückdenken. Sie starrte durch den Eisenzaun auf die Trümmer ihrer großelterlichen Villa, die unter dem Schnee verborgen lagen, und wünschte sich, es wäre wieder September 1945 und Kurt würde mit ihnen im Garten arbeiten.

Als sie mit Irma in deren altem Kinderzimmer saß und letzte Plätzchen vom trockenen Weihnachtsgebäck aß, das es auf die Brotmarken gegeben hatte, war es mit ihrer Beherrschung vorbei. Sie brach in Tränen aus und erzählte ihrer Freundin alles.

Irma hörte schweigend und aufmerksam zu, stellte manchmal eine Frage und sparte sich ungebetene Ratschläge. Es schien, als wäre sie nach ihrem Verrat vorsichtiger geworden, offenbar wollte sie ihre Freundschaft zu Emma auf keinen Fall noch einmal aufs Spiel setzen.

»Meinst du, ich hätte dortbleiben müssen?«, fragte Emma schluchzend. »Habe ich zu früh aufgegeben? Jetzt hat seine Cousine Kurt für sich allein.«

Irma schwieg lange. Ihre dunklen Locken kräuselten sich nun bis zum Kinn, was ihr sehr gut stand. Sie trug einen Rock aus dickem grauem Wollstoff, der aussah, als wäre er aus einem alten Wehrmachtsmantel geschneidert worden, dazu einen selbst gestrickten Pullover.

»Du weißt nicht, ob sie ihn wirklich will«, gab sie schließlich zu bedenken. »Immerhin ist sie mit seinem Bruder verlobt.«

Emma seufzte. »Sie hat gesagt, dass sie ihn geliebt hat, das habe ich mitgehört. Sie hat sich ihm regelrecht an den Hals geworfen. Verlobung heißt gar nichts. Ich glaube, Hans war für sie nur eine Verlegenheitslösung. Sie wollte von Anfang an nur Kurt.« Emma schluchzte auf.

»Vielleicht.« Irma rutschte ein wenig nach vorn. »Aber Kurt ist in den Krieg gegangen, ohne einen Gedanken an seine Cousine zu verschwenden. Er hat sich danach nicht mehr bei ihr gemeldet. Sieht das nach einem liebenden Mann aus?«

»Nein.« Emma tupfte sich die Augen trocken. Irmas nüchterne Worte taten so gut! Ihre Freundin hatte schon immer die besondere Gabe besessen, sie zu beruhigen und ihren Blick auf das Wesentliche zu lenken.

Irma, die neben ihr auf dem Bett saß, das mit einer Tagesdecke abgedeckt war, sah sie eindringlich an. »Wenn er sich jetzt von seiner Cousine einwickeln lässt – falls sie ihn noch will, nachdem sie von euch gehört hat –, dann sind seine Gefühle für dich nicht so, wie sie sein sollten für eine lebenslange Bindung.«

Emma schluchzte wieder auf. Irma hatte recht, mit ihrem nüchternen Blick hatte sie die Wahrheit erkannt. Emma brauchte eine Weile, bis sie sich wieder beruhigt hatte.

»Tut mir leid«, sagte Irma.

»Nein, du hast ja recht. Ich glaube, es ist sein Vater. Anfangs war Kurt noch gegen ihn, doch dann haben sie sich immer besser verstanden.« Sie starrte eine Weile düster aus dem Fenster, wo dicke Schneeflocken aus grauen Wolken fielen und die Welt in ein einheitliches Grauweiß verwandelten.

»Meinst du nicht, dass ihre Verbindung mehr geschäftlich ist? Sein Vater braucht ihn doch jetzt. Sie brauchen sich gegenseitig.«

»Sicher.« Aber da war noch mehr. Wie sollte Emma es ihrer Freundin, die Kurts Vater nicht kannte, erklären? Sie hatte nicht gesehen, wie sein Vater sich gefreut hatte, nachdem Kurt und sie zerstritten aus der Firma zurückgekehrt waren. Wie sehr er Fräulein Weinhold hofiert hatte. Wie zufrieden er über Emmas plötzliche Abreise gewesen war. »Er hat mich von Anfang an abgelehnt. Er will eine andere Frau für seinen Sohn.«

»Hat er das gesagt?«

»Nein, er würde so etwas nie offen zugeben. Kurt hat das gesagt, ganz am Anfang. Und seine Mutter. Sie kennen ihn beide, sie kennen ihn besser als ich. Ich hätte mehr auf sie hören müssen. Dann hätte ich Kurt nicht davon abgehalten, wieder nach Köln zurückzugehen.« Sie knüllte ihr Taschentuch, während sie wieder gegen die aufsteigenden Tränen ankämpfen musste.

»Wollte er wirklich nach Köln zurückgehen?«, fragte Irma ungläubig.

Emma nickte. »Ich habe ihn davon abgehalten. Hätte ich das doch nur nicht getan!« Sie schluchzte heftig auf.

Irma nahm sie in die Arme und hielt sie fest, bis sie sich etwas beruhigt hatte. »Sein Vater kann nicht bestimmen, wen sein Sohn heiratet. Diese Zeiten sind zum Glück vorbei. Wenn Kurt dich wirklich liebt, renkt sich bestimmt alles wieder ein.«

Emma nickte und schnäuzte sich die Nase. Obwohl sie Irmas Worte gern glauben wollte, konnte sie es nicht. Irma hatte Kurt in den letzten Monaten nicht gesehen, sie wusste nicht, wie er sich verändert hatte. Wie ähnlich er seinem Vater geworden war.

Es stellte sich heraus, dass auch Irma als Zeugin im Verfahren gegen Christian und Doktor Rodeshagen vorgeladen war, ebenso ihre ganze Combo, nur an einem anderen Tag als Emma.

»Und Kurt?«, fragte Irma. »Er muss doch auch eine Vorladung bekommen haben.«

»Sie war noch nicht da«, meinte Emma. »Vielleicht braucht die Post bis ins Bergische länger. Es gehen manchmal Briefe verloren.« Sie dachte, dass sie Christian bei der Verhandlung wiedersehen würde, und davor fürchtete sie sich. »Wenn doch nur schon alles vorbei wäre!«

»Wenn du willst, gehe ich mit. Ich begleite dich zum Gericht«, bot Irma an, und Emma nahm das Angebot an. Sie würde Hilfe und Zuspruch brauchen, wenn Kurt nicht dabei wäre.

»Kann ich wieder mit euch auftreten?«, fragte sie.

»Klar kannst du, das habe ich doch geschrieben. Es ist nur ...«

»Was ist?«

Irma wich ihrem Blick aus. »Ich fürchte, ich habe dir falsche Versprechungen gemacht. Wir haben im Moment nur noch die Auftritte im Rheinpalast und in einer anderen Gaststätte. Die anderen sind alle abgesprungen. Zu wenig Gäste, nichts mehr zu essen, die können keine Musiker mehr bezahlen, und eine Wirtschaft hat dichtgemacht. Tut mir leid.«

»Schon gut, du kannst nichts dafür.« Emma versuchte ein Lächeln, obwohl ihr nicht danach zumute war. Sie hatte sich darauf verlassen, dass sie wieder mit der Combo für warme Mahlzeiten auftreten könnte. Wenn das nicht mehr ginge, wovon sollte sie leben? Das Wenige, das sie auf ihre Lebensmittelkarte bekäme, würde nicht ausreichen.

»Wir haben Silvester einen Auftritt im Rheinpalast. Komm einfach mit. Herr Michels wird sicher nichts dagegen haben«, meinte Irma. »Wir wollen unser Programm ein bisschen ändern. Die Proben beginnen übermorgen. Das Gute ist, bei den Proben gibt's ein warmes Essen für jeden.« Sie drückte Emma die Hand.

Emma nickte erleichtert. Wenigstens etwas. Wie gut, dass sie Irma verziehen hatte! Es wäre eine willkommene, nein, lebensnotwendige Abwechslung für sie, wieder mit der Combo zu spielen.

Als sie sie am übernächsten Nachmittag im Keller des Rheinpalastes zu den Proben traf, freuten sich die anderen aus ihrer Combo, sie wiederzusehen. Nikolai drückte ihr lange die Hand und gab ihr ganz gegen seine sonstige Art zwei schüchterne Küsschen auf die Wangen, Max Kleefisch und sogar Gerd Hoffmann umarmten sie.

»Wird aber auch Zeit, dass du wieder zurückkommst«, meinte Max. »Ist doch viel besser, mit uns zu spielen, als Sekretärin zu sein.«

Emma lächelte und erwiderte nichts. Sie war erleichtert, dass die Männer aus ihrer Combo keine unangenehmen Fragen stellten und sie sich einfach auf ihren Stuhl setzen und mit ihnen spielen konnte wie immer. Sie passten sogar ihr neues Programm für sie an, ließen einige von den alten Liedern drin und nahmen neue auf, bei denen sie mitspielen konnte. Bald waren alle vollkommen in die Proben vertieft. Herr Michels kam in den Kellersaal und hörte ihnen eine Weile zu. Auch er stellte Emma zum Glück keine Fragen nach Kurt, als sie später oben in der Kneipe ihren Lohn verzehrten. Er war damit einverstanden, dass sie wieder mitspielte. Es gebe warme Mahlzeiten für jeden Probentag und am Auftragsabend, sagte er, außerdem zwanzig Mark extra für jeden. Danach ging er sofort dazu über, mit ihnen den Silvesterabend durchzusprechen. Er hatte noch Änderungswünsche für ihr Programm, wollte, dass sie mehr Lieder aufnähmen, und wünschte sich ein paar flottere Nummern. »Die sollen tanzen, bis sie umfallen«, sagte er. »Schließlich gibt es keine Ausgangssperre mehr, und Sturm ist auch nicht angesagt.« Emma wusste, worauf er anspielte. Im letzten Jahr hatte es zu Silvester einen Sturm gegeben, bei dem mehrere Ruinen in der Kölner Innenstadt eingestürzt waren.

»Kein Problem, das machen wir, Herr Michels«, versicherte Gerd. »Wenn wir unsere Nummern am frühen Morgen wiederholen müssen, sind alle hoffentlich so betrunken, dass sie es nicht mehr merken.« Alle lachten.

Emma genoss jeden Bissen von dem süßen Reisbrei, den sie hungrig aß. Sie hatte den ganzen Tag nur ein wenig von dem Maisbrot gegessen, für das Armin und sie abwechselnd lange vor dem Laden angestanden hatten. Zum Glück lebten ihre Hühner noch, so hatte es dazu für jeden ein Ei gegeben. Sonst besaßen ihre Eltern bis auf Kartoffeln und ein paar Birnen, die Armin im Herbst von einem Baum am Stadtrand gepflückt hatte, keine Vorräte mehr. Auch ihr altes Silberbesteck und Armins Zinnsoldaten hatten ihre Eltern inzwischen längst eingetauscht. Aber wenigstens im Rheinpalast, wo sich die Schieber und die Reichen trafen, die sich die schwindelerregenden Preise für eine Mahlzeit leisten konnten, konnte man noch essen.

»Gebt euer Bestes, bringt die Leute zum Kochen«, forderte Herr Michels sie auf. »Die Zeiten sind schlimm genug, sie brauchen Abwechslung. Wenn ihr das schafft, gibt es vielleicht ein gutes Angebot für euch.«

Sofort waren alle still und sahen den Wirt erwartungsvoll an. Herr Michels strich über die Lehne des Stuhls, auf dem er verkehrt herum saß, wie er es immer tat. »Letztes Jahr wurde noch nicht Karneval gefeiert, nur im privaten Rahmen«, begann er. »Dieses Jahr soll das anders werden. Der Präsident der Lyskircher Junge ist aus russischer Kriegsgefangenschaft zurück und wieder in Köln. Sie hatten schon eine Sitzung.«

»Ach ja, das stand in der Rundschau!«, rief Irma.

»Na ja, hier wird es jedenfalls zu Karneval wieder einige Feiern geben. Haltet euch bereit«, meinte Herr Michels. »Im Weinhaus St. Peter suchen sie auch jemanden. Natürlich muss vorher noch geprobt werden. Der Wirt wird am Silvesterabend hier unser Gast sein. Ich könnte euch empfehlen. Macht einen guten Eindruck.«

»Das wäre klasse«, meinte Gerd, und alle nickten. Sie konnten jeden Auftritt gebrauchen. Die Männer trugen stets dieselben Anzüge, die ihnen zu weit geworden waren, Gerd hatte ein ganz schmales Gesicht bekommen, Max waren Haare ausgefallen und Nikolais Hände ragten knochig aus seiner Anzugjacke hervor. Nur Herr Michels sah einigermaßen wohlgenährt aus. »Es geht wieder aufwärts!«, rief er, erhob sich und rieb sich die Hände. »Also dann, wir sehen uns morgen.« Er klopfte auf ihren Tisch und verschwand schnell, ehe sie den Wunsch nach einem Nachschlag äußern konnten.

»Kennt ihr das Weinhaus?«, fragte Emma.

»Das liegt in der Innenstadt, in der Nähe der Kirche. Wir finden das schon«, versicherte Gerd.

»Hoffentlich ist das Klavier da in Ordnung«, meinte Max.

Alle lachten wieder, und auch Emma lachte mit. Sie fühlte sich auf einmal wieder so wohl in ihrer Combo, als wäre sie gar nicht weg gewesen. Als wäre der Abend im Heckenrather Hof nicht gewesen. Die Aussicht auf warme Mahlzeiten ließ ihr jetzt schon das Wasser im Munde zusammenlaufen.

Nur abends, wenn sie in ihrem alten Bett lag, konnte sie nicht einschlafen. Sie presste ihre Füße gegen den mit einem Tuch umwickelten heißen Ziegelstein, der ihr das Bett wärmte, und dachte an Kurt, vor allem an den Kurt von früher. Das lag wohl an dieser Wohnung, in der Kurt Untermieter gewesen war. Sie sah ihn hier überall. Sie sah ihn in der Küche am Tisch sitzen, ihr gegenüber, und ihr eine Tafel Schokolade hinüberschieben, als es ihr schlecht ging. Sie sah ihn wieder am Spiegel stehen und sich rasieren. Sie fing seinen Blick auf, mit dem er sie durch den Spiegel angesehen hatte. Sie sah sein Rasierzeug auf der Ablage neben dem Spülstein stehen.

Wer hätte gedacht, dass er so anders werden würde? Es musste am Einfluss seines Vaters liegen. Er war jetzt der einzige Sohn zu Hause, nun konnte er seinem Vater endlich zeigen, was in ihm steckte, und er war sehr ehrgeizig. Noch vor Monaten hatte er mit Nachdruck darauf bestanden, sie zu heiraten. Würde er das heute noch tun? Vielleicht wollte er doch lieber eine Frau wie Fräulein Weinhold.

Emma weinte, bis sie erschöpft einschlief. In den folgenden Tagen fand sie nur bei den Proben mit der Combo Ablenkung und bei ihrem gemeinsamen Auftritt am Silvesterabend. Sie trug ihr neues dunkelgrünes Kleid, das ihre Mutter ihr genäht hatte, und spielte hingebungsvoll die Lieder des neuen Programms. Die Combo besaß nun ein hübsch gemaltes Schild, das auf der Bühne stand und auf dem in großen Lettern »Die kölsche Combo« prangte.

Überhaupt hatten sie sich inzwischen gut aufeinander eingespielt. Mit dem neuen Programm konnten sie ihre Stärken noch besser zur Geltung bringen. Nikolai spielte in einem Swing ein wildes Geigensolo, Max' Finger huschten virtuoser denn je über die Tasten des Klaviers, und Gerd trommelte auf sein Schlagzeug, als ginge es um sein Leben. Emma hatte den anderen ihre neuen Lieder vorgespielt, die sie nach dem Abend im Heckenrather Hof geschrieben hatte.

»Da haben wir ja etwas, das wir kurz vor zwölf spielen können«, hatte Gerd vorgeschlagen. »Ein paar schöne Lieder zum Abschluss des Jahres, die spielst du in der Pause zum Jahreswechsel, Emma.«

Ihre neuen Lieder zum neuen Jahr spielen, warum nicht?, dachte Emma. Sie würde sowieso niemanden außer ihrer Combo haben, mit dem sie auf das neue Jahr anstoßen konnte. Also könnte sie auch ihre Lieder spielen. Sie hatte zugestimmt.

Aber den ganzen Silvesterabend blinzelte sie beim Spielen in die rauchgeschwängerte Luft zum Eingang hinüber und hoffte, Kurt würde dort auftauchen. Was täte er an diesem Abend? Wäre Fräulein Weinhold noch zu Besuch? Würde er mit ihr und seinen Eltern feiern? Dachte er an sie? Sie wusste es nicht, aber sie musste an ihn denken, als sie ihre Lieder spielte, während die Gäste sich ihre Gläser mit Dünnbier füllen ließen, um gleich anzustoßen. Sie erhielt großen Applaus.

Irma füllte ihre Gläser und winkte sie alle heran, und Emma stieß mit der Combo auf das neue Jahr an. 1947. Was würde es bringen?

Kapitel 19

Villa Hüffenberg, Januar 1947

Der Schneeball traf Kurt hart an seiner Schulter. Er fuhr herum. Charlie bückte sich lachend und kratzte neuen, hart gefrorenen Schnee zusammen, formte eine Kugel. Sie hatte immer noch einen verflucht harten Wurf. Aber er duckte sich gerade noch rechtzeitig, und ihr Wurfgeschoss platschte neben ihm in den Schnee.

»Nein!«, rief sie enttäuscht.

Kurt bückte sich hastig und raffte Schnee vom zerwühlten Boden zusammen, der auf dem hart gefrorenen Feld lag, und schleuderte die Schneekugel seiner Cousine entgegen. Die Ladung traf sie mitten ins Gesicht. Sie hielt inne und heulte auf wie ein kleines Kind. Einen Augenblick sah sie auch wirklich so aus mit ihrer Mütze und dem zu kurzen Mantel, den Mutter ihr geliehen hatte. Sie hielt den Kopf gesenkt und wischte sich mit dem Handschuh den Schnee aus dem Gesicht. Kurt stapfte durch das silbrig glitzernde Weiß zu ihr.

»Habe ich dir wehgetan?«

Sie hob den Kopf und streckte ihm ihr rundes Gesicht entgegen, auf dem die Wangen rot leuchteten. In ihren dichten Wimpern hingen Wassertropfen.

»Ist schon gut.« Sie lächelte.

Ihre Zähne schimmerten hell in der Sonne. Wieder dachte er, dass sie einem jungen Pfirsich ähnelte. Ihre Haut sah glatt und frisch aus, ihre Lippen umgaben ihre Zähne wie zwei winzige gepolsterte Sofakissen. Sie streckte sie ihm aufreizend entgegen, in jedem Augenblick wusste sie, ihre Lippen so zu formen, dass er nicht anders konnte, als hinzusehen. An der frischen Luft so ausgelassen tobend war Charlie ein wunderbares Naturschauspiel. In ihren dunklen Haaren, die unter der Mütze hervorkamen, hingen Reste von Schnee. Kurt hatte sie richtig getroffen. Er hob die Hand, ergriff eine ihrer Haarsträhnen und presste das Wasser hinaus. Dicke Tropfen fielen auf den glitzernden Schnee. Charlie wandte ihm sofort ihr Gesicht zu, ihr Mund war halb geöffnet, ihre Augen glitzerten wie wasserblaue Edelsteine. Er starrte auf ihren Mund, auf die weichen Kissen, die sich ihm darboten, und fühlte einen Anflug von Erregung.

Es wäre so leicht. Er kannte sie gut, er wusste, dass sie morgens gern länger schlief und muffelig war beim Frühstück, dass die Worte oft mit ihr durchgingen und sie gern übertrieb, dass sie es liebte, zu toben und zu spielen wie früher, ja, dass in ihr eigentlich immer noch das Kind von damals lebte, nur in einer erwachsenen Gestalt. Dabei war sie nur ein Jahr jünger als er.

Ihre Lippen hatten eine Sogwirkung auf ihn. Kurt beugte sich zu ihr herunter, und er sah, wie sich ihre Lippen erwartungsvoll öffneten. Aber dann roch er sie, ihren fremden Geruch, und er musste daran denken, wie leichtfertig sie dazu bereit gewesen war, seinen Bruder zu vergessen. Er wich zurück und wandte sich ab.

Enttäuscht schob sie ihre Lippen vor wie ein schmollendes Kind.

»Hör auf damit, Charlie«, zischte er.

Eine Falte bildete sich auf ihrer Stirn. »Ist es wegen Hans?«, stieß sie hervor. »Ich liebe ihn nicht mehr, ich werde ihn verlassen.« Sie tastete nach seiner Hand. »Er ist schon so lange weg, und wer weiß, wie lange noch. Wer weiß, ob er überhaupt wiederkommt.«

Kurt zog seine Hand zurück. Widerwille erfüllte ihn, als er in ihr glattes Puppengesicht sah. Sie hatte schon immer bekommen, was sie wollte. Nichts, kein einziges Fältchen in ihrer makellosen Haut deutete darauf hin, dass sie jemals hatte leiden oder gegen Widerstände ankämpfen müssen. Das Leben war sanft zu ihr gewesen, während es alle anderen im Krieg geschunden hatte. Als einziges Ärgernis hatte es Hans in russische Gefangenschaft geschickt, und sie wollte sich dieses Ärgernisses entledigen, indem sie in eine neue Freundschaft zu ihm glitt wie in eine warme Badewanne.

Kurt setzte eine abweisende Miene auf. »Gegenüber Hans ist das eine miese Sache, Charlie. Auch wenn wir uns nie besonders gut verstanden haben, so ist er immer noch mein Bruder.« Seine Stimme hallte dunkel durch den hellen Tag.

Charlie griff nach seinem Arm, klammerte sich daran fest wie eine Ertrinkende. »Es ist also doch wegen Hans. Das muss dich nicht belasten. Ich werde ihm alles erklären, ich werde …«

Kurt machte sich los. Er mochte es nicht, wenn jemand ihn gegen seinen Willen anfasste. Er hasste es, bedrängt zu werden. Sie hatte offenbar nichts begriffen. Es lag jenseits ihrer Vorstellungskraft, dass der Grund auch in ihm liegen könnte, dass er sie nicht wollte. »Du weißt, dass ich mit Emma zusammen bin.«

Sie lachte schrill. »Frau van Kall? Sie ist doch schon seit über einer Woche weg! Und du bist noch hier. Das soll eine Beziehung sein? Mach dich nicht lächerlich.«

Kurt starrte sie ärgerlich an. Warum war sie eigentlich noch hier? Sie hätte längst fahren können. Therese wusste nicht mehr, wo sie noch Vorräte herbekommen sollte für sie und ihren kräftigen Fahrer, aber das scherte sie offenbar kein bisschen, und seine Eltern duldeten es. Es ging ihr nur darum, ihren eigenen Willen durchzusetzen. Und sie wollte ihn. »Es liegt nicht an Hans, sondern an mir«, sagte er mit kalter Stimme. »Mit uns kann es nie etwas werden.«

Ihr Gesicht verzerrte sich, als wollte sie in Tränen ausbrechen. Sie streckte die Hände wieder nach ihm aus. »Aber … aber wir waren doch immer schon zusammen! Jetzt sind wir es wieder … Wir sind füreinander bestimmt. Wir sind gleich, Kurt, wir sind aus demselben Stoff. Deshalb gehören wir zusammen.«

Er trat einen Schritt zurück, weg von ihren tastenden Händen, die blind nach etwas griffen, das ihr nicht gehörte. Ja, sie war wirklich ein Kind. Diese Erkenntnis überraschte ihn nicht so sehr, wie er geglaubt hatte. Eigentlich hatte er es schon immer gewusst, er hatte nur angenommen, dass sie inzwischen vielleicht doch erwachsener geworden war. »Du täuschst dich«, sagte er. »Wir gehören nicht zusammen, nur weil wir früher als Kinder miteinander gespielt haben. Diese Zeiten sind lange vorbei. Sieh das ein, Charlie. Werde endlich erwachsen.«

Sie ließ ihre Hände sinken und sah ihn mit großen Augen an. Ihr Mund stand leicht offen, sie schien etwas sagen zu wollen, brachte aber keinen Laut hervor. Kurt wandte sich ab und ließ sie stehen, ehe ihn noch Mitgefühl für sie überwältigen konnte. Er öffnete das Törchen im schmiedeeisernen Zaun und stapfte über den Trampelpfad im zugeschneiten Garten zurück zur Villa. Erst dort, in sicherer Entfernung, sah er sich zu ihr um. Sie stand im Schnee und bewegte sich nicht – eine schlanke dunkle Säule im endlosen Weiß.

Im Wintergarten wartete sein Vater am Fenster, offenbar hatte er sie beobachtet.

Er ließ den schweren Vorhang fallen und wandte sich zu Kurt um, als er durch die Verandatür hereinkam. »Ihr seid immer noch wie Kinder«, sagte er und schüttelte missbilligend den Kopf.

Kurt forschte in seiner Miene, wie sein Vater das wohl meinte. Offenbar vollkommen ernst. Kurt kannte seinen Vater inzwischen gut genug, um seine Andeutungen zu verstehen, und er wusste, dass sein Vater nicht von ihrer Schneeballschlacht sprach. Er hatte sie beobachtet und wusste Bescheid. »Wir sind eben keine Kinder mehr, das ist es ja gerade«, gab er zurück. »Wir können selbst entscheiden, was wir tun.«

Sein Vater wandte sich vom Fenster ab und kam ein paar Schritte näher. Er blieb kurz vor ihm stehen, straffte sich und hob sein Kinn. »Bist du dir sicher, dass du die richtige Entscheidung getroffen hast?«

Kurt nickte.

»Sie ist eine Goldader«, zischte sein Vater. »Sie wurde dir auf dem goldenen Tablett serviert.«

»Ich weiß. Aber es geht hier nicht um Gold. Ich will der Frau, die ich heirate, auch noch in zwanzig Jahren ins Gesicht sehen können und denken, dass ich sie liebe.«

»Liebe«, sagte sein Vater seufzend. »Ihr jungen Leute seid alle so romantisch. Selbst eine Liebesheirat garantiert nicht, dass du sie nach zwanzig Jahren noch ansehen kannst. Manchmal siehst du sie an und fragst dich, wie du dich jemals in sie verlieben konntest.«

Sein Blick zuckte kurz durch den Wintergarten und blieb an einer Zimmerblume hängen. Er ging zu ihr, steckte den Finger in die Erde und prüfte, ob sie genug Wasser hatte.

Kurt meinte zu wissen, was sein Vater meinte. »Nicht jede Ehe ist so wie die von dir und Mutter.«

Vater wischte sich den Finger ab und kam wieder zu ihm. Obwohl er im Haus war, trug er wie immer seine Krawatte und ein weißes Hemd unter seiner Strickjacke, als wollte er gleich ins Büro gehen. Es sah so aus, als musterte er Kurt von oben herab, obwohl er kleiner war als sein Sohn.

»Es gibt gute Gründe, warum man eine Ehe auf anderen Dingen gründen sollte als nur auf Liebe. Das erweist sich oft als sehr viel stabiler.«

»Auf Geld? Das reicht nicht.«

»Charlotte hat so viel mehr als nur Geld.«

»Sie ist verwöhnt und egoistisch. Ich will sie nicht als meine Frau«, schnaubte Kurt.

»Vielleicht überlegst du es dir noch mal«, entgegnete sein Vater scharf. »Frau van Kall hat ja schon aufgesteckt. Sie hat den Hunger und die Kälte in einer Trümmerwüste einem behaglichen Leben hier vorgezogen.«

Kurt straffte sich ebenso wie sein Vater und sah auf ihn herunter. »Du hast es ihr ja auch nicht gerade leicht gemacht.«

Auf einmal sank sein Vater in sich zusammen. »Ich gebe zu, ich habe vielleicht nicht immer das Passende gesagt«, räumte er ein.

Auf einmal wirkte er so klein, als wäre er ein Kind und Kurt der Erwachsene. Das hatte er in der letzten Zeit öfter getan, und Kurt hatte jedes Mal Mitgefühl mit ihm gehabt. Sein Vater – der gefürchtete Vater von früher – konnte auf einmal Schwäche zeigen, Dinge eingestehen. Manchmal lobte er ihn sogar, und er zeigte ihm sein anerkennendes Lächeln, das er früher nur Hans gezeigt hatte. Kurt hing an diesem Lächeln wie ein kleiner Junge.

»Ich will doch nur das Beste für dich«, sagte Vater.

»Und Hans?«, fragte Kurt scharf. »Wäre es dir egal, wenn ich mir seine Verlobte schnappe?«

Die bleiche Unterlippe seines Vaters zuckte. »Vielleicht kommt dein Bruder nicht mehr zurück«, sagte er leise.

Eigentlich hätte er ihn verachten müssen für diese Worte, aber das Mitgefühl für seinen Vater war wieder stärker. Irgendwo tief in seinem Inneren verstand er ihn sogar. Kurt schüttelte den Kopf, wandte sich um und verließ ohne ein weiteres Wort den Wintergarten.

* * *

Am nächsten Morgen reiste Charlie endlich ab.

Sie verabschiedete sich kühl von Kurt, reichte ihm nur die Hand und sagte eisig: »Leb wohl, Kurt.«

Ihre Haut schimmerte blass, die roten Flecken auf ihren Wangen waren verschwunden. Kurts Eltern und sie versprachen sich gegenseitig, sich zu melden, sobald sie etwas von Hans hören würden. Kurts Vater sah verärgert aus, seine Mutter traurig. Schweigend beobachteten sie, wie der Wagen von der Auffahrt rollte und auf der Dorfstraße verschwand.

Nur Therese konnte ihre Erleichterung über Charlies Abreise kaum verbergen. Sofort ließ sie das Dienstmädchen das Gästezimmer reinigen und das Bett neu beziehen. Sie lief geschäftig im Haus umher, als hätte sie ihr Revier zurückerobert. Nur Emmas Zimmer tastete sie nicht an.

Kurt vergrub sich in die Arbeit. Er hatte seinen alten Arbeitsplatz in der Bibliothek wieder bezogen. Obwohl die Firma geschlossen war, gab es noch genug zu tun. Der Auftrag für die Briten musste neu kalkuliert werden, und er hatte die Kohlelieferungen mehrfach angemahnt. Aber es war zwecklos. Die Bergarbeiter streikten immer wieder wegen der schlechten Versorgungslage, die Züge kamen nicht durch. Sie seien der Motor, der die Industrie am Laufen halte, riefen sie auf ihren Demonstrationen den Direktoren entgegen und klagten, warum sie nicht besser versorgt würden und warum ihre Kohle ins Ausland geschafft werde. Kurt hatte ihren Protest im

Radio gehört, dem alten Volksempfänger, den seine Eltern vor der amerikanischen Besatzung hatten verstecken können. Es gärte im Ruhrgebiet und in den großen Städten. Die Menschen froren in den zerstörten Häusern, und sie hungerten. Der Hüffenberger Wald war wie leer gefegt, immer wieder ertappte Josef auf seinen Rundgängen Leute aus dem Dorf, die Äste von den Bäumen absägten. Die Tage, an denen ausgehungerte Menschen an ihrer Tür auftauchten und nach Essen oder Holz fragten, häuften sich.

Auf Kurts Anweisung hin hielt Therese stets genug Anzündholz in einem Kasten neben der Tür vorrätig, das sie den Leuten geben durfte. Mehr konnten sie nicht tun, sie hatten selbst immer weniger Vorräte. Der Bauer hatte ihnen vor Weihnachten Würste und Fleisch von dem schwarz geschlachteten Schwein gebracht, wie Kurt es mit ihm verabredet hatte, aber es war zu wenig und würde sicher nicht mehr lange reichen. Der Bauer hatte ihn übers Ohr gehauen. Charlie hatte ihnen ein dickes Bündel Geld dagelassen, vermutlich hatte sie doch ein schlechtes Gewissen. Aber man bekam immer weniger dafür. Kurt seufzte, trat ans Fenster und blickte hinaus in die verschneite Landschaft. Morgen würde er auf dem Schwarzmarkt in der Stadt Wertsachen gegen Lebensmittel eintauschen müssen. Wenigstens besaßen sie davon noch genug. Er wandte sich um, als sich die Tür öffnete.

»Verzeihen Sie die Störung.« Therese kam herein und eilte mit schnellen Schritten über das Parkett. »Ich möchte Sie fragen, ob Frau van Kalls Zimmer auch neu hergerichtet werden soll. Oder kommt sie wieder zurück? Frau Hüffenberg konnte es nicht sagen.« Sie lächelte nervös.

Kurt setzte seine abweisende Miene auf und musterte die Haushälterin schweigend. Das verbarg nicht nur seinen Ärger, sondern zeigte immer Wirkung. In der Firma hatte er mit dieser Miene sämtliche Untergebene beeindrucken können, Herrn

Palm und neuerdings sogar Herrn Brenner. Auch bei Therese zeigte es jetzt Wirkung, sie knetete nervös ihre Hände und konnte nur schlecht ihre Unsicherheit verbergen.

Kurt dachte, dass sie zu Recht unsicher wäre, denn er ärgerte sich über ihre Frage. Ob es vielleicht nur eine raffinierte Art war, ihn auszuhorchen? Was erlaubte sie sich eigentlich, ihn so etwas zu fragen und Emma wieder in sein Bewusstsein zu holen? Er war so froh gewesen, dass sich seine Wut und seine Enttäuschung über ihr überstürztes Weggehen wenigstens etwas gelegt hatten, und nun brachte ihn die Haushälterin wieder dazu, an sie zu denken. »Lassen Sie alles so, wie es ist«, befahl er schroff. »Und fragen Sie nicht mehr.«

»Danke, Herr Hüffenberg.« Therese knickste, als wäre sie noch das Dienstmädchen von früher, fuchtelte mit den Händen und eilte hinaus.

Kurt sah wieder aus dem Fenster. Die Sonne schien auf den Schnee, und die Helligkeit stach ihm in die Augen. Emma lief immer weg. Sie war vor Christian geflohen und jetzt offenbar auch vor ihm. Dabei war er doch ganz anders als ihr Mann. Er würde niemals die Hand gegen sie erheben, er würde ihr niemals etwas antun. Warum hatte sie nicht verstanden, dass es besser war, ihre Beziehung bis zur Scheidung geheim zu halten? Sein Vater hatte vollkommen recht, das Gerede würde ihnen nur schaden. Es wäre besser gewesen, alle hätten es erst nach der Hochzeit erfahren. Emma hatte das von Anfang an nie wirklich eingesehen. Sie konnte nie verstehen, dass er sich im Büro von ihr fernhielt, und auch, als Charlie hier gewesen war. Emma war ein sensibles, gefühlsbetontes Geschöpf, leiden- schaftlich und viel zu weich für diese Welt. Eine Philanthropin, wie sein Vater gesagt hatte, eine Menschenfreundin. Und die Menschen mochten sie. In der Firma hatte sie ihren Kreis um sich geschart, Freunde, die sich für sie einsetzten und ihr hal- fen. Für Emma gab es kein Oben und kein Unten, sie schien jenseits aller Hierarchien und gesellschaftlichen Schranken zu stehen. Ob Arbeiter oder Angestellte, ob Geschäftsführer oder Meister – Emma sah immer nur den Menschen. Kurt musste wider Willen lächeln.

War es nicht genau das, was er so an ihr mochte? Weshalb er sich in sie verliebt hatte? Eine Weile starrte er versonnen auf den Schnee, doch dann stieg sein Groll auf Emma wieder in ihm hoch. Wie hatte sie ihn einfach so verlassen können? Liebte sie ihn denn gar nicht mehr? Wie hatte sie das, was zwischen ihm und Charlie war, nur so falsch verstehen können? Und warum meldete sie sich nicht?

Er ballte die Hände in den Taschen zu Fäusten. Dann ging er mit wütenden Schritten zu seinem provisorischen Schreibtisch am Fenster, setzte sich und nahm den ersten Aktenordner vom Stapel, den er sich aus dem Arbeitszimmer seines Vaters genommen hatte. Er wollte sich einen Überblick verschaffen, solange sein Vater mit Josef im Wald war, um Holzdiebe aufzuspüren. In der ersten Akte entdeckte er nichts Wesentliches, nur alte Planungsunterlagen aus dem Krieg.

In der zweiten Akte lag alles kunterbunt gemischt, dort hatte sein Vater offenbar alles der Reihe nach obendrauf abgeheftet, was ihm wichtig war, denn er hob alles auf. Kurt entdeckte eine Durchschrift. Sie war offenbar mit frischem Kohlepapier angefertigt worden, denn die Buchstaben verwischten sofort, als er versehentlich darüberstrich. Das Schreiben war an Herrn Doktor Berger, Uferweg zwanzig, in der Stadt gerichtet und trug die Unterschrift seines Vaters. Es war ein Empfehlungsschreiben für Hanna Gebauer. Kurt las es mit wachsendem Erstaunen.

Fräulein Gebauer sei eine vorzügliche Mitarbeiterin, schrieb sein Vater, sie kenne sich mit allen Arbeiten, die in einem großen Haushalt anfallen würden, bestens aus. Sie sei ehrlich, fleißig und zuverlässig, in ihrem Verhalten stets tadellos. In ihrem Wesen sei sie zurückhaltend und würde ihre Arbeit mit der gebotenen Distanz und Diskretion erfüllen, die der Dienst für eine angesehene Familie erfordere. Er könne Fräulein Gebauer uneingeschränkt empfehlen.

»… ehrlich.« Kurt blieb an den heuchlerischen Worten hängen, an der glatten Lüge, und mochte sie nicht glauben.

Wie kam sein Vater dazu, ein solches Schreiben zu verfassen? Mit dieser Empfehlung hatte Hanna also ihre neue gute Anstellung gefunden. Deshalb hatte sie gefahrlos das Gerede über Emma und ihn in die Welt setzen und den Diebstahl begehen können. Sie hatte sich an ihnen rächen können. Aber was hatte sein Vater damit zu tun? Warum hatte er für Hanna das Empfehlungsschreiben verfasst?

Kurt trommelte mit den Fingern auf die Armlehnen und sah aus dem Fenster. Es dauerte eine Weile, bis er die beiden dunklen Punkte, die aus dem Wald kamen, erkannte. Sein Vater und Josef kamen wieder zurück, früher als gedacht. Kurt nahm die Akten und brachte sie in das Arbeitszimmer seines Vaters zurück. Hastig schloss er die Schreibtischtür auf und stellte die Akten wieder hinein. Er musste aufpassen, die richtige Reihenfolge zu beachten, damit sein Vater nichts merkte. Dann verriegelte er die Tür und legte den Schlüssel in sein Versteck in der Schreibtischschublade – ein mit Samt ausgeschlagenes Kästchen ganz hinten in der Lade, das Hans und er früher einmal beim Schnüffeln entdeckt hatten. Natürlich hatten sie ihrem Vater nie verraten, dass sie sein Versteck kannten, und er rechnete offenbar nicht damit, weil er sich nie ein neues Versteck zugelegt hatte. Kurt schob die Schublade zu und legte den Schlüssel der Lade unter die lederne Schreibtischauflage. Er wollte gerade hinausgehen, als er Schritte im Flur hörte. Sein Vater kam schon zurück. Schnell nahm Kurt sich einen unverfänglichen Aktenordner aus dem Regal und setzte sich auf einen der Besuchersessel.

Die Tür sprang auf, und sein Vater eilte herein. Er trug immer noch seine dicke Jacke und seine schneefeuchten Winterstiefel.

»Ah, Kurt, sitzt du wieder über den Bauplänen?« Er deutete auf den aufgeschlagenen Aktenordner auf Kurts Schoß und hob überrascht die Brauen. »Ist doch noch viel zu früh für die Planungen.«

»Habt ihr die Holzdiebe erwischt?«, fragte Kurt, um abzulenken.

Sein Vater zog sich die Jacke aus und hängte sie über den Schreibtischstuhl. »Nein, aber überall wurden Äste abgesägt. So geht das nicht mehr weiter. Ich muss unbedingt die Forstverwaltung anrufen und die Polizei.« Er ließ sich auf den Schreibtischstuhl fallen und griff zum Telefonhörer. »Die müssen Fallen und Wachen aufstellen!«

Kurt beobachtete ihn. Sein Vater blätterte in seinem Adressbuch nach den Telefonnummern. Die dünnen Haare lagen unordentlich auf seinem Kopf, seine blasse Haut hatte einen rötlichen Schimmer von der Kälte bekommen. Seine Hände waren groß und kräftig, sie konnten hart zuschlagen, Gewehre tragen und Rehe häuten. Kurt wusste, dass sein Vater im Grunde seines Herzens ein Jäger war. In ihm lebte eine Wilderernatur, jemand, der herrschen und töten wollte, der geduldig warten konnte, bis ihm das Wildtier vor die Flinte lief. »Fallen und Wachen gegen frierende Menschen?«, fragte er scharf.

Sein Vater hielt überrascht inne und legte den Telefonhörer zurück auf die Gabel. »Sollen wir sie etwa machen lassen, was sie wollen? Dann haben wir bald keinen Wald mehr. Du hast schon genug Bäume abholzen lassen, damit die Vertriebenen einen warmen Hintern haben. Sollen wir jetzt noch das ganze Dorf beheizen?«

Er war wütend. Kurt merkte es an der Kälte, die in seinen Augen lag. Er schloss den Aktenordner und legte ihn auf den Tisch zurück. »Ich weiß, wir sind keine Wohltätigkeitsorganisation. Wir sind eine Firma, und es ist unser Wald, alles ist nur für uns.«

Vater runzelte die Stirn. »Was willst du mir damit sagen?«

Kurt erhob sich, stellte den Ordner zurück ins Regal und wandte sich zu ihm um. Er hatte einen Entschluss gefasst, und jetzt, nachdem dies geschehen war, erfüllte ihn eine besondere Ruhe. Er stellte sich vor den Schreibtisch. »Denkst du eigentlich manchmal an Hans?«

Sein Vater starrte ihn an. Seine großen Hände lagen reglos auf dem Schreibtisch. »Warum fragst du das? Es vergeht kein Tag, an dem ich nicht an ihn denke.«

Er hatte wieder seine verschlossene Miene aufgesetzt, die Kurt nur allzu gut kannte. Kurt wusste nie, ob sich dahinter wirklich Gefühle verbargen. Er wusste auch nicht, ob sein Vater log, was Hans betraf. Allzu leicht hätte er es hingenommen, ja sogar gewünscht, wenn er seinem Bruder die Verlobte ausgespannt hätte. Hauptsache, es wäre eine lohnenswerte Verbindung für die Familie geschlossen worden. Für seinen Vater war alles nur eine Frage der kühlen Kalkulation. Er rechnete damit, dass Hans nicht mehr zurückkehren könnte, und wollte für diesen Fall vorsorgen.

Kurt spürte das Verlangen, die Fassade seines Vaters zu durchbrechen. Er trat noch einen Schritt näher an den Schreibtisch heran, sodass sein Vater zu ihm aufblicken musste. »Warum hast du das Empfehlungsschreiben für Hanna Gebauer geschrieben?«

Vater tastete sofort nach dem Schlüssel unter der Schreibtischauflage. »Du hast in meinen Unterlagen herumgekramt«, stellte er fest. Nun zeichnete sich doch Überraschung in seinem Gesicht ab.

Kurt lächelte triumphierend. »Ich gebe es zu. Aber dein Empfehlungsschreiben an Doktor Berger hat mich verwundert. Du weißt, dass Fräulein Gebauer hier kein gutes Bild abgegeben hat. Warum hast du sie trotzdem empfohlen?«

Im Gesicht seines Vaters arbeitete es. »Du hast nichts in meinem Schreibtisch zu suchen«, fauchte er.

»Warum hast du sie empfohlen?«, wiederholte Kurt.

Sein Vater erhob sich. »Ich weiß nicht, was du meinst. Herr Brenner gibt mir manchmal Schriftstücke, die ich blind unterschreibe.«

»Verkaufe mich bitte nicht für dumm. Hanna Gebauer hat das Gerede über Emma und mich in der Firma verbreitet. Sie hat das Geld für den Bau von Betriebswohnungen gestohlen und wollte Emma den Diebstahl in die Schuhe schieben. Ihretwegen wurde Emma vom Dienst beurlaubt. Dein Empfehlungsschreiben datiert von Ende November, das war, als die Werkskantine nach der Essenslieferung der Briten wieder aufgemacht hat. Die Gebauer hat es für dich getan, nicht wahr?«

Sein Vater antwortete nicht. Er war ans Fenster getreten und sah schweigend hinaus.

»Ich kenne sie, sie ist schlau und sucht nach ihrem Vorteil«, fuhr Kurt fort. »War das der Lohn für das, was sie getan hat? Dass du ihr eine neue Arbeitsstelle besorgst, wenn sie überall das Gerede verbreitet und Emma in den Dreck zieht?«

Sein Vater antwortete immer noch nicht.

»Warum? Du wolltest doch kein Gerede. Wir haben unsere Beziehung geheim gehalten, wie du es wolltest. Erkläre es mir, ich verstehe es nicht.«

Als sein Vater immer noch nichts sagte, seufzte Kurt. »Also gut, dann frage ich bei Herrn Brenner und Herrn Palm nach. Vielleicht werden die mir weiterhelfen.« Er wandte sich zum Gehen.

Er war schon fast an der Tür, als er die Stimme seines Vaters hörte. »Warte, Kurt.«

Kurt wandte sich um.

»Ich will es dir erklären«, fuhr sein Vater fort. »Deine Mutter hatte mir alles von diesem Tanzabend und von Fräulein Gebauer erzählt. Sie war während meiner Haft hier Dienstmädchen und wusste alles von dir und Emma. Ich habe sie dann gefragt, ob sie ... Es ging einfach nicht anders. Du hast Emma alle Freiheiten gelassen und sie immer in Schutz genommen. Es konnte nicht mehr so weitergehen mit ihr, dass sie sich überall einmischt.« Er trat einen Schritt nach vorn. »Vor allem mit der Kantine, dass sie so weit geht, den Engländer zu bitten. Beinahe hätte sie unseren Auftrag vereitelt.«

»Das war also der Grund«, stellte Kurt fest. »Du wolltest nie eine Werkskantine, und du wolltest Emma loswerden.«

»Ich wollte dich schützen und unsere Firma. Sie ist dir auf der Nase herumgetanzt.«

»Jetzt verstehe ich. Es war dir dann plötzlich egal, dass es Gerede gibt. Du wolltest nur, dass Emma die Firma verlässt. Sie sollte in der Belegschaft schlecht dastehen, wenn alle glauben, dass sie das Geld für die Betriebswohnungen gestohlen hat«, versetzte Kurt.

Sein Vater erwiderte nichts. Kurt trat einen Schritt näher. »Warum auf diese Weise? Warum so hinterhältig? Du hättest mit mir reden können.«

»Mit dir reden«, fuhr sein Vater auf. »Du hättest doch niemals ohne Grund eingewilligt, sie zu beurlauben. Sie wäre nie von selbst gegangen.«

»Emma ist ein guter Mensch«, sagte Kurt mit kalter Stimme. »Sie hat sich für die Belegschaft eingesetzt, hat deine alten Zwangsarbeiter-Baracken aufmöbeln lassen. Hattest du nicht gesagt, sie sollte meine rechte Hand sein? Es war dein Vorschlag, Vater.«

»Es war ein Fehler.«

Kurt baute sich vor seinem Vater auf und starrte auf ihn herunter. »Sie hatte nie eine Chance bei dir, nicht wahr? Du willst nicht, dass ich sie heirate.«

Sein Vater schüttelte den Kopf. »Jetzt übertreibst du, Junge.«

Kurt schluckte. Er wusste nicht mehr, was er seinem Vater noch glauben konnte. In den letzten Wochen waren sie sich nähergekommen, als sie es jemals gewesen waren. Er musste sich eingestehen, dass er es genossen hatte, der einzige Sohn zu sein. Seinem Vater zu zeigen, was in ihm steckte, und sein Vater hatte ihn sogar mit seinem stolzen Lächeln belohnt. Niemand war zwischen ihnen, kein älterer Bruder, der immer besser behandelt worden war als er, egal, was er getan hatte. Kurt hätte seinem Vater beinahe sogar verziehen, dass er ihn in den Krieg hatte schicken wollen und nicht Hans, als der Gauleiter ihn vor die Wahl gestellt hatte.

Aber auf einmal war ihm, als könnte er hinter die Stirn seines Vaters blicken. Sein Vater liebte das Trennende. Wie er Felle vom Fleisch trennte, trennte er Brüder, trieb er Keile zwischen Paare. Er liebte es, zu trennen, zu töten und zu herrschen. Dass er Kurt seine Zuneigung gezeigt hatte, war reines Kalkül gewesen. Er brauchte ihn, denn er war sein letzter verbliebener Sohn und Nachfolger. Deshalb musste er hinterhältig handeln und lügen, er konnte die Wahrheit nicht zugeben, denn dann würde er Gefahr laufen, ihn zu verlieren. Sein Vater log. Er würde sich nicht ändern. Niemals würde er Emma als Schwiegertochter akzeptieren.

»Wie du meinst, Vater«, presste Kurt hervor, wandte sich um und verließ das Arbeitszimmer.

Sein Vater tat nichts, um ihn aufzuhalten.

Kapitel 20

Köln, Januar 1947

Es war kalt im Gericht am Appellhofplatz. Das fiel Emma besonders auf, als sie aus dem Gerichtssaal auf den Flur zurückkam. Im Saal hatten die Menschen und der Behelfsofen, den man dort aufgestellt hatte, Wärme verbreitet. Aber in den Flur drang die Kälte durch die zerstörte Wartehalle herein und konnte von den neu eingekitteten Fensterscheiben, vor denen sich Eisblumen gebildet hatten, nicht aufgehalten werden. Nur wenige Räume in dem stark zerstörten Gerichtsgebäude konnten überhaupt wieder benutzt werden. Dankbar schlüpfte Emma in ihren Wintermantel, den Irma ihr hinhielt. »Wie war es?«

Emma sah ihre Freundin geistesabwesend an. Erst jetzt wurde ihr klar, dass sie alles überstanden hatte. Endlich hatte sie es hinter sich – Christian wiederzusehen, sein bleiches Gesicht mit den eingefallenen Wangen zu beobachten, das maskenhaft starr auf einen Punkt vor ihm gerichtet war. Nicht ein Mal hatte er sie angesehen, zumindest nicht, dass sie es bemerkt hätte. Nur seine Eltern hatten ihr von ihren Zuschauerplätzen aus verächtliche Blicke zugeworfen, vor allem Elisabeth. Natürlich gab sie ihr die Schuld an allem, was geschehen war, wie Emma es vorausgesehen hatte. Sie suchte niemals die Schuld bei ihrem Sohn.

Aber Emma hatte an ihm vorbeigesehen, als sie ihre Aussage gemacht hatte. Sie wusste nicht mehr, wie sie es durchgehalten hatte, aber sie hatte alles erzählt. In aller Ausführlichkeit und Ruhe hatte sie die Ereignisse jenes Tanzabends im Heckenrather Hof geschildert, wie sie sich aus ihrer Sicht zugetragen hatten, und nichts ausgelassen, auch nicht die Ereignisse im alten Bauernhaus. Sie hätte nicht gegen ihren eigenen Mann aussagen müssen, aber sie hatte es getan, weil seine Schuld zu schwer wog.

Nun fühlte sie sich erleichtert. Was immer Christian und Doktor Rodeshagen nun für Strafen erhalten würden, das lag in der Hand des Richters. Sie hatte ihren Teil beigesteuert.

»Wie es war?«, wiederholte sie Irmas Frage. »Es ist gut gegangen. Ich habe alles erzählt.« Sie ließ sich auf eine Holzbank sinken, lehnte sich gegen die Wand und streckte die Füße weit von sich.

Irma setzte sich neben sie. »Gut, dass du es hinter dir hast. Wir sind morgen dran.«

»Christians Rechtsanwalt hat natürlich versucht, mich aufs Glatteis zu führen«, fuhr Emma fort. »Vor allem bei dem, was im Bauernhaus passiert ist. Ich weiß nicht, ob sie mir glauben, aber ich habe die Wahrheit gesagt.« Sie seufzte und sah auf ihre Stiefel hinunter.

»Du hast alles getan, was du konntest.« Irma legte den Arm um sie.

Eine Weile blieben sie schweigend so sitzen. Emma fühlte sich leer und erschöpft wie nach einem langen Kampf. Sie hatte Hunger. Ihr Frühstück hatte nur aus einer Scheibe Maisbrot mit Marmelade bestanden. Irma hörte wohl ihren knurrenden

Magen und zog einen Apfel aus den Tiefen ihrer Manteltasche. »Hier, eine späte Sorte. Die halten sich jetzt gut im Keller.«

»Für mich?«

»Nimm nur, ich hab noch einen.« Sie holte einen zweiten Apfel hervor.

Emma nahm den Apfel und biss hinein. Er schmeckte ein wenig mehlig, aber das machte überhaupt nichts. Sie aß ihn auf bis auf den Stiel. Vom Treppenhaus her näherten sich Schritte. Emma blickte hinüber, um zu sehen, wer dort kam, vielleicht ein Gerichtsdiener oder der nächste Zeuge. Doch sie kam gar nicht zum Überlegen, denn sogleich erkannte sie Kurt, zuerst an seinem Schritt, wie immer, denn er trug auch seinen Hut tief im Gesicht. Unter dem Wollmantel trug er seinen Schal, den Mama ihm einmal gestrickt hatte. Seine Winterstiefel glänzten frisch poliert. Emmas Herz tat einen Satz.

Er blieb vor ihnen stehen, zog sich die fellgefütterten Winterhandschuhe aus und begrüßte sie. »Verflucht kalt.« Er sah Emma an.

Sie blickte zurück, konnte nichts sagen. Ihr Kopf war wie leer gefegt. »Der Rhein ist zugefroren«, hörte sie ihn sagen, während sie in seine Augen sah, diese seltsame Mischung aus Blau und Grün.

Sie schluckte gegen die Trockenheit in ihrer Kehle an. »Du bist als Zeuge geladen«, murmelte sie mechanisch.

Er blickte auf seine Armbanduhr. »Ja, ich bin gleich dran. Bin wohl der letzte vor der Mittagspause. Und du? Warst du schon dran?« Ihre Blicke begegneten sich.

»Ich hab schon ausgesagt.« Ihr war ein wenig schwindelig. Sie fragte sich, ob das von der Überraschung käme oder vom ständigen Hunger. In diesem Augenblick öffnete sich die Tür zum Gerichtssaal, und der Gerichtsdiener rief Kurt auf.

»Ich komme!«, rief Kurt. Er wandte sich an Emma. »Sehen wir uns gleich noch?«

Es lag etwas so Drängendes in seinem Blick, dass sie seine Bitte nicht hätte abschlagen können, selbst wenn sie es gewollt hätte. »Ich warte«, versprach sie.

»Wir gehen in den Aufenthaltsraum«, meinte Irma. »Dort ist es wärmer.«

»In Ordnung.« Kurt lächelte. »Also bis gleich.« Er nahm Hut und Mantel ab, hängte alles an die Garderobe und ging in den Gerichtssaal.

In dem kleinen, notdürftig wiederhergestellten Aufenthaltsraum verbreitete ein Kohleofen wohltuende Wärme. Es herrschte großes Gedränge, da der Raum auch als offizielle Wärmestube genutzt wurde. Die Stadt hatte wegen der extremen Kälte viele Wärmestuben eingerichtet. Blasse, ausgezehrte Menschen kauerten dicht gedrängt auf den Bänken und tranken heißen Tee, den eine Rote-Kreuz-Schwester ausschenkte. Auch Emma und Irma klammerten sich an ihre Blechnäpfe, aus denen heißer Dampf hervorwölkte. Als sich die Tür öffnete und Kurt hereinkam, folgte ihm ein Schwall kalter Luft von draußen.

Irma leerte ihren Becher. »Ich lasse euch jetzt allein. Ihr habt bestimmt viel zu besprechen.« Sie lächelte vielsagend, ehe sie sich verabschiedete und durch die Menschen hinausschob.

Kurt nahm seinen Hut ab, ließ sich von der Rote-Kreuz-Schwester einen verbeulten Blechnapf geben und heißen Tee einschenken. Seine Haut schimmerte hell und winterblass im Licht, das durch das Fenster hereinfiel.

»Wie war es?«, fragte Emma.

»Ich habe alles gesagt.«

»Ich auch.«

»Wirklich? Auch das, was im alten Bauernhaus passiert ist?«

»Auch das.«

Er musterte sie überrascht. »Du wolltest es doch nicht sagen.«

»Ich habe es mir anders überlegt.«

Kurt nickte. »Dann bekommt dein Mann vielleicht die Strafe, die er verdient hat.«

»Ich hoffe es«, sagte Emma leise. Sie wollte nicht mehr darüber sprechen. Alles lag jetzt hinter ihr, und das Urteil lag in Gottes Hand. Bald konnte ein neues Kapitel beginnen, und bis vor Kurzem hatte sie noch gehofft, dass es ein gemeinsames Kapitel mit Kurt sein würde. Aber das war nun ungewiss.

»Du bist dünner geworden«, stellte er fest.

»Und du siehst müde aus«, sagte sie.

Er musterte sie, während er auf seinen heißen Tee pustete. »Du bekommst nicht genug zu essen.«

»Wer bekommt das schon? Sieh sie dir doch alle an.« Emma machte eine Rundumbewegung durch die Wärmestube, in der sich die Menschen auf den Bänken drängten. Sie seufzte leise. »Ich hatte gehofft, wir würden das hier vor Gericht gemeinsam durchstehen.«

»Hätten wir, wenn du nicht vorher nach Köln gegangen wärst«, versetzte er leise.

Emma umklammerte ihren heißen Becher. Ihr schauderte, weil Kurt offensichtlich immer noch wütend auf sie war. Ihr Weggang musste ihn sehr getroffen haben.

»Warum bist du einfach gegangen?«, fragte er.

»Weißt du das nicht?«

»Wegen Charlie?«

»Auch wegen ihr, ja. Weil du sie vor meinen Augen hofiert hast, und ich konnte nichts dagegen tun. Ich musste schweigen, wir durften offiziell kein Paar sein. Ich existierte nicht mehr für dich, du hast mich gar nicht mehr beachtet. Ich war mir nicht mehr sicher, ob du mich noch liebst.«

Einige Menschen wandten die Köpfe zu ihnen um und musterten sie. Kurt antwortete ihr mit gesenkter Stimme. »Das hast du falsch verstanden. Zwischen Charlie und mir ist nichts.«

Emma hielt den Atem an.

»Sie ist weg«, sagte er nur. »Ich habe ihr gesagt, dass ich sie nicht liebe. Sie hatte sich Hoffnungen gemacht, die ich nicht erfüllen konnte und kann.« Er hatte seine unergründliche Miene aufgesetzt und beobachtete Emma.

»Sie ist ... weg«, wiederholte Emma mit tonloser Stimme. Ein ungeheures Gefühl der Erleichterung durchströmte sie. Kurt wollte seine Cousine nicht, er hatte ihr eine Abfuhr erteilt.

»Sie wäre keine Frau für mich.«

Seine Worte sickerten langsam in ihren Verstand und breiteten sich allmählich von dort in ihren ganzen Körper bis in die letzte Zelle aus. »Das gefällt deinem Vater aber sicher nicht«, entfuhr es ihr.

»Mein Vater entscheidet nicht darüber, welche Frau ich heiraten werde«, sagte Kurt mit dunkler Stimme. »Er würde es gern, aber das lasse ich nicht zu. Er hat Hanna Gebauer ein Empfehlungsschreiben für Doktor Berger geschrieben. Ich habe es in seinen Akten entdeckt.«

Emma glaubte, nicht richtig gehört zu haben. »Ein Empfehlungsschreiben? Für die *Gebauer*?«

Kurt nickte. »Es war vor der Kantinenfeier datiert, bevor sie das Gerede über uns verbreitet und den Diebstahl begangen hat. Das war ihr Lohn. Mein Vater hat sogar zugegeben, sie beauftragt zu haben. Er wusste, dass sie alles von uns wusste. Mutter hat es ihm erzählt.«

Emma ließ ihren Becher sinken, tastete nach der Lehne einer Holzbank, hielt sich daran fest. »Dein Vater ... *er* steckte hinter allem?«

Kurt nickte düster. »Er hat die Gebauer beauftragt. Er wollte dich in der Belegschaft in Misskredit bringen, damit du die Firma verlässt.«

»Aber ... warum? Er wollte doch auf keinen Fall, dass es Gerede gibt.«

»Das Gerede war ihm eigentlich egal«, meinte Kurt. »Ich glaube, er hat das alles nur getan, um dich loszuwerden. Als er vorschlug, du solltest meine Sekretärin werden, muss er gewusst haben, dass es dann Probleme zwischen uns geben würde. So war es ihm ein Leichtes, durch die Kontrolle in der Firma gegen dich zu arbeiten und Zweifel zwischen uns zu säen.«

»Er wollte mich von Anfang an nicht«, murmelte Emma. Ihr war auf einmal sehr kalt geworden, trotz der Wärme im Aufenthaltsraum. Ihr fiel auf, wie die Menschen sie neugierig anstarrten. Kurt fasste sie an der Hand und zog sie nach draußen auf den Flur.

»Es tut mir leid«, sagte er, nachdem er die Tür hinter ihnen geschlossen hatte.

Sie blickte auf ihre Hand hinunter, die er festhielt. »Mir auch«, gestand sie. »Dass ich gegangen bin … ich hab's einfach nicht mehr ausgehalten.«

Er nahm ihre andere Hand. Seine Hände waren warm. »Warum hast du dich nicht mehr gemeldet?«

»Ich hatte gehofft, du kommst«, murmelte sie.

Er fasste ihre Hände fester, strich mit den Daumen über ihre Handrücken. Dann hob er die Hand und strich sanft mit dem Finger über ihre Wange.

Sein Blick war offen und zärtlich wie schon lange nicht mehr. Emma mochte es kaum glauben. Zitternd ließ sie sich in seine Arme sinken, ließ es zu, dass er sie an sich zog. Sie legte ihr Gesicht an den rauen Stoff seines Mantels. Atmete.

Endlich war er wieder da, *ihr* Kurt war zurückgekehrt. Aber war es wirklich *ihr* Kurt, an den sie sich jetzt lehnte, oder der veränderte Kurt der letzten Monate? Sie wusste es nicht. Sie wusste nur, dass sie sich freute, weil er wieder da war.

Von der Treppe am anderen Ende des Flurs her näherten sich Schritte und Stimmen. Kurt und Emma ließen sich los. Eine Gruppe Menschen eilte ihnen entgegen. Ihre Schritte und ihre leisen Worte hallten im Flur. Emma erkannte einige von den Zuhörern aus der Gerichtsverhandlung wieder, ein paar von ihnen strebten dem Aufenthaltsraum zu. Sie starrten Kurt und sie neugierig an, als sie an ihnen vorbeigingen.

Mit etwas Abstand zum Schluss folgte Christians Anwalt mit Christians Eltern. Er trug seine schwarze Robe über dem Arm und in der anderen Hand seine Aktentasche. »Herr Hüffenberg, Frau van Kall.« Er nickte ihnen kühl zu und ging dann weiter.

Robert und Elisabeth folgten ihm mit erhobenen Häuptern, ohne sie anzusehen.

Kaum waren sie an Emma vorbeigegangen, wandte sich Elisabeth zu Emma um. »Ich habe meinem Sohn von Anfang an gesagt, er soll die Finger von dir lassen, aber er wollte nicht auf mich hören. Du hast ihm nur Unglück gebracht.«

Emma schnappte nach Luft. »Ich bin nicht schuld«, stieß sie hervor. »Das hat er sich ganz allein eingebrockt.«

Elisabeth stemmte die Hände in ihren Pelzmantel. »Du hast ihn verlassen!«, rief sie.

»Weil er mich geschlagen hat«, antwortete Emma.

Elisabeth bekam kreisrunde Augen. Ihre Wangen blähten sich. »Aber erst bist du fremdgegangen!«, knurrte sie, während sie Emma hasserfüllt anstarrte.

So hatte Emma ihre Schwiegermutter schon einmal erlebt, im Garten auf Gut Meinersfeld, ehe sie mit der Harke auf sie losgegangen war. Schnell trat Kurt neben Emma und legte den Arm um ihre Schultern. Der Anwalt der van Kalls kam zurück und fasste Elisabeth am Arm. »Frau van Kall, bitte kommen Sie.«

Aber Elisabeth rührte sich nicht. Sie fixierte Emma weiter, als wollte sie sie zu Boden starren. Dann hob sie die Faust. »Du … Schmore doch in der Hölle!«

Emma wich zurück, und Kurt stellte sich blitzschnell zwischen sie und Elisabeth. »Ich glaube, Sie gehen jetzt besser, Frau van Kall«, sagte er mit dunkler Stimme.

»Kommen Sie, machen Sie es doch nicht noch schlimmer«, bat der Anwalt und zog sie sanft fort.

Zu Emmas Erstaunen ließ ihre Schwiegermutter sich das gefallen, schnaubte noch einmal verächtlich und folgte ihm ohne ein weiteres Wort des Protests zum Ausgang.

Kurt sah ihr hinterher und schüttelte den Kopf. »Was für eine Furie.«

Emma tastete nach seinem Arm. Ihr Herz jagte in raschen Schlägen vor sich hin. Sie hatte es in den letzten Tagen häufiger heftig klopfen gefühlt, als hätte der ständige Hunger es aufgescheucht. Sie fühlte sich matt und schwindelig. Eigentlich konnte sie solche Kämpfe nicht mehr bestehen, dafür bekam sie zu wenig zu essen. Man musste satt sein, um zu kämpfen. »Elisabeth war schon immer so«, brachte sie hervor.

Kurt stützte sie mit einem Arm und legte den anderen um ihre Schulter. »Wann hast du das letzte Mal etwas Vernünftiges gegessen?«

»Vorgestern nach dem Auftritt im Rheinpalast. Und davor im Weinhaus St. Peter. Dort proben wir für Karneval.«

»Viel zu wenig.« Er fasste sie fest. Langsam schritten sie den Flur entlang zum Ausgang. Emma spürte seinen warmen Körper durch ihre beiden Mäntel hindurch. Sie konnte immer noch nicht glauben, dass er hier bei ihr war.

»Du brauchst jetzt erst mal etwas zu essen«, sagte er. »Lass uns sehen, wo wir etwas herbekommen.«

Kapitel 21

Sie ließen Josef den Wagen etwas außerhalb des Stadtkerns an einer geräumten Straße parken und gingen zu Fuß zum Schwarzmarkt an der Frankenwerft. Über ihnen wölbte sich ein stahlblauer, wolkenloser Himmel. Die Sonne schien, aber sie wärmte nicht. Dicke Schneeschichten lagen auf den Ruinen der Altstadt, dazwischen führten freigeräumte Wege durch sie hindurch, die an beiden Seiten von Schneebergen gesäumt wurden. Vom Rhein, der fest zugefroren unter dem Eis lag, wehte kalte Luft herauf.

Emma fror, obwohl sie ihren Mantel, ihren Wollrock, zwei Paar Strümpfe übereinander und ihre Winterstiefel trug. Auch Kurt sah verfroren aus, obwohl er seinen Hut gegen seine Wollmütze getauscht hatte und Handschuhe trug. Sie bogen in die kleine Straße ein, die zum Ufer hinunterführte. Hier auf der Mauer an der Straßenecke hatte Emma im Sommer vor zwei Jahren als Harlekin verkleidet ihre Lieder gespielt. Hier hatte sie Kurt getroffen. Es schien ihr jetzt Ewigkeiten her zu sein. Wie schön warm es damals doch gewesen war! Würde es jemals wieder warm werden, würde der Sommer wiederkommen, ihr gefrorenes Herz wärmen und die Lethargie verdrängen, die es umschlossen hielt?

Die Schwarzhändler gingen frierend die Straße auf und ab und murmelten ebenso frierenden Menschen ihre verlockenden Angebote und ihre hohen Preise zu. Die Jungs standen zitternd in den Hauseingängen der Ruinen mit ihren Zigaretten, die sie in ihren aufgeplusterten Jacken verbargen. Kurt ging zu einem und handelte ihm ein dickes Bündel Zigaretten ab, dann winkte er einem Schwarzhändler zu, der langsam herankam. »Mal sehen, was er hat. Warte hier, Emma.« Er brachte sie zu einem der Hauseingänge und ging zu dem Händler. Emma lehnte sich zitternd an die kalte Mauer. Die Eingangstür fehlte, und aus dem Inneren des alten entkernten Hauses strömte ein muffiger Geruch nach alten Mauern und Feuchtigkeit. Emma beobachtete, wie Kurt mit dem Schwarzhändler sprach und schließlich ein Päckchen von ihm bekam. Er wickelte das schmutzig graue Papier aus und roch an dem Inhalt, der ebenso grau aussah wie das Papier. Wahrscheinlich war es Schmalz. Kurt nickte und zog einige Zigaretten und ein paar Geldscheine aus seiner Tasche, die der Händler schnell nachzählte. Er nickte, und die Zigaretten, die Scheine und das Schmalz wechselten die Besitzer. Sie redeten noch eine Weile, während der Händler immer wieder nach unten zum Ufer deutete und auf die Uhr blickte. Schließlich verabschiedete sich Kurt von ihm und kam zurück zu Emma.

»Ich habe Schmalz«, berichtete er stolz. »Aber wir sind spät dran, das meiste ist schon weg. Mit etwas Glück können wir ein paar Kartoffeln ergattern. Dafür müssen wir jemand Bestimmten erwischen. Komm!« Er nahm Emma an der Hand und zog sie mit sich die Straße hinunter zum Fluss.

Ein paar Kinder spielten lärmend auf dem glitzernden Schnee der Eisdecke zwischen festgefrorenen Booten. Sie hatten sich eine Rutschbahn auf dem vereisten Ufer gebaut. Kurt stellte sich an den Rand, steckte die Finger zwischen die Lippen und stieß einen lauten Pfiff aus. Ein großer Junge auf dem Eis hielt inne, winkte ihm zu und schlitterte über die spiegelglatte Rutschbahn zu ihnen.

»Herr Groß! Lange nicht mehr gesehen.« Er strahlte über beide Wangen, die von der kalten Luft gerötet waren, und zeigte dabei gelb schimmernde Zähne. »Arbeiten Sie wieder in Köln?«

»Eine Weile schon«, meinte Kurt und stupste ihn an die Schulter. »Siehst gut aus, Junge. Das Geschäft läuft prima, oder?«

Der Junge blickte nach unten und wischte mit seinem Fuß Schnee beiseite. »Na ja, könnte besser sein. Ist nicht so gut mit dem Alten, der gibt uns weniger ab. War besser mit Ihnen.« Er wischte sich hastig mit dem Ärmel seiner Jacke die Nase trocken und blinzelte gegen die Sonne. »Wann kommen Sie denn wieder?«

Kurts Blick wanderte über den Fluss. »Kann ich noch nicht sagen. Ist im Moment alles ein bisschen schwierig.«

Der Junge nickte.

»Hast du noch was da?«, fragte Kurt. Er griff in seine Manteltasche und nahm eine Handvoll Zigaretten heraus. Dann ließ er sie wieder verschwinden und zog etwas aus der anderen Tasche, sodass der Junge einen kurzen Blick darauf werfen konnte. Es war ein großer Geldschein. Der Junge strahlte und nickte. »Für Sie doch immer, Herr Groß.« Er rief den anderen auf der Rutschbahn zu, dass er gleich wiederkäme, und winkte Kurt und Emma, ihm zu folgen. Sie gingen in ein altes Fahrkarten-Büdchen der Köln-Düsseldorfer Dampfschifffahrts-Gesellschaft. Dort hob der Junge eine löchrige Decke von einer großen Kiste und entriegelte das schwere Vorhängeschloss, klappte den Deckel auf. Er hob einen halb gefüllten Kartoffelsack heraus und schloss den Deckel wieder. »Sie haben Glück, es ist einer der letzten.«

Kurt spähte in den Sack und nickte. »Wie viel?«

»Alle Zigaretten und hundert Mark«, verlangte der Bursche.

»Das ist zu viel. Dafür können wir auch im Rheinpalast essen gehen, nicht wahr, Emma?«

Sie nickte schnell und versuchte, nicht allzu hungrig auszusehen. Der Junge ging herunter auf neunzig, und sie einigten sich schließlich auf achtzig. »Aber nur, weil Sie es sind, Herr Groß«, meinte er.

»Danke, Junge«, sagte Kurt.

Sie verließen das Büdchen und verabschiedeten sich. Dann gingen sie mit ihren Schätzen am Rheinufer entlang zurück zum Wagen.

Mama und Papa freuten sich sehr, Kurt wiederzusehen. Beinahe ehrfürchtig begrüßten sie ihn und baten ihn, auf dem Sofa Platz zu nehmen. Auf die Lebensmittelkarten hatte es Graupen gegeben, und sie hatten die letzten Reste der dünnen Graupensuppe, die Mama davon gekocht hatte, bereits aufgegessen. Aber Mama machte sofort Bratkartoffeln und gekochte Möhren von den neuen Schätzen, und Emma fand zwei Eier bei den Hühnern und schlug sie in die Pfanne. Der betörende Duft nach Rührei und Bratkartoffeln erfüllte die Küche und lockte Armin an, der sich vor den Schularbeiten gedrückt hatte und nach draußen gegangen war.

Bald saßen sie alle am Tisch.

»Komm, Herr Jesus, sei unser Gast und segne diese Gaben, die du uns bescheret hast«, betete Mama.

Armin linste sehnsüchtig auf die volle Pfanne. Doch erst nachdem sie das Gebet beendet hatte, erhob sich Mama und füllte die Teller, wobei sie sorgfältig darauf achtete, dass jeder die gleiche Menge erhielt.

Langsam und schweigend aßen sie, und es herrschte eine feierliche Stille. Emma schmeckte und kaute gründlich jeden Bissen. Sie hatte das Gefühl, noch nie so wohlschmeckende Kartoffeln, nie zuvor so herrliche Rühreier gegessen zu haben.

Erst nachdem sie alles gegessen und auch den letzten Rest Fett mit Maisbrotstücken aus der Pfanne gewischt hatten, kam ein Tischgespräch in Gang.

Mama fragte, wie die Gerichtsverhandlung gewesen sei und ob alles gut geklappt habe, und Kurt und Emma erzählten ihnen davon.

»Wann kommt das Urteil?«, fragte Mama.

»Am Ende der Verhandlung«, antwortete Kurt. »Wahrscheinlich schon übermorgen.«

»So schnell?«

»Sie haben schon fast alle Zeugen vernommen«, ergänzte Emma.

»Hoffentlich verknacken sie den ordentlich«, knurrte Papa.

Seit dem Abend im Heckenrather Hof besaß Christian für ihn keinen Namen mehr, er nannte ihn nur noch »der« oder »der Bursche«.

»Dann ist ja bald alles vorbei«, meinte Mama hoffnungsvoll. »Du kannst dich scheiden lassen, und ihr könnt heiraten.« Sie sah von Emma zu Kurt.

Kurt sagte nichts und blickte hinunter auf seinen Teller.

Ein unbestimmtes Gefühl der Angst stieg in Emma auf. Er nahm ihr also doch noch übel, dass sie so überstürzt abgereist war. Und sein Vater war gegen sie. Kurt hatte gesagt, dass das keine Rolle spiele, aber stimmte das auch? Ob er sie wirklich noch heiraten wollte nach all dem, was geschehen war?

»Nach der Verhandlung bekam Emmas Schwiegermutter einen Wutanfall«, erzählte Kurt. »Sie hat Emma ziemlich schlimme Dinge an den Kopf geworfen. Sie gibt ihr die Schuld an allem.«

Mama bekam blasse Lippen. »So ein Biest.«

»Ich habe mir schon gedacht, dass sie mir die Schuld gibt«, meinte Emma. »Das war schon immer so. Auf ihren Sohn hat sie nie etwas kommen lassen.« Sie lehnte sich zurück. Nach der ungewöhnlich reichhaltigen Mahlzeit war ihr nun wärmer geworden und ihr Gehirn funktionierte wieder besser. Auf einmal fragte sie sich, ob Elisabeth im Vergleich zu Friedrich Hüffenberg vielleicht das kleinere Übel gewesen war. Warum musste sie es immer mit einem schwierigen Schwiegerelternteil zu tun haben? Hätte eine Ehe mit Kurt überhaupt einen Sinn, wenn sein Vater sie derart ablehnte? Wenn er sogar Menschen bestach, damit sie gegen sie intrigierten? Wenn er bereit wäre, solche Dinge zu tun, damit Kurt sie nicht heiratete, wie sehr würde er ihr erst das Leben schwer machen, wenn sie verheiratet wären? Vielleicht hatte er recht und Kurt brauchte eine andere, standesgemäße Frau, wenn er einst die Geschäftsführung der Hüffenberger Werke übernehmen würde, wie er es sich so wünschte. Dafür hatte er in den letzten Wochen alles getan, und sie hatte versucht, ihn dabei zu unterstützen. Deshalb hatte er auch kein Gerede über sie in der Firma gewollt und dort ihr gegenüber stets die Distanz gewahrt. Etwas in ihm hatte ihm vermutlich in all den Wochen gezeigt, was sie nicht wahrhaben wollte: dass sie nicht in seine Welt gehörte. Sie gehörte ebenso wenig in seine Welt wie er in ihre. Er brauchte eine Frau aus seiner Welt. Eine, die ihn wirklich unterstützen konnte, die zu ihm passte und die sein Vater akzeptieren würde. Er würde jemand anderes finden als Charlie. Eine, die ebenso wenig wie er daran dachte, den Teller mit einem Stück Brot abzuwischen. Als Einziger von ihnen am Tisch hatte er es auch jetzt nicht getan, er hatte das Besteck ordentlich auf seinen Teller gelegt und ihn ein Stück fortgeschoben. Niemals würde er wieder so sein wie in jener Zeit, als er als Untermieter bei ihnen gewohnt hatte. Er hatte sich geändert. Ein paar Wochen in der Hüffenberger Villa hatten gereicht, um ihn wieder zu jenem Kurt werden zu lassen, der er vorher gewesen war, der Sohn aus vornehmer Familie und Firmennachfolger. Emma spürte einen dicken Kloß im Hals.

Kurt fing ihren Blick auf. »Was ist?«

»Nichts«, sagte sie, während sie mit den Tränen kämpfte.

»Bleiben Sie noch länger, Kurt?«, fragte Mama. »Sie können gern hier übernachten. Ich kann Ihnen Ihr altes Zimmer wieder herrichten, unsere Untermieterin ist noch im Urlaub bei ihren Eltern in der Eifel. Emma schläft sicher gern solange auf dem Küchensofa.«

»Danke, ein sehr verlockendes Angebot«, meinte Kurt. »Aber ich muss zurück. Ich habe morgen einen wichtigen Termin.«

Mama sah enttäuscht aus. Sie hatte offenbar fest damit gerechnet, dass er länger bleiben würde, und es schien ihr sogar gleichgültig zu sein, noch einen Esser mehr im Haus zu haben. Aber Kurt erhob sich gleich nach dem Essen. Emma zog sich Mantel und Mütze an und begleitete ihn hinaus. Warum wollte er schon gehen?

Als sie im Hausflur waren, fasste sie ihn am Mantel und zog ihn zur Hintertür hinaus. »Einen Augenblick noch«, bat sie ihn.

Sie traten unter die Veranda, die sich über die gesamte Rückwand des Hauses hinzog. Papa hatte mit Herrn Schneider einen Verschlag für die Gartengeräte gebaut. Der Hinterhof lag still in der Sonne, nur ein paar trockene Sträucher ragten aus dem Schnee. Das Fundament des alten Schuppens lag unter der Schneedecke verborgen, ebenso der Stein, auf dem sie im Sommer immer gesessen hatten. »Danke für das Essen«, sagte sie.

»Aber natürlich, keine Ursache«, gab Kurt zurück.

Er hatte die Hände in seinen Manteltaschen vergraben, machte keine Anstalten, ihre zu nehmen. Das gab ihr einen Stich ins Herz. Was war nur los mit ihm? War das jetzt doch ihr Abschied? Sie wagte es nicht, ihn zu fragen. Sie hatte Angst vor seiner Antwort.

»Probt ihr morgen wieder?«, fragte er.

Sie nickte. »Morgen im Weinhaus, danach im Rheinpalast für unseren Auftritt am Freitagabend. Wir treten da jetzt immer freitags und samstags auf.«

»Dann bekommst du ja genügend warme Mahlzeiten.«

»Ich werde es überleben«, sagte sie. Und dann, einer plötzlichen Eingebung folgend: »Ich rufe dich an, was das Urteil ergeben hat.«

»Ja, mach das bitte.«

Kurt verharrte still und blickte sie mit seiner undurchschaubaren Miene an. Sie wusste nicht, was er dachte. Im Gerichtssaal und auf dem Schwarzmarkt hatte er noch ihre Hand genommen, aber jetzt nicht mehr. Was war passiert? Sie hatten hier gegessen, in ihrer ärmlichen Behausung mit ihren armen Eltern – in ihrer Welt. Vielleicht war es nur das letzte i-Tüpfelchen auf seine Gewissheit, dass er nicht mehr in ihre Welt gehörte und sie nicht in seine. Dass ihre Welten ozeanweit auseinanderlagen. Durch einen Zufall hatten sie sich eine Weile überschnitten, aber das war nicht mehr gewesen als eine Laune des Schicksals, ein Sommernachtstraum. Emma unterdrückte ihre aufsteigenden Tränen. Sie wollte unter allen Umständen ihre Fassung bewahren. Wahrscheinlich hatte sie ihn schon an jenem Tag verloren, an dem er ihr in der Halle gesagt hatte, dass er zurück zu seiner Mutter gehen würde. Aber sie war nicht mehr die Frau von damals. Sie würde nicht mehr weinen, sie würde sich nun besser beherrschen und ihm den Abschied nicht so schwer machen. Es sollte ein würdevoller, geräuschloser Abschied sein. Kurt sollte sie in guter Erinnerung behalten, wenn er nun gehen wollte.

Sie zitterte vor Kälte und vor Angst. »Dein Vater ... vielleicht hat er recht«, sagte sie leise. »Vielleicht sind unsere Welten einfach zu verschieden. Ich könnte es verstehen, wenn du ... wenn du unter diesen Umständen eine andere heiraten wolltest.«

Kurt starrte sie an. Ein blasses Dreieck hatte sich um seine Lippen gebildet. »Liebst du mich noch?«, stieß er hervor.

»Ich liebe dich«, sagte sie schlicht. »Aber du hast dich in den letzten Wochen verändert. Du bist deinem Vater ähnlich geworden.«

Kurt presste die Zähne zusammen. Seine Miene riss auf und zeigte einen Augenblick seine Betroffenheit.

»Ich verstehe, dass du Geschäftsführer der Hüffenberger Werke werden und eines Tages euer Familienunternehmen weiterführen willst«, fuhr sie hastig fort. »Das ist eine verantwortungsvolle Aufgabe, und du bist ihr gewachsen. Ich habe versucht, dich dabei zu unterstützen, aber es war offenbar nicht genug. Ich hatte das Gefühl, nie gut genug zu sein, egal, was ich tat. Ich kann so nicht leben, verstehst du? Ich muss in einer Welt leben, in der ich akzeptiert werde.«

Kurt schluckte. »Aha, und du meinst also, du würdest in meiner Welt nicht akzeptiert werden, nur weil mein Vater dich nicht akzeptiert? Was ist das überhaupt für ein Gerede von unseren verschiedenen Welten, von meiner und deiner Welt? Das ist doch nur in deinem Kopf.«

»Nein«, sagte Emma. »Das ist die Wirklichkeit. Es ist nicht nur dein Vater, der mich nicht akzeptiert. Das bist auch du.«

Kurt wich zurück, als hätte er einen Schlag bekommen. Heftig schüttelte er den Kopf. »Nein, das kannst du mir nicht vorwerfen!«, stieß er hervor. »Mein Vater und ich, wir sind zwei völlig verschiedene Menschen. Du kannst mir nicht vorwerfen, wie er zu sein, nur weil wir aus einer Familie kommen. Weißt du, was ich eigentlich glaube?« Er kam wieder einen Schritt näher.

Sie schüttelte zitternd den Kopf.

»Ich glaube, du machst dir etwas vor. In Wahrheit bist du einfach nur zu feige für eine Veränderung.«

Er wandte sich ab, ließ sie stehen und stapfte mit langen Schritten zurück in den Hausflur. Emma öffnete den Mund, um ihm eine heftige Erwiderung hinterherzurufen, dass er sich irrte und warum er sie um Himmels willen nicht verstehen konnte, aber da hatte er die Tür schon hinter sich zugeworfen. Fassungslos stand sie da mit ihrer Entrüstung, weil er sie so verlassen hatte. Weil sie sich auf diese Art getrennt hatten. Eine Weile lang hoffte sie, er würde es sich anders überlegen und wieder zu ihr zurückkommen, doch da hörte sie schon vor dem Haus die Wagentüren zuschlagen. Sie verließ den Hinterhof, rannte durch den Hausflur nach vorn und stürmte hinaus. Doch da rollte der Wagen schon los und fuhr die Straße hinunter. Sie konnte ihm nur noch nachsehen, wie er in die nächste Straße einbog und dort verschwand.

Emma blieb lange dort stehen und starrte auf die Straßenecke, hinter der alles, an dem ihr Herz hing, verschwunden war. Ihr war, als würde sie in Stücke gerissen werden. Ihre Welt, ihr neues Leben, das sie sich in den letzten zwei Jahren mühevoll aufgebaut hatte, fiel in sich zusammen. Kurt und sie hatten sich wiedergesehen, und sie hatten sich trotzdem nicht versöhnt. Es war vorbei.

Emma stand lange dort und wartete. Erst als sie vor Kälte ihre Beine nicht mehr spürte, ging sie mit schweren Schritten in die Wohnung zurück und in ihr altes Zimmer. Dort ließ sie sich auf ihr Bett fallen und vergrub ihr Gesicht im Kissen.

Kapitel 22

Die Kälte dauerte auch im Februar noch an. Nachts sanken die Temperaturen auf zweistellige Minusgrade, und tagsüber wurde es auch nicht wesentlich wärmer, selbst wenn die Sonne schien. An den sonnigen Tagen schien sie auf die verschneite Landschaft und das Eis der Bäche und Flüsse, an den trüben Tagen schneite es aus dicken grauen Wolken, und der eisige Wind wehte Schnee vor sich her.

Unter den Dächern der Fabrikhallen hingen Eiszapfen, als Kurt an diesem Morgen mit seinem Vater und Herrn Palm die stillgelegte Firma inspizierte. Verwehungen hatten den Schnee an die Mauern und in die Ecken und Winkel gedrückt. Die Männer folgten dem freigeschaufelten Weg über das Fabrikgelände. Hinter ihnen erklang das Geschrei und Gelächter der Kinder der Vertriebenen, die vor dem Lagergebäude zwischen ihren Schneebuden herumtobten.

Die Männer kamen nur langsam voran, weil Kurts Vater immer wieder stehen blieb, um etwas genauer in Augenschein zu nehmen.

Lange musterte er den wiederhergestellten Holländersaal. »Der Werksschutz soll kontrollieren, dass an den ausgebesserten Stellen im Dach keine Feuchtigkeit eindringt«, sagte er.

Herr Palm nickte. Sein Gesicht ragte schmal und blass unter seiner Fellmütze hervor, der alte Wintermantel schlotterte um seine Gestalt. Kurt dachte, dass der alte Geschäftsführer sicher seinen Ruhestand herbeisehnte. Die Leitung der Firma und der harte Winter schienen ihn erschöpft zu haben. Er war älter als sein Vater und weit jenseits des Renteneintrittsalters, in einem Alter, in dem man seine Tage lieber am Ofen verbrachte als damit, über ein kaltes Firmengelände zu stapfen.

Aber er wäre auch bald von seiner Geschäftsführertätigkeit erlöst, denn Kurts Vater war inzwischen im Spruchkammerverfahren als Mitläufer eingestuft worden. Er wartete nun jeden Tag auf den Bescheid der Briten, der ihm die Rückkehr in die Firmenleitung erlauben würde. Seit dem Urteilsspruch der Kammer wirkte er geradezu euphorisch, es schien ihn regelrecht zu beflügeln, dass er endlich wieder in die Firma zurückkehren konnte. Einmal in der Woche ließ er sich dorthin fahren und inspizierte trotz der Kälte das Gelände, und immer mussten Kurt und Herr Palm ihn begleiten. Stets liefen die Rundgänge nach demselben Muster ab: der Alte gab Befehle, und Herr Palm hatte sie umzusetzen. Jetzt, wo er bald wieder die Geschäftsführung innehaben würde, zeigte Kurts Vater immer ungehemmter seinen Willen. Er schien in Höchstform zu sein, im Gegensatz zu Herrn Palm. Seine Haut schimmerte rosig unter der Fellmütze, sein dunkler Zobelmantel glänzte in der Sonne. Vor einigen Tagen hatte er einen Frischling erlegt, von dem sie in der Villa immer noch zehrten.

»Wie oft macht der Werksschutz hier seine Runden?«, fragte er.

»Dreimal am Tag«, antwortete Herr Palm.

Kurts Vater nickte. »Das reicht auch.« Er wandte sich um und deutete auf das alte Lagergebäude. »Die verdammten Rangen sollen woanders spielen, das ist doch hier kein Spielplatz! Am besten werden wir diese Leute so schnell wie möglich wieder los.«

Kurt seufzte in sich hinein. Er hatte sich schon letztes Jahr wegen der Vertriebenen mit Herrn Palm immer wieder gestritten, bis sie im großen Lagergebäude endgültig passende Unterkünfte gefunden hatten. »Es gibt keine Wohnungen, nirgends. Solange es keine gibt, müssen sie hierbleiben«, sagte er.

Sein Vater grummelte etwas vor sich hin, und Kurt wusste, was er sagen wollte, auch ohne dass er es ausgesprochen hatte: dass sie eine Firma seien und keine Wohltätigkeitsorganisation. Mit diesem Leitsatz war er aufgewachsen, und sein Vater würde erneut danach handeln, wenn er erst wieder die Firmenleitung innehätte. Kurt ertappte sich bei dem Wunsch, der offizielle Bescheid der Briten möge noch lange auf sich warten lassen. Er spürte einen starken Widerwillen bei dem Gedanken, dass sein Vater wieder alles umkrempeln würde, was er Herrn Palm an Neuerungen mühsam abgetrotzt hatte.

Sie hatten jetzt den Hof neben dem Sortiersaalgebäude erreicht, wo die Kantine lag. Ein durchgeweichter Zettel mit der Einladung zur Kantineneröffnung hing noch an der Tür. Sein Vater baute sich davor auf, verschränkte die Hände hinter dem Rücken und las ihn mit gerunzelter Stirn. »Lassen Sie das bitte entfernen«, befahl er Herrn Palm.

Der nickte müde und schloss die Tür zur Kantine auf. Fast meinte Kurt, wieder den Geruch nach Suppe riechen zu können, der diesen Raum so oft erfüllt hatte, aber jetzt roch es nur nach den alten Mauern, nach Holz und Staub. Die Tische standen in langen Reihen hintereinander, ihre Platten staubbedeckt. An den Stahlträgern hingen noch ein paar Weihnachtsgirlanden vom Kantinenfest.

Kurts Vater marschierte durch den langen Raum. Er deutete auf die Girlanden. »Lassen Sie diesen Firlefanz abnehmen«, sagte er zu Palm. Nachdem er die Kantine eine Weile gemustert hatte, sagte er: »Vielleicht könnten wir den Raum umnutzen, wenn die Firma wieder aufmacht. Es gibt doch im Moment sowieso nichts zu essen.«

Herr Palm hüstelte. »Ich gebe zu bedenken, Herr Hüffenberg, dass die Mitarbeiter sich inzwischen an die Kantine gewöhnt haben. Erinnern Sie sich, wie wir sie damals eingerichtet haben, um zu verhindern, dass sie ihr mitgebrachtes Essen vor dem Werkstor essen oder irgendwo auf dem Firmengelände?«

Der alte Hüffenberg nickte, aber er schien nicht richtig zuzuhören. Er durchwanderte weiter den Raum und begutachtete ihn, als hätte er ihn nie zuvor gesehen.

»Sind noch Vorräte da?«, wollte er wissen und betrat die Küche.

»Natürlich nicht«, sagte Kurt schnell.

»Die Mitarbeiter brauchen einen Raum, in dem sie die Mittagspause verbringen können«, bekräftigte Herr Palm. »Das dient dem Betriebsklima, hebt die Arbeitsmoral und steigert die Arbeitsleistung.«

»Jaja, Herr Palm, ich kenne Ihre Meinung. Die Mitarbeiter sollen verwöhnt und verhätschelt werden, damit sie mehr leisten. Aber schauen Sie sich doch die Bergarbeiter an, kaum kommt ein harter Winter, meinen sie, sie könnten ihre Schichten einfach so schwänzen.« Er drückte die Klinke zum Vorratsraum hinunter, doch der war verschlossen. »Gibt's einen Schlüssel dafür?«

»Ja, aber den haben nur ein paar Leute«, erklärte Kurt. »Damit nicht geklaut wird. Reine Vorsichtsmaßnahme.«

»Man sollte auch in diesen Raum mit dem Generalschlüssel kommen«, bemerkte sein Vater. »Es muss dem Geschäftsführer möglich sein, alle Räume seiner Firma betreten zu können.«

»Das können wir selbstverständlich ändern«, sagte Herr Palm eilfertig. »Aber meiner Meinung nach sollte der Kantinenraum unbedingt beibehalten werden. Wer weiß, vielleicht bekommen wir ja noch eine Lieferung von den Briten.«

Herr Hüffenberg maß den Geschäftsführer mit einem kalten Blick. »Meinen Sie wirklich, Herr Palm? Die füttern nur unsere Kinder durch, den Rest brauchen die für sich selbst. Unsere Kohlen nehmen sie sich auch, und wir können frieren.«

»Mit Verlaub, Vater, der Winter wird irgendwann vorbei sein«, sagte Kurt. »Ich bin auch Herrn Palms Meinung, dass wir die Kantine behalten sollten. Sie gehört zu den Errungenschaften einer modernen Unternehmensführung und ist auch bei uns nicht mehr wegzudenken.«

»Moderne Unternehmensführung«, brummte sein Vater missbilligend.

Kurt antwortete nicht. Er hatte sich angewöhnt, nicht mehr auf die gehässigen Bemerkungen seines Vaters einzugehen, es wäre vergeblich, ihn zu einer humaneren Haltung bewegen zu wollen. Er hatte sich zuletzt nach seiner Rückkehr aus Köln mit ihm gestritten, nachdem er ihm von der Gerichtsverhandlung erzählt hatte. Sein Vater hatte gesagt, er verstehe nicht, wie er nur daran denken könne, die Frau eines Straftäters zu heiraten, und im Übrigen glaube er nicht, dass Emma nach Christians Verurteilung eher geschieden werden würde.

Kurt dachte an das Telefonat zurück, in dem Emma ihm vom Urteil in dem Verfahren gegen ihren Mann erzählt hatte. Fünf Jahre Haft hatte Christian bekommen wegen Entführung und schwerer Körperverletzung, Doktor Rodeshagen zwei Jahre. Der Richter hatte Emmas Aussage geglaubt. Trotzdem hatte sie unglücklich geklungen. Kurt musste an ihre dunkle und gepresste Stimme am Telefon zurückdenken. Der Klang ging ihm nicht mehr aus dem Kopf. Er hatte gehofft, sie würden sich in Köln versöhnen können. Er hatte Emma doch gesagt, dass er von Charlie nichts wollte, und sie hatte gesagt, dass es ihr leidtäte, so überstürzt nach Köln abgereist zu sein. Aber sie hatte keine Anstalten gemacht, sich mit ihm zu versöhnen – im Gegenteil. Sie hatte von den verschiedenen Welten gesprochen, in denen sie lebten, und dass er sich eine andere Frau suchen solle. Dieser Gedanke schnitt ihm jetzt noch ins Herz. Wie hatte sie nur so etwas sagen können? Wie hatte sie ihre Liebe nur so schnell aufgeben können? Das schmerzte und verletzte ihn besonders. Und dann hatte sie auch noch behauptet, er wäre seinem Vater ähnlicher geworden. Kurt musterte seinen Vater verstohlen. Wie konnte sie ihn nur mit ihm vergleichen, diesem kaltherzigen Menschen, der die Räume seiner Firma durchschritt wie ein General? Der hinterhältig war, log und schauspielerte, um seine Ziele zu erreichen? Kannte sie ihn nicht gut genug, um zu wissen, dass er ein ganz anderer Mensch war?

Kurt verdrängte die Gedanken an Emma und folgte seinem Vater aus der Küche. Aber es war schwer, hier in der Kantine nicht an sie zu denken, wo er sie überall im Geiste wieder vor sich sehen konnte: bei der Eröffnungsfeier, als sie auf ihrem Stuhl gesessen und Akkordeon gespielt hatte, am Tisch, als sie ihm geholfen hatte, seine betrunkene Mutter hinauszubegleiten. Er sah sie überall – im Büro, auf dem Parkplatz, zu Hause in der Villa, und auch im Auto war ihm manchmal, wenn er die Augen schloss, als würde sie neben ihm sitzen. Wann würde das jemals aufhören?

Ein Geräusch an der Tür riss ihn aus seinen Gedanken. Die Tür hatte sich geöffnet und Paula Wagners Verlobter stand auf der Schwelle. Erstaunt hielt er inne, als er sie erblickte, und in der ersten Sekunde sah es so aus, als wollte er auf dem Absatz kehrtmachen und verschwinden. Doch dann blieb er einfach stehen.

»Herr Zehnpfennig, wie schön, Sie zu sehen«, sagte Kurt schnell, ehe sein Vater etwas sagen konnte. »Kann ich Ihnen helfen?«

Freddy, wie Emma ihn nannte, starrte hastig von einem zum anderen. Er trug wieder seine ausgebeulte Hose mit den hellen Flecken an den Knien, die er bei seinem Besuch in der Villa getragen hatte, dazu eine Mütze und einen alten Schal. Seine Hände glitten in seine Jackentaschen. »Guten Tag«, sagte er. »N-nein, Sie können mir nicht helfen. Ich wollte nur mal nachsehen, wer hier ist, weil ich Stimmen gehört habe.«

Kurts Vater baute sich vor ihm auf. »Was machen Sie hier?«

»Ich ... wohne in den Baracken.«

»Aha. Und dann kommen Sie einfach so aufs Firmengelände?«

»Ich arbeite hier ... normalerweise«, brachte Freddy hervor. Sein nervöser Blick zuckte von einem zum anderen. »Ich wollte ... nur mal nach dem Rechten sehen.«

»Nur mal nach dem Rechten sehen?«, schnaubte Kurts Vater. Er wandte sich an Herrn Palm. »Kann hier jeder einfach so aufs Firmengelände, um nur mal nach dem Rechten zu sehen?«

»Gewiss nicht, Herr Hüffenberg«, beeilte sich Herr Palm zu sagen.

»Herr Zehnpfennig wohnt bei den Männern in den Baracken, die wir für unsere Arbeiter als Unterkunft hergerichtet haben«, erklärte Kurt. »Du weißt doch, welche Baracken ich meine?«, setzte er mit scharfer Stimme hinzu und erntete dafür einen grimmigen Blick seines Vaters. Der runzelte die Stirn und musterte Freddy eingehend. Freddy wurde noch nervöser unter seinem Blick.

»Was haben Sie da in Ihrer Jackentasche?«, fragte Kurts Vater.

Freddy legte seine magere Hand auf die Tasche. »N-nichts.«

»Lassen Sie nachsehen.«

Freddy wich einen Schritt zurück.

»Lassen Sie nachsehen oder ich entlasse Sie sofort!«

Freddy wurde kreidebleich. Er öffnete den Mund, um etwas zu sagen, schloss ihn wieder. Hilfesuchend sah er sich nach draußen um, ob dort jemand wäre, der ihm helfen könnte, aber da war niemand.

»Lassen Sie mich nachsehen, Herr Zehnpfennig«, sagte Kurt. »Keine Angst, es passiert Ihnen nichts.«

Freddy blieb stocksteif stehen und ließ es zu, dass Kurt seine Jackentaschen durchsuchte. Kurt fand einen Schlüssel und hielt ihn hoch. »Wofür ist der, Herr Zehnpfennig?«

Freddy schluckte. Er schien einen heftigen inneren Kampf auszufechten. »Für ... für den Vorratsraum«, gestand er schließlich.

»Ah, da haben wir ja einen Schlüssel für den Vorratsraum«, spottete Kurts Vater. »Kommt uns gerade recht. Ist ja auch wichtiger, dass jeder dahergelaufene Mitarbeiter dort Zutritt hat, aber nicht der Geschäftsführer.« Er warf Freddy einen strengen Blick zu, der daraufhin den Kopf senkte. »Wollen wir doch mal sehen, was Sie in dem Raum wollten.« Er winkte sie alle zurück in die Küche. Kurt schloss den Vorratsraum auf. Er war leer bis auf die Regalbretter an den Wänden und die Wärmebehälter, in denen sich das Essen befunden hatte. In einer Ecke stand eine halb gefüllte Kohlenkiste für die Herde. Es lagen noch einige Kohlen darin.

»Ah, nichts mehr da, aber Kohlen wohl doch«, ätzte sein Vater und bedachte Kurt mit einem strafenden Blick. »Ich glaube, Herr Zehnpfennig wusste genau, was er hier wollte.«

Freddy hob den Kopf. »Herr Hüffenberg, unser Kardinal Frings hat in seiner Silvesterpredigt gesagt, dass wir uns in Zeiten der Not das nehmen dürfen, was wir für unser Leben und unsere Gesundheit brauchen, wenn wir es durch Arbeit und Betteln nicht bekommen können«, sagte er.

Kurts Vater hob verdutzt die Schultern.

»Ich finde, der Herr Kardinal hat recht«, pflichtete Kurt ihm schnell bei. »Außerdem hatte ich mein Einverständnis gegeben, dass der Rest der Vorräte aus diesem Raum an die Männer in den Baracken verteilt wird. Herr Zehnpfennig wollte also nichts Unrechtes tun.« Das entsprach zwar nicht ganz der Wahrheit, aber er wollte Freddy schützen.

Freddy warf ihm einen dankbaren Blick zu.

»Nehmen Sie sich die Kohlen, Sie brauchen sie sicher nötig«, forderte Kurt ihn auf.

Freddy zögerte und blickte unsicher zu Kurts Vater hinüber.

»Nun machen Sie schon«, setzte Kurt hinzu, als sein Vater nicht reagierte.

Hastig nahm Freddy die Kiste und klemmte sie sich unter den Arm. Sein Gesicht leuchtete. »Danke, Herr Hüffenberg!«

»Keine Ursache.«

Freddy wandte sich zum Gehen. Kurz vor der Tür drehte er sich noch einmal um. »Wie geht es Frau van Kall?«

»Gut«, sagte Kurt schmallippig. »Sie ... ist wieder nach Köln zurückgekehrt.«

Freddy sah erschrocken aus. »Oh ... warum das denn?«, entfuhr es ihm. Dann besann er sich wohl wieder auf die Anwesenheit der beiden älteren Herren. »Wenn die Firma wieder aufmacht, kommt sie bestimmt wieder, oder?«

Kurt schluckte. »Wir werden sehen, Herr Zehnpfennig.«

Freddy zögerte, es fiel ihm sichtlich schwer, seine Überraschung zu verbergen. »Na dann ... grüßen Sie bitte Frau van Kall von Paula ... von Frau Wagner und mir, Herr Hüffenberg.«

Kurt nickte. Freddy wandte sich hastig um und verließ die Küche. Niemand sagte etwas, bis sie draußen die Kantinentür ins

Schloss fallen hörten. Kurt verriegelte die Tür des Vorratsraums. Er hatte einen Entschluss gefasst. Er hielt seinem Vater den Schlüssel hin. »Hier, damit du überall reinkommst, wenn du wieder Geschäftsführer bist, Vater«, sagte er.

Sein Vater machte keine Anstalten, den Schlüssel zu nehmen. »Ach, behalte du ihn doch, solange du hier das Sagen hast.«

»Nein, du bist bald wieder Geschäftsführer, ich brauche ihn nicht mehr.«

»Wie meinst du das?«, zischte sein Vater.

Kurt antwortete nicht, drückte dem überraschten Herrn Palm den Schlüssel in die Hand und nickte beiden zu. »Meine Herren, bitte entschuldigen Sie mich, aber ich gehe schon mal vor zum Wagen. Es ist mir einfach zu kalt hier.«

Kapitel 23

Köln, Februar 1947

Der Festsaal des Weinhauses St. Peter hatte sich an diesem Rosenmontag durch die vielen Menschen gut erwärmt. Dabei konnte man den Raum eigentlich nicht als Festsaal bezeichnen, war es doch nicht viel mehr als der alte Versammlungsraum eines kirchlichen Vereinshauses, das man notdürftig wiederhergestellt hatte. Man hatte den Umstand, dass die Außenmauern des entkernten Gebäudes noch standen und auch der Fußboden erhalten geblieben war, genutzt, um die Fenster mit Brettern zu vernageln und ein provisorisches Blechdach daraufzulegen. Es war nicht viel mehr als ein Zelt, das den großspurigen Namen »Weinhaus St. Peter« trug, benannt nach der gleichnamigen Kirchengemeinde in der Nähe, die im Krieg fast restlos zerstört worden war – aber zum Feiern reichte es. Bunte Girlanden hingen an den rußgeschwärzten Wänden, lange Tischreihen zogen sich durch den Saal, an denen bunte Kappen leuchteten, und auch, wer kein Kostüm mehr besaß, trug zumindest einen selbst gebastelten Papierhut oder hatte sich Herzchen auf die Wangen gemalt. Die Menschen schunkelten nach den Karnevalsliedern, die die Kölsche Combo spielte. Emma hatte sie zusammen mit den anderen in den letzten Wochen eingeübt, sie spielten ihr Programm und dazu viele Karnevalslieder. Sie hatten oft geprobt, denn nach jeder Probe hatte es für jeden eine Mahlzeit gegeben, und das hatten sie weidlich ausgenutzt. Emma und Irma sangen jetzt den »Treuen Husar«, und viele standen auf und machten eine Polonaise durch den Saal. Sie schwangen ihre Kappen und sangen lauthals mit, als wollten sie der ganzen Welt zeigen, dass sie überlebt hatten und der Kölsche Karneval mit ihnen. Man ließ sich nicht unterkriegen, oh nein, man feierte in den Ruinen und würde alles wieder aufbauen.

»Es war einmal ein treuer Husar, der liebt' sein Mädel ein ganzes Jahr, ein ganzes Jahr und noch viel mehr, die Liebe nahm kein Ende mehr«, sangen Emma und Irma.

Emma schwitzte in ihrem Harlekin-Kostüm, das sie nach langer Zeit wieder trug und das Mama zum Glück nicht aufgetrennt und für etwas Neues verwendet hatte. Ihr war heiß unter dem hohen schwarz-weißen Hut und der weißen Schminke – ein völlig neues Gefühl, wieder zu schwitzen, nach den letzten Wochen, in denen sie fast nur gefroren hatte. Sie hatte nachts im Mantel geschlafen, als sie in ihrem Bett im alten Kinderzimmer übernachtet hatte. Sie hatte Dinge getan, für die sie sich im Nachhinein schämte. So hatte sie ihr gutes Paar Schuhe, das Kurt ihr geschenkt hatte, gegen ein paar Würste auf dem Schwarzmarkt eingetauscht, und sie hatte das geheime Tageslager eines Schwarzhändlers in den Ruinen aufgespürt und gestohlen, ja, sie hatte sogar ein Brot aus ihrem Laden an der Ecke mitgehen lassen, als der Inhaber nicht hingesehen hatte. Es lag an der Stadt und an der großen Not, die hier herrschte, in der jeder überleben musste. Man trennte sich Stück für Stück von seiner guten Erziehung und tat Dinge, die man nicht tun durfte, aber musste. Die Gäste dieser Veranstaltung hatten zusätzlich zum Eintrittsgeld noch Briketts mitbringen müssen, die mit Sicherheit gestohlen worden waren. Aber nach der Silvesteransprache ihres Kardinals Frings nannte man es hier nicht mehr stehlen. Der Vorgang hatte einen neuen Namen bekommen. Man nannte es jetzt »fringsen«, wenn man dazu gezwungen war, sich etwas zu organisieren.

Der Combo ging es einigermaßen gut, denn sie hatten in den letzten Tagen jeden Tag Auftritte gehabt und sich satt essen können. Sie hatten sogar vom Wirt an diesem Tag zusätzlich zu ihrem dünnen Kölsch noch Knolli-Brandy bekommen. Emma starrte in den Saal hinunter, und die Polonaise und die bunten Kappen verschwammen vor ihren Augen. Wie konnten die Leute nur so fröhlich sein bei diesem Lied, das eine so traurige Geschichte erzählte? Während der Husar in einem fremden Land weilt, wird seine Geliebte todkrank. Er kehrt zurück und kann ihr nur noch beim Sterben zusehen und sie zu Grabe tragen. Aber die Gäste hörten nicht auf die Geschichte, sondern nur auf die Melodie, die so fröhlich klang.

»... *ein ganzes Jahr und noch viel mehr,*
die Liebe nahm kein Ende mehr«, sangen sie.

Emma lächelte in Irmas Richtung. Irma sah gut aus, sie trug ihr altes Feenkostüm, das noch von der Schulaufführung des *Sommernachtstraums* stammte. Sie beide lächelten andauernd, den ganzen Tag schon. Das Lächeln war in Emmas Gesicht festgewachsen, es gehörte zu ihrem Auftritt an diesem Tag wie das Schunkeln, die Musik und die Lieder.

Dabei war ihr gar nicht zum Lächeln zumute. Die Traurigkeit saß tief in ihr drinnen, sie hatte sie weggeschlossen, als könnte sie sie in ihr Herz sperren. Das Lied endete, und Emma nahm ihren Becher und trank einen großen Schluck Schnaps. Sie wusste, sie musste vorsichtig sein, denn davon reichten nur ein paar Schlucke, und die Welt würde sich schneller drehen, und schließlich mussten sie ja noch spielen. Aber es machte auch alles erträglicher.

Sie spähte zum Schlagzeug hinüber und fing einen Blick von Gerd auf. Er zwinkerte ihr zu. Sie sangen jetzt »O Mosella«, den neuesten Karnevalsschlager, und die Leute schunkelten und sangen mit.

Danach machten sie Pause. Alle waren angeheitert. Irma setzte sich auf Nikolais Schoß und schäkerte mit ihm herum. Max lehnte am Klavier und trank Knolli-Brandy. Gerd kam zu Emma, musterte sie gespielt streng und stupste sie an die Schulter. »Na, Harlekin? Du musst deinen Lippenstift nachziehen, es klebt zu viel am Schnapsbecher.« Er deutete auf ihren Becher, auf dem ihr Lippenstift einen deutlichen Abdruck hinterlassen hatte.

»Ich muss vor allem meinen Hut loswerden, er bringt mich noch um!« Sie stöhnte und schob einen Finger unter ihren Harlekinhut, unter dem ihr langes Haar steckte.

Gerd lachte. »Du weißt ja: Kein Kostüm ändern, bevor der Auftritt vorbei ist.«

Emma winkte ab, stellte ihr Akkordeon beiseite und erhob sich, um zur Toilette zu gehen.

»Warte, ich komme mit«, rief Irma und hüpfte von Nikolais Schoß herunter.

Die Toilette war nicht mehr als ein behelfsmäßiger Raum, vor dem eine lange Schlange Frauen anstand. »Komm, wir gehen woanders hin.« Irma nahm Emma an der Hand und zog sie nach draußen in den Schnee, wo sie in den Ruinen eines Nachbarhauses ihre Notdurft verrichteten.

Es war bereits dunkel, und niemand nahm Notiz von ihnen. Emma zog sich den Hut vom Kopf und schüttelte ihr langes Haar. »So muss es auch gehen«, sagte sie.

»Ja klar.« Irma hakte sie unter, und sie gingen zurück zum Festsaal.

Vor der Tür wartete Gerd und rauchte. Irma ging hinein und Emma gesellte sich zu ihm.

»Bald ist alles vorbei«, meinte er nachdenklich, während er den Rauch ausblies. »Und wir haben wieder nur den Rheinpalast. Wir brauchen mehr Auftritte.«

Emma nickte. Sie wusste, wie dringend sie neue Auftritte brauchten. Mehr Auftritte bedeuteten mehr warme Mahlzeiten, von denen ihr Leben abhing. »Vielleicht öffnen bald wieder mehr Kneipen«, sagte sie. »Der Winter kann nicht ewig dauern.«

Gerd nickte und sah sie nachdenklich an. Er machte noch einen Zug und gab ihr dann seine Zigarette. »Hier, willst du? Mach mal einen Zug, ist gut gegen Hunger.«

Sie lehnte ab, doch er ließ nicht locker. »Komm schon, zier dich nicht so.«

Also tat sie ihm den Gefallen und paffte einen Zug, was ihm jedoch nicht gefiel.

»He, richtig auf Lunge, nicht nur paffen.«

Widerwillig rauchte sie auf Lunge und musste husten. Kopfschüttelnd gab sie ihm die Zigarette zurück. »Nichts für mich.«

Er lehnte den Kopf an die Hausmauer. »Warum nicht? Ich find's schön, wenn Frauen rauchen.«

Sie blickte auf seinen schmalen Mund, betrachtete seinen Hals mit dem Adamsapfel, der scharf hervorstach. Sie wusste, Gerd bot sich ihr an, er hofierte sie schon seit einiger Zeit und hoffte auf eine Gelegenheit, sie zu küssen. Emma starrte auf seinen Hals, seinen Mund und kämpfte gegen die Verlockung an, sich abzulenken und vielleicht ein wenig Vergnügen zu finden. Ihre Traurigkeit nicht fühlen zu müssen, den Schmerz. Sie hatte es sich nicht so vorgestellt. Sie hatte geglaubt, vernünftig zu handeln, indem sie Kurt gehen ließ, sie hatte ihm ein neues Leben in seiner Welt schenken wollen, aber mit diesem Schmerz hatte sie nicht gerechnet. Es hatte Tage gegeben, da war sie versucht gewesen, den Überlandbus zu ihm zu nehmen, um sich mit ihm auszusprechen. Doch dann hatte sie sich daran erinnert, wie er nach der Gerichtsverhandlung neben ihr in der Küche am Tisch gesessen und auf Mamas Anspielung mit der Hochzeit nichts gesagt hatte, und war geblieben.

Gerd öffnete die Augen und streckte seine Hand nach ihr aus. Sie wich zurück.

»Was ist? Willst du dich nicht ein bisschen amüsieren?«

Sie verharrte reglos und sah ihn nur an. Er war fremd und schmeckte wahrscheinlich nach Zigaretten. Nein, sie wollte ihn nicht. Sie wollte einen Ort, an dem sie in Ruhe weinen konnte. Sie schüttelte den Kopf, als ihr Blick auf die Schlange der wartenden Menschen vor dem Eingang fiel. Sie wunderte sich, dass auch jetzt noch Leute hineinwollten, obwohl die Veranstaltung sich allmählich dem Ende zuneigte und die meisten Gäste schon betrunken waren. Der Ordner an der Tür verhandelte gerade mit einem Mann. Er schüttelte den Kopf. »Tut mir leid, wenn Sie keine Eintrittskarte haben, können Sie nicht rein.«

Der Mann wollte das nicht hinnehmen und hielt dem Ordner ein paar Geldscheine unter die Nase, was diesen jedoch unbeeindruckt ließ.

»Es ist ganz einfach: Briketts oder Eintrittskarte. Wenn Sie genügend Briketts haben, kommen Sie auch ohne Karte rein.«

Emma sah den Mann nur von hinten und dachte, dass er viel zu ärmliche Sachen für so viel Geld trug. Wahrscheinlich war er einer der vielen Schwarzhändler der Stadt, die schnell reich geworden waren und mit Geld nur so um sich warfen, dabei war er sicher nur ein Bauarbeiter oder sonst ein armer Kerl, der Talent für den Schwarzhandel besaß. Sie ließ Gerd stehen und ging hin, um ihm zu helfen. Sie würde ihn schon reinbekommen, schließlich kannte sie den Ordner. Als sie näher kam, dämmerte ihr, warum sie dem Mann hatte helfen wollen, denn er ähnelte Kurt, er hatte seine Größe und Statur, und auch die Bewegungen …

Emma hielt inne, als der Mann sich zu ihr umwandte und sie sein Gesicht unter der Schlägermütze erkannte. Es war Kurt.

Er schien einen Augenblick ebenso überrascht zu sein wie sie, öffnete den Mund, schloss ihn wieder und sah sie schweigend an.

»Emma«, sagte er nur. Er deutete auf ihr Kostüm. »Du … bist wieder der Harlekin. Steht dir gut.«

»Du trägst auch wieder deine alten Sachen«, hörte sie sich sagen. Sie wunderte sich, dass sie überhaupt etwas herausbrachte, so überrascht war sie, ihn hier zu sehen. Sie stellte sich neben ihn. »Lassen Sie den Mann bitte rein, er gehört zu mir«, sagte sie zu dem Ordner. Der nahm blitzschnell die Geldscheine von Kurt, stopfte sie in seine Jackentasche und machte ihnen den Weg frei. Wärme schlug ihnen entgegen im Festsaal, die Gäste saßen an den Tischen oder scharten sich in den Gängen. Einige Pärchen standen eng umschlungen in den Ecken und küssten sich.

Kurt zog Emma in den Schatten einer rußgeschwärzten Mauer. Er hatte seine Schlägermütze abgesetzt und hielt sie in den Händen. Seine welligen Haare klebten an der Stirn, dort, wo sie gesessen hatte.

Emma deutete auf seine Mütze. »Ich dachte, du hättest sie nicht mehr.« Ein wehmütiges Gefühl erfasste sie, denn es war die Mütze, die er bei ihrem Kennenlernen getragen hatte.

Kurt drehte sie in seinen Händen. »Ich könnte mich niemals von ihr trennen. Das alles hier, unsere gemeinsame Zeit hier in Köln – es ist nicht so, dass ich das vergessen habe. Ich könnte das nie vergessen.«

»Das ist schön«, sagte Emma mit rauer Stimme, während eine neue Angst in ihr aufstieg und die Freude über ihr Wiedersehen verdrängte. War er nur gekommen, um ihr zu sagen, wie schön die gemeinsame Zeit mit ihr gewesen war und er sich immer daran erinnern würde, wie an eine sonnige Episode in seinem Leben? Sie schluckte heftig. »Warum bist du hier?«

Er knetete und drehte seine Mütze. »Ich habe dich gesucht. Ich habe mir schon gedacht, dass du hier sein musst, weil ihr im Rheinpalast nicht wart. Ich wohne in unserem Hotel.«

Emma erwiderte nichts und beobachtete ihn still.

»Ich wollte dich sehen«, fuhr er fort. »Und auch … mit dir sprechen. Etwas ging mir nicht aus dem Kopf. Wie meintest du das, als du sagtest, ich hätte dich genauso wie mein Vater nicht akzeptiert?«

Emma presste ihre Hände gegeneinander, als Unmut in ihr aufstieg. Sie wollte nicht noch einmal darüber reden, sie wollte nicht mehr mit ihm streiten. Sie ging einen Schritt nach vorn. »Tut mir leid, was ich gesagt habe. Ich habe es nicht so gemeint. Ich glaube, ich habe überreagiert, weil du immer so abweisend zu mir warst. Als wir bei deinen Eltern wohnten und in der Firma – du hast dich oft so abweisend mir gegenüber verhalten, als wäre ich gar nicht da. Vor allem später, als deine Cousine zu Besuch war.«

Kurt starrte sie an. Er hörte auf, seine Mütze zu kneten, steckte sie in die Jackentasche und verschränkte die Arme auf dem Rücken. Nun stand er vor ihr wie ein Soldat. »Ich habe dich nicht respektvoll behandelt, nicht, wie ein Mann die Frau, die er heiraten will, behandeln sollte«, stellte er fest.

Sie rang mit den Händen. »Kurt, ich … ich hätte aber auch nicht so überstürzt abreisen dürfen, ohne mit dir zu reden. Und dann haben wir uns beim letzten Mal nicht ausgesprochen, ich habe dich gehen lassen …«

»Wir haben beide Fehler gemacht«, sagte er. »Aber dass ich abweisend auf dich gewirkt habe … Ja, so gesehen hattest du recht, ich habe dich wie mein Vater nicht akzeptiert. Ich hätte dir nie das Gefühl geben dürfen, nicht gut genug zu sein.« Er ließ seine Hände sinken und kam näher. »Ich habe lange nachgedacht. Es muss mein Vater gewesen sein, sein Einfluss auf mich – das habe ich unterschätzt. Aber ich will die Schuld nicht auf ihn schieben, es war allein meine Schuld.« Er nahm ihre Hände. »Glaub mir, Emma, ich liebe dich, und zwar genau so, wie du bist. Und wenn ich es dir nicht immer gezeigt habe, dann tut es mir leid. Ich möchte nicht ohne dich leben.« Er zog sie zu sich heran.

Emmas Atem ging schneller. Sie hörte ihr Herz aufgeregt klopfen. Gleichzeitig fühlte sie sich merkwürdig benommen. Träumte sie nur oder war sie gerade aus einem langen Albtraum erwacht und dies war die Wirklichkeit? Sie schmiegte sich an ihn, spürte zu ihrer Freude, wie er die Arme um sie schloss. Langsam begriff sie, dass dies die Wirklichkeit war. Sie hatten beide nur so lange gebraucht, um es zu verstehen.

»Ich liebe dich auch«, sagte sie.

Sein rauer Dreitagebart kratzte an ihrem Gesicht. Sie roch den leicht muffigen Geruch seiner Jacke, die er lange nicht mehr getragen hatte, neben seinem vertrauten Geruch und atmete tief. Sie konnte es immer noch nicht fassen, dass er wirklich hier war, dass er ihretwegen zurück nach Köln gekommen war. Dass er sie liebte. Gerade war sie noch traurig gewesen und jetzt taumelte sie vor Freude und Erleichterung. Ihre Knie wurden weich. Sie legte den Kopf an den rauen Stoff seiner Jacke und weinte. Er strich über ihr Haar, nahm ihr Gesicht in beide Hände. Zärtlichkeit lag in seinem Blick, als er sie ansah, so viel davon, wie sie schon lange nicht mehr gesehen hatte. So lange hatte sie ohne diesen Blick leben müssen!

»Emma, was ist denn?«, fragte er sanft.

Der Klang seiner Stimme! So hatte sie schon lange nicht mehr geklungen. Ihr Kurt war wieder da. Ihr alter Kurt, wie sie ihn kannte, wie er schon immer gewesen war. Es gab ihn noch, irgendwo hinter der Fassade des anderen Kurt hatte er die ganze Zeit gelebt. Emma seufzte auf. »Du bist wieder da, endlich bist du wieder da.«

Er sah überrascht aus. Sanft strich er mit dem Daumen ihre Tränen fort. Dann senkte er seine Lippen auf ihre, und sie öffnete ihren Mund für einen langen Kuss. Sie ließ sich hineinfallen in die Umarmung. Während sie sich küssten und Emma spürte, wie die Leidenschaft allmählich in ihr stieg, dachte sie in einem Winkel ihres Hirns, wie gut sich das Glück anfühlte.

Sie kam zu spät zurück auf die Bühne und spielte wie benommen. Automatisch flogen ihre Finger über die Klaviatur des Akkordeons, während die Combo ihr gesamtes Programm noch einmal durchspielte und die Gäste schunkelten und tanzten. Immer wieder sah Emma hinüber zu jener Stelle, wo Kurt an der Mauer lehnte, sein dünnes Kölsch trank und das Treiben beobachtete. Sie fürchtete immer noch, irgendwann aus diesem schönen Traum erwachen zu müssen, und Kurt wäre plötzlich verschwunden. Aber er ging nicht, er wartete, bis sie zu Ende gespielt hatten, bis der Saal sich allmählich geleert hatte und die letzten Betrunkenen an den Tischen kauerten, schliefen oder mit glasigen Augen vor sich hinstarrten.

»Sehe ich richtig?«, raunte Irma ihr zu, als sie die Instrumente einpackten, und deutete mit dem Kopf zu Kurt hinüber.

»Ja«, sagte Emma glücklich.

»Dann bleibt er für immer«, bemerkte Irma, lächelte vielsagend und drückte ihr den Arm.

Beinahe wäre Emma wieder in Tränen ausgebrochen, aber sie hielt sich zurück.

Als Lohn für ihren Auftritt bekamen die Musiker jeder eine Portion Reisbrei mit Apfelmus, die die Frau des Wirts ihnen brachte. Das Wirtsehepaar wohnte wohl in der Nähe, die Frau musste den Brei nur aufgewärmt haben.

Kurt gesellte sich zu ihnen und brachte die Wirtsfrau dazu, ihm zum Tausch gegen ein paar Geldscheine noch eine Portion zu bringen. Er spendierte allen noch eine Runde Schnaps, legte den Arm um Emma und hob seinen Becher. »Auf die Kölsche Combo und auf den Karneval!«, rief er, und alle stießen an.

Auch Gerd hob sein Glas. »Auf die Zukunft!«, rief er. »Kölle alaaf!«

Alle stürzten den Schnaps hinunter. Ein Betrunkener am Ende des Tisches hob die Hand und säuselte: »Kölle alaaf!«, ehe der Ordner erschien und ihn zur Garderobe brachte.

Es war schon spät, als Kurt und Emma sich vor dem Weinhaus von den anderen verabschiedeten und durch die verschneite Altstadt zurückgingen. Sie hielten sich fest an den Händen und liefen über den hart gefrorenen Schnee der Wege und Straßen. Auf den Ruinen und Schutthaufen leuchtete der Schnee in der Nacht, am Himmel funkelten unzählige Sterne. Viele dunkle Fensterhöhlen der Häuserfassaden schienen sie mit verborgenen Blicken zu verfolgen, als würden die ehemaligen Bewohner der Häuser dort noch wohnen. Die Mauern bargen ihr vergangenes Leben in sich und hüteten es als Geheimnis, das nur sie kannten. Ihr Schweigen schien Bände zu sprechen in der Stille der Nacht. Manchmal drang schwacher Lichtschein aus den Ritzen der mit Brettern verschlossenen Fenster, aus manchen drang leise Karnevalsmusik, die im Radio spielte. Kurt und Emma liefen schweigend, als hätten sie ein stilles Einverständnis darüber getroffen, dass jedes Wort ihren neuen Frieden und den Zauber der Nacht zerstören konnte. Manchmal hielten sie an, um sich zu küssen, aber nicht lange, denn die Kälte kroch ihnen unter die Mäntel.

Emma folgte Kurt in das baufällige Hotel in der Stadt. In einem Ofen im Aufenthaltsraum wurden Ziegelsteine warm gehalten, die sie sich mitnehmen konnten. Kurt hatte tatsächlich wieder dasselbe Zimmer bekommen, das sie auch schon vor ein paar Monaten bei ihrem Besuch in Köln gemietet hatten. Sie sanken ins Bett und klammerten sich aneinander, und zum ersten Mal seit Wochen schlief Emma nicht mehr in ihrem Mantel. Kurt küsste sie überall, bis die Leidenschaft sie verschlang und sie in auf- und abschwellenden Kreisläufen die ganze Nacht gefangen hielt. Es war, als folgten sie einem uralten Gesetz, das ihre Körper sprechen ließ und auch ihre Seelen, weil sie sich nach wochenlanger Trennung wiedergefunden hatten. Sie schliefen erst ein, als die Kerze längst niedergebrannt war und das erste Tageslicht durch die Ritzen der vernagelten Balkontür drang.

Später erwachten sie von den Geräuschen des Zimmermädchens, das summend durch den Flur lief und schlüsselklappernd die Türen aufschloss. Emma zog sich rasch Rock und Pullover an, die sie mitgenommen hatte, und verstaute ihr Harlekinkostüm in ihrem Beutel. Sie ging zur Toilette den Flur hinunter, danach ließ sie sich vor dem kleinen Spiegel vor der Kommode nieder, dem ein Stück fehlte. Kurt beobachtete, wie sie sich die langen Haare kämmte und sich die Lippen nachzog. Sie erwiderte seinen Blick im Spiegel, schürzte die Lippen und warf ihm einen Luftkuss zu.

Er lächelte und beobachtete jede ihrer Bewegungen. »Ich habe das Hotelzimmer noch die ganze Woche«, sagte er und zwinkerte ihr zu. »Verlängerung nicht ausgeschlossen.«

Sie stand auf, ging zum Bett und küsste ihn. »Wunderbar.« Sie bedeckte sein Gesicht mit Küssen.

Er streckte sich wohlig zurück und stöhnte leise, was neue Lust in ihr aufkommen ließ. »Heute Abend wirst du dich mir überlassen«, sagte sie, bevor sie mit ihrem frisch geschminkten Mund einen Abdruck auf der weichen Stelle unterhalb seines Kinns hinterließ.

»Nur zu gern.« Er grinste. Seine Hand glitt unter ihren Rock und wanderte bis zum Strumpfhalter hinauf. »Bis wann spielt ihr denn heute Abend im Rheinpalast?«

»Bis zehn.« Sanft schob sie seine Hand fort und erhob sich. »Ich muss jetzt gehen. Meine Eltern machen sich bestimmt Sorgen.«

Er ließ sich zurück auf das Kissen fallen und warf ihr einen anzüglichen Blick zu. »Dann muss es wohl so sein«, sagte er seufzend.

»Und was machst du, Lebemann?«, fragte sie, während sie sich den Mantel anzog. Sie zwinkerte ihm zu.

Er verschränkte die Hände hinter dem Kopf. »Nichts Weltbewegendes. Ich gehe zu den Schwarzmärkten und versuche zu überleben. Vielleicht werde ich ein paar alte Bekannte wiedertreffen.«

»Bist du mit dem Lkw hergekommen?«

Er nickte. »Steht in der alten Halle. Hier kommt man ja sonst nirgendwo durch.«

Emma lächelte. Beruhigend zu wissen, dass es die Halle noch gab. Es gefiel ihr, dass Kurt sie wieder nutzte, wenn auch nur dafür, den Lkw zu parken. Die Halle lag günstig, von dort aus konnte man schnell die neue Brücke über den Rhein erreichen. Kurt stand auf und kleidete sich an. Er streifte sich einen dicken, dunkelgrünen Rollkragenpullover über, der ihm ausgezeichnet stand. Er passte gut zu dem Grün in seinen Augen. Das sagte sie ihm auch.

Kurt lächelte und nahm sie in die Arme. »Ich lass dich nicht weggehen.« Hungrig presste er seine Lippen auf ihre, und sie küssten sich. Danach sagte er: »Da ist übrigens noch etwas, was ich dir sagen möchte.«

Er fingerte in seiner Hosentasche, und Emma fragte sich, ob er ihr wohl den Hallenschlüssel geben wollte. Hoffnung glomm in ihr auf. Vielleicht hatte er ein paar Vorräte abzugeben, die er dort aufbewahrte. Er zog die Hand wieder hervor, sie umschloss etwas, aber es war wohl nicht der Hallenschlüssel. Kurt lächelte. Sein Lächeln hatte etwas von einem Schuljungen, der etwas versteckte, etwas – Unsicheres.

Emma musterte ihn erstaunt. Unsicherheit gehörte nicht zu Kurts Verhalten, er verhielt sich meistens sicher und gewandt – eine Eigenschaft, für die sie ihn immer bewunderte. Aber auch jetzt, als er sie ansah wie ein Schuljunge, der etwas versteckte, verstand sie nur zu gut, warum seine Lehrerin ihn heute noch gernhatte.

»Was ist los?«, fragte sie.

Das Schuljungen-Lächeln verschwand, und Kurt wurde ernst. »Ich möchte dir etwas geben, das ich dir schon lange hätte geben sollen. Ich hätte es dir gleich nach dem Abend im Heckenrather Hof geben sollen, als du bei uns wohntest.

Gleich, nachdem ich dir den Heiratsantrag gemacht habe.« Er öffnete seine Hand, auf der ein goldener Ring lag, nahm ihn und hielt ihn hoch. »Es ist der Verlobungsring meiner Mutter, sie hat ihn mir für dich gegeben. Ich hoffe, er passt dir.« Er nahm ihre Hand und steckte Emma den Ring an den Finger.

Emma stand still und hielt ihre Hand hin. Der Ring glitt mühelos über ihren Knöchel und weiter auf ihren Finger. Es war ein schöner Goldring mit kunstvollen Verzierungen, in deren Mitte ein heller Stein glitzerte. Sie betrachtete ihn schweigend.

»Gefällt er dir?«, fragte Kurt, der sie aufmerksam beobachtete.

Emma schluckte. Sie war so gerührt, dass sie nichts sagen konnte. »Er ist … er ist wunderschön!«, brachte sie schließlich hervor und fiel ihm um den Hals. Lange standen sie so da. Kurt hielt sie fest, und sie schmiegte sich an ihn. »Sind wir jetzt verlobt?«, murmelte sie an seinem Ohr.

Er ließ sie los, hielt sie aber weiter an den Händen fest. »Doktor Lange sagt, dass wir uns nicht verloben dürfen, solange du noch verheiratet bist. Sieh es als Erneuerung meines Heiratsantrages an. Ich hätte das schon lange tun müssen. Das ganze Versteckspiel bis zu deiner Scheidung war ein Fehler.« Er sah zerknirscht aus.

Emma fasste seine Hände fest. »Schon gut. Ich habe auch Fehler gemacht. Die Hauptsache ist, dass wir zusammen sind.« Sie blickte auf den Ring hinunter, ließ Kurt los und hielt ihre Hand hoch. »Er ist so schön, so perfekt …« Sie drehte den Ring ein wenig hin und her und betrachtete ihn staunend in dem wenigen Licht, das durch die Ritzen der Bretter vor der Balkontür hereinfiel.

Kurt trat hinter sie und umfing sie mit seinen Armen, küsste ihren Nacken. Ein wohliger Schauer durchrieselte Emma. Sie nahm seine Hand, und sie verschränkten die Finger ineinander.

Emma lehnte den Kopf an seine Schulter. »Danke«, sagte sie. »Auch an deine Mutter. Wie geht es ihr eigentlich?«

»Gut. Ich soll dir herzliche Grüße ausrichten. Wir haben noch eine Karte von meinem Bruder bekommen.«

»Wie schön. Ich wünsche es euch so sehr, dass er zurückkommt.«

Kurt nickte und legte sein Kinn auf ihre Schulter. »Ich auch. Mein Vater ist im Spruchkammerverfahren reingewaschen worden. Er wartet jeden Tag auf den Bescheid der Briten, dass er die Firmenleitung wieder übernehmen kann.«

Emma seufzte. Als sie an Kurts Vater dachte, stieg wieder das unangenehme Gefühl der Angst in ihr hoch. »Wirst du ihn weiter unterstützen?«

Kurt ließ sie los und stellte sich ihr gegenüber. »Ich werde nicht mehr zurückgehen. Mein Vater soll die Firma allein weiterführen, bis Hans wiederkommt. Ich habe vor, in Köln zu bleiben.«

Emma spürte Erleichterung aufsteigen und Freude. Er würde wieder in Köln leben, bei ihr. Vielleicht könnte er sogar wieder bei ihren Eltern oder bei Klara wohnen, oder er fände eine eigene Unterkunft, bis sie geschieden wäre, und dann würden sie heiraten und sich hier ein neues Leben aufbauen. Sie nahm seine Hände. »Ich fände es wunderbar, wenn wir hier wieder zusammenleben könnten wie früher. Wir bauen uns hier ein neues Leben auf.«

Er lächelte, doch es lag ein trauriger Zug um seinen Mund.

Sie bemerkte es und wurde ernst. »Aber ... du kannst die Firma nicht aufgeben. Du hast dich so gut eingearbeitet. Die Mitarbeiter lieben dich. Du kannst nicht wegbleiben.«

»Oh doch, ich kann«, erwiderte er. »Ich weiß auf jeden Fall genau, was ich nicht kann. Unter der Fuchtel meines Vaters könnte ich nie arbeiten. Das ist mir klar geworden.«

»Also ist es nicht nur meinetwegen? Du willst nicht nur meinetwegen hier leben?«

Kurt schüttelte den Kopf. »Nachdem du weg warst und der Schiedsspruch der Kammer kam, hat sich mein Vater verändert. Seitdem er wusste, er kann wieder zurück in die Firma, war er wieder ganz der Alte. So, wie ich ihn immer schon kannte.« In seiner Stimme schwang Bitterkeit mit.

Emma fröstelte bei dem Gedanken, sein Vater könnte noch schlimmer sein als vorher. Sie ging zu Kurt und nahm seine Hände. »Wir schaffen es hier«, versprach sie. »Wir kommen schon durch. Hauptsache, wir sind zusammen.«

Kurt lächelte, strich eine Haarsträhne aus ihrer Stirn und küsste sie auf den Scheitel. »Doktor Lange ist übrigens zuversichtlich, dass ihr nach Christians Verurteilung bald geschieden werdet.«

»Das sind ja wunderbare Nachrichten!« Emma strahlte. Sie fasste Kurts Hände fester. »Ich werde bald geschieden, ich werde bald geschieden!«, jauchzte sie, dann ließ sie sich seufzend auf das Bett fallen und lachte. Lange hatte sie sich nicht mehr so glücklich und unbeschwert gefühlt. Sie starrte an die kahlen Wände, an die fleckige Decke, die vor ihrem inneren Auge verschwanden und anderen Bildern Platz machten. Bilder von einer schön eingerichteten Wohnung oder sogar einem Haus tauchten vor ihr auf. Bilder einer gemeinsamen Zukunft mit Kurt. Der Gedanke an ihre Eltern, die sich Sorgen um sie machten, weil sie nicht nach Hause zurückgekehrt war, trat in den Hintergrund. Sie wollte sich überhaupt nicht mehr von Kurt trennen, keine Minute. »Weißt du was, komm einfach mit zu meinen Eltern, und wir erzählen ihnen alles. Sie werden sich freuen.« Sie hielt die Hand mit ihrem neuen Ring in die Höhe.

Kurt lächelte. »Also gut, gehen wir. Erzählen wir ihnen alles.« Er streckte die Hand nach ihr aus.

Kapitel 24

Köln, März 1947

Erst Mitte des Monats setzte Tauwetter ein. Eisschollen trieben auf dem Rhein, der Fluss führte Hochwasser. In der Stadt rutschten Schneebretter von den noch intakten Hausdächern und krachten auf die Wege und Straßen. Tauwasser drang durch die schadhaften Dächer und lief die Wände der Ruinen hinab. Emma und Armin waren gemeinsam auf den Dachboden ihres Hauses gegangen, um die vollen Wassereimer zu entleeren, ehe sie überliefen. An diesem Sonntag war es besonders warm – Temperaturen von fünfzehn Grad konnten einem nach diesem Winter schon sehr warm erscheinen –, und die Wassereimer unter den winzigen Löchern und Ritzen im Dach waren bis zu den Rändern gefüllt.

»Gerade noch rechtzeitig«, meinte Emma und entleerte den vollen Zinkeimer aus dem Dachfenster. Das Wasser lief unten über das Verandadach und tropfte von dort in den Garten. Armin tat dasselbe mit dem anderen Wassereimer. Er hatte sich die Ärmel seines dunkelroten Strickpullovers hochgeschoben, der zu seiner Sonntagstracht gehörte wie seine zu kurz gewordene Hose, auf deren abgenutzte Stellen am Knie Mama zwei Stoffflicken genäht hatte. Armins helles, dickes Haar glänzte in der Sonne, die durch das Dachfenster hereinfiel. Es war frisch gewaschen, da gestern Badetag gewesen war.

Emma betrachtete ihren Bruder zufrieden. Er hatte wieder etwas zugenommen, da er in der letzten Woche die Schulspeisung von zwei verreisten Freunden bekommen hatte und sich mit drei täglichen Portionen bis zum Bersten hatte satt essen können. Ihr Bruder war ein Überlebenskünstler.

»Das Dach muss dringend ausgebessert werden«, sagte Emma, legte den Aufnehmer auf den Boden und stellte den leeren Eimer darauf. »Wir müssen noch lernen. Das schiebst du schon das ganze Wochenende auf.«

Armin verdrehte die Augen. »Hat das nicht bis nächste Woche Zeit? Die Prüfung ist doch erst nach Ostern!«

»Je eher wir anfangen, desto besser«, bestimmte Emma. »Du willst doch die Prüfung für die Aufbaurealschule bestehen, oder? Du weißt, die meisten fallen durch. Du musst dich besonders anstrengen.«

»Aber ich bin heute mit meinen Freunden verabredet!«, protestierte Armin. »Wir wollten zum Rhein. Es ist so schönes Wetter!«

Emma seufzte. Es ärgerte sie, dass Armin nicht üben wollte. Diese Prüfung war eine gute Chance für ihn, die Schule zu wechseln und einen besseren Abschluss zu bekommen, außerdem nahm sie sich extra Zeit für ihn. Aber irgendwo verstand sie auch, dass er bei diesem schönen Wetter lieber rausgehen wollte. »Na gut, ich habe eigentlich auch keine Zeit. Heute gehe ich mit Kurt in den Volksgarten.«

Armin strahlte. »Also üben wir morgen.«

»Aber dann wirklich.«

»Versprochen.« Armin hob den letzten vollen Eimer auf und ging zum Dachfenster, das nach vorn hinausführte.

»Nicht vorn auskippen!«, warnte ihn Emma, aber da war es schon zu spät. Sie hörte das Wasser durch das Loch in der Dachrinne abfließen und unten vor dem Küchenfenster ins Beet fallen. Dann hörte sie eine Autotür schlagen.

Armin lehnte sich aus dem Dachfenster, fuhr wieder zurück und presste seine Hand vor den Mund. »Auweia!« Sein schuldbewusster Blick wanderte zu Emma.

Sie stürzte zum Fenster und sah hinaus. Unten auf der Straße war der Mercedes der Hüffenbergs vorgefahren. Josef öffnete gerade den Wagenschlag und sah zu ihr hinauf. Das Wasser hatte Matsch aufgewirbelt, der seine Hose beschmutzt hatte. Aber Josef kümmerte sich nicht darum und half Kurts Mutter aus dem Wagen. Sie richtete sich auf, strich ihren Pelzmantel glatt und maß das Haus mit neugierigen Blicken.

Hastig tauchte Emma hinter das Dachfenster. Ihr Herz begann schneller zu schlagen. Meine Güte, dachte sie. Kurts Mutter kam überraschend zu Besuch, nachdem sie wochenlang nichts von ihr gehört hatten, und das ausgerechnet, als sie die Wassereimer entleerten. Aber dann dachte sie, dass Margarete Hüffenberg wahrscheinlich nichts von dem Wasserfall mitbekommen hatte – nur Josef hatte es getroffen, und der würde wohl schweigen, wie immer. Was wollte Margarete nur hier? Wollte sie versuchen, Kurt davon zu überzeugen, wieder nach Hause zurückzukommen? War mit Hans etwas passiert? Emma fiel ein, dass sie nicht mitbekommen hatte, ob Margarete allein gekommen war. Verdammt.

»Sieh mal nach, wer alles kommt«, zischte sie ihrem Bruder zu.

Armin ging zum Dachfenster. »Nichts zu sehen. Der Wagen ist zu. Nur der Fahrer sitzt drinnen.«

Von unten aus dem Hausflur erklangen Stimmen. Emma stellte sich die Überraschung ihrer Mutter vor, wenn sie Margarete erblickte. Wie sie sie hereinbitten und ihr ehrfürchtig den Pelzmantel abnehmen würde, wie sie sie in ihre ärmliche Küche bitten und sich dafür entschuldigen würde, dass sie das Wohnzimmer nicht nutzen konnten. Wie sie ihr schließlich einen Getreidekaffee anbieten würde und froh wäre, dass sie gestern gebadet hatten und heute alle Sonntagskleider trugen und sie selbst nicht wie üblich den Kittel.

Emma musste hinuntergehen. Hastig ordnete sie sich die Haare und ihr grünes Winterkleid. »Geht das so?«, fragte sie Armin, während sie sich vor ihm drehte. »Habe ich irgendwo eine Fluse? Oder einen Flecken?«

Er schüttelte den Kopf. Sie stellten die leeren Eimer unter die Löcher im Dach und gingen nach unten. Offenbar war Kurts Mutter allein gekommen. Es war ein merkwürdiger Anblick, sie auf dem Küchenstuhl sitzen zu sehen. Mama hatte ihnen bereits Kaffeetassen hingestellt und Wasser aufgesetzt. Margarete lächelte, als Emma sie begrüßte und Armin ihr artig die Hand gab und einen Diener machte. Wie immer trug sie ihr dunkelblaues Lieblingskleid, das ihr weiter denn je geworden war. In ihrem blassen, herzförmigen Gesicht leuchtete ihr Mund dunkelrot.

»Ich dachte mir, dass ich Kurt sicher hier finden kann, nicht wahr?«, sagte sie. »Er wohnt doch bei Ihnen, oder?«

»Solange unsere Untermieterin weg ist«, antwortete Emma. »Er ist mit Papa zu unserem Garten nach Lindenthal gegangen. Sie wollen zum Mittagessen zurück sein.«

»Dann warte ich hier auf ihn, wenn es recht ist.«

»Aber natürlich«, beeilte sich Mama.

»Sie wollen sich unser Grundstück ansehen«, fuhr Emma fort. »Die Trümmer des alten Hauses sollen im Frühjahr weggeräumt werden, damit wir den Garten vergrößern können. Kurt hat das alles organisiert.« Stolz schwang in ihrer Stimme mit.

»Auf dem Grundstück stand die Villa meiner Eltern, wissen Sie«, fügte Mama hinzu, die neben Emma getreten war. »Sie ist im Krieg zerstört worden.«

»Das tut mir leid«, sagte Margarete. Es klang ehrlich.

Emmas Blick fiel auf ein Paket auf dem Küchentisch. »CARE« stand in großen Buchstaben darauf.

»Frau Hüffenberg hat uns ein CARE-Paket mitgebracht«, sagte Mama, während sie vorsichtig über die Pappe strich.

Armin bekam große Augen. »Das ist für *uns*?«

Margarete nickte.

»Klasse, wir haben ein CARE-Paket!« Neugierig ging er zum Tisch.

»Es ist für Sie, Emma«, sagte Margarete. »Ein Herr Melzer hat es aus Amerika geschickt. Kennen Sie ihn?«

Daniel Melzer hatte ihr ein Paket aus Amerika geschickt! Unbändige Freude stieg in Emma auf. Sie hatte nie damit gerechnet, jemals ein CARE-Paket zu bekommen. Jetzt bekam sie eins von Daniel Melzer dafür, dass sie ihm vom Schicksal seiner Schwester und seines Neffen berichtet hatte. Dafür, dass ihre Tante die beiden versteckt und auch sie, Emma, sie nicht verraten hatte. Sie ging zum Tisch und fuhr mit der Hand über den Karton. »Ich kenne ihn aus der Firma. Er war der Dolmetscher von Mr Graham.«

»Warum hatte er unsere Adresse?«, fragte Margarete.

»Ich habe sie ihm gegeben für den Fall, dass er noch Fragen hat.«

Margarete hob ihre Brauen. »Fragen? Warum?«

»Daniel Melzer …«, meinte Mama nachdenklich. »War das nicht der Jude, der Papa am Grundstück in Lindenthal angesprochen hat?«

Emma nickte. »Genau der. Er ist mir in der Firma wiederbegegnet, als Dolmetscher bei der englischen Delegation.«

Margarete sah staunend von einer zur anderen.

»Zufälle gibt's«, meinte Emma hastig, um die beiden Frauen von weiteren Fragen abzulenken. »Vielleicht meinte er, dass ich die Sachen in der Firma verteilen soll.«

»Nein, das Paket ist für Sie«, sagte Margarete. »Machen Sie es doch schon auf!«

Mama gab Emma eine Schere. Emma durchschnitt die beiden Bänder, mit denen es verschnürt war, und öffnete es vorsichtig. Das Paket war randvoll mit Konserven gefüllt. Obendrauf lag ein Brief, der an sie gerichtet war. Emma nahm ihn und ließ ihn rasch in die Tasche ihres Kleides gleiten, ehe noch jemand fragen konnte. Zum Glück schien es niemand zu bemerken, und der Brief ging im allgemeinen Freudentaumel unter.

»Büchsenfleisch!«, rief Armin und hielt eine Dose hoch, die mit einem entsprechenden Bild gekennzeichnet war. »Und *Leeds Beef*. Was ist Beef, Emma?«

»Fleisch. Ich glaube, Rindfleisch.«

Ungläubiges Schweigen entstand. Sie nahmen Dose für Dose aus dem Paket heraus. »*Plum*«, sagte Armin. »*Creamery Butter!*«

»Nein!« Mama nahm ihm die Dose aus der Hand und starrte ungläubig auf das Etikett. »Tatsächlich, es ist Butter!« Sie presste die Dose an ihre Brust.

»Hier, Reis!« Armin hielt eine Pappschachtel hoch. »*Snow white rice.*«

»Kaffee!«, hauchte Mama. Sie ließ sich auf einen Stuhl sinken und hielt die Dose mit einem roten Etikett fest. Still starrte sie auf die ausgepackten Schätze und wischte sich eine Träne aus dem Augenwinkel.

»*Sugar!*«, jauchzte Armin. »Das ist Zucker, oder?« Er sah Emma kurz an, wartete aber ihre Antwort nicht ab, sondern holte gleich die nächste Überraschung hervor. »*Seedless raisins.*

Mama, das sind Rosinen, du kannst Papa wieder Rosinenkuchen backen. Den mag er doch so gern.«

Mama lächelte durch ihren Tränenschleier hindurch. »Sie sind extra gekommen, um uns das Paket zu bringen. Danke.« Sie tastete nach Margaretes Hand, drückte sie fest.

»Das haben Sie Emma zu verdanken«, erwiderte Margarete. »Sie hat sich in der Firma so gut eingesetzt.« Sie sah Emma an, die ihrem Bruder den Vortritt beim Auspacken gelassen und sich auf den Stuhl neben sie gesetzt hatte. »Sind Sie nur wegen des Pakets gekommen?«, fragte Emma leise.

Kurts Mutter schüttelte den Kopf. »Ich möchte meinen Sohn sehen.«

In ihre Augen trat ein sehnsuchtsvoller Ausdruck. Vielleicht, dachte Emma, hätte sie Kurt schon eher in den letzten Wochen überreden sollen, seine Eltern zu besuchen. Aber sie hatte befürchtet, sein Vater könnte wieder versuchen, ihn zum Bleiben zu bewegen. Ihr fiel ein, dass sie sich nun endlich höflichkeitshalber auch nach Kurts Vater erkundigen musste, aber sie brachte es nicht über sich. »Kurt kommt gleich«, sagte sie, als müsste sie ein Kind trösten.

»Sie bleiben doch zum Essen, Margarete?«, fragte Mama.

»Nein, ich möchte Ihnen keine Umstände machen. Ich esse später im Hotel. Ich würde nur gern hinausgehen, und es wäre schön, wenn Sie mich begleiten würden, Emma. Nehmen Sie doch bitte Ihr Akkordeon mit, ich würde gern ein paar Lieder von Ihnen hören.« Sie erhob sich.

»Ach, ich habe ja den Kaffee ganz vergessen, entschuldigen Sie bitte!«, rief Mama und sprang auf. »Was bin ich nur für eine Gastgeberin.«

»Nein, schon gut, lassen Sie nur.« Margarete lächelte. »Ich freue mich, wenn Emma mir etwas vorspielt.« Sie blickte Emma erwartungsvoll an.

»Aber sicher.« Überrascht holte Emma ihr Akkordeon hervor, während sie sich fragte, was Margaretes ungewöhnliches Ansinnen sollte. Vielleicht wäre es nur ein Vorwand für Margarete, um allein mit ihr zu sein. Sicher wollte sie ungestört mit ihr sprechen, um sie davon zu überzeugen, dass es besser wäre, wenn Kurt und sie zurückkämen. Emma wappnete sich innerlich und überlegte, was sie sagen würde, während sie sich im Flur ihren Mantel überzog und mit Margarete in den Hinterhof ging. Die Erde im Garten glänzte feucht und matschig. Der Apfelbaum reckte seine kahlen Äste in den blauen Himmel. Margarete betrachtete interessiert das neue Hühnergehege mit dem Stall, das Kurt und Papa in den letzten beiden Wochen gebaut hatten. »Kurt hat den Draht beschafft«, erklärte Emma stolz. »Er hat alles mit meinem Vater gebaut.« Sie deutete auf das Gehege, in dem die Hühner scharrten und pickten.

»Handelt Kurt wieder auf dem Schwarzmarkt?«, fragte Margarete, die in ihrem Pelzmantel ein merkwürdiges Bild in ihrem Hinterhof abgab. Aber dann durchfuhr Emma der Gedanke, dass sie eigentlich nur Glück gehabt hatte, in eine reiche Familie hineingeboren worden zu sein. Sie hätte genauso gut wie eine der zahllosen anderen Frauen einen Kittel tragen und in einer zerbombten Wohnung wohnen können.

»Dank Kurt hatten wir in den letzten Wochen mehr zu essen«, berichtete sie stolz. Sie wollte jede Gelegenheit nutzen, Kurts Stärken hervorzuheben.

»Mein Sohn, der Überlebenskünstler«, sagte Margarete lächelnd. »Er ist längst nicht mehr wie früher. Sie haben einen guten Einfluss auf ihn.«

Emma schüttelte den Kopf. »Seine Geschäfte hier auf dem Schwarzmarkt, das Überleben – das ist er ganz allein.«

»Ich glaube, dass seine Zeit in Köln, die Erfahrungen, die er hier machen konnte, ihn zu dem neuen Mann gemacht haben, der er heute ist. Er hat sich so gut in die Firma eingebracht.«

»Das stimmt.« Emma nickte. Endlich sagte einmal jemand offen, was Kurt für die Firma getan hatte.

Margarete deutete auf ihren Verlobungsring. »Er ist schön, nicht wahr? Ich habe mir gedacht, dass er Ihnen passen wird.«

»Er ist wunderschön«, sagte Emma.

»Ehrlich gesagt, gefällt er mir an Ihnen besser als an Charlotte«, sagte Margarete. »Mein Mann würde meine Meinung missbilligen, aber man sollte nicht immer darauf hören, was Ehemänner sagen. Das habe ich inzwischen gelernt. Mein Mann hat sowieso keine hohe Meinung von mir.« Sie starrte einen Augenblick traurig in den Garten. »Es hat mir nicht gefallen, wie er versucht hat, Kurt mit seiner Cousine zusammenzubringen. Wie sie sich ihm an den Hals geworfen hat! Dabei ist sie mit Hans verlobt, mit meinem älteren Sohn! Eine Frechheit, die sich da vor unseren Augen abgespielt hat, nicht wahr?«

Emma konnte nichts erwidern, so überrascht war sie über Margaretes Worte. Sie hatte Kurts Mutter immer als Geschöpf wahrgenommen, das nur mit sich selbst beschäftigt war und sich in allem ihrem Mann fügte. Dieses hier war etwas völlig Neues.

Emma sagte nichts und nickte nur.

»Jetzt wünsche ich auch keine Verbindung mehr zwischen Charlotte und Hans. Ich hoffe sehr, dass sie ihre Verlobung lösen. Sie hat ihn nicht verdient.«

Emma überwand allmählich ihre Überraschung. »Ich hoffe für Sie, dass die Russen Hans bald freilassen.«

»Danke«, sagte Margarete. »Ich habe meinem Mann übrigens gesagt, was ich von der ganzen Sache halte. Ich habe ihm gesagt, dass es eine Unverschämtheit war, Kurt mit Charlotte zusammenbringen zu wollen, ein Unrecht gegenüber Ihnen und Hans. Das habe ich auch Kurt gesagt. Ich kann verstehen, dass Sie es nicht mehr ausgehalten haben und fortgegangen sind.«

»Sie haben das auch Kurt gesagt?«, fragte Emma erstaunt. Davon hatte Kurt ihr nichts erzählt.

Margarete nickte. »Aber glauben Sie mir, meine Meinung war nicht der Grund, warum er Ihnen nach Köln gefolgt ist. Diese Entscheidung hat er ganz allein getroffen. Ich konnte es ihm nur sagen, als er ging.« Sie seufzte tief. »Es lag an meinem Mann, er … er hat so viel zerstört.« Sie brach ab und blickte auf einen unbestimmten Punkt in der Ferne. Sie hatte Tränen in den Augen.

Auf einmal sah sie so zerbrechlich aus, dass Emma fürchtete, sie würde im nächsten Augenblick in Ohnmacht fallen. »Kommen Sie, setzen wir uns.« Sie nahm Margarete am Arm und führte sie zu dem großen Trümmerstein, auf dem sie so oft mit Kurt gesessen hatte. Der Stein war warm von der Märzsonne, als sie sich darauf niederließen.

Margarete legte ihre Handschuhe auf ihren Schoß und strich sie glatt. »Ich will nicht mehr, dass mein Mann etwas zerstört«, fuhr sie mit zitternder Stimme fort. »Ich will nicht mehr immer nur zusehen. Er hat mir Kurt schon einmal genommen. Das soll nicht noch mal passieren. Ich möchte meinen Sohn behalten.«

»Aber Sie behalten Kurt doch«, sagte Emma. »Er bleibt für immer Ihr Sohn.«

Margarete schüttelte den Kopf. »Sie können das nicht verstehen. Mein Mann ist schuld, dass Kurt sich damals freiwillig zum Kriegsdienst gemeldet hat. Er … er musste dem Gauleiter einen Sohn … für den Kriegsdienst benennen, einen, der abkömmlich war, und er hat sich für Kurt entschieden.« Sie schluchzte laut auf und schlug sich die Hände vors Gesicht. Leise weinte sie vor sich hin. Nach einer Weile fuhr sie fort: »Das Schlimmste war: Kurt hatte das Gespräch zwischen meinem Mann und dem Gauleiter belauscht, in der Bibliothek, wissen Sie? Beim Abendbrot gab es einen Streit, in dem Kurt meinem Mann Vorwürfe machte. Mein Mann hat alles abgestritten. Er streitet immer alles ab.« Sie schluchzte. »Ich habe Kurt damals nicht geglaubt, sondern meinem Mann.«

Emma legte eine Hand auf ihren Rücken und strich über den weichen Pelzmantel. Sie starrte auf die trockene Rinde des Apfelbaums, auf ein zartes Büschel Gras im Beet. Das saftige Grün verschwamm vor ihren Augen. Margaretes ungeheuerliche Worte schwirrten in ihrem Kopf. Was für ein Unrecht war Kurt angetan worden! Warum hatte er ihr das nie erzählt? Er hatte immer nur davon gesprochen, dass sein Vater seinen Bruder vorgezogen hätte. Aber dies war eine ungleich größere Kränkung gewesen. Nun verstand sie, warum Kurt sofort mit ihr nach Köln hatte gehen wollen, nachdem sein Vater zurückgekehrt war. Warum hatte er sich trotz allem, was geschehen war, so um seinen Vater und um die Firma bemüht?

Margaretes Schluchzer verebbten. Sie zog ein Taschentuch aus ihrer Manteltasche und tupfte sich die Augen trocken. »Ich hätte damals zu Kurt halten müssen. Wenn ich das doch nur eher durchschaut hätte! Wenn ich verstanden hätte, was mein Mann damals getan hat. Aber es war zu spät.«

Emma schluckte. Sie wusste nicht, was sie sagen sollte.

»Mein Mann hätte das nicht tun dürfen«, sagte Margarete bitter. »Wenn Sie nicht gewesen wären und den Brief geschrieben hätten – wer weiß, ob Kurt jemals zurückgekommen wäre. Auch jetzt wieder … Ich weiß, was mein Mann getan hat, Kurt hat es mir erzählt, und ich glaube ihm. Es ist … unverzeihlich.« Ihre Stimme klang dunkel.

Auf einmal wusste Emma, woher Kurt das hatte, dass seine Stimme dunkel klang, wenn er wütend war.

»Mein Mann will wieder als Geschäftsführer in die Firma zurück«, sagte Margarete. »Er will weitermachen wie bisher, als wäre nichts gewesen. Obwohl er alt ist und die Gefangenschaft ihn geschwächt hat … Ich bin nicht damit einverstanden. Er sollte sich zurückziehen und einem Nachfolger Platz machen. Kurt sollte Geschäftsführer der Hüffenberger Werke werden. Er hätte es wirklich verdient.«

Emma nickte.

»Was meinen Sie, Emma, würde Kurt es tun? Nach allem, was geschehen ist?«

Emma wandte den Kopf und begegnete Margaretes Blick. »Er ist gegangen, weil er nicht in der Firma arbeiten wollte, wenn sein Vater dort Geschäftsführer ist. Das würde er auf keinen Fall tun. Aber wenn er selbst die Firma leiten könnte … Ich weiß es nicht«, sagte sie ehrlich. »Vielleicht. Das muss er entscheiden.«

»Wären *Sie* damit einverstanden? Als seine zukünftige Frau sollten Sie das sein.«

»Ich weiß«, sagte Emma. »Als seine Frau würde ich immer an seiner Seite sein. Wir würden uns schon einig werden.« Sie lächelte, als sie an Kurt dachte. »Sie müssen mit Kurt darüber sprechen.«

»Das mache ich.« Margarete lächelte nun auch wieder. Sie sah erleichtert aus und ein bisschen wie ein Mädchen, das gerade getröstet worden war.

»Aber sagen Sie – das kommt doch gar nicht infrage, weil Kurts Vater Geschäftsführer werden will«, meinte Emma. »Er wird die Leitung nicht abgeben wollen, jetzt erst recht nicht, nachdem Kurt nach Köln gegangen ist und mich heiraten will.«

Margarete strich über ihre Handschuhe. »Vielleicht doch.« Sie schwieg lange und blickte auf ihre Handschuhe hinunter. Als Emma schon glaubte, sie wollte nichts mehr sagen, meinte sie: »Manchmal muss man über seinen Schatten springen.«

Emma erwiderte nichts. Sie glaubte kaum, dass Kurts Vater jemals in der Lage sein würde, über seinen eigenen Schatten zu springen, geschweige denn, seine Schuld einzugestehen. Aber sie begriff, dass Margarete nicht mehr darüber sprechen wollte, und fragte nicht weiter.

»Würden Sie mir jetzt etwas vorspielen, bis Kurt wiederkommt?«, fragte Margarete und blinzelte gegen die Sonne an. »Können Sie wieder Ihre neuen Lieder spielen, die Sie zu Weihnachten gespielt haben? Sie wissen, welche ich meine?«

Emma nickte und nahm ihr Akkordeon auf den Schoß. Natürlich wusste sie, welche Lieder Margarete meinte, schließlich hatte sie sie schon mehrfach bei ihren Tanzabenden mit der Combo gespielt. »Ich spiele Sie Ihnen vor«, sagte sie, obwohl ihr nach diesem Gespräch nicht mehr nach Musizieren zumute war. Viel lieber hätte sie sich zurückgezogen und in Ruhe über alles nachgedacht, was sie gerade gehört hatte.

Margarete betrachtete sie nachdenklich. »Die Musik bedeutet Ihnen viel, nicht?«

Emma dachte, dass sie sich ein Leben ohne Musik nicht vorstellen konnte. »Die Musik hat mein Leben gerettet. Sie gehört zu mir.«

»Und gehören Sie der Musik?«, fragte Margarete.

Als Emma nicht antwortete, fuhr sie fort: »Ich meine, wollen Sie nicht Berufsmusikerin werden? Weiter mit der Combo auftreten, vielleicht auf großen Bühnen spielen, komponieren?«

»Ich weiß es nicht«, sagte Emma ehrlich. Die Musik, ihre Lieder waren ein Teil von ihr. Aber es bedeutete auch viel üben, spielen in vollen Sälen, um etwas zu essen zu bekommen, lächeln und Lieder spielen, selbst wenn man traurig war, das hatte sie in den letzten Wochen gelernt. Das Musizieren war zur Notwendigkeit geworden.

Im Augenblick reichten ihr die Auftritte mit der Combo vollkommen. Kurt würde nichts dagegen haben, wenn sie weiter aufträte, auch wenn sie verheiratet wären. Sie würde auch darüber mit ihm reden müssen. Es gab noch so viel zu besprechen. »Wie Sie wissen, habe ich die Lieder nach dem Abend im

Heckenrather Hof geschrieben«, erklärte sie. »Nachdem Kurt um ein Haar gestorben wäre. Ich konnte danach nicht mehr spielen, weil mich jedes Lied an den furchtbaren Abend erinnerte. Aber dann fielen mir diese Melodien ein ... sie kamen mir erst fremd vor, so etwas hatte ich noch nie geschrieben. Irgendwann wurde mir klar, dass es auch ungewöhnlich war, was wir erlebt hatten. Diese Lieder beschreiben die Ereignisse der Nacht, sie gehören zur Geschichte von Kurt und mir.«

Margarete sah sie von der Seite an. »Sie haben die Geschichte von Kurt und Ihnen beschrieben?«

»Genau. Auch der *Sommernachtstraum* gehört dazu. Ich habe ihn geschrieben, nachdem Kurt und ich uns kennengelernt haben. Wollen Sie ihn hören?«

»Aber ja«, sagte Margarete. »Spielen Sie mir die Geschichte von Kurt und Ihnen vor, ich möchte sie hören.«

Emma nahm ihr Akkordeon und begann zu spielen. Langsam, Lied für Lied, kam ihre Freude am Spielen wieder und verdrängte ihre traurigen Gedanken.

Kapitel 25

Kurt sprach lange mit seiner Mutter, nachdem er mit Papa aus Lindenthal zurückgekommen war, danach fuhr sie in ihr Hotel zurück. »Sie will ein paar Tage in Köln bleiben«, sagte er, als Emma und er später im Volksgarten spazieren gingen. »Für morgen Abend hat sie uns zum Essen in ihr Hotel eingeladen.«

»Wie schön.« Emma drückte ihm die Hand. Der Gedanke an eine warme Mahlzeit ließ ihr sofort das Wasser im Mund zusammenlaufen. Mit den vielen Vorräten aus dem Paket würde sie morgen vielleicht sogar zwei warme Mahlzeiten bekommen. Nachdem Kurt das Paket gesehen hatte, hatte sie ihm auch endlich anvertraut, woher sie Daniel Melzer wirklich kannte, und ihm von den beiden Juden erzählt, die ihre Tante im Krieg versteckt hatte. Inzwischen nahm er ihr die Lüge auch nicht mehr übel. Seitdem sie sich versöhnt hatten und sie beide in Köln bei ihren Eltern lebten, war alles wieder wie früher, nur dass sie jetzt mehr Zeit füreinander hatten. Sie achteten darauf, dass sie immer genug Zeit zum Reden hatten. Meistens saßen sie abends auf dem Trümmerstein im Hinterhof oder sie gingen im Volksgarten spazieren. Es sollte keine Missverständnisse mehr zwischen ihnen geben.

Kurt war dabei, sich sein altes Schwarzmarkt-Imperium wieder aufzubauen, aber das stellte sich als schwierig heraus. Zu viel hatte sich in der Zwischenzeit verändert, es waren neue Händler und Schieber dazugekommen, die seinen Bereich unter sich aufgeteilt hatten. Immerhin hatte Kurt einiges organisieren können, Emmas Familie hatte stets genug zu essen, seitdem er da war. Mit seinem Organisationstalent, Mamas Näherei und Emmas Auftritten waren sie in den letzten Wochen gut über die Runden gekommen. Wenn sie von dem Grundstück in Lindenthal erst die Trümmer fortgeräumt und den Garten angelegt hätten, würde es ihnen noch besser gehen.

Emmas Stimmung hob sich wieder, obwohl es sie immer noch bedrückte, was Kurt von seinem Vater angetan worden war. »Hast du mit deiner Mutter über damals gesprochen?«

Er sah sie fragend an. »Damals? Was meinst du damit?«

»Was dein Vater getan hat, bevor du dich freiwillig zum Kriegsdienst gemeldet hast.«

Kurt blieb stehen. »*Davon* hat sie dir erzählt?«

Emma nickte.

Er seufzte und schüttelte den Kopf, ehe sie langsam weitergingen. »Das ist alles so lange her.«

»Aber es war der Grund, warum du nach dem Krieg nicht nach Hause zurückgegangen und in Köln geblieben bist.«

Kurt schwieg. Nur ihre Schritte auf dem Kiesweg waren zu hören und das unentwegte Vogelgezwitscher. Auf der Wiese neben ihnen wuchsen bläuliche Veilchen und gelbe Schlüsselblumen.

»So war es«, sagte er endlich. »Aber es ist längst vorbei. Nun weißt du, was mein Vater für ein Mensch ist.«

»Es tut mir leid, was er dir angetan hat. Deine Mutter bereut es, dass sie damals ihm geglaubt hat und nicht dir.«

Kurt blieb stehen und blickte auf die Wiese. Er nahm seinen Hut ab und fuhr sich mit der Hand durch die Haare. »Ich weiß. Sie hat mir alles gesagt. Mutter glaubt, sie könnte Vater überzeugen, mich zum alleinigen Geschäftsführer der Firma einzusetzen«, sagte er. »Aber sie irrt sich. Ich hatte auch in den letzten Wochen um seine Zuneigung gekämpft. Endlich, wo Hans nicht da war. Aber es war vergeblich. Er liebt niemanden, auch Hans nicht und mich schon gar nicht. Er setzt alles nur für seine Ziele ein, es geht ihm nur um sich selbst.« Er sprach leise, mit gepresster Stimme, in der Bitterkeit lag. »Er wird sich niemals ändern. Das habe ich begriffen, gerade noch rechtzeitig, bevor ich dich beinahe verloren hätte.«

Emma drückte ihm schweigend die Hand, während sie neben ihm auf die Wiese blickte. »Er hat dich aber nicht zerstören können«, sagte sie. »Er konnte uns nicht auseinanderbringen. Dieses Ziel hat er nicht erreicht.«

Kurt lachte auf und nahm sie in die Arme. Lange hielt er sie an sich gedrückt und küsste sie. »Ich bin so glücklich mit dir«, sagte er.

Sie lachte leise und schmiegte sich an ihn. Durch den Wollstoff seines Mantels hörte sie sein Herz klopfen. »Ich geh nicht mehr weg«, versprach sie.

Er strich ihr eine Haarsträhne aus der Stirn und küsste sie sanft auf Nase und Wangen. Sie fassten sich an den Händen und gingen langsam weiter den Weg entlang.

»Wenn er aber doch …«, begann Emma. »Wenn er dich doch zum Geschäftsführer ernennen sollte …«

»… wird er nicht«, sagte Kurt. »Jetzt erst recht nicht mehr, wo ich weggegangen bin. Er will die Firmenleitung behalten, bis Hans zurückkommt, und dann ihn zum Geschäftsführer ernennen.«

»Aber wenn dein Bruder nicht zurückkommt, oder nicht mehr in der Lage sein wird, die Firma zu leiten …«

Kurt blieb wieder stehen. »Emma! Wir spekulieren hier über ungewisse Fälle.«

»Vielleicht. Aber dein Vater wird sich auf alles vorbereiten wollen. Wollte er nicht euch beide zu Geschäftsführern machen, Hans und dich?«

Kurt hob verwundert die Augenbrauen. »Woher weißt du das?«

Emma schluckte. Nun war ihr versehentlich etwas von dem herausgerutscht, was sie mitgehört hatte, als Kurt und sein Vater sich im Jagdzimmer gestritten hatten. »Ich ... hatte es mal aufgeschnappt«, sagte sie ausweichend. »Als deine Eltern sich unterhielten.«

Kurt nickte. »Ich glaube nicht, dass mein Vater das jemals wirklich beabsichtigt hat.«

»Warum nicht? Er könnte seine Meinung geändert haben. Du hast dich in der Firma gut bewährt. Und Hans ist weit weg.«

In Kurts Gesicht arbeitete es. Er dachte nach. »Also meinst du, er könnte doch ... nein, wird er nicht.« Er schüttelte heftig den Kopf.

»Aber wenn doch? Nur mal angenommen, er würde dich einsetzen – würdest du es tun?«

»Niemals, wenn er bleibt.«

»Und wenn er geht?«

»Er wird nie gehen.«

Emma starrte auf den Weg hinunter, während sie überlegte. »Du hast ein großes Erbe, Kurt. Willst du darauf verzichten, um hier in Köln auf dem Schwarzmarkt zu handeln? Das hat keine Zukunft.«

Kurt seufzte. »Ich kann unmöglich wieder in die Firma zurückgehen, solange mein Vater dort Geschäftsführer ist.«

»Ich wäre die Letzte, die das von dir verlangen würde«, meinte Emma. »Es ist nur ... ich möchte nicht, dass du später etwas bereust.«

»Ich brauche nicht auf mein Erbe zu verzichten«, meinte Kurt. »Meine Mutter will uns ihr Landhaus überschreiben. Als Hochzeitsgeschenk.«

»Ihr ... was?«

»Ihr Landhaus.« Er sagte das so, als spräche er über ein Paar Schuhe. Belustigt beobachtete er ihre Reaktion. Als sie nichts sagte, fuhr er fort: »Könntest du dir vorstellen, in einem schönen alten Haus im Bergischen zu leben? Es liegt nicht weit weg von der Stadt. Wenn du nicht willst, könnten wir auch hierbleiben und es als Wochenendhaus nutzen.«

Sie gingen weiter. Mechanisch setzte Emma einen Fuß vor den anderen. Margarete wollte ihnen ein Haus schenken. Ob sie damit etwas wiedergutmachen wollte? »Ich habe gar nicht gewusst, dass deine Mutter ein ... Landhaus besitzt.«

»Ich habe dir doch erzählt, dass die Weinholds sehr reich sind. Meine Mutter hat dieses Haus von ihren Eltern zur Hochzeit bekommen. Sie hat aber nie darin gewohnt. Wir waren früher oft an den Wochenenden und in den Ferien da. Aber vor Kurzem ist auch die Frau des alten Verwalterehepaares gestorben, und seitdem steht es leer.«

»Und Hans?«, fragte Emma.

»Er soll das Jagdhaus meines Vaters bekommen, wenn er heiratet. Er ging sowieso immer gern auf die Jagd.«

Emma drückte Kurt die Hand. Langsam überwand sie die Überraschung und fühlte Freude aufsteigen. Ein Haus! Sie würde ein eigenes Haus besitzen! Seit die Villa ihrer Großeltern zerstört worden war, hatte sie sich nie wieder in einem Haus heimisch gefühlt. Gut Meinersleben gehörte ihren Schwiegereltern, dort war nur ihr Zimmer ein kleines Stück Heimat für sie gewesen und manchmal auch die Scheune, wenn sie dort musiziert hatte. Sie umklammerte seine Arme, während ihr Freudentränen in die Augen schossen. »Das ... ist wunderbar, Kurt! Lass uns bald hinfahren und es besichtigen, ja?«

Sie wischte sich mit dem Ärmel die Augen trocken.

Kurt nahm sie, hob sie hoch und wirbelte sie herum. Dann liefen sie weiter den Weg entlang.

* * *

Margarete logierte in einem kleinen Hotel im vornehmen Kölner Stadtteil Marienburg. Es war eine ehemalige Bankiersvilla, die nun als Hotel genutzt wurde. Als Kurt und Emma sich mit ihr am folgenden Abend zum Essen trafen, waren sie die einzigen Gäste in dem schlichten Speiseraum. Sie saßen an einem Tisch mit Blick auf den Garten und vertrieben sich mit einem Glas schwindelerregend teurem Rotwein die Wartezeit auf das Essen.

Margarete klagte, dass sie nicht mehr wie sonst in einem der großen Hotels am Dom hatte absteigen können, die seien so furchtbar zerstört oder würden gerade renoviert werden. Überhaupt sei es traurig zu sehen, was aus dieser Stadt geworden sei, fuhr Margarete fort, vor allem die Altstadt sei zu einer Ruinenwüste verkommen. Sie sei froh, dass Josef dieses kleine Hotel gefunden habe, sonst hätten sie wieder zurückfahren müssen. Sie habe sich gestern mit dem Inhaber unterhalten, er sei ein erfahrener Hotelier, den es hierhin verschlagen hätte, nachdem sein Hotel in der Innenstadt zerstört worden sei.

Emma musste lächeln, als sie an ihrem Wein nippte. Jetzt war Margarete wieder wie immer, wie ein kleines Mädchen, das sich beklagte. Emma fragte sich, ob ihr Ausbruch von gestern vielleicht nur eine Episode gewesen war oder der Beginn einer wirklichen Veränderung. Aber Kurts Mutter sah verändert aus. Ein rötlicher Schimmer lag auf ihren Wangen, und sie lächelte mehr als sonst. Ihre Blicke hingen an Kurt wie Bienen am

Honig, und sie hörte aufmerksamer zu als sonst, wenn er etwas erzählte.

Zum ersten Mal erzählte er über die Monate nach Kriegsende in Köln, wie er mit den Schätzen aus der Halle, die er von seinem Kumpel aus dem Rheinwiesenlager geerbt hatte, zu handeln begonnen hatte. Wie er einen Fuß in die Tür des Schwarzhandels bekommen und Schritt für Schritt dazugelernt hatte. »Die Amerikaner waren scharf auf NSDAP-Abzeichen und -Orden«, erzählte er. »Ehrenzeichen, Orden, eiserne Kreuze – sie wollten alles. Am meisten bekam man für SS-Dolche, aber da bin ich nie drangekommen.« Er legte eine Pause ein und trank einen Schluck Wein. Das Bedauern darüber war ihm immer noch anzumerken. »Ich hatte Glück, dass der amerikanische Offizier, der für die Erteilung von Fahrerlaubnissen zuständig war, diese Sachen liebte. Meine Fahrerlaubnis hätte ich sonst nie bekommen. Oder ich hätte ewig darauf warten müssen.«

»Ach Kurt«, sagte seine Mutter. »Sie hätten dich viel eher verhaften können.« Aber in ihrer Stimme schwang Bewunderung für ihren Sohn mit.

»Die schlagen doch nicht die Hand, die sie füttert.« Kurt grinste.

Die Serviererin kam und brachte ihnen ihr schlichtes Essen. Auf jedem Teller lagen ein paar runde »Erbsenküchlein« mit undefinierbarem Inhalt und Kartoffelpüree. Sie schmeckten gut. Der Koch musste ein Talent dafür haben, aus den wenigen Zutaten, die man bekommen konnte, ein schmackhaftes Gericht zuzubereiten und ihm einen klingenden Namen zu geben.

»Wie lange bleiben Sie in Köln, Margarete?«, frage Emma, nachdem sie eine Weile schweigend und andächtig gegessen hatten.

Kurts Mutter antwortete nicht sofort. Sie kaute zu Ende und tupfte sich mit der Serviette die roten Lippen ab. »Es wäre mir lieb, wir könnten eine vertrautere Anrede nutzen, Emma«, sagte sie. »Sag bitte endlich Du zu mir. Oder auch Mutter, wenn du möchtest. Da ich Kurts Mutter bin, bin ich es ja bald auch ein wenig für dich.«

»Mache ich gern«, sagte Emma erfreut. »Margarete.« Sie hoben ihre Gläser und stießen darauf an. Kurt und Emma wechselten Blicke. Es war ein feierlicher Moment.

Margarete lehnte sich im Stuhl zurück. Der Speisesaal war spartanisch, aber mit einfachen Holzstühlen und weißen Tischdecken geschmackvoll eingerichtet. Über den Garten hatte sich inzwischen Dunkelheit herabgesenkt. Die Servieren machte die Deckenlampe an und räumte ihren Tisch ab.

»Ich … bin schon etwas länger hier«, gestand Margarete. »Ich habe deinen Vater verlassen, Kurt.« Sie spielte mit dem Stiel ihres Weinglases, drehte ihn hin und her, dann hob sie den Kopf und sah Kurt an. »Wir haben uns gestritten, nachdem du weg warst. Ein Wort gab das andere, und da ist es passiert, ich bin gegangen.« Sie lächelte wie ein Mädchen nach einem Streich.

»Du hast Vater … *verlassen*?«, rief Kurt überrascht. »Wegen *mir*!«

Seine Mutter lächelte und nickte. »Es ging nicht mehr so weiter. Er musste spüren, was er getan hat. Dass ich es ernst meine.«

»Aber … was willst du denn jetzt machen?«

»Erst mal hierbleiben.« Sie machte eine Rundumbewegung. »Und dann … mal sehen. Urlaub machen. Das Wetter ist doch viel besser geworden.«

Kurt starrte seine Mutter an, als hätte sie den Verstand verloren. »Du kannst uns das Landhaus nicht schenken, du brauchst es selber. Wo willst du denn sonst wohnen?«

»Ich brauche das Haus nicht«, erwiderte sie.

Kurt blickte sie ernst an. Er schien wirklich Zweifel an ihrer geistigen Verfassung zu haben. Ehe er etwas entgegnen konnte, sagte sie: »Dein Vater ist zu mir zurückgekommen. Wir haben uns versöhnt.« Sie lächelte glücklich.

Niemand sagte etwas. Emma musterte Margarete, die versonnen vor sich hinlächelte, und nun verstand sie, warum. Warum Margarete an diesem Abend von Anfang an so fröhlich gewesen war, viel fröhlicher als gestern. »Wo ... wo ist er denn?«, fragte sie leise. »Ist er *hier*?«

Zu ihrem Schrecken nickte Margarete. »Er wartet im Salon auf dich, Kurt.«

»Er wartet hier auf *mich*?«, fragte Kurt mit tonloser Stimme. »Was will er von mir?«

»Das solltest du ihn selbst fragen.«

Kurt verharrte still und starrte auf die weiße Tischdecke. Die Serviererin kam und brachte ihnen den Nachtisch – jedem eine Schale mit einem winzigen Keks darauf.

Kurt beachtete sie nicht und leerte sein Glas. »Warum hast du es mir nicht gesagt, Mutter?«

Es gab einen dumpfen Laut auf der Tischdecke, als er das Glas zurückstellte.

»Ich wusste nicht, dass er kommt. Dass er mich hier findet. Gestern war alles noch ganz anders.«

Ungläubig starrte Kurt sie an. »Gib zu, das habt ihr doch geplant.«

Sie fuhr nach vorn. Ihre Augen rundeten sich bestürzt. »Nein, Kurt, das ist kein Plan! Ich schwöre, ich habe selbst nicht damit gerechnet, dass dein Vater ... dass er zu mir zurückkommt.«

Sie betonte das »zu mir« so überrascht, dass es Emma rührte. Margarete schien sich darüber zu wundern, wie ihr Mann zu ihr zurückkehren konnte. Sie legte die Hand auf Kurts Arm. »Ich glaube, deine Mutter sagt die Wahrheit«, sagte sie leise.

Kurt sah sie erstaunt an.

»Ich meine, du solltest in den Salon gehen und hören, was dein Vater dir sagen will.«

Kurt zögerte. Er forschte in ihrer Miene, ob sie es wirklich so meinte, wie sie sagte. »Also gut«, sagte er und erhob sich, legte die Hand auf Emmas Schulter und drückte sie. Dann warf er seiner Mutter noch einen Blick zu, straffte sich und ging. Emma und Margarete sahen ihm hinterher.

»Ich glaube, wir könnten jetzt beide einen Knolli-Brandy vertragen, nicht?«, sagte Margarete leise.

»Ja«, seufzte Emma und dachte, dass sie sich fast daran gewöhnen könnte. Wie an so vieles in dieser Zeit.

Kapitel 26

Villa Titania, August 1947

Der 17. August war ein heißer Sonntag. Die Sonne brannte auf den frisch geschnittenen Rasen des Gartens und auf die Blumenbeete. Der Duft nach Rosen und Sommerastern erfüllte die Luft und wurde von kaum einem Lüftchen vertrieben. Nur vom Fluss, der jenseits der Straße durch die Felder floss, und vom nahe gelegenen Wald kam etwas Kühle herüber. Die Blumengirlanden auf den langen Tischen, an denen die Hochzeitsgesellschaft saß, begannen schon zu welken. Nikolai spielte auf der Veranda der Villa im Schatten eines Sonnenschirms sein zartes Geigenspiel, das sie schon während des Mittagessens hindurch begleitet hatte. Daneben hatte die Kölsche Combo ihre Instrumente aufgebaut, sie würden später zum Tanz aufspielen. Jetzt saß die Combo noch an dem Tisch gleich neben den wenigen geladenen Gästen aus der Firma – Selma Euler und ihre Helferinnen, die für das Hochzeitsessen gesorgt hatten, Herr Fiedler, Freddy und Paula Wagner. Herr Palm saß als Einziger mit am Familientisch, an der zweiten Tafel, die sich durch den Garten zog.

Von der Familie waren nicht viele gekommen. Von den Hüffenbergs nur Kurts Patentante, die jüngere Schwester seines Vaters, mit ihrem Mann. Von den Weinholds war der mittlere von Margaretes Brüdern gekommen, ein Kaufmann durch und durch, mit seiner hübschen Frau. Zum Glück und sehr zu Emmas Erleichterung waren Charlotte und ihre Familie der Hochzeit ferngeblieben.

Emma fühlte Kurts Hand auf ihrer. Ihre Blicke begegneten sich wie so oft an diesem Tag ihrer Hochzeitsfeier. Kurt lächelte. Ein feiner Schweißfilm bedeckte seine Stirn, er hatte auch die meiste Zeit seinen neuen schwarzen Anzug mit der kurzen Jacke getragen, aber jetzt hing die Jacke über der Stuhllehne, und er trug nur noch sein weißes Hemd mit der weißen Fliege. Er sah sehr elegant aus. Vorsichtig strich er mit dem Finger über Emmas neuen Hochzeitsring. »Schöner Ring«, meinte er und grinste.

»Deiner auch.« Sie berührte seinen Ring und erwiderte sein Lächeln. In der Woche zuvor hatten sie im Standesamt geheiratet und die Ringe getauscht, nachdem Emma im Frühling von Christian geschieden worden war. Doktor Lange hatte sich nach Christians Verurteilung erfolgreich für eine vorzeitige Scheidung eingesetzt.

Kurt führte Emmas Hand an seine Lippen und küsste sie. Er beugte sich nah an ihr Ohr. »Ich kann's irgendwie immer noch nicht so richtig glauben«, raunte er. »Du als meine Braut.«

Sie spürte seinen warmen Atem auf ihrer Haut, und ein wohliger Schauer durchlief sie. Sie dachte an die Nächte, die sie seit ihrer Hochzeit hier in ihrer neuen Villa verbracht hatten. Nächte wie Seide, in denen die warme Luft durch die offenen Fenster gekommen war und sanft die Vorhänge bewegt hatte. Sie hatten kaum geschlafen. Tagsüber hatten sie sich auf ihre Hochzeitsfeier vorbereitet und lange Spaziergänge in die Umgebung unternommen, am Fluss entlang oder in den Wald.

Sie hatten dem Landhaus, das Margarete ihnen überschrieben hatte, einen neuen Namen gegeben. Es hieß nun *Titania* nach der Elfenkönigin im *Sommernachtstraum*, und auch ihre Hochzeitsfeier fand genau zwei Jahre nach jenem Tag statt, an dem sie sich bei der Aufführung in Köln das erste Mal geküsst hatten.

Titania lag inmitten einer grünen Oase am Rande eines Dorfes. Es war ein herrlicher Flecken mit Luft, die nach reifem Korn und Gräsern roch, und einem großen Garten mit Rhododendronhecken und Blumenbeeten. Die Stadt war schnell mit dem Fahrrad zu erreichen, man brauchte nur den Weg am Fluss entlangzufahren. Im Haus hatten sie kaum etwas verändert, sicher würden sie später einmal die Wände neu streichen und das Grün der Fensterläden auffrischen lassen und auch die schadhaften Schieferschindeln im Obergeschoss ersetzen. Aber vorerst war alles gut so, wie es war.

»Mein Bräutigam«, murmelte Emma und küsste Kurt. Ihr war etwas schwindelig vom Wein und der Hitze des Tages, obwohl sie nicht so schwitzen musste wie Kurt, denn sie trug nur ihr schlichtes Hochzeitskleid aus leichtem Stoff, das ihre Mutter ihr genäht hatte, dazu einen Schmuck aus weißen Kunstblumen im hochgesteckten Haar. Ihr Brautstrauß stand in einer Vase auf dem Hochzeitstisch. Mama warf ihr einen prüfenden Blick zu, dann beugte sie sich zu Papa und flüsterte etwas in sein Ohr. Beide zwinkerten ihr zu. Papas Wangen leuchteten rot von der Wärme und vom Wein, zum Glück hatte er seine Rede vor dem Essen bereits gehalten – eine kurze Ansprache mit holprigen Worten, mit denen er Kurt in seiner Familie willkommen geheißen hatte. Papa war kein geborener Redner. Im Gegensatz zu Kurt, bei dessen Worten sich manche Frauen am Tisch die Tränen aus den Augen getupft hatten. Vor allem, als er Emma gesagt hatte, dass er sie liebe. Als er schilderte, wie er sie auf ihrem Weg nach Köln das erste Mal getroffen und

345

sie in seinem Lkw ein Stück mitgenommen hatte, lachten alle. Ebenfalls, als er von seiner Zeit als Untermieter bei ihren Eltern in Köln erzählte. Da hatte sogar sein Vater die Mundwinkel zu einem Lächeln gehoben. Auch jetzt zog Kurts Vater die Hand nicht weg, als Margarete ihre Hand auf seine legte. Er blieb still und duldete die Berührung, wie Emma zu ihrem Erstaunen feststellte. Neuerdings hatte er es sich sogar zur Angewohnheit gemacht, seiner Frau einen leichten Kuss auf die Wange zu geben, wenn sie am Tisch saß.

Was so eine Trennung doch bewirken konnte, dachte Emma. Es musste ihm einen gehörigen Schrecken eingejagt haben. Zufrieden hörte sie Margaretes helles Lachen, in das sich ein noch hellerer Klang mischte. Jemand schlug gegen sein Glas.

Kurts Vater erhob sich. »Ich bitte um Ihre Aufmerksamkeit!«

Es wurde still an den Tischen. Nikolai hörte auf zu spielen. Armin tauchte aus den Rhododendronbüschen auf und setzte sich wieder an den Tisch.

»Mein liebes Brautpaar, verehrte Hochzeitsgäste!«, begann Kurts Vater und legte eine kleine Pause ein, während er seinen Blick über die Gäste schweifen ließ. »Zuallererst möchte ich mich bei allen Gästen bedanken, die angereist sind, um diesen besonderen Tag mit unserem Brautpaar zu feiern.« Er hielt kurz inne und sah zu seiner Schwester und Margaretes Bruder hinüber, nickte ihnen zu. Kurt legte eine Hand auf Emmas und beugte sich nach vorn.

»Meine Frau und ich freuen uns, heute hier zu sein«, fuhr sein Vater fort. »Es ist ein besonderer Tag, der euch, mein lieber Sohn und meine liebe Schwiegertochter, immer in Erinnerung bleiben wird. Ich weiß das aus Erfahrung – umso schöner, wenn es dann kein Regentag ist, sondern ein sonniger wie jetzt. Möge es auch in eurem gemeinsamen Leben mehr Sonnen- als Regentage geben, mehr Freude als Streit, mehr Lachen als Weinen. Wenn ich es recht bedenke, dann habt ihr beide schon vor eurer Hochzeit manche schwere Stunde gemeinsam durchgestanden, manche Wintertage, die euch viel abverlangten, erlebt. Ihr habt sie überstanden, ohne den Winter in eure Herzen kommen zu lassen. Denn der Winter im Herzen ist der Tod für die Ehe.« Er brach ab und streifte seine Frau mit einem kurzen Blick. Es war still an den Tischen. Margarete blickte auf ihre Hände hinunter. Kurts Vater räusperte sich und fuhr fort: »Aber nach dem Winter folgt bekanntlich der Frühling, der alles neu erstehen lässt. Wie die Gesetze der Jahreszeiten gibt es auch ein Gesetz der Zeit. Zerstörte Häuser werden wieder aufgebaut. Verlorene Söhne kehren zurück. Was getrennt ist, kann wieder zusammengefügt werden. Hochzeiten kommen und … Kinder. Was alt ist, muss dem Jungen weichen …« Er machte eine lange Pause, während der er auf den Tisch hinunterstarrte. Dann hob er sein Glas und straffte sich. »Diesem Gesetz folgend werde ich mich – wie Sie alle wissen – aus der Geschäftsführung der Hüffenberger Werke zurückziehen, und mein Sohn Kurt wird diese übernehmen. Mit meiner Schwiegertochter Emma hat er eine Frau an seiner Seite, die in den Hüffenberger Werken keine Unbekannte mehr ist und dort schon bewiesen hat, was sie kann. Ich wünsche euch beiden für euren weiteren Lebensweg viel Glück und Erfolg.«

Er hob sein Glas und prostete Kurt und Emma zu. Sie taten es ihm nach. Alle tranken.

Nikolai begann wieder zu spielen. Kurts Vater setzte sich und wischte sich den Schweiß von der Stirn. Margarete legte eine Hand auf seinen Rücken. Er trug immer noch seine Anzugjacke. Emma ahnte, wie schwer ihm die Rede gefallen sein musste. Sie wollte zu ihm gehen und ihm ein paar nette Worte sagen, denn in den letzten Wochen hatte er sich ihr gegenüber sehr versöhnlich und zugänglich gezeigt, auch wenn er seine Taten nicht zugegeben hatte. Ihr war irgendwann klar geworden, dass er das vermutlich niemals tun würde. Wie Margarete verraten hatte, hatte es ihn schon mehr als genug Überwindung gekostet, Kurt als alleinigen Geschäftsführer der Firma einzusetzen und Herrn Palm in den Ruhestand zu verabschieden.

»Lass ihn«, meinte Kurt leise an ihrem Ohr. »Seine Rede war nur Kalkül.«

»Sie war schön prosaisch.«

»Er kann gut reden, wenn er will. Er kann jeden um den Finger wickeln.« Kurt warf seinem Vater einen ernsten Blick zu. Er hatte erst, nachdem Emma ihn dazu gedrängt hatte, eingewilligt, die Geschäftsführung der Hüffenberger Werke zu übernehmen. Und auch nur, wenn sein Vater sich zurückhalten würde. Seitdem herrschte eine Art Waffenstillstand zwischen ihnen.

»Bei mir wird er kein Glück mehr haben, aber vielleicht bei dir. Ich warne dich.« Kurt zwinkerte ihr zu.

Emma lächelte zurück. »Nein, diese Chance hat er vertan, keine Angst.« Sie gab ihm einen Kuss auf die Wange und ging ins Haus, um neuen Lippenstift aufzutragen und sich für den Nachmittag frisch zu machen.

Später, nachdem auch Nikolai gegessen und Emma ein wenig mit ihm, Irma und den anderen Hochzeitsgästen geplaudert hatte, spielte ihre Combo zum Tanz auf. Kurt und Emma hatten sich den Donauwalzer als Eröffnungstanz gewünscht. Kurt nahm Emma in die Arme und führte sie mit sicheren Schritten über den kurz geschnittenen Rasen, während alle sie umringten und zur Musik klatschten. Endlich, dachte Emma, konnte sie wieder mit Kurt tanzen und musste nicht selbst Musik spielen, während andere tanzten. Sie lachte, während ihr Mann sie herumwirbelte.

Beim nächsten Lied überließ Kurt sie Papa, während er mit seiner Mutter tanzte. Danach forderte der alte Hüffenberg Emma auf, und Kurt tanzte mit Mama. Steif führte Kurts Vater sie über den Rasen und sah sie nicht an. Nach einer Weile merkte Emma, dass er sich vollkommen auf die Tanzschritte konzentrieren musste, um nicht aus dem Takt zu kommen. Also sagte sie lieber nichts.

Als das Lied zu Ende war, verneigte er sich förmlich vor ihr, nahm ihre Hand und führte sie zu ihrem Platz am Tisch zurück, wo niemand war. »Du sollst wissen, Emma, dass ich wegen Kurt eingelenkt habe«, sagte er auf einmal. »Nicht nur, weil meine Frau mich verlassen wollte. Kurt weiß das auch, aber er glaubt es mir nicht. Doch es reicht, wenn man seinen Sohn einmal verloren hat. Das möchte man kein zweites Mal.« Er nickte Emma zu und rückte ihr den Stuhl zurecht, ehe sie sich darauf niederließ. »Sei meinem Sohn eine gute Frau, darum bitte ich dich.«

Emma nickte. »Das habe ich vor.«

Er verneigte sich knapp und mit ernster Miene, dann ging er zurück zu Margarete.

Kurt, der sie beobachtet hatte, kam zu ihr. »Was hat er gesagt?«

»Dass er wegen dir eingelenkt hat, nicht nur wegen deiner Mutter. Er wollte dich nicht noch einmal verlieren«, antwortete sie.

»Das hat er wirklich gesagt?« Kurt blickte sie erstaunt an.

Emma nickte, und zum ersten Mal, nachdem er etwas über seinen Vater gehört hatte, sah er aus, als würde er es glauben.

»Außerdem hat er mich gebeten, dir eine gute Frau zu sein.«

»Was hast du gesagt?«

»Ich habe es ihm versprochen.«

Kurt lächelte. Er nahm sie an die Hand und zog sie zu den Büschen am Ende des Gartens, um sie dort zu küssen. Von der Veranda her erklang die Musik, und der Wind rauschte leise in den Sträuchern.

Glossar

Henkelmann – Behälter, in dem sich Arbeiter früher ihr Essen zur Arbeit mitbrachten

Lot – Schöpfmaß (z. B. für Kaffeepulver)

Klütten – kölsch für Briketts

Raafer – kölsch für einen Raffer, jemand, der alles an sich reißt

Spruchkammer – gerichtliche Institution, die nach dem Zweiten Weltkrieg von den Besatzungsmächten der westlichen Besatzungszonen zur Entnazifizierung der Deutschen eingesetzt war

Sütterlin – frühere Schreibschrift, die von 1915 bis 1941 an deutschen Schulen gelehrt wurde

Folge der Autorin auf Amazon

Wenn dir dieses Buch gefallen hat, folge Marion Johanning auf Amazon. Dann erhältst du eine Benachrichtigung, wenn die Autorin ihr nächstes Buch veröffentlicht. Um der Autorin zu folgen, gehe bitte folgendermaßen vor:

Desktop:

1) Suche auf Amazon.de oder in der Amazon App nach dem Namen der Autorin.
2) Klicke auf den Namen der Autorin, um auf die Autorenseite zu gelangen.
3) Klicke auf den »Folgen«-Button.

Smartphone und Tablet:

1) Suche auf Amazon.de oder in der Amazon App nach dem Namen der Autorin.
2) Klicke auf einen Titel der Autorin.
3) Klicke auf den Namen der Autorin, um auf die Autorenseite zu gelangen.
4) Klicke auf den »Folgen«-Button.

Kindle eReader und Kindle App:

Wenn du dieses Buch auf einem Kindle eReader oder in der Kindle App liest, wird dir automatisch angeboten, der Autorin zu folgen, nachdem du die letzte Seite des Buches gelesen hast.

FSC
www.fsc.org

MIX

Papier | Fördert
gute Waldnutzung

FSC® C083411

Zeitfracht Medien GmbH
Ferdinand-Jühlke-Straße 7
99095 Erfurt, Deutschland
produktsicherheit@kolibri360.de

Druck:
CPI Druckdienstleistungen GmbH
im Auftrag der
Zeitfracht Medien GmbH
Ein Unternehmen der Zeitfracht - Gruppe
Ferdinand-Jühlke-Str. 7
99095 Erfurt